L’inconnu de la rue Vivienne

ISTYA / SLATKINE & CIE,
19, RUE SAINT-SÉVERIN
75005 PARIS
CONTACT@ISTYA-SCIE.FR

ISBN 978-2-88944-230-0

Blandine de Lestrange

L'inconnu de la rue Vivienne

Istya
& Cie

À Édouard...

«Beaucoup de biens ne se produiraient pas s'il n'y avait pas de mal dans les êtres.»

Saint Thomas d'Aquin,
Somme contre les gentils, 1258

«Tu dois devenir l'homme que tu es. Fais ce que toi seul peux faire. Deviens sans cesse celui que tu es, sois le maître et le sculpteur de toi-même.»

Nietzsche,
Ecce homo, 1888

« Dans le quartier, en démolissant une vieille maison, des maçons ont découvert un nid de couleuvres où se trouvait réunie une centaine de reptiles. Elles habitaient le fond d'un puits depuis longtemps desséché par suite de l'usage immodéré que les habitants de la maison avaient fait de son eau. Au milieu du nid reposait le squelette d'un homme probablement tombé dedans il y a quelques années. Chose étonnante, ce cadavre tenait encore dans la main un portefeuille en maroquin rouge. Le portefeuille a été ouvert, et on a trouvé quarante billets de mille francs, un portrait de femme et une lettre affranchie dont le temps a rongé la presque totalité, puisqu'il n'en reste plus qu'une languette de papier sur laquelle on lit encore ces mots : Le cuisinier des rois. »

Le Figaro,
Paris au jour le jour - 14 avril 1870

Avertissement

Avant qu'il plonge dans cette histoire, nous rappelons à notre lecteur que ce livre est un roman. Ainsi, bien que l'auteur ait eu à cœur de respecter la chronologie historique et retranscrire le plus fidèlement possible l'esprit du temps et de ceux qui ont fait l'Histoire, quelques libertés ont dû être prises dans l'intérêt du récit. Le rôle de Louis XVIII dans le sort funeste de son neveu n'a, par exemple, jamais été prouvé ; pas plus que l'implication de Toulan, Ojardias et même Hébert dans la tentative d'évasion du dauphin. Quant au sanctuaire des livres interdits, bien que nous imaginions qu'Aubin Millin de Grandmaison en aurait été un digne gardien, il n'a jamais existé. Nous prions donc notre lecteur de nous pardonner ces quelques licences, qui n'ont eu pour seul but que son divertissement.

Paris

Janvier 1794

1

Le petit garçon ouvrit les yeux, mais ne distingua rien dans les ténèbres. Il trembla en pensant à toutes les créatures effrayantes qui se tenaient tapies dans sa chambre, prêtes à le dévorer. Il y en avait dissimulées dans les commodes et les secrétaires, cachées derrière les paravents et les bergères, pelotonnées dans les murs recouverts de cet horrible papier peint jaune qu'il détestait tant, et même sous les planchers vermoulus. Il avait particulièrement peur des ogres logés dans les tourelles et les appartements du premier, occupés toute la journée à jurer, à rire bruyamment et à essayer de l'atteindre de leurs longs crachats verts et visqueux. Il enfouit sa tête sous sa couverture pour se protéger.

Le bruit recommença. L'enfant tendit l'oreille. Il provenait de la pièce d'à côté, dans laquelle son précepteur et gardien, Antoine Simon dit *Toine*, habitait avec sa femme Marie-Jeanne. Le jour où on l'avait placé entre les mains de cet énergumène aux yeux sans cesse écarquillés comme ceux des gens qui ont de la peine à comprendre, de ce benêt, qui n'ouvrait la bouche que pour le couvrir d'insultes, il avait regretté d'être né garçon. S'il était né fille, il aurait pu demeurer auprès de sa mère, sa tante et sa sœur, dans l'appartement du dessus; là, il n'avait plus le droit de les voir. Seul le bruit de leurs pas au-dessus de sa tête lui rappelait leur présence : un trottinement léger pour Marie-Thérèse, une cadence mesurée pour sa tante, les cent pas pour sa mère.

La poignée tourna lentement et la porte de la chambre s'ouvrit dans un léger grincement. L'enfant recommença à trembler sous son drap. Toine ne prenait jamais la peine de frapper ou de ne pas faire de bruit. Au contraire, il le réveillait toujours en sursaut et cette nuit-là n'avait pas fait exception. Son gardien avait reçu de nombreux amis pour fêter dignement son départ de cette « tour maudite » comme il l'appelait. Ah ! comme il se réjouissait de se débarrasser de son encombrant prisonnier, « ce rejeton de cochon qu'on aurait mieux fait de crever en même temps que son père, tiens ! » L'enfant savait bien que c'étaient des paroles en l'air, qu'il disait uniquement pour épater la galerie – Marie-Jeanne lui avait révélé qu'il avait demandé à rester, et pas seulement parce que ça payait bien – mais tout de même, ça lui faisait de la peine.

Le garçonnet perçut une présence, quelqu'un s'approchait de sa mince couchette. Une silhouette se pencha vers lui et tendit la main. Le garçon retint son souffle et ferma les yeux alors que son mystérieux visiteur tirait sur le misérable drap sous lequel il s'abritait désespérément. L'homme considéra un bref instant le dormeur puis pivotant vers la porte, il souffla : « *Vite* ! »

L'enfant entrouvrit un œil et réprima un cri. Un corps flottait dans les airs, juste devant lui, la tête renversée, les bras ballants. Un fantôme ; était-ce celui de son père qui venait le chercher, comme dans les histoires que lui racontait Toine pour l'effrayer avant de l'abandonner seul à ses cauchemars ? Il en fut si épouvanté qu'il en mouilla ses culottes, des larmes perlant au coin de ses yeux. L'inconnu s'approcha du fantôme et se mit à lui tourner autour, il chuchotait.

Le petit garçon plissa les yeux et s'aperçut qu'il s'adressait à un second individu, entièrement vêtu de noir. Quel idiot faisait-il ! Ce qu'il avait pris pour un fantôme n'était qu'un corps endormi que le second individu tenait dans ses bras. Et d'après sa taille, le petit corps ensommeillé était celui d'un enfant. Peut-être qu'on lui avait enfin amené un camarade de jeu, se dit-il avec espoir.

« Dépose-le ici ! » ordonna le premier homme en désignant la table de maroquin vert.

« Doucement. Voilà. Maintenant, prends l'autre ! » L'homme en noir se pencha sur le lit-berceau et en dégagea lestement le petit corps tremblant, comme s'il ne pesait pas plus lourd que le vent.

« Il est réveillé !

— Je sais, répondit l'autre, il n'y a plus une minute à perdre ! »

Pendant que l'homme en noir le transportait hors de la pièce, le petit garçon remarqua que le chef installait à sa place, dans son lit, celui qu'il avait passagèrement pris pour un fantôme. Il fronça les sourcils. Il y avait un second lit dans la chambre. Il ne voulait pas qu'on lui prenne son berceau. C'était le sien. Il le dirait à son nouveau gardien ; ou peut-être pas. Il le dirait à son nouveau compagnon. Voilà, il le dirait à son compagnon.

Le chef caressa les cheveux blonds et la joue fiévreuse de la doublure qu'ils avaient emmenée pour remplacer celui qu'ils étaient venus délivrer. Il répugnait à cette partie de la mission, mais il savait qu'ils ne pouvaient pas laisser la chambre inoccupée. Un enfant pour un autre. En voyant le petit corps comprimé dans l'étroite couchette, il ressentit un profond dédain pour Antoine Simon. Comment Simon avait-il pu laisser le garçon dormir dans ce lit minuscule, à peine plus grand qu'un couffin ? Heureusement, dans quelques heures, cette vie ne serait plus qu'un mauvais souvenir pour leur protégé. Le chef sélectionna des vêtements épars dans la commode et voulut les enfiler à la doublure. « Bon sang ! » Les vêtements de l'enfant-roi étaient trop petits ou alors celui qui était appelé à le remplacer dans sa chambre était trop grand. Le chef décida de le laisser dans sa pauvre camisole. De toute façon, si tout se passait comme prévu, ses vêtements n'auraient pas d'importance… si tout se passait comme prévu, bien entendu, et c'est pourquoi il ne fallait pas traîner.

La pièce principale était empestée d'un mélange écœurant de sueur, de tabac, de mauvais vin, rehaussé d'une âcre odeur d'urine. Le chef étouffa un nouveau juron. Non seulement Antoine Simon ne prenait pas la peine d'habiller l'enfant pour la nuit, mais il le laissait dormir dans des habits souillés, puants. C'était indigne. Il retourna au pas de course dans la petite chambre, sans un regard pour le gardien qui ronflait dans un coin de la pièce, une chopine à moitié vide collée contre sa joue mal rasée. Il faisait bien d'en profiter ; après ce soir, sa tête ne tiendrait plus qu'à un fil.

« Ça ne marchera jamais... » souffla un troisième homme qui venait de surgir, le visage brouillé par une nuit sans sommeil, et que l'enfant reconnut pour l'avoir vu plusieurs fois en compagnie de Toine. Ils avaient en commun des traits brutaux et hébétés ainsi qu'une passion pour les bonnets ronds et mous. Il s'appelait Genes Ojardias.

« Calmez-vous, Ojardias, rappelez-vous votre place et notre mission », le tança sévèrement le chef, les yeux rivés sur leur autre comparse qui s'approchait d'une malle ancienne, les bras toujours lestés de son fardeau.

« Allez, ce n'est pas le moment de faiblir », ajouta-t-il en lui tendant un flacon de vin qu'il venait de ramasser sur une des tables.

Ojardias maugréa dans sa barbe avant de boire au goulot avec une telle avidité qu'il en éclaboussa son gilet. Il s'adossa ensuite au vaisselier sans plus bouger.

L'enfant avait commencé à s'agiter quand il avait compris que l'homme en noir avait pour projet de l'enfermer dans le coffre, prisonnier entre quatre planches, comme dans un cercueil. Le chef eut un mouvement d'humeur et arrêta net son compagnon. Il s'agenouilla devant le garçon pour être à sa hauteur.

« Sire, me reconnaissez-vous ? »

L'enfant hocha timidement la tête, l'air hésitant : son interlocuteur était l'un des hommes chargés par la Convention de surveiller les prisonniers royaux au Temple. Il s'appelait Toulan. Contrairement à Toine, qui ne cessait de pérorer sur son ancien métier de cordonnier, Toulan était un mystère. Un physique qui ne tapait pas de mine : ni trop grand ni trop petit, ni trop gros ni trop maigre, ni trop jeune ni trop âgé ; une figure blême et fatiguée, mais exempte de petite vérole ou de marques liées à la boisson excessive, contrairement à nombre de gardes, ici ; des cheveux châtains, des yeux marron qui tiraient sur le noir, une denture à peu près saine, des manières qui témoignaient d'une éducation, mais que démentaient son langage grossier et ses paroles désobligeantes envers les prisonniers. L'enfant ne lui avait d'ailleurs jamais parlé directement. Les prisonniers n'avaient pas le droit de s'adresser à leurs gardiens, il l'avait appris à ses dépens.

Toulan fouilla dans la poche de son manteau et en sortit un anneau d'or, un cachet de montre en argent et un petit paquet qu'il posa dans la paume ouverte du garçon. L'enfant écarquilla les yeux où se mêlaient la peur, l'espoir et la surprise. La montre appartenait à sa mère, quant à l'anneau d'or, c'était l'alliance de son père gravée des lettres M.A.A.A et de la date de leur mariage, le 19 avril 1770. Le paquet portait une inscription, « Cheveux de ma femme, de ma sœur et de mes enfants », qui, cela ne faisait aucun doute, avait été tracée de la main de son père.

« Sire, nous sommes venus vous délivrer. »

L'enfant leva les yeux vers le plafond, Toulan suivit son regard et hocha la tête.

« Oui, elles aussi, nous allons les délivrer. »

C'était un mensonge, mais il n'avait pas le choix. Il devait s'assurer que l'enfant accepterait de les suivre. En outre, comment lui annoncer que la reine et sa chère tante avaient subi le même destin que le roi seulement trois mois auparavant ? Lui-même avait eu le cœur brisé, le jour de l'exécution de Marie-Antoinette. Il referma la main de l'orphelin royal et lui expliqua ce qu'on attendait de lui.

« Nous allons vous mener à votre mère », répéta Toulan avec force, comme si cette simple phrase pouvait ramener la reine à la vie. « Mais nous devons d'abord vous sortir de cette prison. Vous allez devoir faire preuve de courage. Le garçon écoutait Toulan, qui avait commencé à lui enfiler de nouveaux habits, il hochait gravement la tête, ses petits poings serrés. On allait le mener à sa mère. L'enfant s'accrochait à cette idée comme à une bouée. Cela faisait au moins trois mois qu'il ne l'avait pas vue. Très précisément depuis le fameux jour où il l'avait fait pleurer devant ces messieurs de la Convention. « Oh ! Le monstre ! », s'était exclamée sa tante lorsqu'il avait prétendu que sa mère s'était adonnée à des attouchements sur sa personne. Il n'avait pas compris. N'avait-il pas fait ce qu'on attendait de lui ? Tout ce qu'il voulait, c'était qu'on l'aime. Marie-Jeanne, Toine, sa mère, les messieurs de la Convention. Était-ce sa faute si on ne croyait jamais mieux que les mensonges ?

On allait le mener à sa mère. Il avait hâte de la serrer dans ses bras ; il avait peur, mais se forçait à être brave. Il se donnait du courage en se cramponnant aux reliques de son père. Son père était mort. Toine le lui avait dit. Ils avaient lardé le gros cochon. « Bon débarras ! »

Toulan considéra un instant la malle silencieuse alors que les premiers rayons du soleil commençaient à percer derrière les vitres épaisses ; tout le plan reposait sur elle ; et sur la capacité d'Ojardias à jouer son rôle. Que Dieu nous vienne en aide.

2

Antoine Simon se réveilla en grommelant. Sa tête était aussi lourde que sa bouche pâteuse. Il se leva péniblement et s'approcha d'un homme qui dormait contre le vaisselier, dans une flaque de vin. Il lui donna un coup de pied, qui fit trembler les assiettes rangées à l'intérieur du meuble.

« Dis donc, Ojardias, qu'est-ce que tu fais encore là ? l'apostropha Simon.

— Tout doux, Toine, tu m'as bien dit que tu aurais besoin de mes services aujourd'hui pour emporter la malle de la Marie-Jeanne. »

Simon fronça les sourcils. Ils savaient tous les deux que cette malle appartenait à l'usurpateur. Il se demanda ce qu'il avait bien pu raconter dans l'ivresse de sa dernière nuit au Temple. Il gratta sa barbe mal taillée et des restes de nourriture tombèrent sur son compagnon qui ne put réprimer un mouvement de recul. « Mais si tu n'as pas besoin de moi, je peux aussi décamper. J'ai à faire. »

Pendant que l'homme essayait de se lever, Simon s'approcha de la vieille malle et parut la mesurer de l'œil.

« Vieille carcasse. Je ferai mieux de te laisser ici. Tu vas me faire des histoires. Je ne comprends pas pourquoi la Jeanne insiste tellement pour te récupérer.

— Ça me parait quand même de la belle ouvrage... et puis n'est-ce pas un souvenir de sa famille, à ce que tu m'as dit ?»

Antoine Simon plissa les yeux et réfléchit rapidement, ce qui donna à son visage un air légèrement niais. Il se demandait à quel jeu jouait Ojardias.

Pour gagner du temps, Simon rajusta sur ses cheveux graisseux le vieux chapeau rond et mou qu'il portait en toute circonstance, et finit par déclarer :

« Si, c'est bien ce que j'ai dit. En revanche, faut le descendre tout de suite. J'ai pas que ça à faire aujourd'hui. »

Il avait failli dire : « avant que les autres se mettent à rappliquer », mais s'était ravisé.

— Et le petiot ?

— Quoi, le petiot ?

— Tu peux le laisser tout seul ?»

Simon passa la tête dans la chambre. Le garçon dormait toujours. Des relents d'excréments se dégageaient de la pièce mal aérée. « Debout feignant, cria-t-il. Remue-toi si tu ne veux pas que je vienne te botter le derrière ; et vide ton pot, ça sent le poulailler, ici. Tu es bien le rejeton d'une famille de cochons, il n'y a pas de doute ! »

Par acquit de conscience, Antoine Simon ferma ensuite soigneusement le verrou. À cet instant, ses yeux tombèrent sur les vêtements que Toulan avait retirés à l'enfant un peu plus tôt et il fronça les sourcils. Ojardias pâlit et retint sa respiration en voyant Simon retourner vers la chambre. « Dis donc, ça ne te réussit pas la vinasse, toi », se moqua Simon en déverrouillant la porte. Ojardias voyait déjà le moment où il découvrirait la doublure. Tout était perdu. Mais Simon ressortit aussitôt de la pièce avec deux gros sacs en tissu. Il y ajouta le pantalon et la camisole, tachés d'urine.

« Tu peux aussi prendre le linge ?

— Et quoi encore ? protesta Ojardias en portant la main à son front moite. Je ne suis pas lingère ! En plus, elles puent ces frusques !

— Il faut les apporter à la veuve Clouet. Tu es voiturier non ? Tu ne voudrais tout de même pas que je te dénonce pour manque de civisme ?»

Ojardias eut un regard éloquent.

«Oublie, capitula Simon. Je m'en occuperai avec Lorinet.
— Non, je prends, mais il va falloir allonger», dit Ojardias en frottant son pouce contre ses doigts.

Simon obtempéra du bout des lèvres. Il allait devoir se débarrasser de ce voiturier de malheur, cupide comme on n'en fait pas. Un esprit fourbe. Il pourrait toujours le livrer au tribunal révolutionnaire quand il aurait rempli son office.

Ojardias avait récupéré un des sacs, le soupesait et secoua la tête en faisant la moue.

«Eh ! Elles pèsent une tonne tes loques.
— Ça va. Je vais porter un sac.
— Avec la malle ? Tu n'es pas fou ?
— On n'aura qu'à remonter !
— Ah non, moi je ne remonte pas pour tes nippes. Tu n'as qu'à voir avec Lorinet !
— Et si on les mettait dans la malle ?» proposa Simon, en grimaçant. Il savait qu'il allait devoir renoncer à ce qu'il avait mis à l'intérieur, mais il ne pouvait pas se permettre de prendre un blâme pour son dernier jour.

«Elle est vide ? feignit de s'étonner Ojardias.
— Bien sûr qu'elle est vide», s'énerva Simon.

Ojardias, la tête baissée vers la malle, fit semblant de réfléchir et finit par acquiescer. Simon avait déjà ouvert la malle, qui révéla trois chandeliers et une dizaine de breloques dorées. Il les sortit précipitamment et renversa d'un coup sec les vêtements souillés à l'intérieur. Les deux hommes se répartirent ce qui débordait. En chargeant le sac sur son dos, Ojardias pria pour que la fausse cloison tienne et que l'enfant ne se retrouve pas étouffé sous le poids des vêtements. Les ravisseurs avaient bien prévu que Simon demanderait à Ojardias de prendre le linge, mais pas qu'il y en aurait autant... Les deux complices soulevèrent la malle avec effort, Simon ahanant comme un âne asthmatique.

Au terme des soixante-six marches qui séparaient le premier étage du deuxième, ils parvinrent au palier libérateur et croisèrent le chef des cuisines du Temple, les bras chargés du ravitaillement de la salle de garde. L'odeur des saucisses et des pâtés leur fit monter l'eau à la bouche. Derrière eux, fébriles comme des enfants attendant de recevoir une friandise se tenaient les deux gardes de faction ce matin-là. Le premier salivait tellement que son pourpoint en était taché, le second établissait déjà la liste de ce qu'il allait dévorer.

En voyant Simon, le plus âgé des deux plissa les yeux à la manière d'une fouine.

« Alors Toine, tu voles le mobilier du peuple ?

— Taisez-vous, les couillons ! J'aide Ojardias à descendre le linge du deuxième.

— Ojardias ? C'est pas le travail de Lorinet de s'occuper du linge des cochons ?

– Vous feriez mieux de nous donner un coup de main plutôt que de jacasser comme des pies...

— On aimerait bien mais on est attendus pour le service, ricana le vieux gardien en montrant ostensiblement son ventre.

— Que se passe-t-il ici ? » demanda une voix désagréable.

Les quatre hommes, qui s'étaient aussitôt retournés, virent une figure inquiétante apparaître dans l'escalier. Un front dégarni, des paupières lourdes, mais sous lesquelles brillait un œil perçant, un nez busqué, un pli narquois au coin d'une bouche mince, un corps flasque. Ojardias reconnut le député Jacques-René Hébert. Contrairement à Simon, Hébert n'était pas un imbécile. Sa présence était une catastrophe. Comme tout bon révolutionnaire, Ojardias ne croyait plus en Dieu. Cela ne l'empêcha pas d'adresser une prière silencieuse à la Providence alors que toute couleur finissait de déserter son visage.

Ojardias envisageait de prendre ses jambes à son cou, mais son corps refusait de lui obéir. Que faisait Hébert au Temple si tôt dans la journée ? Toulan avait affirmé qu'on ne l'attendait pas avant l'après-midi, pour la relève. Le livreur sentit une sueur glacée couler le long de son dos. Il était bon pour la coupeuse.

« Eh, Citoyen Simon ! À quelles affaires scélérates es-tu occupé de si bon matin ? »

Hébert avait pris un ton narquois. Simon le haïssait depuis qu'il l'avait cité dans son journal, *Le Père Duchesne*, et l'avait comparé à un *viédase à débrissoter*. Pour sûr qu'il aurait bien voulu avoir sa place, le Hébert, mais pas de chance, on lui avait préféré Antoine Simon, cordonnier de son état, pour inculquer les bonnes manières au petit mitron. Tout ça parce qu'un certain Jean-Jacques Rousseau avait écrit qu'il n'y avait pas de métier plus honorable que de chausser les autres. Il lui aurait bien serré la main à ce coquin, tiens ! Simon se drapa dans sa dignité, du moins autant qu'il en était capable, car il ressemblait toujours à une amphore avinée.

« Citoyen Hébert, des jours que j'y suis dans la tour à faire toutes les corvées. J'ai bien le droit de prendre une pause pour venir bavarder avec les camarades ! »

Il avait parlé d'une voix presque suppliante. Hébert eut un rictus cruel. Il se délectait toujours de la peur de ses interlocuteurs. On ne comptait plus les têtes que *Le Père Duchesne* avait envoyées à l'échafaud. Les conspirateurs, les aristocrates, les agents de Pitt et de Cobourg, les crapauds du Marais... tous ceux qui étaient allés se faire raccourcir la cravate au rasoir national grâce à lui.

« Qu'est-ce que vous transportez là ?

— Le linge du deuxième et du troisième. Coru m'a dit qu'Ojardias devait tout récupérer aujourd'hui. »

Simon se mordit la langue en maudissant sa gueule de bois. Voilà qu'il passait pour un subalterne. Les autres, à commencer par Coru, l'économe, en feraient des gorges chaudes pendant des semaines. Coru ne manquait pas une occasion de rappeler que c'était grâce à lui que tout fonctionnait ici. Il en voulait pour preuve le beau bureau qu'on lui avait donné avec un fauteuil bleu en velours de Gênes et une cheminée à moulures. Il fallait le voir, le Coru, exhiber sa ceinture de flanelle et son bonnet en peau de lapin comme s'il était le roi en personne.

« Foutre ! s'écria Hébert. Dans une malle de l'usurpateur ? »

Simon expliqua que les sacs avaient craqué, qu'ils avaient décidé d'utiliser la vieille malle au gros Colas...

« Tu m'en diras tant », dit Hébert avec un mauvais sourire et il fit mine de soulever le couvercle du coffre.

Des effluves malodorants s'échappèrent de l'intérieur. Hébert porta une main gantée à son visage et recula d'un pas. Simon se fit un devoir de respirer à pleins poumons. Ce n'était pas tous les jours qu'on pouvait donner une leçon à un homme comme lui, surtout devant témoins. Cela le dégrisa tout à fait.

« Oui, parce que je suis un bon citoyen, moi. Allez, Ojardias, attrape ta poignée. On n'a pas toute la journée et il ne faudrait pas que j'oublie de remonter. »

Les deux hommes empoignèrent la malle avant de poursuivre, péniblement, la descente des marches, sous les regards furieux d'Hébert. Une fois parvenu en bas de l'escalier, Ojardias sentit un espoir fou lui étreindre le cœur. Plus qu'un pas et ils passaient la porte.

« Attendez une seconde... » les rappela Hébert.

Le plus jeune des gardiens – dénommé Vincent-le-Jeune pour le distinguer d'un autre Vincent, dit « le Vieux », allumeur de réverbères au Temple – partit chercher Lorinet dans la tour de garde. Simon était blême. Hébert en avait fait décapiter pour moins que ça, il n'en menait pas large. Heureusement, il avait retiré du coffre les rares objets que sa femme avait prévu d'emporter dans leur nouvelle habitation. Quelle malchance d'être tombé sur Hébert ! Et la Marie-Jeanne qui allait lui rebattre les oreilles de cette histoire. Foi de Simon, il aurait mieux fait de ne pas se lever. De surcroît, il détestait ces marches. Pour sûr, il était bien content qu'on le débarrasse du blanc-bec. Certes, il devrait dire adieu à ses neuf-mille livres d'appointements, mais, en échange, il avait obtenu le bel appartement de l'enclos du Temple. Pas le logis au-dessus des cuisines, mais celui au-dessus des écuries sur lequel il avait jeté son dévolu des mois plus tôt. Et il y avait aussi le siège au Conseil.

Enfin, on reconnaissait qu'il valait mieux que cette chambre crasseuse avec ce rejeton geignard. Ce n'était plus une vie, au Temple, depuis qu'il fallait monter la garde sans billard, ni chansons, ni rien du tout. La vertu ! Qu'est-ce qu'il en savait, lui ? Tout de même, il avait de l'affection pour son petit Poucet. Il l'attifait d'un bonnet rouge et lui apprenait les bons airs du peuple. On aurait dit qu'il savait ce qui l'attendait, le mioche. Il en aurait chialé, tiens, quand le petit lui avait demandé de l'emmener avec lui : *Toine, amène-moi dans ta boutique ; tu m'apprendras à faire des souliers et je passerai pour ton fils.* Ah ! Ces yeux pleins d'espoir qui le regardaient. Il n'oublierait jamais. On aurait dit que le gamin savait qu'on lui ferait mêmement qu'à son père, s'il restait ici ; lui, Simon, avait pensé : *Va, petit crapaud, tu as raison. Tu n'es pas encore écrasé, mais tu ne sortiras jamais de la crapaudière, quand bien même tous les capucins du ciel s'en mêlaient pour t'en tirer. Et, foi de Simon, mieux vaudrait ne pas être là pour voir ça.*

En regagnant son poste, Simon jeta un regard distant à Vincent-le-Vieux, qui finissait de moucher les mèches de la nuit, et pensa que pour rien au monde, il n'échangerait sa place avec lui. Le bougre ne devait pas avoir plus de trente-cinq ans. L'âpreté du métier de Vincent avait soufflé les bougies de sa jeunesse en moins de temps qu'il ne lui en fallait pour éteindre ses réverbères. L'allumeur de lumières du Temple était noir de cendre, de suie et de fatigue. Il était accompagné de ses deux fils, aussi noirs que lui. Le plus petit avait les mains tellement rougies par le froid qu'on aurait dit qu'elles avaient été teintes. *Foutre, ce n'est pas une vie*, pensa Simon. En campagne, dès six heures du matin, même l'hiver, à nettoyer les capitaux, les plaques, les porte-mèches, les doigts engourdis, pas même un verre de vin pour se réchauffer le cœur. Et millimétré, en plus. Tous les jours, il fallait que l'allumage soit terminé sur tous les points de son circuit en moins de quarante minutes, tâche impossible pour un seul homme.

Simon s'arrêta dans la salle de garde pour souffler et attraper une petite chopine. Ça lui ferait sans doute passer son mal de tête. Il se servait un verre quand il sentit un regard peser dans son dos. Il se retourna et tomba nez à nez avec le procureur Chaumette. Simon se tassa légèrement sur lui-même. Avec son nez crochu, ses doigts longs comme des griffes, ses sourcils broussailleux, son visage perpétuellement renfrogné et sa voix traînante, Chaumette lui avait toujours fait penser à un de ces diables dont les curés brandissaient la menace pour le forcer, enfant, à bien se tenir.

Le procureur Chaumette considéra la chopine d'un air dégoûté. Il avait été médecin avant d'être révolutionnaire et ne croyait qu'à la modération, sauf quand il s'agissait de faire siffler la guillotine. C'était notamment à lui que Simon et les autres devaient l'interdiction des dés dans l'enceinte de la prison et la réduction de leurs quotas de vin. Et on disait qu'il allait bientôt s'en prendre à la table du Temple ; comme quoi les prisonniers ne voyaient pas la couleur des pigeons rôtis, des homards, des huîtres et des asperges que le cuisinier du Temple facturait à la Convention. Et puis quoi ? Encore heureux ! Il ne manquerait plus qu'on donne de la confiture aux cochons ! Simon le détestait au moins autant qu'Hébert. Il soupira, reposa la chopine libératrice et remonta dans son perchoir en traînant des pieds. Les sabots du procureur claquaient dans son dos, comme un fouet. Qu'est-ce qu'il avait fait pour mériter ça le jour de son dernier jour ?

Hébert attendait Simon dans le seul fauteuil propre de la pièce. Le procureur Chaumette alla se placer à côté de lui et lui murmura quelque chose à l'oreille. Il éclata de rire et Simon sentit le rouge lui monter aux joues. Hébert et Chaumette, des bourgeois qui se croyaient meilleurs que lui. Je t'en ficherais. Liberté, égalité, fraternité, citoyens ! *Et puis quoi, il ne faudrait pas non plus qu'ils oublient qui est le maître ici*, pensa Simon. Le précepteur du ci-devant prince héritier releva la tête, épousseta ses vêtements, bomba le torse et leur demanda en quoi il pouvait leur être utile. Hébert toisa Simon avec mépris, il avait affaire avec le prisonnier, déclara-t-il. Simon eut d'abord envie de l'envoyer paître, mais le regard froid de Chaumette sur les cadavres de bouteilles fit mourir les mots dans sa bouche. Ses compagnons de débauche et lui avaient volé quelques quilles dans le cellier pour sa soirée de départ. Foutre, depuis l'établissement des quotas, il n'y avait plus moyen de s'amuser. Le dos courbé, il se dirigea vers la porte verrouillée et récupéra deux petites clés de la poche de sa veste à gros boutons.

Hébert se leva du fauteuil pour le suivre. La pièce était toujours plongée dans le noir absolu. On ne distinguait rien, sinon une faible respiration en provenance de la couchette. Simon jura dans sa barbe. C'en était trop. N'avait-il pas dit à ce fils de cochon de se lever et de nettoyer sa chambre ? Jamais plus heureux que dans la fange, ces animaux-là !

« Lève-toi ! » l'apostropha Simon en le secouant vivement. L'enfant resta amorphe, la tête tournée vers l'oreiller jauni. Une odeur douceâtre flottait dans la pièce.

« Tu es malade, petit ? » s'inquiéta son gardien. Il ne manquait plus que ça. Malade le jour de son départ. Ça allait lui retomber dessus.

« Le citoyen Hébert voudrait te voir, continua Simon plus gentiment. Il faut que tu te lèves. Allez !

— Que se passe-t-il, citoyen Simon ? demanda la voix narquoise d'Hébert dans son dos.

— Le petit est malade, je crois.

— Commence déjà par faire de la lumière et de l'air ! ordonna Chaumette. C'est une puanteur ici ! »

Chaumette déboutonna son habit et releva ses manches. Il retourna sans ménagement le corps endormi et recula vivement, comme s'il avait été frappé par la foudre. Simon s'approcha à son tour et ne put retenir un cri. Sans réfléchir, il porta la main à son cou. L'enfant dans le lit n'était pas le fils de Louis XVI. Louis XVII avait disparu.

3

« Où est-il ? Qu'as-tu fait de l'enfant ? Réponds ! » Chaumette se tenait si près que Simon distinguait la moindre pustule, chaque point noir de son visage grêlé. Les yeux exorbités, Simon murmura des paroles inintelligibles. Il était ébranlé par l'énormité de la situation. L'appartement de l'enclos du Temple, au-dessus des écuries, le siège au Conseil, ses appointements, tout était fini. La place publique, voilà quelle serait sa prochaine destination ! Il eut un haut-le-cœur et fondit en larmes. Chaumette le lâcha d'un air dégoûté en levant très haut ses gros sourcils en désordre. Hébert n'avait pas bougé. Il restait étrangement immobile. Son visage affichait un certain contentement, voire de l'autosatisfaction. C'était comme s'il s'était attendu à ne pas trouver l'enfant dans son lit.

Hébert s'approcha de Simon, toujours prostré. D'un signe, il indiqua à Chaumette de reprendre l'interrogatoire. Le procureur attrapa rudement le gardien par le bras pour le forcer à le regarder.

« Quand as-tu vu le garçon pour la dernière fois ? Arrête de geindre, abruti et réponds !

— Cette nuit, balbutia Simon.

— Tu en es certain ? demanda Chaumette en reniflant dédaigneusement. J'ai plutôt l'impression que c'est le fond de ta bouteille que tu as vu cette nuit.

— Un peu que j'en suis certain, s'indigna Simon. Les camarades et moi, on lui a fait danser la gigue au petiot. »

Simon en avait trop dit.

« Qui ? Qui était là ? Donne les noms, siffla Chaumette.

— Ce que j'en sais moi, balbutia Simon. Ceux du premier étage et puis d'autres.

— Citoyen Simon, si tu tiens à ta tête, tu vas vite te rappeler les noms de ceux avec qui tu as trahi la confiance du peuple.

— Heu, il y avait Lorinet, Coru, Crescend, Francœur...

— C'est tout ?

— C'est tout.

— Et Ojardias alors ? intervint Hébert d'une voix sourde.

— Quoi, Ojardias ? demanda Chaumette.

— Simon et Ojardias ont utilisé la malle au gros Colas pour descendre le linge du deuxième. C'est ça, Simon ? Vos sacs avaient craqué et vous avez pensé à la malle pour faire le voyage ? »

Hébert avait pris le ton qu'adoptent généralement les adultes avant de gronder un enfant. Une goutte de sueur coula le long du cou de Simon.

« Tu es complice, citoyen Simon ? continua Hébert. Tu t'inquiétais pour ton petit pensionnaire, n'est-ce pas ? Voilà ce qu'il advient lorsqu'on confie des missions à des sots. »

Et Hébert lui donna un petit soufflet. Pas assez fort pour le blesser, suffisant pour l'humilier. Hébert souriait. Il avait eu l'intuition que ceux qui essayaient vainement de faire évader le petit roi choisiraient la veille du départ de Simon pour mettre leur nouveau plan à exécution. Le bougre serait ivre, il n'aurait pas accompli la première de ses tâches, il serait donc négligent. Il ne s'était pas trompé. Il fallait bien le reconnaître, utiliser la malle du gros Colas était un coup de maître. Enfin un coup de maître... disons que c'était suffisant pour berner des incapables comme Simon. Mais lui, Hébert, n'était ni un incapable ni un imbécile. Après ça, ce diable de Robespierre ne pourrait plus lui refuser la garde de l'enfant. Robespierre savait que celui qui possédait l'enfant pouvait prétendre à la régence et il avait tout fait pour se mettre en travers de son chemin jusqu'ici. « Que le fruit de la patience est doux », pensa Hébert avec une grimace satisfaite. Jacques-René Hébert, régent de France. Cela sonnait comme une douce musique à ses oreilles.

Hébert revint à la réalité en entendant qu'on rapportait déjà la malle dans la chambre. Simon leva vers la porte un regard éperdu.

« Toi, tu restes là. Viens, citoyen Chaumette ! Allons accueillir notre fugitif ! »

Simon avait la nausée. Il avait vu assez d'exécutions pour savoir ce qui l'attendait. La place fumante de sang, la charrette mouillée des larmes, de la sueur et des humeurs des condamnés, la foule empressée à se repaître du spectacle de la mort sur les visages de ceux qu'on mène au supplice et au terme de la route, une vision d'horreur. En haut de deux poutres verticales, un mouton armé d'un instrument tranchant, taillé d'une manière horizontale et retenu par une corde que l'exécuteur lâche : la lame tombe alors perpendiculairement sur le cou du condamné, le décapite et fait rouler la tête dans un panier déjà gorgé du sang des traîtres. Les corps étaient exposés pour servir d'exemple. Le sien serait sans doute récupéré et porté au bout d'une pique.

Simon frissonna et se prit la tête dans les mains. Quel sentiment étrange d'être un cadavre en sursis ! Il avait l'impression que déjà, ses forces l'abandonnaient, qu'il ne savait plus comment respirer ou se mouvoir.

Un hurlement de rage interrompit le fil désordonné de ses pensées. La porte s'était ouverte à toute volée. Hébert se jeta sur lui et le traîna jusqu'à la malle où les attendaient un Chaumette impassible, un Vincent « le jeune » décontenancé et un Ojardias interloqué.

C'était sans doute l'expression d'Ojardias qui était la plus frappante, comme si le livreur ne croyait pas ce qu'il voyait. La malle était ouverte en grand. Le cœur de Simon se mit à battre la chamade. Il agrippa le rebord et regarda à l'intérieur. Il cligna deux fois des yeux. Il n'y avait rien. Rien du tout si ce n'est une inscription sur une étroite bande de cuir au fond, qui attestait de l'origine du bagage. Il fut pris d'un rire nerveux, son regard navigant entre les uns et les autres, éperdu. Il ne comprenait plus rien. C'est alors qu'il remarqua un objet entre les mains du procureur Chaumette, un objet qui vous criait guillotine aussi sûrement que la disparition du petit mitron.

C'était une petite valise de bois poli aux finitions dorées. Sur le couvercle, des armoiries que Simon n'avait pas besoin de déchiffrer. Il connaissait comme tout le monde les emblèmes de la famille royale. À l'intérieur de la valisette se trouvaient: un miroir ouvragé encastré dans le couvercle, deux chandeliers d'argent, deux brosses à cheveux du même métal, un gobelet en vermeil et une assiette, le tout portant les mêmes inscriptions. Une fortune. Il y avait également une lettre au nom de Jacques-René Hébert. Hébert la récupéra avec l'air de quelqu'un qui aurait avalé une abeille, son visage rougissant davantage au fur et à mesure que les secondes passaient. À la fin, Hébert froissa rageusement le papier entre ses mains et l'envoya voler à travers la pièce. Si ce maudit baron de Batz pensait qu'il lui avait joué un bon tour, c'était bien mal connaître le créateur du *Père Duchesne*. *Rira bien qui rira le dernier*, se dit Hébert, qui savait qu'à cette heure, toutes les cachettes de ce traître étaient visitées par la police. *Tu ne le garderas pas longtemps, ton trésor.*

4

Vincent-le-Vieux s'en retournait dans ses foyers, plus riche de six francs. C'était deux fois ce qu'on payait dans le métier et l'une des raisons pour lesquelles il n'avait jamais failli à son poste depuis qu'il était devenu l'allumeur officiel des lumières du Temple. Même malade, il prenait ses fonctions. Sa charge était briguée par une foule de surnuméraires, toujours prêts à remplacer les absents. Le vieux était apprécié au Temple. On le disait fiable, discret et patriote. C'est grâce à lui qu'on avait pu éviter la tentative d'évasion de la reine déchue. Elle l'avait approché un jour de promenade et lui avait glissé une missive qu'il s'était empressé de remettre à ses supérieurs. Ensuite, on avait doublé la garde, la famille royale n'avait plus eu le droit de sortir, et Vincent-le-vieux avait gagné le respect de ses pairs.

« Eh, le vieux, tu n'oublieras pas mes souliers, ce soir, lui dit le guichetier en lui ouvrant la porte.

— Pour sûr, mon petiot les termine aujourd'hui. Et ce sera sa première paire ! Pas vrai bonhomme ? »

Vincent ébouriffa les cheveux de son cadet. Le petit garçon gardait la tête baissée sur ses mains rougies.

« Alors, si c'est le petiot qui les fait, je les aurais à moitié prix !

— Je veux bien, mais ce sera toi qui l'expliqueras à ma bonne femme. »

L'autre éclata de rire. La femme du *vieux*, Jeannette, était connue pour son fort caractère. Elle avait fait partie du groupe des tricoteuses, qui venait chaque jour houspiller les députés de la Convention pendant leurs débats. On racontait que la Jeannette avait déjà interrompu une intervention de Robespierre lui-même.

Vincent-le-vieux habitait dans le quartier des tanneurs, en bas du fleuve. Il prit le chemin des quais avec ses deux fils. L'aîné marchait vite, pressé qu'il était d'obtenir sa part de gruau, le cadet se tenait serré contre son père, autant pour se réchauffer que pour se protéger de l'agitation extrême de la ville. L'atmosphère était oppressante après le calme relatif du Temple. La cloche n'avait pas sonné neuf heures que déjà, les rues étaient devenues impraticables. Les files d'attente devant les dépôts de pain bloquaient la chaussée et les matrones menaçaient d'en venir aux mains avec les soldats chargés de maintenir l'ordre. Autour d'eux, formant comme une arène, des dizaines de fiacres à l'arrêt, les chevaux piaffant de peur et d'impatience. Une cohorte de porteurs d'eau avait été brutalement arrêtée dans sa marche inlassable de la Seine jusqu'aux différentes échoppes de la ville. Des aboiements se mêlaient aux cris.

Arrivé à un croisement, Vincent-le-vieux fit signe à son aîné de ralentir. Le garçon maugréa, mais il n'aurait pas osé désobéir à son père, pas plus qu'il n'aurait osé lui demander qui était ce garçon qui les accompagnait en lieu et place de son plus jeune frère.

Vincent guida la petite troupe jusqu'à une porte dérobée et frappa d'un coup sec. Il s'agenouilla devant l'enfant et essuya délicatement la suie qui maculait son visage. Sous la fatigue apparente et la crasse, le regard de l'allumeur de réverbères avait pris de l'assurance, ses traits avaient rajeuni de dix ans : qui aurait cru que sous le costume fatigué de l'allumeur de lumières du Temple se dissimulait un homme du roi ?

La porte s'ouvrit sur Toulan. Les traits altérés par l'émotion, il posa une main tremblante sur l'épaule de son complice, qui hocha gravement la tête avant de disparaître dans la foule en compagnie de son fils. Toulan referma immédiatement la porte et, d'un geste, encouragea l'enfant à monter à l'étage.

L'abri se trouvait sous les toits. On entrait dans une antichambre chichement meublée d'un poêle et d'une lampe. Une des deux portes donnait sur un salon tendu de damas blanc à fleurs vertes où la lumière mouvante d'une bougie faisait danser les meubles clairsemés, chaise, fauteuil et miroir ébréché. Seule une petite pendule portative à cadran d'émail attestait que l'endroit était habité.

La deuxième porte révélait une chambre meublée d'un lit de fortune, d'un bureau où avait été posé un broc en émail, et d'un coffre de mauvaise facture. Si Louis avait espéré retrouver ici le reste de sa famille, il ne le montra pas. Cependant, il restait étrangement silencieux, le regard fixé sur ses mains rougies. Il sembla même à Toulan qu'il essayait de garder le plus de distance possible. « Voulez-vous un verre d'eau, Sire ? »

L'enfant recula comme une biche. Toulan n'insista pas et posa le verre à proximité du fauteuil avant de déplacer ostensiblement sa propre chaise à l'autre extrémité de la pièce. Louis hésita, récupéra le gobelet et prit place dans le fauteuil. L'instant d'après, il dormait profondément. Toulan déposa une couverture sur ses épaules. « Nous avons réussi », murmura-t-il.

« Comment est-il ? » demanda tout de suite le baron de Batz. Il était jeune, vingt-cinq ou vingt-six ans, le front haut dans un visage régulier, un nez fin, légèrement aquilin, les yeux couleur de miel, souvent rieurs, mais ce jour-là, absolument sérieux, des lèvres pulpeuses, de longs cheveux châtains noués sur la nuque, à l'ancienne mode, par un catogan de velours rouge et un drôle de chapeau plat de la même couleur. À bien l'observer, le reste de sa tenue était aussi insolite que son couvre-chef. Elle lui donnait davantage l'air d'un Alsacien candide que d'un gentilhomme ; cela étant, gentilhomme, il ne l'était pas véritablement. Il n'était pas plus baron qu'il n'était apparenté, comme il le prétendait, aux Batz-Lomagne, des vicomtés de Lomagne et d'Auvillard. Le fameux *baron de Batz* descendait en réalité d'une famille de parlementaires.

« Sa majesté va aussi bien qu'on peut l'espérer, compte tenu des circonstances, répondit Toulan. Mais où étiez-vous, baron ? J'ai bien cru qu'il vous était arrivé malheur.

— Pardonnez-moi, mon cher Toulan, mais, comme vous le savez, ma vie est compliquée depuis la mort du roi», répondit le gentilhomme en retirant son chapeau.

Batz faisait allusion au complot qu'il avait personnellement organisé pour faire évader Louis XVI le jour même de son exécution, le 21 janvier 1793. Le roi était mort ce jour-là et Jean de Batz, depuis lors, était impitoyablement traqué par les soldats de la République. Toulan, partie prenante de la tentative d'évasion, n'avait pas été inquiété. Sa présence sur la place de Grève n'avait étonné personne: on disait qu'il donnait à Hébert matière pour ses articles du *Père Duchesne*.

«Je dois retourner au Temple, céans. L'homme que nous avons utilisé comme leurre se trouve, comme vous vous en doutez, en fort mauvaise posture.»

Toulan eut une expression indéchiffrable. Jean de Batz plongea ses yeux dans les siens.

«Faites attention à vous, mon ami.

— Prenez garde, vous aussi, répondit Toulan avec un regard pour l'enfant.

— Je vous promets qu'il sera en sécurité. Grâce à vous.»

Comme pour donner tort au baron, des coups résonnèrent derrière la porte d'entrée. «Au nom de la loi, ouvrez!» L'enfant se réveilla en sursaut, terrifié. Après un moment de stupeur, le baron de Batz reprit ses esprits. S'il y avait bien une chose que lui avait apprise la clandestinité, c'était de rester calme. Il balaya la pièce du regard et désigna la fenêtre à Toulan. Ensuite, pendant qu'il allait ouvrir la porte aux forcenés, il fit en sorte de faire subir à ses traits l'une de ces transformations stupéfiantes qui lui avaient déjà sauvé la vie par le passé. Il se tassa sur lui-même, donna à son visage une expression obséquieuse et éperdue – «petit-bourgeois» comme il se plaisait à le dire – et recoiffa son chapeau. Toulan poussa l'enfant devant lui et lui fit escalader le chambranle. Une couche de givre rendait le toit glissant. Priant pour ne pas perdre l'équilibre, ils se dissimulèrent du mieux qu'ils purent. L'enfant claquait des dents. Toulan regretta de ne pas lui avoir pris de couverture, mais il n'était plus temps. Les soldats avaient investi la pièce.

« Vous cherchez le ci-devant baron de Batz... disait Jean de Batz, en tortillant le mandat d'arrêt. Ah ! Le misérable ! Le misérable !

— Oui, nous cherchons ce traître. On nous a affirmé qu'il se cachait ici. »

Toulan osa un regard à l'intérieur. Tout était fouillé, visité. Malgré cet incroyable remue-ménage, on ne trouva rien.

« Mais voyons, on doit bien faire erreur. Il n'y a que moi ici, se lamentait *l'Alsacien*.

— Il n'y a rien, chef, dit quelqu'un.

— Et s'il avait fui par la fenêtre en nous entendant ? » suggéra un autre.

En le voyant s'approcher du toit, le baron devint livide. Il n'eut qu'une seconde pour prendre une décision.

« C'est inutile, je suis là. »

Il n'y avait plus rien de l'Alsacien candide dans ses traits. À cet instant, il faisait même davantage penser au célèbre bandit Cartouche qu'à l'aristocrate précieux qu'il donnait à voir. Les hommes se ruèrent sur lui. Jean de Batz assomma le premier et s'enfuit par les escaliers.

« Attrapez-le, bande d'imbéciles ! »

Les hommes s'élancèrent à sa poursuite.

Toulan serra longtemps l'enfant dans ses bras tant pour le réchauffer que pour faire rempart de son corps au cas où les soldats découvriraient leur cachette. Mais il semblait que personne n'était resté. Après un temps raisonnable et craignant pour la santé du roi, Toulan décida de retourner à l'intérieur du logis.

5

La mansarde était affreusement calme. Toulan entendait presque résonner les battements de son cœur contre les murs. Seul le crissement, sous ses bottes, des éclats d'un miroir brisé troublait l'apparente tranquillité des lieux. Toulan se détournait vers la fenêtre quand il pressentit une présence. Il se baissa lentement pour ramasser un tesson de verre. La poignée de la porte tourna et une silhouette se dessina dans l'encadrement. Toulan leva la main et la laissa retomber en reconnaissant son visiteur.

« Monsieur de Saint-Régent ! Vous m'avez fait peur ! »

Les deux hommes se toisèrent. Toulan se défiait de la figure fine et précieuse de son visiteur, aiguisée par l'émeraude d'un regard qu'il trouvait reptilien. Il avait toujours ressenti une profonde antipathie pour cet homme, mais le baron de Batz ne jurait que par lui. Jusqu'à sa mise déplaisait à Toulan. Composée d'un justaucorps, simplement complété d'un gilet droit brodé de fleurs à grands revers et d'un col haut, avec une culotte bouffante, elle était inhabituelle et donnait à Pierre de Saint-Régent l'allure d'un homme qui s'apprête à être reçu en audience chez le roi. Il avait ajouté une longue écharpe de linon, nouée sur un jabot plissé s'ouvrant en éventail sur sa poitrine. Pas de perruque, mais des cheveux abondants coiffés en ailes de pigeon et poudrés.

En bref, tout dans sa personne, coiffure, habits, manières étudiées et hautaines, reflétait l'image parfaite du courtisan.

De son côté, Pierre de Saint-Régent ne faisait pas mystère du mépris que lui inspirait le gardien de prison.

« Le baron a été arrêté, dit-il tranquillement. Veuillez me remettre l'enfant comme cela a été convenu. »

Toulan hésitait. Il était bien convenu que Pierre de Saint-Régent se tiendrait prêt à intervenir en cas de problème. Cependant, quelque chose dans son ton, dans son attitude même, mettait l'ancien gardien de Louis XVI mal à l'aise. Feu le roi l'avait prévenu. Certains n'hésiteraient pas à se débarrasser de son fils.

« Eh bien ! Qu'attendez-vous ? Nous devons rejoindre l'armée du général de Charette avant le crépuscule.

— Le roi est déjà en route, improvisa Toulan. Il a été récupéré dès sa sortie du Temple par les hommes du général. Le baron croyait en une trahison et il a changé de plan à la dernière minute. Je pensais que vous le saviez. »

Pierre de Saint-Régent sortit un pistolet de son pourpoint et mit Toulan en joue.

« Vous mentez, monsieur Toulan, pour la simple raison que je vous ai vu entrer avec lui. Où est-il ? Dans cette armoire ? »

Il ouvrit la porte de la penderie. Elle était vide. Toulan se tut.

« Je regrette, mais nous n'avons pas le temps de nous adonner à ce petit jeu. »

Saint-Régent tira dans la jambe de Toulan qui s'effondra en poussant un cri perçant, puis il rechargea tranquillement son arme.

« Alors ? Parlez ou je tire dans l'autre jambe.

— Pourquoi ? » articula rageusement Toulan.

L'homme haussa les épaules.

« Ne soyez pas naïf. Vous croyiez vraiment que Monsieur allait accueillir son neveu à bras ouverts, lui qu'on n'appelle déjà plus que Louis XVIII dans l'intimité ? Je vous croyais proche de feue notre chère reine – paix à son âme –, vous ne pouvez ignorer qu'elle soupçonnait son beau-frère d'œuvrer secrètement au maintien de leur captivité.

— C'est... je...

— Nous avions mis en garde le baron de Batz contre toute entreprise inconsidérée ; mais comme d'habitude, il n'en a fait qu'à sa tête.

— Que comptez-vous faire ?

— Mon devoir. Louis XVII n'est pas encore roi qu'il appartient déjà au passé. L'avenir, c'est Louis XVIII. Mais j'attends. Où donc le cachez-vous ? »

Toulan se mordit les lèvres, bien décidé à se taire, malgré l'arme braquée sur lui. Il eut cependant un regard fugace en direction de la fenêtre.

« Vous plaisantez j'espère. Qu'aviez-vous en tête ? Le transformer en glaçon ? » se moqua Saint-Régent. Il s'approcha de la fenêtre, l'ouvrit et découvrit, tassée sur elle-même, la silhouette frêle et glacée de l'héritier du trône. Le regard froid du courtisan plongea dans les yeux bleus affolés du garçon. « Par ici, Sire, venez vous réchauffer », dit-il d'une voix caressante en poussant la vitre de sa main libre. Voyant que le garçon ne bougeait pas, il lui tendit son bras, pour l'inviter à le rejoindre. « Je ne vous veux aucun mal. Votre oncle vous attend. »

« Fuyez, Sire ! » cria alors Toulan dans leur dos.

Louis XVII fit un pas en arrière alors que les serres du courtisan menaçaient de se refermer sur lui. La neige s'était mise à tomber et son pied dérapa sur une plaque de givre. Il glissa. Pierre de Saint-Régent leva les yeux au ciel. On lui avait demandé d'accorder une fin propre et rapide à l'enfant. Quant à la rapidité, du moins, il n'y aurait rien à redire.

Pierre de Saint-Régent se mit à hurler et porta la main à sa cuisse. Toulan l'avait poignardé avec le tesson de miroir. Le visage crispé de fureur et de douleur, l'ex-gardien du Temple s'apprêtait maintenant à frapper le traître avec le broc de fer ayant servi à apaiser la soif du petit roi. Il leva le bras tandis que Pierre de Saint-Régent le mettait en joue. Avant de devenir gardien de prison, Toulan avait exercé de nombreux métiers, dont celui de manœuvrier. Il était donc d'une grande force. Au moment où Saint-Régent pressa la détente, Toulan cogna de toutes ses forces. L'autre s'effondra dans un bruit sourd. Toulan, lui, tituba en se tenant le ventre. La balle avait perforé son estomac.

6

Louis cligna des yeux, étonné d'être en vie. À vue de nez, il avait dû faire une chute de plus de quatre mètres. Son corps tout entier lui faisait mal. Cependant, il pouvait bouger. Il était tombé dans une mare de boues, qui avait amorti sa chute. Après quelques tentatives infructueuses, il réussit à s'asseoir et vomit, mélangeant sa bile aux humeurs nauséabondes qui avaient été jetées ici. Les yeux embués, il se traîna hors de la ruelle où il fut accueilli par un froid mordant et par une foule de regards dégoûtés.

Courageusement, et bien que tout son être le poussât à rester dissimulé dans l'ombre, il brava l'hostilité de la ville. Il avait compris qu'il devait s'éloigner le plus possible de la mansarde. Il en avait assez entendu pour comprendre qu'il était en danger. Le menton tremblant, il avançait au hasard, à travers les commentaires désobligeants des badauds qui se pressaient pourtant dans des rues d'une saleté désolante. Trognons de choux gelés, épluchures diverses, immondices humaines et fragments de ferraille rouillée, mêlés à des tessons de bouteille, refluaient des caniveaux engorgés pour venir s'entasser devant le seuil des maisons. *Mais quelle horreur*, disait une voix, *on dirait qu'il s'est roulé dans la merde. Pouah, va-t'en d'ici, tu empestes!* enchérissait une autre.

Il poursuivit sa route jusqu'à ce que son corps, à bout de forces, s'écroule sur un tas de neige fraîche, au fond d'une rue moins fréquentée. Aussitôt, le blanc pur du sol se changea en un tapis marronnasse. L'enfant resta là toute la journée, à grelotter, observant le ballet des passants qui vaquaient, comme si de rien n'était, à leurs occupations dans la rue principale. À mesure que le jour déclinait et que les heures coulaient, les passages furent moins fréquents jusqu'à ce qu'il n'y en ait plus du tout. Il aurait dû se réjouir que ce monsieur de Saint-Régent ne l'ait pas rattrapé, mais il n'avait plus la force de penser qu'il lui avait échappé. Le froid, la lassitude, la faim, la découverte que son oncle voulait sa perte et qu'on lui avait menti – sa mère était morte – pesaient sur lui comme du plomb. *Louis XVII appartient déjà au passé*, avait dit l'homme. Plus personne, plus rien, l'abandon dernier.

Il s'éveilla à la nuit tombée, à l'heure tranquille où les monstres vont boire. Il les voyait ramper sur les murs, marteler le sol avec leurs griffes, picorer ses doigts avec leurs dents pointues, le chatouiller avec leurs moustaches. Une lumière. Un allumeur de réverbères était en train de remplir son office à l'aide d'une grande perche. *Vincent-le-Vieux ?* pensa-t-il avec espoir. Non, le bonhomme ne lui ressemblait pas. Il ressemblait plutôt à son père, le roi Louis XVI. Il eut envie de l'appeler, mais il se rappela que le gros cochon était mort et ça le rendit triste. Il referma les yeux en sentant un flocon tomber sur son nez. Soudain, il sentit une présence très proche – trop proche. Mû par un réflexe qui ressemblait à un instinct de survie, il agrippa ses reliques et entrouvrit les yeux. L'apparition avait des prunelles de feu et pas moins de quatre mains. Il hurla.

« Tais-toi, gronda rudement une voix d'outre-tombe, tu vas nous faire repérer. »

Cependant que l'apparition lui pressait une paume gelée contre la bouche, une persienne vert perroquet se rabattit en claquant. Une silhouette se pencha et fouilla la nuit. Il s'agissait d'une enfant d'une douzaine d'années, les cheveux blonds dénoués sur des épaules délicates avec de grands yeux bleus qui brillaient comme des étoiles à la lumière de la flamme vacillante de sa bougie. Louis pensa à un ange. Elle disparut aussi vite qu'elle avait surgi.

«Écoute-moi bien. Je vais te lâcher. Je n'hésiterai pas à t'assommer si tu fais du bruit. Compris ?»

Louis hocha faiblement la tête. La voix avait émergé de sous une mince couverture. Elle appartenait à un adolescent au visage sillonné d'une grande cicatrice dont Louis évalua à son aspect qu'elle devait être ancienne. Elle lui donnait un air terrible.

Le compagnon à son côté ressemblait à un agneau. C'était un petit garçon de six ou sept ans, au visage rond comme une lune, couvert de bleus et d'entailles, avec de grands yeux étonnés et des cheveux épars comme si on lui en avait arraché par poignées. Il serrait entre ses doigts un petit sac noir. Louis se rendit compte que ce qu'il avait pris pour un monstre était en réalité une minuscule flamme que le plus petit des deux gardait jalousement contre lui pour capturer un peu de sa chaleur.

«Maintenant, va-t'en ! lui ordonna sèchement l'adolescent. C'est notre coin.

— Coin de Pierrot et Jacques», renchérit l'enfant-lune d'un air bravache en croisant les bras.

Si l'expression de Jacques révélait que tout cela n'était qu'un jeu pour lui, les yeux noirs de Pierrot étaient comme deux puits sans fond. Louis avala sa salive et tenta de se lever. Cependant, ses mains et ses pieds étaient comme morts. Il glissa en arrière et sa tête heurta les pavés glacés. Pierrot cilla quand il aperçut le sang. Un souvenir lui revenait à l'esprit. Le jour où leur mère était morte. C'était le 4 septembre 1792. Il s'étonna de l'acuité avec laquelle il se rappelait les moindres détails : le bruit effroyable de la procession, la longue barre de fer avec laquelle un forcené avait frappé de toutes ses forces la tête d'un prêtre – si fort que le sang avait jailli de toute part – avant de se jeter sur sa mère comme un animal enragé, le cri déchirant d'un homme achevé à coups de sabre, les cadavres étendus devant le portail ouvert, au loin, la Seine écarlate, les hurlements terribles des prisonniers – prêtres, nobles, détenus politiques – qu'on précipitait sans distinction par les portes et les fenêtres de la Conciergerie et qui rejoignaient d'autres malheureux pour abreuver les pavés de leur sang. Au moment des massacres de septembre 1792, il avait douze ans et Jacques quatre.

Les exécutions avaient duré cinq jours. Ils avaient été au plus près des carnages. Si près que Pierrot en avait été marqué à vie, et il ne pensait pas seulement à la cicatrice qu'il portait sur le visage. En désespoir de cause, les deux enfants avaient cherché de l'aide dans plusieurs paroisses dont Pierrot savait qu'elles accueillaient des orphelins, mais ils avaient été éconduits : il y avait tant d'enfants abandonnés que l'église ne pouvait répondre à toutes les demandes ; à douze ans, Pierrot avait été jugé assez grand pour se débrouiller seul. Quant à Jacques... Que lui avait-on dit déjà ? On ne pouvait rien pour les idiots comme lui.

« Recule, Jacques ! », ordonna-t-il d'une voix glaciale.

En tombant, Louis avait lâché ses reliques. Pierrot ramassa la montre et son regard brilla. Il vivait depuis assez longtemps dans la rue pour distinguer un objet précieux d'une pacotille. Jacques prit l'anneau et le petit paquet. Il fit mine de les mettre dans son sac, mais son frère les récupéra avec une douceur qui contrastait avec sa rapidité. Comme il ne savait pas lire, Pierrot ouvrit le paquet pour voir ce qu'il y avait à l'intérieur. Il se figea à la vision des mèches de cheveux blonds nouées chacune par un ruban d'une couleur différente. Ce fut comme si on lui donnait un coup de poing en plein visage. Il éprouva un sentiment qu'il n'avait jamais connu. Il eut honte.

Sur le sol, Louis poussait de faibles geignements. Pierrot se mordit les lèvres. Bien qu'étouffés, ses râles étaient suffisamment forts pour rameuter dans la ruelle tous les marchands d'âmes de Paris. Les rigueurs de l'hiver les avaient rendus de plus en plus téméraires. Ils chassaient à présent jusque sur le territoire du roi de Thunes pour capturer leurs proies. Or, le royaume des bas-fonds réprouvait la prostitution imposée ; c'était d'autant plus vrai lorsqu'il s'agissait de prostituer des enfants... ou pire. La sentence pour ceux qui s'y adonnaient et se faisaient prendre était sans appel : la potence.

Pierrot et son frère ne faisaient pas partie du royaume des bas-fonds – Jacques n'aurait jamais pu être accepté parmi les voleurs – et ils prenaient un risque en venant ici. Si leur statut d'enfant les protégeait théoriquement des marchands d'âme, ils restaient tout de même des cibles privilégiées pour les innombrables pilleurs, chapardeurs et autres voleurs de la capitale. Plus tôt dans la journée, ils avaient croisé un éclopé disputant son os à un chien des rues et Pierrot avait reconnu dans ce *pauvre homme* l'un des lieutenants du roi lui-même, preuve que les rues étaient étroitement surveillées. Il soupira et se pencha sur le petit garçon comme s'il voulait lui dire un secret. Puis, il se releva et tendit la main à son frère. « Allez viens, Jacques, on s'en va. »

Jacques dévisagea son frère aîné de ses grands yeux et se laissa entraîner dans son sillage. Il donnait l'impression que rien de tout cela ne le concernait. C'était sans doute le cas. Le petit garçon vivait dans un monde à part. Il avait déjà vécu plus longtemps que la plupart des enfants atteints des mêmes troubles. La plupart n'atteignaient jamais l'âge de cinq ans, l'asile ou la rue se chargeant de les renvoyer là d'où ils n'auraient jamais dû sortir. Pierrot faisait de son mieux pour protéger Jacques, mais il commençait à se sentir impuissant, les rigueurs de l'hiver et de la famine se faisant douloureusement sentir. Il lui était chaque jour plus difficile de voir Jacques dépérir. Il avait même envisagé de l'abandonner pour ne pas avoir à le voir mourir, mais il n'avait pas pu s'y résoudre jusqu'à ce soir. Leur rencontre avec ce *moineau* venait de tout changer. Il parviendrait sans doute à refourguer au vieux Juif des Innocents la camelote qu'il venait de voler. Finalement, se dit-il, peut-être que tout espoir n'était pas perdu, que quelqu'un veillait sur eux quelque part.

En rasant les murs pour trouver un autre abri, il se prit à rêver d'une chambre avec une cheminée pour Jacques et lui, et d'un hiver au chaud.

Louis était resté allongé au sol. Des voix lui parvenaient de loin. Il était de retour dans sa chambre, au Temple. Il voyait distinctement le grand lit et le couffin, la chaise rouge et le tabouret de paille. Le coffre de son père, à sa place, sous la fenêtre. L'affreux papier peint jaune, au mur. De là où il se trouvait, il pouvait contempler la procession quotidienne des fourmis venues récupérer les petits tas de nourriture qu'il laissait pour elles.

Il voulut se lever, mais découvrit qu'il en était incapable. Le gosier sec, il tenta d'appeler à l'aide, mais les mots restaient coincés dans sa gorge. Le jappement d'un chien parvint à la lisière de sa conscience. *Coco?* appela-t-il. C'était le chien que lui avait donné Marie-Jeanne, la femme de Toine, après la perte de son lapin. *Coco, viens mon chien.* Il tendit la main pour accueillir l'animal, mais tâtonna dans le vide. *C'est parce que la porte est fermée*, comprit-il après un moment. Il éclata en sanglots. On l'avait à nouveau enfermé tout seul. *Clac.* Il sursauta.

Le volet de la fenêtre carrée du rez-de-chaussée venait de s'ouvrir sur une femme aux joues replètes. La trentaine, elle portait un tablier blanc de farine et un bonnet de la même couleur. Quand elle se pencha, sa vaste poitrine menaça de déborder de son corsage. Elle cligna plusieurs fois des yeux pour laisser son regard s'habituer à la nuit. Au bout d'un moment, elle secoua la tête.

« Il n'y a personne, petite sotte. Allez, va dormir ! dit la femme.

— Il y a quelqu'un, j'en suis sûre », insista une voix derrière elle.

La femme fronça les sourcils et fouilla à nouveau des yeux les ténèbres, resserrant autour d'elle son châle pour éviter de prendre froid. C'est alors qu'elle le vit. Elle resta un moment immobile, puis referma la fenêtre.

7

Depuis vingt-deux ans, la famille Ramponneau faisait battre le pouls des nuits parisiennes. Les époux Ramponneau officiaient depuis *La Grande Pinte*, la plus récente des deux enseignes ; leur fils, Jean, gérait le cabaret historique, *Le Tambour Royal*, dont le succès ne s'était jamais démenti depuis son ouverture en 1740. Chaque soir, il rassemblait un mélange hétéroclite d'ouvriers, d'artistes, bourgeois et aristocrates, attirés par les prix alléchants – la pinte de blanc était vendue trois sols, contre quatre sols dans les autres auberges – ou la personnalité de ses hôtes. Preuve que cet endroit était sans conteste l'établissement le plus recherché de la capitale, cet article du journal *Le père Duchesne* que sieur Ramponneau avait affiché fièrement dans les deux cabarets, lui qui avait pourtant peu d'affection pour la cause révolutionnaire.

Le créateur du *Père Duchesne*, en l'espèce Jacques-René Hébert, qui en était aussi l'unique collaborateur, avait écrit que la Courtille était le plus beau lieu de l'univers et *Le Tambour Royal* son joyau ; que tout ce qu'on y voyait annonçait la gaieté et tout ce qu'on y entendait réjouissait le cœur ; que le vin y coulait à flots et que l'air retentissait des chansons les plus joyeuses ; que de tous côtés, le son du violon faisait trémousser tous les jeunes gens et sauter tous les cotillons. « Oui, foutre ! écrivait Hébert, *La*

Courtille est un véritable pays de cocagne. Si des prêtres qui, pour nous engueuser, ont imaginé des paradis de toutes les façons, en avaient imaginé un tel que *La Courtille* et son *Tambour Royal*, je crois bien que je me serais converti, et que je me serais laissé aller à leurs promesses. Un luron de la gance, en quittant la vie, se consolerait s'il croyait rejoindre tous les bons enfants qu'il a connus et s'il espérait s'en foutre là-haut des quilles avec les anges et le père éternel. »

Les époux Ramponneau affichaient une insolente réussite sociale; ils passaient au travers des soubresauts politiques comme si rien de ce qui advenait en France ne pouvait les faire tomber de leur piédestal. C'était moins vrai pour leur fils. Récemment, Jean Ramponneau fils avait été inquiété pour ses accointances avec des individus qu'on disait proches du parti royaliste. Les époux Ramponneau avaient donc décidé de rapatrier la famille à proximité de l'enseigne historique et l'avaient installée dans un appartement jouxtant le cabaret. Il s'agissait tout à la fois de faire front, de surveiller l'héritier du certes récent, mais non moins puissant empire Ramponneau et d'éloigner leur fille des nombreux clubs de femmes installés sur les barrières.

À treize ans, Juliette ne jurait que par celles qui avaient *fait* la Révolution: Anne-Josèphe Terwagne dite Théroigne de Méricourt, Louise de Kéralio, Manon Roland ou encore Olympe de Gouges. Ces femmes, tristement célèbres pour avoir osé dénoncer le sort réservé à leur sexe depuis l'établissement du nouveau régime, avaient vaillamment et bruyamment prôné l'égalité politique, le droit de vote et celui des femmes à disposer d'elles-mêmes, ce qui leur avait coûté cher. Olympe de Gouges et Manon Roland avaient payé leurs convictions de leur vie, Louise de Kéralio avait failli subir le même sort. Quant à Anne-Josèphe Terwagne, elle avait été enfermée à la Salpêtrière.

Ces destins tragiques et injustes avaient fait forte impression sur Juliette et elle était bien décidée à le faire savoir, entre autres revendications. La question des *moineaux*, ces orphelins de la Révolution, par exemple, la préoccupait. Depuis la chute de la monarchie, ils étaient des centaines, livrés à eux-mêmes, et la famine qui touchait la capitale ne faisait qu'empirer la situation. Les parents désemparés n'arrivaient plus à nourrir leur progéniture et abandonnaient les enfants en masse. Juliette ne cessait de répéter qu'il fallait agir, que l'existence même des moineaux était indigne d'une grande Nation comme la France. Où étaient les droits de l'homme quand un enfant mourait dans la rue ? Au moins, sous l'Ancien Régime, les enfants trouvés pouvaient bénéficier de la charité publique. Depuis la Révolution, ceux qui ne mouraient pas immédiatement de froid ou d'inanition se retrouvaient à la merci des voleurs et des marchands d'âme, qui vendaient leurs corps pour une simple pièce. Si la mère Ramponneau était d'accord pour dire que les moineaux étaient un problème, elle pensait qu'elle avait bien d'autres chats à fouetter que de le régler. En tout cas, il ne serait pas dit qu'elle en laisserait un expirer devant sa porte.

Munie d'une couverture chaude et d'une miche de pain, la mère Ramponneau fit tourner les quelques verrous qui les protégeaient du monde extérieur – et des moineaux dans le genre de celuici, songea-t-elle – et sortit d'un pas résolu.

« Petit ? Que fais-tu là ? Qui es-tu ? » demanda-t-elle à Louis en s'accroupissant à côté de lui. Aussitôt, la puanteur des boues était telle qu'elle couvrit son nez et sa bouche. Louis ne répondit pas. Son être s'évanouissait, comme si son cœur, devenu de glace, s'était arrêté.

« Voyons, petit, tu ne peux pas rester ici, continua-t-elle d'une voix douce. Tiens, prends ça. »

Elle posa la couverture sur le corps frigorifié et observa les traits du malheureux. Des paupières délicates, un nez bien dessiné, une peau d'ivoire et des cheveux qu'on devinait clairs sous la crasse. L'enfant ne paraissait pas percevoir sa présence. Il faisait penser à une poupée cassée, oubliée dans un coin, dans l'attente d'être mise au rebut. La grosse femme frémit et se détourna, l'âme remuée. À ce moment précis, elle croisa le regard accusateur de sa fille. Ce fut plus qu'elle ne pouvait supporter. « Qu'est-ce que tu fais encore là ? Fais chauffer de l'eau. Presse-toi ! »

8

Louis tendait la main vers sa mère qui l'observait d'un air désemparé. Elle lui apparaissait vaguement trouble, comme s'il n'arrivait plus à se remémorer précisément à quoi elle ressemblait. Il percevait confusément qu'elle essayait de lui dire quelque chose, mais il était trop loin pour l'entendre. Finalement, elle lui donna un soufflet sur chaque joue. *Réveille-toi, allez.* Il ouvrit les yeux, l'esprit toujours embrumé. En lieu et place de sa mère, il découvrit une femme au visage tourmenté, un pli douloureux sur sa bouche tendre. Derrière elle se tenait l'ange qu'il avait aperçu un peu plus tôt à la fenêtre. Des larmes perlaient à ses yeux. Louis eut un mouvement de recul.

« Tout doux, mon petiot. Je suis la mère Ramponneau. Et voici ma fille, Juliette. Comment t'appelles-tu ? »

Louis avait refermé les yeux et s'était recroquevillé en position fœtale.

« Qu'est-ce qu'il a, maman ? interrogea Juliette.

— Il a qu'il lui faut un bain chaud et un bon dîner, répondit sa mère. L'eau est chaude ? »

Juliette hocha la tête et passa dans la cuisine.

C'était une pièce agréable avec des poutres apparentes et une vaste cheminée en pierre. Sur les planches, la mère Ramponneau avait installé les ustensiles, bouilloires, bassines qu'elle avait rapportés de *La Grande Pinte*, en sachant que la plupart des foyers parisiens se contentaient d'une seule marmite pour cuisiner. Sur le feu, on entendait l'eau du coquemar siffler et la grosse marmite ronronner. Elle retira le coquemar et le remplaça par une casserole de lait. Après avoir versé plusieurs seaux dans un baquet de bois, la mère Ramponneau s'employa, par des gestes lents, à déshabiller le garçon. L'odeur des boues et du sang, qui avait gelé sur son cuir chevelu, empuantissait la pièce.

La mère Ramponneau envoya sa fille dans sa chambre pendant qu'elle baignait Louis. Elle trouvait que Juliette était désormais trop grande pour voir un homme dans son état naturel, même si *l'homme* en question n'était encore qu'un enfant. Elle commença par lui laver doucement les cheveux, notant qu'il portait une cicatrice derrière l'oreille, puis lui frotta le dos avec des mouvements circulaires. Elle remarqua qu'il avait la peau particulièrement douce et blanche, presque laiteuse et que ses cheveux devenaient plus clairs au fur et à mesure que la crasse disparaissait. Il avait de beaux cheveux. Bien sûr, il faudrait certainement les lui couper, c'était le seul moyen d'éviter la prolifération de la vermine. Sur le haut de la cuisse, elle buta sur une petite boursouflure en forme de triangle et fronça les sourcils. C'était le signe que ce garçon avait sans doute été inoculé du virus de la variole. Il entrait donc dans l'une de ces deux catégories : enfant de la campagne ayant eu la chance de rencontrer un médecin compétent ou enfant aristocrate ; en tout cas, pas un Parisien.

Elle remonta à son visage et rencontra ses yeux. La mère Ramponneau retint sa respiration. Pas parce qu'ils étaient d'un bleu presque surnaturel, pur comme celui d'un lac de montagne ou d'un ciel d'hiver, mais pour la résignation qu'elle y lisait. On aurait dit que l'enfant avait déjà renoncé. Son émotion fut si vive qu'elle le prit dans ses bras. Elle le sentit d'abord se crisper à ce contact, puis se relâcher imperceptiblement avant de l'empoigner comme d'autres saisiraient une bouée de sauvetage. Il la retenait contre lui, comme si cette étreinte était tout ce qui lui restait au monde. L'image de son plus jeune fils emporté par la fièvre l'hiver précédent se superposa à celle de ce petit garçon moribond et elle se sentit vaciller. Elle se félicita que monsieur Ramponneau se trouve toujours au *Tambour Royal*. Cela lui donnait plus de temps pour réfléchir à la manière dont elle s'acquitterait des deux questions que son mari ne manquerait pas de lui poser : pourquoi diable avait-elle fait entrer un moineau dans leur demeure et pourquoi n'était-il pas déjà parti ?

9

Le marché avait été construit sur l'emplacement de l'ancien cimetière des Innocents. L'entrée de l'église, bien que détruite en 1786, était encore accessible et permettait d'accéder aux catacombes. La rumeur disait qu'elles dissimulaient un passage secret vers la Cour des Miracles, la capitale du royaume des bas-fonds. Pierrot et Jacques ne l'avaient jamais trouvé, mais une chose était sûre, les Innocents était le rendez-vous de tous les bonimenteurs, receleurs, brigands de la ville, crieurs à la volée et nécessiteux qui exhibaient à la vue de tous, vrais stigmates et fausses infirmités. Dans les entrelacs de boutiques et d'étaux, la place grouillait de passants qui virevoltaient de coin en coin. Les rues étroites déversaient sans discontinuer des milliers de Parisiens. La vie suintait ici par tous les pores. C'était le cœur battant de la capitale, là où Pierrot comptait vendre la montre et l'anneau qu'il avait récupérés la veille au soir. Tous les receleurs étaient des voleurs, mais l'un d'entre eux, un vieux Juif, l'était sans doute un peu moins que les autres, car il n'envoyait pas un gros bras à la poursuite du vendeur pour récupérer son argent. Il tenait une officine en contrebas de l'église. Pierrot espérait qu'il leur ferait un bon prix.

Jacques claquait des dents. Ses pieds maigres gelaient dans ses sabots de bois. Sa peau, d'une teinte bleu violacé, donnait l'impression qu'il n'appartenait déjà presque plus au monde des vivants. Jacques tenait bon, mais Pierrot redoutait le moment où il verrait son frère s'effondrer pour ne plus jamais se relever.

Pierrot resserra sa prise sur la petite main de Jacques. Il savait que s'il le lâchait, la foule immense et gueulante ne tarderait pas à le dévorer. Pierrot avançait comme si le plan de ce dédale mouvant était inscrit dans sa tête, comme si un fil lui montrait le chemin; son pas était sûr et déterminé, Jacques à sa traîne comme une ombre. Il anticipait mentalement la négociation qu'il aurait avec le receleur. Il ne laisserait pas partir la montre à moins de cent livres. Il sourit. Tout ce qu'ils pourraient faire avec une telle somme. Un logement décent, un repas de fête, des vêtements chauds... Il s'arrêta brutalement. Jacques n'était plus au bout de son bras.

Le regard du petit garçon avait été irrésistiblement attiré par une boutique différente des autres, un océan de couleurs qui tranchait avec la brumaille ambiante. C'était une échoppe de fleuriste proposant au chaland les variétés les plus diverses : des dahlias arrogants faisaient la cour à des pivoines épanouies, des anémones observaient paresseusement le jeu des tournesols avec le soleil, et lavande et jasmin mélangeaient leurs arômes pour créer des fragrances entêtantes. Surtout, il y avait des roses. Des roses de toutes les formes et de toutes les couleurs qui répandaient alentour leur enivrant parfum. Il se perdit dans la contemplation des bouquets jusqu'à ce qu'il remarque la fleuriste, une dame sans âge avec de beaux yeux verts en amande et une bouche pleine et sensuelle, qui le dévisageait. Elle se frottait les mains en le regardant avec une expression presque gourmande. Elle avait une voix douce, apaisante, ensorcelante. Jacques avança vers elle, en souriant.

Pierrot avait le cœur qui battait la chamade. Jacques n'était nulle part en vue. Il sentit qu'on le bousculait, qu'on le pressait d'avancer. Il se débattait, à contre-courant, dans la mêlée des mains qui le poussaient vers l'avant, dans un flot ininterrompu, manquant le faire tomber sur les pavés inégaux. Il criait de fureur, mordant, gesticulant, ruant même pour qu'on lui permette de faire demi-tour. Arrivé à un croisement, il hésita. Il avait le choix entre la boutique de fleurs à droite et la marchande de petits pains à gauche. Il opta pour la marchande de petits pains.

«Tu veux quelque chose, mon beau?»

Jacques contemplait la marchande d'un air émerveillé, hypnotisé par son regard. Elle avait de longs cheveux bruns et ses yeux verts brillaient comme des pierres précieuses. Ses joues étaient roses et elle portait du rouge sur ses lèvres rebondies. On aurait dit une poupée de porcelaine. Il tendit la main vers les fleurs, puis ouvrit son petit sac pour en sortir un de ses *petits cailloux*. La vendeuse sourit d'un air gourmand.

«Choisis celle que tu préfères, mon trésor.»

Il désigna une belle rose de couleur mauve et voulut l'échanger contre son caillou, mais la femme lui referma la main et l'attira vers elle.

«Garde tes sous, mon petit ange. Quel beau sourire tu as...»

Elle exhalait un mélange de sueur et de fleurs coupées. Jacques se laissait aller à l'étreinte quand il sentit qu'on le tirait avec force. Il tenta de se débattre. Ses dents heurtèrent le dos d'une main. Il mordit le plus fort possible, mais la main ne desserra pas son emprise avant de l'entraîner dans une espèce de cour déserte. Jacques se mit à pleurer en se tirant les cheveux et en se frappant le visage. Ses sanglots étaient entrecoupés de phrases et de mots incompréhensibles.

«Jacques, calme-toi! C'est moi!»

Pierrot avait la main en sang et la marque des dents de Jacques resterait sans doute incrustée longtemps, pourtant cette douleur semblait moins forte que celle dont résonnaient ses paroles: «Pardon, mon Jacques, disait Pierrot la voix tremblante, c'est ma faute. Pardon.»

Au bout d'un moment, Pierrot sentit le corps de son frère se relâcher. Jacques retomba au sol comme une poupée de chiffon. Pierrot le serra fort.

Quand il avait perdu Jacques, il avait opté pour la boulangerie, avant de se rendre compte que c'était le choix qu'aurait fait n'importe qui. Jacques n'était pas n'importe qui. Quand Pierrot l'avait vu entre les griffes de la marchande, son sang n'avait fait qu'un tour. Cela faisait assez longtemps qu'il fréquentait la rue pour savoir que les gens n'avaient jamais de bonnes intentions – même les marchands de fleurs. Jacques était trop innocent pour comprendre : l'échoppe de cette marchande était bien trop belle et fournie ; or, qui en cette période de famine avait les moyens d'acheter des bouquets ? Cela voulait dire soit qu'elle s'adonnait au commerce des âmes – pour lequel Jacques était une cible de choix – soit qu'elle travaillait main dans la main avec la police qui avait promis de débarrasser Paris du fléau des moineaux. La poitrine de Jacques se soulevait à un rythme lent. Il s'était endormi.

Quand Jacques se réveilla, il était toujours dans les bras de Pierrot, dont le visage blême faisait saillir la cicatrice et le regard sombre. Il tira sur la chemise de Pierrot pour attirer son attention. Pierrot lui caressa les cheveux et lui demanda s'il était prêt à repartir. Jacques lui tendit la rose toute chiffonnée. Elle avait perdu la plupart de ses pétales, mais le petit garçon la trouvait toujours belle. Quand Pierrot la jeta dans le caniveau, une larme coula sur le visage de lune.

Pierrot était résolu à se rendre seul auprès du vieux Juif. Jacques venait de donner une nouvelle preuve de son imprévisibilité et ce rendez-vous était beaucoup trop important pour que son frère puisse s'inquiéter de lui. Restait à savoir où le petit garçon l'attendrait. Il y avait bien la petite cahute dans laquelle ils se réfugiaient parfois sur les quais, mais, de jour, elle n'était pas sûre et elle était trop loin. Il ne fallait pas non plus envisager une impasse déserte, où Jacques pourrait être attaqué par d'autres moineaux. Restaient les catacombes. Pierrot se dirigea vers l'extrémité sud du marché. Il jeta plusieurs fois un œil par-dessus son épaule avant d'entraîner son frère dans la vieille église, vers un escalier, à gauche de l'autel, qui menait à la crypte. Il dégagea rapidement une stèle vaguement recouverte de feuillage, la souleva avec difficulté, créant un interstice suffisant pour leur permettre de passer. Une échelle noire les attendait.

10

Louis eut un long frisson, ouvrit des yeux éperdus, avec le sursaut d'un animal pris au piège. Aussitôt, il porta la main à sa poche et s'affola en la sentant vide.

« C'est ça que tu cherches ? »

Juliette lui passa un petit paquet. Il le récupéra comme une bête aux abois, le menton tremblant, et le tint serré contre lui.

« Rassure-toi, nous ne te voulons pas de mal, continua Juliette. Comment t'appelles-tu ? Je m'appelle Juliette, c'est moi qui t'ai trouvé. »

À mesure que Juliette lui racontait les circonstances de leur rencontre, Louis se tassait davantage sur lui-même. En l'espace de vingt-quatre heures, le sol s'était écroulé sous ses pieds. Il avait été propulsé dans une réalité où sa mère était morte, où son oncle voulait sa perte et où sa vie avait moins de valeur qu'une montre et une bague.

« D'où viens-tu ? continuait Juliette. Ma mère pense que tu es un enfant perdu. »

Les enfants perdus n'étaient pas des moineaux puisqu'ils avaient toujours une famille qui n'avait pas voulu les abandonner. Autrement dit, si la mère de Juliette avait raison, à cette heure, quelqu'un devait être très inquiet pour le petit garçon. Juliette n'eut cependant pas le loisir d'interroger Louis plus avant. Sa mère avait fait irruption dans la pièce qu'elle lui avait demandé de quitter.

La mère Ramponneau déposa près du lit un plateau avec un verre de lait et deux grosses tartines de pain blanc dont l'odeur monta à la tête de Louis. Il hésita, mais le tourment de la faim était si fort qu'il attrapa la plus grosse des tartines et l'avala en deux bouchées, avant de faire subir le même sort à la seconde. Pour ne pas le gêner, la mère se taisait. Quand il manqua s'étouffer, elle intervint, lui tapota gentiment le dos et l'aida à boire le lait. De grosses gouttes tombaient de son menton tremblant. On aurait dit un bébé buvant pour la première fois au sein de sa mère. Quand il eut fini, elle l'aida à se rallonger. À peine sa tête eut-elle trouvé l'oreiller qu'il se rendormit.

La mère Ramponneau referma la porte sans bruit. Ce garçon l'intriguait. Il n'était pas aussi famélique qu'un moineau. Il avait la peau douce, des cheveux soyeux et ses mains n'avaient jamais connu le travail. Quand elle l'avait aidé à boire, elle n'avait pas lu de gêne ou de reconnaissance dans son regard, on aurait dit qu'il avait l'habitude d'être servi. Et que penser du paquet contenant des mèches de cheveux qu'il tenait serré contre lui comme si sa vie en dépendait ? Tout le désignait comme un enfant issu de l'ancienne aristocratie. Comment diable avait-il atterri devant chez elle dans cet état ?

Absorbée par ses réflexions, elle gagna la cuisine où son mari, un véritable colosse bruyant comme six hommes, le ventre rond comme un tonneau, le nez aussi rouge que les joues, était occupé à siroter, à l'aide d'une louche, un grand bol de bouillon de santé pour remédier aux excès de la veille. *La Grande Pinte* et *Le Tambour Royal* avaient leur propre marmite, mais le père Ramponneau ne jurait que par le bouillon de santé de sa femme. Il était non seulement bon, mais surtout, dans quelques heures, les poivrots d'hier se presseraient devant les deux cabarets familiaux pour obtenir le remède salvateur à leur gueule de bois. Chaque portion comptait.

« Où étais-tu ? » l'interrogea-t-il de sa voix bourrue. Il avait l'habitude de la trouver au fourneau quand il rentrait du cabaret au petit matin.

«J'avais à faire, là-haut, éluda-t-elle en s'approchant de la marmite. Comment s'est passée la nuit?

— Agitée. Il y a eu une échauffourée entre deux soldats de la Commune. L'un était de la compagnie qui a laissé filer cette canaille de baron de Batz. Il s'est fait railler par l'autre. Ça a dégénéré.»

La mère Ramponneau grimaça. Il n'aurait plus manqué qu'ils aient des ennuis avec l'Hôtel de Ville. Lullier, le procureur syndical, un jacobin notoire, n'était pas un tendre, tout le monde craignait ses mandats d'arrêt.

«Qu'est-ce que tu as fait?

— J'ai dégagé les importuns et j'ai offert une tournée. Et toi? Où étais-tu ce matin?»

La mère Ramponneau avait installé Louis dans ce qui lui tenait lieu de boudoir. La décoration de la pièce était sobre, mais confortable: une cheminée maintenue allumée en hiver, un bureau simple, mais de bonne facture, une malle ancienne en bois foncé, un fauteuil moelleux et un lit méridienne recouvert de velours doux au toucher.

La quasi-totalité des meubles venait de chez leur *voisin*, un noble qui avait tout perdu, même la vie, au cours des émeutes de septembre 1792. Madame Ramponneau n'en concevait aucune honte. Ils n'avaient certes pas participé aux massacres, mais ils n'allaient pas non plus rester là, à regarder, alors que des fortunes entières changeaient de main. Les Ramponneau étaient d'honnêtes commerçants, mais ce n'étaient pas des enfants de chœur.

En découvrant Louis profondément endormi sur la méridienne, l'aubergiste fit la moue.

«Qu'est-ce que tu veux qu'on en fasse de ce moineau?

— Le garder, pardi!

— Oh là, la mère, comme tu y vas! Ce n'est pas l'hospice ici.

— Il pourrait travailler. Tu dis toujours que tu es débordé.

— On ne va rien pouvoir en faire de ce petiot, regarde-le!

— Je le remets à la rue, alors?»

Le père Ramponneau leva les yeux et les bras au ciel. Quand il était à *La Grande Pinte*, on le comparait fréquemment au dieu du Vin, Bacchus. Pourtant, tout dieu qu'il fut, il s'effaçait devant sa femme.

« Ça va, la mère, tu as gagné. Il peut rester aujourd'hui. Mais rien qu'aujourd'hui. Comment s'appelle-t-il ?

— Il s'appelle Antonin.

— Antonin ? »

Une ombre fugace passa dans les yeux du gros bonhomme, l'ombre d'un souvenir douloureux. Il s'éclaircit la gorge et sortit très vite, comme s'il voulait échapper à ses pensées. La mère Ramponneau eut un sourire triste et, afin que Louis, qui faisait semblant de dormir, puisse l'entendre, elle prononça ces mots :

« Je sais que tu ne t'appelles pas Antonin, mais à partir d'aujourd'hui, ce sera ton nom, tu comprends ? Et ça le restera jusqu'à ce que je décide ce que je vais faire de toi. »

11

Comme d'habitude, l'officine de prêt sur gage de maître Zacharie était plongée dans l'ombre. Le vieux receleur s'était rendu compte que cette atmosphère inspirait une certaine appréhension à ses clients et qu'il pouvait ainsi les délester de leurs objets précieux pour un prix plus intéressant. Ça n'avait rien de personnel. S'ils étaient allés au Mont-de-piété, ils auraient touché encore moins, et il fallait bien vivre.

Pierrot avait ordonné à Jacques de rester caché dans les catacombes le temps d'aller consulter le receleur. Il n'aimait pas l'idée de laisser son frère seul, surtout après ce qui s'était passé, mais il n'avait pas le choix.

Zacharie se tenait derrière son comptoir, occupé à estimer une bague. Il portait une tenue sobre, aux couleurs passées et à la trame usée, mais un observateur aguerri aurait pu constater que cela faisait partie du décorum. Sa figure était pâle, presque lunaire, à l'image d'un homme qui craindrait la lumière du jour. Ses cheveux étaient remarquables pour un homme de son âge : longs et lisses, entièrement blancs comme le plumage d'une chouette, de ce blanc soyeux et brillant qu'on trouve dans la nature ou en regardant l'astre à sa plénitude, et peignés avec soin – il les attachait en arrière, d'un ruban noir, comme pour les empêcher de prendre leur envol. Ses yeux jaunes étaient perpétuellement plissés, on avait l'impression qu'il était prêt à fondre sur ses interlocuteurs comme sur des proies et sa bouche mince esquissait un perpétuel sourire narquois.

Zacharie parlait d'un ton bas, presque inaudible, ce qui obligeait son vis-à-vis à s'engager plus que souhaité à l'intérieur de l'officine, à s'approcher au plus près du comptoir derrière lequel le vieil homme restait tapi toute la journée. L'usurier penchait alors la tête légèrement sur le côté pour indiquer au visiteur qu'il avait toute son attention.

À l'approche de Pierrot, il rangea le bijou dans le tiroir central de son bureau et croisa ses longues mains. Le jeune homme, nota-t-il, était sur ses gardes. La prise du jour devait être intéressante. Il hocha la tête et lissa sa barbe d'un geste qui appuyait cette dernière pensée. Il avait de l'affection pour cet orphelin et pour l'autre aussi, celui avec la tête de lune, qui traînait toujours dans son sillage. Il les escroquait moins que les autres. Captant l'éclat d'intérêt qui brillait dans la prunelle de l'usurier, Pierrot marqua un temps d'arrêt. Ils restèrent un moment à se jauger.

Finalement, Pierrot ouvrit la bourse et en sortit la bague et le cadran de montre en argent. Le vieux juif haussa imperceptiblement un sourcil. Pierrot hésita une seconde avant de lui tendre les objets en gardant une main sur le comptoir. Zacharie commença par étudier la bague et ne put s'empêcher de perdre son flegme légendaire en découvrant l'inscription à l'intérieur. Cela n'échappa pas à Pierrot. La montre était gravée d'arabesques délicates formant trois roses. Elle scintillait d'un reflet d'argent. L'usurier inspecta longuement les deux objets, puis fit signe à Pierrot qu'il pouvait les récupérer.

«Je t'en donne cinquante pièces d'argent», déclara-t-il d'un ton neutre.

La négociation commençait trop bas. Pierrot avait escompté au moins cent pièces d'or, rien que pour la montre et il était persuadé que l'usurier ne reculerait devant rien pour récupérer les objets. Il l'avait vu à son regard. Il sortit une pièce qu'il gardait précieusement dans son vêtement pour le jour où... Il ne voulait pas y penser. Il s'agissait d'un louis d'or frappé en 1792. Pierrot avait entendu qu'une pièce comme celle-là valait vingt-quatre livres. En comparaison, une pièce d'argent ne valait que six livres.

« J'en veux cent et uniquement comme celle-ci. »

Maître Zacharie eut un petit rire.

« Ma parole, tu es fou ! »

Pierrot haussa les épaules, récupéra les deux objets et fit mine de se détourner.

« Reviens, le rappela Zacharie avec une expression indéfinissable. Il feignit de réfléchir. Je te donne cinquante pièces d'argent et autant de cuivre.

— Cinquante d'or et cinquante d'argent, répondit Pierrot d'un ton ferme.

— Tu es déraisonnable. Personne ne te donnera une pareille somme.

— On verra bien. »

Et ses doigts caressèrent l'inscription à l'intérieur de la bague. Zacharie le toisa par-dessus son comptoir. Il avait perdu. Il le savait et il savait aussi que cela n'avait pas échappé à son petit vendeur.

« Cinquante pièces d'argent et vingt-cinq d'or, lâcha-t-il. C'est mon dernier mot. »

Maître Zacharie compta les pièces sous l'œil attentif de Pierrot. Il était peut-être analphabète, mais il avait appris très tôt à compter. On ne pouvait pas survivre dans la rue sans un rudiment d'arithmétique. Une fois le décompte achevé, Pierrot lui glissa les objets.

La porte de l'officine à peine refermée sur l'adolescent, Zacharie se tourna vers l'arrière-boutique.

« Siméon ! dit-il, suis-le et surtout, ne le perds pas ! »

12

Cinquante pièces d'argent et vingt-cinq d'or. Une fortune, plus que Pierrot n'avait jamais vu et qu'il ne verrait sans doute jamais. Il remercia silencieusement le hasard d'avoir mis le propriétaire de la bague et de la montre sur leur chemin. *Il doit probablement être mort à l'heure qu'il est*, pensa-t-il en éprouvant une pointe de culpabilité qu'il étouffa immédiatement. Depuis la mort de leur mère, le moindre de ses actes n'avait d'autre but que Jacques. Il faisait le nécessaire pour assurer la survie de son petit frère. Il pressa le pas en espérant que rien de fâcheux ne lui était arrivé en son absence. Jacques était tellement imprévisible. Il pouvait se comporter comme s'il était pleinement conscient des dangers qui les guettaient et l'instant d'après, offrir un caillou en échange d'une fleur.

Il éprouva une bouffée de soulagement en s'apercevant que la stèle n'avait pas bougé. Il aménagea une ouverture suffisante pour s'y engouffrer et frissonna en sentant sur sa peau nue la morsure du vent glacial qui soufflait à travers l'ouverture. Sachant que la température pouvait chuter de plusieurs degrés dans les catacombes, il avait laissé son manteau à son frère, en sus de sa couverture, et ne portait qu'une simple veste. Il se mit à compter les barreaux de l'échelle afin de ne pas penser au froid qui le paralysait et, après un temps infini, posa le pied sur une surface molle.

« Jacques ? C'est moi Pierrot ! Je suis de retour. Tu peux sortir. »

Silence abyssal.

« Jacques ! répéta-t-il, anxieux. Tu es là ? »

Pierrot s'enfonça dans les ténèbres en espérant que son frère n'ait pas eu l'idée de se perdre dans le dédale des carrières. Il avançait à tâtons dans le noir, il ne voulait pas prendre le risque de chuter sur le sol accidenté. Il commençait à perdre espoir quand il aperçut la flamme vacillante d'une bougie. Pierrot éprouva un mélange de colère et de soulagement. Son frère ne semblait pas avoir conscience de sa présence. Il était occupé à fouiller les tombes.

« Jacques ! lui reprocha-t-il en lui arrachant la bougie des mains, combien de fois je vais devoir te répéter que tu ne dois pas t'enfoncer dans les tunnels ! »

Jacques eut un mouvement de recul et des larmes emplirent ses grands yeux. Pierrot se baissa à sa hauteur.

« Tu aurais pu te perdre, continua-t-il d'une voix douce en lui caressant la joue. Bon, montre-moi ce que tu as trouvé ! »

Toujours sur ses gardes, Jacques ouvrit son petit sac noir et lui tendit sa récolte avec un grand sourire. Il y avait une plume d'oiseau, un dé en os, un tesson d'argile peint et une petite croix de bois. Comme d'habitude, remarqua Pierrot, il avait laissé de côté tout ce qui pouvait avoir un peu de valeur marchande, comme les dents en métal ou les bijoux.

« Magnifique, le complimenta Pierrot. Allez, viens, sortons d'ici ! »

Avec l'argent qu'ils avaient obtenu de maître Zacharie, Pierrot et Jacques auraient pu aller dans n'importe quelle auberge de Paris. Cependant, Pierrot ne voulait pas attirer l'attention. Un moineau capable de passer la nuit au chaud avait quelque chose de suspect. L'adolescent avait décidé de louer une chambre à un homme nommé Thénar dont il savait qu'il n'était pas regardant sur l'origine de l'argent, tant que ses locataires payaient.

La chambre était au dernier étage, sous les toits, un endroit misérable et mal isolé. Chaque fois qu'ils se parlaient, des bruits leur répondaient en provenance des autres logements : les gémissements stridents d'un bébé, les râles de plaisir d'un homme venu dépenser quelques sous avec une fille de joie, un verre qui se brise à terre, des gonds mal huilés, une fenêtre qui claque, le début d'une bagarre... Même les odeurs suintaient d'un mur à l'autre. Pourtant, Pierrot était satisfait. Cette chambre leur faisait, pour la première fois depuis qu'ils étaient orphelins, l'impression d'un foyer. Jacques avait enfin un lit avec une couverture chaude, même si ladite couverture n'était pas de première jeunesse et qu'elle aurait mérité un tour au bateau-lavoir.

Au troisième matin, Pierrot ouvrit un sac et le vida sur la table. Il y avait un morceau de lard, une miche de pain frais, trois oignons et un paquet de fèves. Pour faire passer le tout, Pierrot avait acheté une bouteille de bière fraîche.

En voyant toute cette nourriture à portée de main, Jacques éclata d'un rire charmant. À le regarder, on aurait presque dit qu'il était *normal*. Il opta pour les fèves qui lui faisaient penser à des bonbons et Pierrot mordit à pleines dents dans l'oignon ; il avait un goût frais et piquant qui lui fit monter les larmes aux yeux. Jacques dévorait ses fèves.

Voyant que ces agapes tiendraient son frère occupé un moment, Pierrot décida de se rendre auprès d'un autre usurier de sa connaissance, ancien chanoine et évadé de prison. Il voulait obtenir du cuivre en échange de trois de ses écus d'or.

Il descendit les escaliers vermoulus en réfléchissant à la meilleure façon de mener la négociation. Il avait commis une erreur en demandant uniquement des pièces d'or et d'argent au vieux juif. L'or, notamment, serait difficile à écouler pour quelqu'un de sa condition. Pierrot s'effaça pour laisser passer un homme dont l'élégance jurait avec les lieux. L'inconnu portait un gilet droit brodé, un col haut et une culotte bouffante. Le gilet était à grand revers et brodé de fleurs. Il y avait ajouté une longue écharpe de linon nouée sur un jabot plissé, qui s'ouvrait en éventail sur la poitrine. Ses cheveux foncés étaient simplement attachés en arrière avec un ruban. L'homme le dépassa sans un regard. Pierrot remarqua qu'il boitillait.

13

Louis fixait le mur comme hypnotisé. La veille au soir, il n'avait pas remarqué la toile, mais à la lumière du jour, le tableau occupait l'espace de la pièce. Il représentait la mère Ramponneau, de quelques années plus jeune, coiffée d'un chapeau de feutre, vêtue de sa robe habituelle, mais rehaussée d'un châle noir. Les éléments qui l'entouraient signalaient son état. Son expression était douce, mais résolue. Elle était figurée debout et non assise pour signifier qu'elle n'était pas une femme oisive. En choisissant cette pose, elle avait sans doute voulu se démarquer des femmes de l'aristocratie. L'artiste avait parfaitement réussi à donner l'impression qu'elle aurait pu se trouver à mille autres endroits au lieu de poser dans un atelier, mais qu'elle était néanmoins à sa place. Elle contemplait le spectateur de face, ce qui révélait une grande force de caractère.

Louis serra douloureusement les lèvres. Il avait suffisamment posé aux côtés de sa mère pour reconnaître le style du peintre. Il s'agissait d'Elisabeth Vigée Le Brun, portraitiste officielle de la Reine. C'était pour le moins inattendu de trouver un tableau d'elle, ici. Rassurant aussi en ces temps où toute espèce de complaisance avec l'Ancien Régime risquait de vous conduire à l'échafaud.

La mère Ramponneau se racla la gorge et Louis se retourna vivement. Quand il vit la paire de ciseaux qu'elle avait apportée, il recula contre le mur opposé au tableau et leva les bras pour se protéger. La mère croisa les siens, le regard sévère.

« Qu'est-ce que tu crois que je vais te faire ? Je veux simplement te couper les cheveux. »

Louis se mordit les joues, interdit. C'était la première fois qu'on lui coupait les cheveux. Sa tignasse blonde était l'une de ses grandes fiertés, sa mère caressait inlassablement ses boucles dorées en l'appelant son chou d'amour. Mais elle était morte. La mère Ramponneau commença à tailler grossièrement les boucles. Louis les voyait rebondir sur le sol et il sentit des larmes lui monter aux yeux.

Elle lui passa ensuite une chemise élimée, mais qu'elle avait conservée en souvenir de son plus jeune fils. En regardant Louis l'enfiler, elle eut un pincement au cœur. S'il avait vécu, c'était son garçon qu'elle serait en train d'habiller en ce moment, pensa-t-elle tristement. Mais Louis se montra tellement malhabile en essayant de boutonner le vêtement que la mère Ramponneau secoua la tête et finit par s'en charger. Elle lui tendit ensuite un pantalon de toile grossière, des sabots et une espèce de bonnet plat.

« Voilà, maintenant, tu es prêt. »

Prêt à quoi ? ajouta-t-elle pour elle-même en regardant les mains blanches de son protégé. *C'est la question.* Cependant, elle comptait le mettre au travail dès aujourd'hui. Cela permettrait à la fois de justifier sa présence auprès de son mari et de l'occuper. Elle plongea son regard dans celui du petit garçon.

« Antonin, si tu veux rester ici, il va falloir que tu travailles. Tu comprends ? »

Louis la dévisagea sans répondre. Elle s'agaça de cet air un peu sot, lui prit la main pour l'emmener dans la pièce d'à-côté, où Juliette était occupée à lire un livre. La jeune fille releva la tête et sourit à Louis. Le petit garçon avait l'air mieux portant que la nuit précédente.

« Je veux que tu t'occupes d'Antonin aujourd'hui, pendant que je suis au cabaret. Vous vous chargerez de la soupe et du ménage.

— Il s'appelle Antonin ? s'étonna la jeune fille.

— C'est ce que j'ai dit. Donne-moi ce livre ! Allez ! »

Devant les refus de sa fille, la mère Ramponneau récupéra habilement l'ouvrage. Il s'agissait de *La Déclaration des droits de la Femme et de la Citoyenne* d'Olympe de Gouges, qu'il ne faisait pas bon détenir, surtout depuis novembre 1793 où Olympe de Gouges avait été guillotinée à titre d'ennemie de la République.

« Ton père t'a déjà dit qu'il ne tolérait pas ce genre de lecture ici !

— Pourquoi ? Qu'y a-t-il de mal à ça ? Ça te concerne aussi, Maman. Tu ne voudrais pas avoir les mêmes droits que les hommes ? Pourquoi devrions-nous accepter de leur être inférieures ?

— Juliette... soupira sa mère.

— Ce sont les femmes qui ont ramené le roi à Paris en 1789, quand les hommes restaient à palabrer à la Convention, ce sont les femmes qui se sont battues contre l'augmentation du prix du pain et la fin de la misère. Et comment nous remercie-t-on ? En envoyant à la guillotine celle qui a osé parler en notre nom ! En dissolvant les sociétés de femmes !

— Ma pauvre enfant, que connais-tu de la misère ?

— Plus que tu ne le crois », répondit Juliette, bravache.

Louis avait observé la scène en silence. L'évocation de la triste marche de la famille royale de Versailles vers Paris en octobre 1789 restait douloureusement vivace à son esprit. Après ce funeste événement, tout avait basculé.

« La femme a le droit de monter à l'échafaud ; elle doit avoir également celui de monter à la tribune ! » cria Juliette dans le dos de sa mère, paraphrasant une célèbre déclaration d'Olympe de Gouges.

Juliette empoigna Louis pour l'entraîner à la cuisine, où elle vérifia la fermeture des portes et fenêtres.

« C'est bien ce que je pensais. Nous sommes enfermés... »

Elle éclata d'un petit rire, avec un clin d'œil à Louis. « Grâce au ciel, c'est à la maison et pas au couvent. »

Devant l'air interdit du jeune garçon, Juliette se fendit d'une explication.

« Une fille insoumise peut se retrouver enfermée à vie dans un couvent par la seule volonté de son mari ou d'un père tout puissant. Dieu merci, je ne suis pas assez vieille pour avoir un mari, mon père n'est pas assez dévot pour m'envoyer chez les bonnes sœurs et disons qu'une porte fermée ne m'a jamais empêchée de sortir ! On s'y met ? »

Ils épluchèrent. Louis trouva vite ses marques. Ses mains, propres au début de l'opération, étaient désormais pleines de terre et il avait un peu l'impression d'être de retour au Trianon, quand il jardinait avec sa mère et ses dames de compagnie.

Juliette avait versé leur préparation dans une grande marmite en fonte au-dessus du feu.

« Ne t'inquiète pas pour tes cheveux, dit-elle en remuant une cuillère. Ils vont repousser, comme ma mère te l'a dit. Je te parie qu'ils seront même encore plus beaux qu'avant. »

Louis la regarda avec reconnaissance.

« Au fait, tu sais lire ? »

Il hésita, puis hocha la tête.

« J'en étais sûre, sourit-elle. Attends-moi ici ! »

Juliette revint quelques instants plus tard, avec deux livres. Elle tendit le plus petit des deux à Louis.

« Le titre est : *Julie ou la nouvelle Héloïse*, par Jean-Jacques Rousseau. Tu connais ? »

Louis secoua la tête. À vrai dire, il le connaissait, mais ne l'avait jamais lu. Son père disait de Rousseau qu'il était l'un de ceux qui avaient perdu la France.

« C'est l'histoire, continua Juliette, d'un amour contrarié entre la fille d'un baron et son précepteur. Leurs différences sociales leur interdisent d'être amoureux. Je pense qu'on devrait être libre de se marier avec qui on veut ! Pas toi ? »

Louis la regarda, perplexe. Il avait toujours été élevé dans l'idée qu'il n'aurait pas le choix de son épouse. C'était encore plus vrai depuis qu'il était devenu l'héritier du trône, à la mort de son frère. Et tout cela ne lui avait jamais posé problème. Il ouvrit le livre à la première page.

C'était agréable de tenir un livre. Un vrai livre, avec des pages qui sentaient bon l'encre vieillie et la poussière. Cela lui rappelait les moments où il étudiait avec son père, bien installé sur ses genoux. Ensemble, ils avaient parcouru les œuvres de Montesquieu, celles de Bertin, de Boileau, de Pierre et Thomas Corneille et même de Horace. Il n'en avait pas retenu grand-chose, si ce n'est les modulations mélodieuses de la voix de son père qui lisait en latin.

Louis commença à lire : « Il faut vous fuir, mademoiselle, je le sens bien : j'aurais dû beaucoup moins attendre, ou plutôt il fallait ne vous voir jamais. Mais que faire aujourd'hui ? Comment m'y prendre ? »

Juliette l'observait par-dessus son propre livre, une lueur de fierté dans le regard. C'était elle qui l'avait sauvé. C'était elle qui l'avait entendu, elle qui avait convaincu sa mère d'aller voir ce qui se trouvait sous leurs fenêtres, elle qui avait insisté pour qu'on le recueille. Sans elle, il serait mort. Bien sûr, pour être tout à fait honnête, elle aurait préféré qu'il fût une fille, mais elle décida qu'il ne fallait pas être trop regardante. Anne-Josèphe Terwagne, l'une des femmes qu'elle admirait le plus, conseillait : « Soyez le changement que vous voulez voir dans le monde ! » Elle avait fait le premier pas.

14

Pierrot se sentit gagné par une sourde appréhension. La satisfaction qu'il ressentait quelques minutes auparavant venait de le déserter. La porte qu'il savait avoir fermée en partant était entr'ouverte et à l'intérieur, en plus du babillage sans queue ni tête de Jacques, Pierrot entendait une voix inconnue. La gorge nouée, il poussa la porte et découvrit, assis sur la seule chaise de la pièce, le gentilhomme qu'il avait croisé un peu plus tôt dans les escaliers, occupé à écouter les explications de Jacques sur chacun des objets recueillis dans sa poche noire. Il les avait tous parfaitement alignés sur la table, collection ridicule et disparate, mais qu'on devinait précieuse pour son propriétaire.

« Ah ! Il est là ! s'écria le gentilhomme qui n'était autre que Pierre de Saint-Régent. Le fameux Pierrot !

— Qu'est-ce que vous voulez ? demanda Pierrot le visage sombre.

— Eh bien, en voilà des manières, jeune homme, répondit le gentilhomme en posant sa main sur l'épaule de Jacques. Ce que je veux ? C'est fort simple ! Je veux savoir à qui vous avez volé ceci. »

De son autre main, il posa le cadran de montre et la bague à côté de la plume d'oiseau que Jacques avait dénichée dans les catacombes. Le petit garçon eut un sourire ravi à l'idée que cet homme complète sa collection.

« Le petit Jacques, ajouta Saint-Régent en lui ébouriffant les cheveux, n'a pas été très disert. Cependant, je ne doute pas que vous, mon cher Pierrot, puissiez éclairer ma lanterne. »

Pierrot tressaillit. Il y avait dans le geste de l'homme une menace non formulée, mais bien réelle.

« Jacques, viens près de moi ! » ordonna-t-il à son frère.

Jacques s'avança, mais l'homme fit glisser sa main sur son cou et le maintint d'une poigne ferme. Son visage prit un air de serpent, souligné par son formidable regard vert. Le petit garçon n'avait pas l'air de comprendre ce qui se passait. Ses grands yeux étaient démesurément ouverts et interrogeaient la scène.

« Lâchez-le ! s'écria Pierrot.

— Tututut ! Il est inutile de crier, le sermonna Saint-Régent. Répondez simplement à ma question et je libère votre frère. D'où viennent ces objets ? »

Pierrot haussa les épaules.

« Nous les avons trouvés.

— J'en doute fort. On ne trouve pas de pareils trésors.

— Nous les avons pris à quelqu'un qui n'en avait plus l'utilité, précisa Pierrot.

— Comment était-il ? le pressa Saint-Régent, les yeux brillants.

— Je n'en sais rien. La nuit, tous les moineaux se ressemblent ; et celui-ci s'était roulé dans la merde, déclara Pierrot d'un air bravache.

— Faites un effort, Pierrot, l'enjoignit Saint-Régent en resserrant sa prise sur la nuque de Jacques qui gémit doucement. Ses cheveux ? Ses yeux ? Un signe distinctif ? »

Pierrot se rappelait très bien le regard du petit garçon. On n'oublie pas des yeux couleur de ciel.

« Ses yeux étaient bleus et ses cheveux avaient l'air blonds sous la crasse. Il avait une belle peau, un joli visage », reprit-il en pensant à la cicatrice qui défigurait le sien.

Pierre de Saint-Régent hochait lentement la tête pour l'encourager.

« Ses vêtements ?

— Sombres. Mais, comme je vous l'ai dit, il s'était roulé dans la merde.

— Je vois. Et quand vous dites qu'il n'avait plus l'utilité de ces objets ?

— Il était à moitié mort de froid. Il n'allait pas passer la nuit, se défendit Pierrot.

— Où était-ce ?

— Vous voyez où se trouve *Le Tambour Royal* ? À quelques rues de là, en face de la statue qui représentait un ange, avant.

Saint-Régent relâcha son prisonnier. Jacques s'élança pour rejoindre son frère, mais, vif comme l'éclair, Saint-Régent dégaina un long poignard qu'il fit glisser le long de la gorge de l'enfant. Le petit garçon, les yeux écarquillés, leva une main vers Pierrot et tomba comme une marionnette dont on aurait coupé les ficelles. Son meurtrier l'enjamba sans façon et s'avança vers Pierrot avec la nette intention de lui infliger le même sort. L'adolescent était plus figé qu'une statue. À ses pieds avait roulé l'un des précieux cailloux de son frère. Il ne pouvait pas le quitter des yeux. Il était écarlate. On aurait dit un rubis. Il se pencha pour le ramasser. Saint-Régent s'apprêta à frapper. Soudain, poussant un cri arraché aux tréfonds de son âme, Pierrot se rua sur le meurtrier de son frère. À cet instant, il n'était plus tout à fait humain. Pris au dépourvu par la violence de cette réaction, Pierre Saint-Régent fit un pas en arrière et son pied heurta la chaise. Il se sentit basculer. Pierrot se jeta sur lui, lui lacéra le visage de ses ongles et tenta de lui arracher le couteau. L'homme tenait bon. Pierrot était fort, mais il n'était encore qu'un adolescent. L'homme se dégagea et essuya le sang sur sa joue, la haine consumait ses yeux de reptile. Sans attendre, Pierrot repartit à l'assaut. Contre la lame encore rouge du sang de son frère, il n'avait pas une chance, mais il s'en fichait. Plus qu'un pas.

« Arrêtez-le, cria soudain Saint-Régent en le désignant. Ils ont tenté de m'assassiner !

— C'est faux ! s'exclama Pierrot qu'un homme haut comme une montagne ceinturait déjà. Il a tué mon frère ! Thénar, crois-moi !

— Regardez ! reprit l'autre en dévoilant la cachette, voilà ma bourse. Ils me l'avaient volée dans la rue, je les ai retrouvés et ils ont voulu m'éliminer.

— Il ment ! Il ment !

— Tais-toi donc, vermine, s'écria Thénar après avoir examiné le contenu du sac.

— Je venais d'échanger plusieurs bijoux de famille contre ces écus, quand ces coquins m'ont dépouillé. »

Pierrot tenta de se défendre, mais l'homme de main de Thénar le bâillonnait vigoureusement. Saint-Régent réajusta sa coiffure pour se donner contenance.

« Vous m'avez rendu un fier service, monsieur Thénar. Thénar, c'est bien cela ? »

Thénar hocha vaguement la tête, ses yeux ne cessaient de revenir au sac plein de pièces. Le message était clair.

« Cela mérite bien un dédommagement. Est-ce que cinq pièces d'or suffiraient à votre compte ? »

Un éclat de cupidité brilla dans le regard de fouine du propriétaire de la mansarde. Thénar n'avait pas été favorisé par la nature. Contrairement à son acolyte, « la montagne », il était petit, maigre, osseux même, et son teint, grisâtre aux reflets jaunes, en harmonie avec les murs des chambres qu'il louait, lui donnait un air malade.

« Faut voir... » commença-t-il.

Il ouvrit la main qui se lesta bientôt de cinq écus brillants.

« Bien sûr, dit Saint-Régent, pour une telle somme, je prends le garçon... »

Pierrot secoua la tête, suppliant Thénar du regard. Mais Thénar acquiesça.

« Et celui-là ? demanda-t-il en désignant le petit cadavre de Jacques.

— Je vous laisse vous en occuper.

— Thénar, ne le crois pas ! C'est un assassin ! Il a tué Jacques ! »

Le gentilhomme plissa les yeux en constatant que Thénar ne faisait toujours pas mine de libérer Pierrot.

« Fort bien. » Et il glissa deux autres pièces dans la main du logeur.

« Et puis, je ne vais pas pouvoir relouer la chambre de sitôt...

— Bien sûr. »

Deux pièces supplémentaires vinrent rejoindre le tas.

«Monsieur Thénar, je vous souhaite le bonjour. Maintenant, je vous prierais de me remettre le garçon.»

Thénar adressa un signe de la tête à «la montagne». Le colosse amorça un geste, prêt à donner Pierrot à l'aristocrate, mais au dernier moment, il poussa l'enfant dans l'escalier. Pierrot dévala les marches quatre à quatre.

«Que signifie...?

— À la réflexion, commenta Thénar, je ne vais pas vous laisser le gamin.

— ...

— Pas que j'aie de l'affection pour lui. Foutre non, c'est de la mauvaise graine et je m'y connais. Je vous crois quand vous dites qu'il vous a volé votre bourse. Mais, voyez, j'aime encore moins les gens comme vous.

— Monsieur Thénar...

— Vous feriez bien de déguerpir avant que j'appelle la police. Et laissez la bourse ici en partant!»

Pierre de Saint-Régent sut qu'il avait perdu. Il déposa la bourse et quitta la chambre. Ce Thénar ne perdait rien pour attendre. Quant à Pierrot...

15

Juliette écrivait à Eudora, sa meilleure amie, lorsqu'elle entendit frapper à la porte donnant sur la cuisine. Avant de descendre, elle attrapa un manuel que lui avait offert sa tante pour faire d'elle une jeune fille accomplie – c'est-à-dire « bonne à marier » – et qu'elle n'avait jamais ouvert, sinon pour y glisser sa correspondance. Elle avait d'ores et déjà décidé, à l'instar de sa chère Olympe de Gouges, qu'elle ne se marierait jamais.

Eudora était la fille de la célèbre Manon Roland, guillotinée le 8 novembre 1793. Après la mort de sa mère, Eudora n'avait eu d'autre choix que de rejoindre son père, ex-ministre de l'Intérieur, à la campagne où il s'était lâchement réfugié pour sauver sa peau de girondin. Eudora Roland tenait davantage de sa mère que de son père. Elle avait hérité son courage. Pendant les cinq mois qu'avait duré l'incarcération de Manon Roland à la Conciergerie, elle lui avait rendu visite tous les jours – parfois accompagnée de Juliette –, la pourvoyant de tout ce dont elle avait besoin pour continuer à défendre ses idées. Surtout, Eudora avait inlassablement récupéré ses écrits, au nez et à la barbe des gardes, afin que la voix de sa mère puisse être entendue, notamment parmi les femmes. En outre, elle était d'un naturel optimiste, contrairement à son père qui s'était donné la mort deux jours après la décapitation de sa femme.

À la mort de son père, Eudora avait été contrainte de quitter Paris pour rejoindre un ancien ami – peut-être un ancien amant – de sa mère, qui lui avait promis sa protection. Elle manquait beaucoup à Juliette.

Quand elle arriva à l'office, Juliette fut étonnée de ne pas y trouver Antonin. Elle était persuadée de l'avoir laissé en compagnie de quelques carottes à découper au cas où *La nouvelle Héloïse* ne trouverait pas grâce à ses yeux.

Pierre de Saint-Régent avait troqué son gilet fleuri taché de sang contre un modèle en velours vert sapin dont il savait qu'il mettait ses yeux en valeur. Cependant, il n'avait rien pu faire contre la griffure que lui avait infligée Pierrot et en était contrarié. Il avait fini par frapper à la porte de l'office et vit bientôt apparaître une jeune fille, à qui il donna douze ou treize ans et qu'il jugea plutôt jolie pour quelqu'un de son extraction. Elle avait une taille fine, des attaches délicates, de grands yeux bleus et les cheveux clairs. Elle s'arrêta à distance respectueuse de la porte.

« Vous désirez, monsieur ? »

Saint-Régent lui sut gré d'usiter le vouvoiement, banni par Robespierre et ses sbires après la Révolution au prétexte qu'il créait un sentiment de classe.

« Si fait, mademoiselle. Je recherche désespérément mon neveu. Nous avons été séparés lors d'une échauffourée et je suis sans nouvelle de lui depuis des jours. On m'a dit qu'il était peut-être passé par ici. Il a de longs cheveux blonds avec de grands yeux bleus. Il a dix ans. Je vous en prie, aidez-moi ! »

Juliette esquissa un sourire en détaillant le gentilhomme. Hormis une griffure profonde sur le visage, il avait des traits agréables et sa détresse était touchante. Il y avait effectivement un air de famille entre Antonin et cet inconnu. Il lui faudrait ajouter un paragraphe à sa lettre pour raconter à son amie cet heureux dénouement. Elle était si excitée qu'elle en oublia de questionner son visiteur sur son identité.

« Attendez ici, je vous prie. Je vais le chercher. »

Pierre de Saint-Régent s'efforça de masquer son impatience. À cause de ce maudit enfant-roi, il avait écopé de deux blessures, dont l'une portait atteinte à la majesté de son visage. Il comptait bien le lui faire payer. L'enfant, s'il était là, pouvait dire adieu à une mort digne et rapide. Quant à la fille, se dit-il, elle serait un dommage collatéral. Il n'en était plus à un près.

Antonin n'était pas réfugié dans le boudoir. Juliette allait faire demi-tour, quand elle entendit une respiration saccadée sous la méridienne. Elle se baissa et l'expression de pure terreur qu'elle lut sur le visage du garçonnet la glaça d'effroi. Il secouait la tête en se tenant les mains, les yeux sortant presque de leurs orbites.

« Qu'est-ce qui t'arrive, Antonin ? lui demanda-t-elle doucement. Pourquoi te caches-tu ? J'ai une bonne nouvelle ! Ton oncle est venu te chercher ! »

Antonin secoua la tête de plus belle, les mots s'entrechoquant et s'échouant au bord de ses lèvres en gargouillis. Il aurait fallu qu'il parle, mais il ne savait plus comment. Ses yeux naviguaient entre Juliette et la porte, d'un air suppliant. La jeune fille se rappela alors la façon dont la mère d'Eudora avait été arrêtée. Un policier avait obtenu son adresse, après s'être fait passer pour un membre de sa famille.

« Ce n'est pas ton oncle », comprit-elle dans un souffle.

Juliette ne pouvait pas le laisser tomber dans les griffes de l'inconnu. Elle soupira. Elle allait devoir sacrifier sa liberté. Une liberté durement acquise et qu'elle allait regretter. « Viens ! » pressa-t-elle Antonin. Elle le conduisit devant un placard. Là, elle inspira profondément, poussa Antonin devant elle et s'engouffra à sa suite dans un passage secret dont elle savait que ses parents eux-mêmes ignoraient l'existence. Elle l'avait elle-même découvert par un heureux hasard, à l'occasion d'une de ces nombreuses journées passées cloîtrée à la maison. C'était une simple porte dérobée, presque invisible à l'œil, qui dissimulait un couloir qu'elle suivit sur quelques mètres jusqu'à aboutir à une pièce similaire à celle qu'elle venait de quitter. À la différence que celle-ci, poussiéreuse, était laissée à l'abandon. Les raisons pour lesquelles ce passage avait été arrangé entre les deux habitations demeuraient un mystère.

«Reste-là!» ordonna Juliette à Antonin. Elle se précipita au *Tambour Royal* pour prévenir sa mère en pleine discussion avec le pâtissier Sylvain Bailly qui approvisionnait en friandises les deux cabarets Ramponneau. Juliette prit son courage à deux mains et les interrompit. Sa mère fronça les sourcils.

«Juliette, qu'est-ce que tu fais là?

— Il y a un homme devant la maison, éluda-t-elle. Il dit qu'il est l'oncle d'Antonin.

— Eh bien?

— Je crois qu'il est là pour lui faire du mal.»

Et Juliette raconta tout à sa mère, en omettant comment elle avait réussi à quitter le logement fermé à clé. Après tout, se disait-elle, peut-être que sa mère ne relèverait pas cette incohérence. La mère Ramponneau réfléchit un instant. «Laisse-moi faire, finit-elle par dire. Surtout, ne vous montrez pas!» Elle eut un regard éloquent. «Restez dans l'autre maison!»

16

En arrivant chez elle, la mère Ramponneau trouva le mystérieux visiteur sur le pas de sa porte. « Puis-je vous être utile, monsieur ? » lança-t-elle sur la défensive.

Pierre de Saint-Régent dévisagea la mère Ramponneau. Pour une raison qu'il ne s'expliquait pas, son visage lui était familier.

« Volontiers, répondit-il avec un sourire feint. Mon neveu a disparu et j'ai bon espoir de le trouver chez vous.

— Chez moi ? Et pourquoi donc, chez moi ?

— Votre fille – je pense que c'était votre fille – m'a déclaré tout à l'heure aller le chercher. Voyez-vous, nous nous sommes perdus dans une échauffourée, il y a deux jours. Et depuis lors, je le cherche. Il est blond, avec de grands yeux bleus. Il a environ dix ans. »

La mère Ramponneau hocha tristement la tête, fit tourner la clé dans la serrure et ouvrit la porte. D'un geste, elle invita son visiteur à la suivre. Elle l'installa sur un banc et lui servit une tasse de café. C'était un luxe qu'elle pouvait se permettre.

« Votre neveu a-t-il une cicatrice à la cuisse ? commença-t-elle.

— Oui, il a été inoculé de la maladie de la variole. C'est bien lui ! Merci mon Dieu ! l'interrompit Saint-Régent.

— Votre neveu, monsieur... ?

— Toulan. Étienne de Toulan, déclara Saint-Régent.

— Votre neveu, monsieur de Toulan, n'a pas survécu à ses blessures.

— Comment ? s'étrangla-t-il.

— Ma fille et moi l'avons trouvé agonisant dans notre allée. Nous avons essayé de lui porter secours, mais il était trop faible. Il est décédé dans la nuit.

— Mais votre fille...

— Ma fille a été si profondément impressionnée par son état que je n'ai pas eu le cœur de lui dire qu'il était mort. »

Elle le toisa sans trembler, la mâchoire serrée, comme pour le défier de mettre en doute sa parole.

« J'ai fait transférer votre neveu aux Errancis, reprit-elle. Pardonnez-moi de ne pas avoir fait plus, mais dans l'état où je l'ai trouvé, je ne pouvais pas imaginer qu'il ne faisait pas partie de tous les moineaux qui meurent quotidiennement de faim et de froid à Paris. »

Saint-Régent se taisait. Il n'arrivait pas à lire en cette femme et pouvait simplement constater que sa colère n'était pas feinte.

« Je vous remercie pour votre peine, madame. Puis-je voir la chambre où vous l'avez gardé ? » Cela pour raconter à sa mère à quoi ressemblait sa dernière demeure.

Elle haussa les épaules.

« Oui, vous pouvez même fouiller la maison si cela devait soulager votre peine. Mais c'est aux Errancis que vous le trouverez, pas chez moi. »

Juliette se préparait à essuyer une tempête. Aussi fut-elle surprise d'entendre sa mère lui dire :

« Tu as bien agi, ma fille. »

Juliette sentit la tension de ses épaules se relâcher insensiblement.

« Quand as-tu trouvé le passage ?

— Il y a déjà plusieurs semaines. »

La mère Ramponneau hocha la tête, elle n'était pas étonnée, simplement inquiète. Si sa fille était intelligente, elle était encore trop jeune pour se rendre compte des dangers auxquels elle s'exposait, et toute la maison avec elle, en désobéissant aux règles.

« Tu ne vas pas le remettre à la rue, n'est-ce pas ? »

La mère Ramponneau ne répondit pas. Elle pensait que l'homme allait vérifier son histoire. Qu'allait-il se passer quand il verrait qu'aucun garçon de dix ans n'avait été déposé aux Errancis ? Il n'y avait plus qu'à espérer que de nombreux moineaux soient morts cette nuit-là.

17

La boutique de Fernand Dubrest produisait plus de mille petits pains par jour. Une armée d'apprentis – les enfants du pâtissier et d'autres, placés par des parents trop pauvres pour les nourrir – passaient la journée à écouler la production un peu partout dans Paris. On les voyait courir de l'aube au crépuscule, petits lutins coiffés de leurs paniers remplis, attentifs aux embûches de la rue, au pavé glissant et à la main leste du larcineur.

La mère Ramponneau avait demandé à son fils Jean d'accompagner Antonin à la boutique pour le confier au pâtissier. C'était tout ce qu'elle pouvait faire pour lui. Elle n'était pas sûre qu'il survivrait au rythme effréné que Dubrest imposait aux enfants, mais il n'était plus possible de le garder chez eux. Elle avait bien pensé à Sylvain Bailly, qu'elle trouvait plus *humain*, mais le pâtissier avait la réputation de n'accepter que des apprentis accomplis. D'ailleurs, même Dubrest avait commencé par refuser, mais comme les Ramponneau étaient des clients réguliers, il avait accepté de prendre l'enfant à l'essai.

Dubrest indiqua à Antonin la mince paillasse installée dans une espèce de tambour au-dessus du four, où dormaient ses apprentis. L'atmosphère y était étouffante, mais l'odeur délicieuse. Le pâtissier lui tendit un pain, qu'Antonin dévora aussitôt, en s'efforçant de prêter attention aux explications de son employeur quant à ce qu'il attendait de lui.

Sa mission paraissait relativement simple : placer les pains sur la grille, surveiller leur cuisson, puis les retirer du four. « Tu vas y arriver ? » Antonin prit un plateau et hoqueta sous le poids. Ses petits bras tremblèrent sous l'effort et quelques larmes lui montèrent aux yeux. Pour se donner du courage, il pensa à l'homme aux yeux verts qui lui faisait si peur. Ici, il ne le retrouverait pas. Il en était certain. Ici, il était Antonin, l'enfant perdu. Il s'approcha du four rougeoyant et sa peau se mit à le picoter, comme sous l'effet de milliers d'aiguilles. Dès la première fournée, son teint cendreux, qui reflétait la grisaille des rues, avait viré à l'écarlate. À la troisième, ses lèvres se craquelèrent. À la quatrième, il ne voyait plus clair. À la cinquième, sa gorge était devenue aussi rêche que du papier de verre. À la sixième, il s'effondra.

Il fut réveillé en sursaut par des voix étouffées, entremêlées du crissement de meubles qu'on déplace. Il cria, persuadé d'avoir été retrouvé. Mais il était seulement allongé sur sa paillasse. Tout son corps lui faisait mal, la peau de ses mains et de son visage le brûlait, de grosses cloques étaient apparues sur ses doigts. Un sanglot lui gonfla la poitrine. Il voulait voir sa maman. Où était sa maman ? Il se rappela ce qu'avait dit Toulan. Elle était morte.

Antonin sortit la tête du tambour et découvrit en contrebas Fernand Dubrest entouré d'une cohorte d'enfants attablés à une grande table de bois. Une bonne odeur de soupe se dégageait des bols et au milieu de la tablée, une boule de pain géante, qu'il n'avait jamais vue qu'à Versailles, trônait comme une couronne. La forme en était parfaite, la croûte merveilleusement dorée et les enfants piochaient sans retenue dans la miche fabuleuse. Le ventre d'Antonin se mit à gargouiller. Il rougit, mais tout à sa collation, l'attablée ne lui prêtait attention, à l'exception du pâtissier et d'un garçon, vraisemblablement à peine plus âgé, dont l'apparence avait quelque chose d'un peu effrayant : des yeux enfoncés dans leurs orbites, les joues creuses et un bonnet blanc aplati sur la tête, qui lui donnait un air malade. Antonin détourna les yeux, mal à l'aise.

«Installe-toi», lui dit Dubrest.

Antonin hocha timidement la tête et s'assit en face du garçon qui n'avait cessé de le dévisager. Le pâtissier lui apporta un bol rempli de bouillon et lui tendit un morceau de pain.

«On peut dire que tu caches bien ton jeu, toi! À part Maurice, je n'avais jamais vu personne dépasser quatre fournées la première fois. N'est-ce pas, Maurice?»

Le garçon effrayant eut une expression peu amène et haussa les épaules.

«Prends des forces, petit! reprit Dubrest. On va voir si tu arrives à renouveler ton exploit. Pour l'instant, direction l'atelier! Maurice, tu me l'amènes quand il a fini.»

Antonin se mordit les lèvres. Il avait déjà du mal à lever sa cuillère. Il ne voyait pas comment il allait réussir à déplacer des plateaux chargés de pains. Il avala le liquide par petites gorgées, laissant la soupe le réchauffer. Il n'en était qu'à la moitié de son bol que les coursiers se levaient déjà pour démarrer leur journée. Chacun alla récupérer un panier rempli de pain et le chargea sur son dos. La plupart ployaient sous l'effort, le plus âgé n'avait guère plus de douze ans. Quant aux autres, ils disparurent à la suite de Dubrest, derrière une lourde porte de bois, une fois leur en-cas avalé. Peu à peu, la salle se vida. Il ne resta bientôt que Maurice et lui à la table.

«Je te donne deux jours pour t'en aller», cracha Maurice quand ils furent seuls.

Et il s'engouffra à son tour derrière la porte mystérieuse. Au bout de quelques secondes, Antonin l'imita, mais eut aussitôt envie de faire demi-tour. L'atmosphère dans l'atelier était saturée de farine et d'humidité, tout le monde était rouge de sueur. Il n'allait pas tarder à découvrir que le secret d'un pain réussi ne tenait pas à la farine utilisée ou à la levure, mais au pétrissage. Pour que la pâte soit aussi aérienne que possible avant d'être enfournée, il fallait la battre inlassablement. Il y avait quatre tables composées, chacune, de dix apprentis. Chacun devait pétrir sa pâte quinze fois exactement, avant de la passer à son voisin et ainsi de suite, jusqu'à ce qu'arrivée en bout de table, elle forme un petit pain. Antonin commença à s'inquiéter. On attendait sûrement de lui qu'il se mette à l'une des tables ; mais, il n'avait pas commencé à travailler qu'il avait du mal à respirer. Il avisa Maurice, déjà occupé à pétrir, près du plan de travail principal. L'apprenti le regarda si méchamment qu'il décida de s'en éloigner aussi loin que possible.

Comme personne ne lui avait donné de directives, mais qu'il ne voulait pas qu'on le réprimande pour son oisiveté, Antonin commença à pétrir comme les autres. Avec ses paumes à vif et ses muscles douloureux, le geste était presque insoutenable. Il commença à trembler sous l'effort et la douleur. Antonin en était à sa dixième boule lorsqu'il sentit quelqu'un arrêter son bras. Fernand Dubrest le toisait d'un air dur.

« Mais qu'est-ce que tu fais ? Qui t'a dit de faire ça ? Regarde l'état de la pâte ! »

Antonin n'arrivait pas à articuler un son. Sa bouche s'ouvrait et se refermait comme celle d'un poisson.

« Il est sans doute idiot, commenta Maurice. Je lui avais pourtant dit qu'il n'était censé que regarder, aujourd'hui. »

Antonin cligna plusieurs fois des yeux. C'était un mensonge. Il sentit des larmes lui monter aux yeux. Le pâtissier le dévisagea longuement, comme s'il révisait son jugement sur lui, et l'attira à l'extérieur de l'atelier. Maurice eut un mauvais sourire et retourna à son poste.

Fernand Dubrest l'abandonna au beau milieu de la cour intérieure. Après la chaleur intense, le petit garçon se mit à trembler, il se recroquevilla pour lutter contre le froid. Il essaya, comme au Temple, lorsqu'il était triste, d'isoler des souvenirs heureux avec ses parents – sans succès. Le froid engourdissait tout. Ses yeux tombèrent alors sur un pétale de rose, dont l'existence même semblait étrangement déplacée. Comment s'était-il retrouvé ici, brimbalé par le vent glacial ? Le pétale, jadis de couleur mauve, avait commencé à brunir, il ne resterait bientôt plus rien de sa splendeur passée. Antonin en fut remué, comme s'il y lisait une métaphore de sa propre existence. Sa jeune âme pressentait qu'une vérité très importante était à l'œuvre, telle qu'un enfant ne devrait jamais la formuler : *Il n'y a aucun espoir pour moi*. Et sur cette réflexion, il ramassa le pétale et le regarda balloter au gré du vent, avant de s'en désintéresser. Sans doute le pétale terminerait-il sa vie, écrasé sous la botte boueuse d'un passant. Mais un courant d'air le déposa sur la main d'un autre petit garçon, d'à peu près son âge, qui respirait la santé. Ses joues étaient roses et rebondies, son ventre tendu, ses mollets dodus et appétissants. Sa mère était à son image, un visage rondelet, un bonnet d'où s'échappaient quelques cheveux clairs la faisant ressembler à une meringue bien crémeuse. Quant à ses seins, ils menaçaient à tout instant de se libérer de sa robe.

Le gros garçon venait de mordre à pleine dent dans un petit pain au lait acheté à la pâtisserie *Fernand Dubrest - 8 rue, Saint Honoré*, lorsqu'il aperçut le pétale et interrompit sa mastication. Il le chassa d'un geste impatient, mais ne put s'empêcher de suivre du regard sa course folle entre les flocons blancs. Les enfants sont tels qu'ils sont attirés par les couleurs. Aussi, lorsque le pétale atterrit aux pieds d'une fillette famélique, le gros garçon le remarqua. Sa mère lui avait toujours dit de détourner le regard face aux moineaux – ce dont il s'acquittait facilement en règle générale – mais voilà, cette fois, il l'avait vue. Il ne pouvait pas faire semblant. C'était un spectacle si pitoyable que son cœur d'enfant ne put le supporter. Il s'approcha pour déposer sa friandise dans la main de la fillette, qui le dévisagea, les yeux plissés. *Où est le piège ?* disaient ces deux yeux profondément encavés dans son visage maigre. Le gros garçon fit le geste de mordre dedans, tout en soupirant, car il lui coûtait d'abandonner son gâteau. La fille eut un demi-sourire et partit en courant, dans un souffle, comme si elle craignait que son bienfaiteur revienne sur sa décision.

Fernand Dubrest réapparut et ordonna à Louis de le suivre. Le petit garçon lui emboîta le pas, affolé à l'idée de ce qui allait lui arriver.

18

Pierre de Saint-Régent faisait les cent pas dans l'antichambre des appartements du Comte de Provence, pour se réchauffer et pour calmer sa nervosité. À ce jour, il ne pouvait garantir que l'enfant royal était bien mort. Il avait acquis la conviction que la mère Ramponneau lui avait volontairement caché quelque chose, mais il n'avait pas été en mesure de déterminer ce dont il s'agissait.

Avait-elle menti en prétendant avoir essayé de porter secours au dauphin ou avait-elle menti en prétendant qu'il avait trépassé ? Il y avait bien eu un enfant déposé aux Errancis ce matin-là, il en avait reçu la confirmation par le fossoyeur. De là à dire qu'il s'agissait bien de Louis XVII ! Pour en avoir le cœur net, il aurait fallu voir le cadavre de ses propres yeux. Mais comme tous les trépassés de cette nuit-là, il avait déjà rejoint la fosse commune.

En l'absence de feu, la pièce était glaciale. Même les portraits des membres de la famille royale russe accrochés aux murs du château de Courlande, où la Cour française avait trouvé refuge en attendant des jours meilleurs, semblaient frissonner sous leur cadre. Si l'hiver était rude en France, c'était encore pire dans cette contrée perdue aux frontières de l'Europe orientale. Une fine pellicule de glace s'était déposée sur les fenêtres qu'elle étoilait de ses filigranes.

La raison pour laquelle Saint-Régent était convoqué dans ce château triste à mourir n'était que trop limpide. Le comte de Provence, frère de feu Louis XVI et héritier *de facto* du trône en cas de disparition de Louis XVII, voulait savoir si son neveu demeurait toujours un obstacle à son accession au pouvoir. Officiellement, *Monsieur* – comme on appelait toujours le frère du roi – n'avait pas demandé à Saint-Régent de le débarrasser de son neveu. Il l'avait simplement prié de s'assurer de l'échec de son évasion. Saint-Régent avait pensé qu'il suffisait de renseigner Jacques-René Hébert sur leur *projet*. Mais cet imbécile avait attendu le matin avant de se montrer pour retirer tout crédit à l'opération et faire tomber le cordonnier. *Crétin*. Cela étant, cela n'aurait pas eu d'incidence si le baron de Batz et Toulan n'avaient pas changé leur plan à la dernière minute; une fois le petit roi sorti du Temple, il n'y avait plus qu'une issue possible.

Il y pensait encore quand il pénétra dans le salon agréablement chauffé où l'attendaient le comte de Provence et un personnage d'apparence un peu niaise, son neveu, le duc d'Angoulême. Monsieur l'entretenait de la libération de Madame Royale, sœur de Louis XVII, il entendait qu'il l'épouse aussitôt celle-ci arrivée à Courlande.

En s'inclinant, Saint-Régent se dit que le comte de Provence avait encore pris de l'embonpoint depuis leur dernière entrevue – la faute aux petits macarons et autres croquembouches qu'on mettait constamment à sa disposition pour calmer sa légendaire gourmandise. Son visage, rougi par le sucre et la chaleur, tranchait singulièrement avec les traits juvéniles du duc, debout à côté de lui. Le comte de Provence ne se présentait déjà plus qu'assis, pour calmer les douleurs de sa jambe goutteuse et même dans cette position, il s'imposait grâce à son charisme et son physique résolument bourbon: une grande taille, une corpulence forte, un front haut et un regard vif, calculateur.

Le duc d'Angoulême prit la parole.

«Eh bien, monsieur, ne nous faites pas languir. Donnez-nous vite des nouvelles de mon cousin.

— Votre neveu est mort, Sire», répondit Saint-Régent en s'inclinant devant le comte de Provence que cette nouvelle sacrait *de facto* roi de France.

Le jeune duc pâlit et annonça d'une voix sourde:

«Ainsi le roi est mort...

— Comment est-ce arrivé? demanda simplement Monsieur.

— Par la plus vile des trahisons.

— Expliquez-vous!

— Comme vous le savez, le Baron de Batz a été arrêté par la Convention avant de pouvoir rejoindre l'armée du général de Charette. La raison de cette arrestation n'est autre qu'une félonie perpétrée par un individu pourtant fort impliqué dans l'affaire.

— Une félonie?

— Le baron soupçonnait une trahison de François Toulan et m'avait demandé de me tenir prêt à intervenir. Après le départ des soldats, Toulan, resté seul avec l'enfant royal, allait l'occire quand je m'interposai entre les deux. Ce félon paya sa trahison de sa vie. Je récoltai pour ma part une blessure à la jambe et une autre au visage, qui me laissèrent inconscient. Quand je repris mes esprits, le dauphin n'était plus en vue. Je suivis aussitôt sa trace dans les rues, mais ne pus arriver à temps pour le sauver du froid mordant. Comme vous le savez, l'enfant était de fragile constitution.

— L'avez-vous vu? voulut savoir Monsieur.

— Malheureusement, son corps avait déjà été transporté aux Errancis, Majesté.»

Le duc d'Angoulême se signa.

«Vous dites que mon cousin se trouve maintenant dans une fosse commune?

— Êtes-vous sûr qu'il s'agissait bien de mon neveu? demanda Monsieur.

— Je le suis.»

Et il sortit de sa poche le cadran de montre et l'anneau qui avaient appartenu à Louis XVI et à Marie-Antoinette.

«J'ai trouvé ceci dans la ruelle où il a poussé son dernier soupir.»

Le duc d'Angoulême se signa une nouvelle fois, le comte de Provence s'était saisi des objets et les garda un moment entre ses doigts boudinés.

« Nous vous remercions, finit-il par dire, pour ce terrible récit. Nous vous savons gré de votre peine, Monsieur de Saint-Régent. Ainsi mon neveu n'est plus. Que Dieu nous pardonne de n'avoir pas su sauver cet enfant ! Sa mort est un grand malheur pour la France. Je vous conjure toutefois, pour le bien de la monarchie, de ne pas ébruiter cette information pour le moment. Personne ne doit savoir que Louis XVII nous a quittés, m'entendez-vous ? Personne. »

Le duc d'Angoulême le dévisagea, incertain.

« Qu'entendez-vous par là, mon oncle ?

— Ne comprenez-vous ? L'espoir doit vivre. Le nœud sacré qui depuis toujours unit nos destinées à celles des Français, à leurs familles, à leurs cœurs, à leur conscience ne saurait se rompre. Nous le devons à la France. Mon frère le savait et s'était préparé à toutes... les éventualités. Allez à présent ! »

Pierre de Saint-Régent et le duc d'Angoulême quittèrent la pièce, le dernier résolument perplexe, laissant le gros homme seul face à la cheminée. Au bout d'un moment, il se leva en grognant et alla récupérer un maroquin de cuir dans son secrétaire. À l'intérieur se trouvait une enveloppe cachetée du sceau royal. Dire que, sans le savoir, Louis XVI avait lui-même apporté à son frère l'instrument de sa ruine... Il fit tinter une clochette et un serviteur introduisit dans la pièce un autre visiteur, un jeune homme à peine sorti de l'adolescence, mais dont le front portait déjà la trace d'une forte ambition. On l'annonça comme monsieur Jean-Joseph Regnault-Warin, écrivain.

19

« Dormir, enfin ! » Pierrot dépassa l'inscription qui marquait l'entrée du Cimetière des Errancis. Comme à son habitude, il leva les yeux vers le dernier moulin à vent aux ailes brisées, indice de l'usage antérieur de ce lieu. Avant d'accueillir des tombes, la colline des Errancis avait longtemps été le point de rassemblement des meuniers et paysans de Paris et alentour. Centrale, bien reliée, vaste et largement aérée, des conditions idéales l'y prédisposaient. Désormais, le cimetière des Errancis avait pour objectif principal de soulager celui de la Madeleine, depuis longtemps submergé par l'avalanche quotidienne des victimes de la place de Grève. À peine inauguré, le nouveau cimetière pouvait déjà se targuer d'abriter des hôtes célèbres, à l'instar de Camille Desmoulins ou de Georges Danton. On l'avait édifié sur un ancien champ, la moitié du terrain conservait encore la trace des sillons, l'autre moitié était couverte de larges tranchées destinées à accueillir les corps nus des suppliciés de la guillotine. Les cadavres étaient entassés les uns sur les autres, sans distinction de classe, de sexe ou d'âge. La mort leur avait donné l'égalité qu'ils avaient tant désirée.

Le cimetière accueillait également les malheureux de la nuit, toutes ces personnes qu'avaient chassées la famine et les températures glaciales de cet hiver 1794. Pour leur rendre visite, il fallait prendre l'entrée de droite, celle de gauche étant réservée aux décapités.

Quand il arriva à l'endroit où, moyennant une pièce d'or, le fossoyeur avait, luxe ultime, enterré Jacques dans un petit carré de terre fraîche isolé, Pierrot vit qu'il n'était pas seul. Une femme imposante, accompagnée d'une fillette d'une douzaine d'années, se trouvait déjà dans le carré des malheureux. L'une et l'autre portaient des manteaux simples, mais de bonne facture. On devinait qu'elles mangeaient tous les jours à leur faim. La fillette était belle. Elle cachait ses cheveux blonds sous son fichu, mais on distinguait bien ses grands yeux bleus que l'effroi de se trouver là devait rendre plus limpides encore qu'à l'accoutumée.

La femme expliquait au fossoyeur qu'elles avaient tenté, sa fille et elle, de porter secours à un moineau, malheureusement trop faible pour survivre. Sa fille tenait absolument à lui dire au revoir.

« Foutre ! jura l'employé municipal, mais qu'est-ce que vous avez tous ! Tu es bien la deuxième personne à me poser la question aujourd'hui. Ce que j'en sais moi où ils sont vos petiots ! C'est que j'en reçois beaucoup des moineaux, si je devais me rappeler où je les mets tous. Si ta fille veut verser une larme, citoyenne, elle n'a qu'à le faire devant cette tranchée. C'est là que j'ai mis la moisson de la nuit.

La fillette mit ses deux mains contre sa bouche et détourna la tête. La femme la tira derrière elle. Le fossoyeur haussa les épaules et reprit sa pioche. Pierrot sentit sa mâchoire se serrer. Jacques aurait pu être là, une marionnette désarticulée parmi d'autres, offerte à la vue de tous dans une mise en scène grotesque et macabre. Au moins Pierrot avait-il pu offrir au petit garçon une fois mort le respect qu'on lui avait toujours refusé de son vivant.

Devant le petit tumulus de terre où reposait son frère, Pierrot garda les yeux secs. La culpabilité qu'il éprouvait depuis le meurtre de Jacques alimentait en lui un autre sentiment, plus insidieux, plus terrible et qui menaçait de le dévorer, la haine. Il haïssait ce fourgue de malheur à qui il avait vendu les objets. Il haïssait l'homme qui avait planté son poignard dans la gorge de Jacques. Surtout, il se haïssait lui-même de n'avoir pas su le protéger. S'il était resté avec Jacques, rien ne serait arrivé. Il serrait sa dernière pièce d'or contre sa paume, comme s'il voulait imprimer le métal précieux dans sa peau. Il eut soudain envie de la jeter le plus loin possible, mais il se ravisa. Il en avait besoin pour rejoindre le royaume des bas-fonds.

Mais le royaume, ce serait pour plus tard. Il lui restait une dernière chose à faire.

Toute la journée, la main droite glissée dans sa poche, cramponnée à un tesson de bouteille, Pierrot observa les allées et venues à l'intérieur de la boutique de maître Zacharie. La plupart des visiteurs étaient des crève-la-faim, comme lui, venus troquer un objet volé contre une pièce, gage de survie pour une journée supplémentaire. Il remarqua que certains repartaient talonnés par une ombre, ils étaient suivis. Pierrot se dit qu'il avait été bien naïf de faire confiance à l'usurier. Il affermit sa prise sur le tesson affûté.

Le prêteur se tenait à sa place habituelle, derrière son comptoir. Son visage était crispé. Quand il aperçut son visiteur, il ferma les yeux d'un air las, attrapa une pistole qu'il tenait à portée de main et le mit en joue. Pierrot les regarda, l'arme et lui, sans trembler.

« Je suis venu chercher des informations, déclara Pierrot d'une voix ombrageuse.

— Je n'en doute pas, lâcha Zacharie.

— Mon frère est mort et je veux savoir pourquoi.

— Je pense que tu sais pourquoi. Non, ce que tu veux savoir, c'est qui est responsable de sa mort. »

Pierrot cilla.

« Si tu es là, poursuivit Zacharie, c'est que tu penses que c'est moi. Je me trompe ?

— Non.

— Tu penses que je t'ai fait suivre pour récupérer mon argent. Je le vois dans tes yeux. Dans ce cas, réponds à cette question : l'homme qui a tué ton frère a-t-il voulu récupérer ta bourse ? Non, il voulait seulement savoir d'où tu tenais les objets, n'est-ce pas ? Il t'a interrogé sur leur provenance, je me trompe ?

Nous autres faisons des métiers dangereux, petit. Il y a des risques. Je dois prendre des garanties pour ma propre sécurité. À présent, si tu veux savoir à qui j'ai vendu tes objets, je ne peux pas te le dire.

— Pourquoi ? gronda Pierrot.

— Parce que je ne connais pas l'identité de mon acheteur.

— Vous mentez ! s'écria l'adolescent en s'avançant d'un pas.

— Je ne mens pas. La plupart de mes clients désirent rester anonymes. Je suis certain que tu dois pouvoir en comprendre la raison. Tout ce que je peux te dire, c'est qu'il s'agit d'une personne proche de l'entourage royal.

— Pourquoi ?

— Mais parce que ce que tu m'as vendu appartenait à la famille royale évidemment, lâcha Zacharie sur un ton méprisant. La montre était à la reine et l'anneau, c'était l'alliance du roi. »

Pierrot écarquilla les yeux. S'il avait su ce qu'il avait en main, il aurait pris plus de précautions. Il comprit aussi que l'usurier l'avait bien escroqué.

« Je vois que tu commences à comprendre. Maintenant, va-t-en ! Il n'y a plus rien pour toi, ici. »

Pierrot hocha la tête. Il fit semblant de reculer vers la porte. Maître Zacharie relâcha sa pression sur le pistolet et ce fut le moment que l'adolescent choisit pour lancer son tesson de bouteille. Zacharie hurla en portant la main à son visage et lâcha son arme. Pierrot s'approcha de l'usurier et récupéra sans émotion le morceau de verre, planté dans la joue du vieux. Du sang jaillit de la blessure. Pierrot l'ignora et, détachant son foulard crasseux, l'enfonça dans la gorge du receleur. Ensuite, il récupéra le pistolet. Zacharie tendit la main pour se protéger, mais Pierrot n'avait pas prévu d'asséner le coup de grâce.

« Ne t'inquiète pas, elle n'est pas pour toi. Je réserve cette balle au meurtrier de Jacques. Œil pour œil, dent pour dent. »

20

« Montre tes mains ! » ordonna Fernand Dubrest.

Ils étaient dans une espèce de réduit au milieu duquel une grande bassine avait été installée. Aux murs pendaient des objets qui ressemblaient à des instruments de torture : pinces, marteaux, rouleaux, entonnoirs, grils. Antonin écarquilla les yeux de terreur. Il ouvrit lentement les doigts et présenta ses paumes boursouflées à son employeur. La pâte compacte collait aux plaies ouvertes. Fernand Dubrest lui attrapa rudement les poignets et lui plongea les mains dans une solution d'eau savonneuse mélangée d'alcool. Antonin cria quand le liquide glacé entra en contact avec ses cloques. Il voulut les retirer, mais Dubrest les lui maintenait sous l'eau. Il ferma ensuite le baquet avec un couvercle et le laissa seul. Antonin avait les yeux exorbités. Il avait l'impression de manquer d'air. Il pensait qu'il ne pourrait plus jamais utiliser ses doigts quand Dubrest lui frotta vigoureusement les paumes, arrachant à l'enfant une série de gémissements.

« Tes mains, c'est ton instrument de travail. Tu dois les préserver. Ce que tu as fait était stupide et méritait une bonne leçon. Pour survivre chez moi, il faut travailler dur et respecter les ordres. Tu comprends ? »

Antonin contempla ses paumes rougies, violacées, mais propres. Il avait envie de crier qu'il n'en était pas capable, qu'il préférait mourir, mais il avait la sensation confuse que ce serait son sort s'il quittait la pâtisserie. Il n'aurait pas su comment l'exprimer. Il restait toujours sans mots. Alors, il opina timidement du chef. Le pâtissier lui tendit un linge et une paire de mitaines.

«Maintenant va! Et que je ne t'y reprenne plus!»

Les semaines qui suivirent furent à la fois exaltantes et épuisantes. Fernand Dubrest exigeait beaucoup de ses apprentis, notamment des nouveaux qui devaient compenser leur inexpérience par une double charge de travail. Tous les deux jours, Antonin changeait de poste afin que Dubrest puisse décider de ce qui lui conviendrait le mieux, et aussi pour faire comprendre à l'apprenti que tout le monde avait un rôle important à jouer. La révolution avait peut-être aboli les corporations, mais Dubrest était toujours attaché au respect des traditions et à la discipline. C'est ainsi qu'il avait été formé lui-même et il ne s'en portait pas plus mal. Il traitait les enfants de la rue plus durement que les autres et n'accordait pas de seconde chance en cas de désobéissance, mais il n'était pas cruel pour autant. Ceux qui survivaient à son apprentissage apprenaient à se débrouiller, à subsister.

Antonin était aux cuissons le lundi et le mardi, à l'atelier de pétrissage mercredi et jeudi et aux livraisons le vendredi et le samedi. Le dimanche, il suivait les cours que Dubrest faisait donner à ses enfants, le pâtissier ayant remarqué qu'il avait de l'intérêt pour l'étude. Le reste du temps, Antonin essayait d'éviter autant que possible de croiser la route de Maurice. Pour une raison qu'il ne s'expliquait pas, l'apprenti le détestait et essayait de lui nuire à la moindre occasion.

«Ne fais pas attention, lui dit un jour l'un de ses camarades. Il est jaloux.»

Antonin fronça les sourcils, perplexe.

«C'est parce que tu as pris le tambour au-dessus des feux, précisa son compagnon. C'était à lui de l'avoir, tu comprends. Il l'attendait depuis des mois; et toi, tu arrives de nulle part et tu le récupères. Et en plus, le vieux Dubrest t'autorise à étudier avec ses gosses.»

Antonin grimaça. Il avait vaguement compris qu'un système de hiérarchie régnait parmi les apprentis, mais c'était la première fois qu'on le lui disait clairement.

«Mets-toi à sa place, il se demande ce que tu mijotes. Il ne croit pas à ton petit numéro de muet. Il pense que tu répètes tout ce qu'on se dit entre nous; que c'est pour ça que tu as des privilèges qu'on n'a pas. Ne t'inquiète pas, je sais bien que tu ne lui dis rien, au père Dubrest. D'ailleurs, pour ta peine et pour le prix de cette information, tu vas t'occuper de mes pains aujourd'hui. J'ai à faire de mon côté. D'accord, le muet?»

Les épaules d'Antonin s'affaissèrent. Il avait déjà du mal à s'acquitter de son propre quota et voilà qu'on lui doublait les quantités. Mais il ne dit rien, bien décidé à ne pas s'aliéner la seule personne qui lui avait témoigné de l'amitié depuis qu'il était arrivé.

21

Juliette pensait à Antonin ; plus précisément, elle pensait à ce qui serait arrivé au petit garçon si sa mère avait décidé de détourner le regard. Les corps qu'elle avait vus aux Errancis ne cessaient de hanter son esprit, ces cadavres nus et maigres entassés les uns sur les autres, comme des rats sur un tas d'immondices.

Officiellement, sa mère l'avait emmenée aux Errancis au cas où *l'oncle* d'Antonin n'aurait pas cru à son histoire. Mais Juliette était persuadée qu'il y avait une autre raison. Sa mère voulait sans doute qu'elle prenne conscience de ce qui les menaçait si elle persévérait à défier l'ordre établi – par exemple, en lisant des ouvrages proscrits ou en sortant en cachette pour rejoindre Anne-Josèphe Terwagne ou Louise de Kéralio. C'était d'autant plus vrai depuis que *l'oncle* d'Antonin leur avait rendu visite. Nul n'aurait pu dire qui il était ou ce qu'il pouvait faire. Il convenait donc d'être deux fois plus prudent. Malheureusement, cette expérience avait eu l'effet inverse sur la jeune fille dont la détermination à faire changer les choses s'était encore renforcée. Un monde dans lequel personne ne s'offusquait de jeter des enfants dans une fosse commune n'était pas un monde dans lequel elle voulait vivre.

À son grand désespoir, il n'était plus question de rester seule dans l'appartement qui jouxtait le cabaret. Quand sa mère était occupée, Juliette tenait compagnie à son père, dans les cuisines du *Tambour Royal.* Ce n'était pas précisément une punition: elle avait toujours aimé participer à la préparation des bouillons, des chapons au gros sel, des tourtes à la viande ou des fromages à la crème, mets simples proposés à toute heure du jour et de la nuit pour accompagner le vin servi un sol moins cher que chez les concurrents.

«Juliette, tu rêves?»

Le père Ramponneau ne se réjouissait guère de la présence de Juliette dans sa cuisine, mais il l'avait acceptée de façon temporaire, jusqu'à son départ au couvent. Il sourit par-devers lui. Cela faisait longtemps qu'il voulait l'expédier chez les bonnes sœurs, comme le faisaient les nobles avec leur progéniture, mais jusqu'ici, sa femme s'y était toujours refusée. Elle prétendait qu'il n'y avait rien à y gagner, sinon un enfant oisif ou pire, dévot – la combinaison des deux étant incompatible avec le destin qui attendait Juliette. Pourquoi sa femme avait-elle changé d'avis, le père Ramponneau l'ignorait, mais s'en félicitait. Il entrevoyait pour sa fille une place en tant que dame de qualité, avec des mains blanches, des coiffures compliquées et un titre, pas une vie de travailleuse comme la leur. Il se demandait souvent comment ils avaient pu mettre au monde une telle merveille. Surtout lui, avec son ventre rond comme un tonneau et ses joues aussi rouges que son nez.

«Va chercher ton frère! Il faut que je lui parle.»

Juliette leva les yeux au ciel. Elle aimait bien son père, mais il ne voyait parfois pas plus loin que le bout de son nez. Pourquoi son frère? Comme si elle était incapable de dire au livreur qui passait tous les jours que les vins rouges restaient ici et que les vins blancs allaient à la Courtille. Elle quitta la cuisine pour gagner la grande salle. Les tables en bois étaient encore vides à cette heure de la journée, dressées de part et d'autre d'une immense cheminée de pierre, à côté de laquelle étaient entreposés des brocs en terre cuite de différentes tailles et de grandes casseroles de cuivre. Sur l'un des murs, une peinture représentait son père couronné d'une grappe de raisins et chevauchant un tonneau de vin. Une devise éloquente l'accompagnait, *Monoye fait tout* et aussi des vers de mirliton : *voyez la France accourir au tonneau qui sert de trône à monsieur Ramponneau* ! Une odeur écœurante de vin blanc bon marché flottait dans l'atmosphère. « *À La Grande Pinte*, pas de chichis, disait son père. Pas de fauteuils réservés aux robes de soie ou aux culottes de velours. Tout le monde à la même enseigne, sur un banc. »

Elle trouva son frère en train de superviser le nettoyage des bacchanales de la veille. Elle lui transmit le message en jetant un regard plein d'espoir vers la porte. *N'y pense même pas*, lui dit Jean sans détourner les yeux de son ouvrage. Elle grimaça, mais revint sur ses pas. Son frère ne valait pas mieux que son père. Que pouvait-on espérer d'un homme, de toute façon ?

22

« Vous avez entendu ? » s'exclama Maurice d'une voix de conspirateur.

Antonin tendit distraitement l'oreille. Il ne prêtait plus attention aux bavardages de l'apprenti. Depuis un an qu'il travaillait chez Fernand Dubrest, il avait compris qu'ils ne se lieraient jamais d'amitié et qu'il valait mieux l'éviter. L'animosité de Maurice à son égard ne s'était jamais démentie. Antonin, qui avait remarqué l'aversion presque maladive de Maurice pour la noblesse, se demandait s'il soupçonnait quelque chose de ses origines. Chaque tête coupée lui procurait une satisfaction malsaine. Comme si la guillotine lui offrait une revanche sur la vie, il courait les exécutions et ne perdait jamais une occasion de voir le sang couler, surtout si ce sang était bleu.

« Vous avez entendu, reprit Maurice en souriant, le petit Mitron est mort. »

Sous le choc, Antonin faillit lâcher son panier de pains. « Le petit Mitron » était l'un des surnoms donnés à l'enfant du Temple, à Louis XVII. Il lui fallut quelques secondes pour comprendre que Maurice ne parlait pas de lui, mais de la doublure qui l'avait remplacé lorsque Toulan l'avait fait évader. Il réalisa que pas une fois depuis cette fameuse nuit, il n'avait pensé à celui qui avait pris sa place.

«Comment... ne put s'empêcher de demander Antonin. Comment est-il mort?»

Son immixtion dans la conversation ressembla plus à un coassement qu'à des mots nettement articulés, mais tout le monde ouvrit des yeux ronds. Antonin lui-même parut surpris. Depuis le 19 janvier 1794, il n'avait prononcé aucune parole: soit un an, quatre mois et vingt jours.

«Foutre, mais voilà qu'il se met à causer! cria Maurice. Et pour s'inquiéter du sort du fils au gros Colas! Je vous demande un peu. Je savais qu'il n'était pas clair! C'est un royaliste!

— Laisse-le, intervint l'un des fils de Dubrest qui n'appréciait pas beaucoup Maurice et avait déjà remarqué qu'Antonin était son souffre-douleur. Tu es toujours sur son dos. C'est l'un des nôtres.»

La contraction des traits de Maurice montra qu'il n'en pensait pas moins.

«En tous cas, ajouta-t-il, au Temple, le Mitron était une bête sauvage avec des ongles longs comme des serres et des cheveux pleins de vermine. Il était tellement violent qu'on l'avait enfermé tout seul dans un cachot pour éviter qu'il ne blesse les gardes.

— Tu parles d'une bête sauvage! Il avait quoi? Dix ans?

— Comme je vous le dis! Même qu'on lui passait sa pitance par un guichet.

— Et comment sais-tu tout ça, toi d'abord?»

Maurice haussa les épaules.

«C'est un des gardiens du Temple qui me l'a raconté. Il m'a dit aussi qu'on avait jeté son corps à Sainte-Marguerite! Hop, à la fosse commune, comme tout le monde! Vous n'avez qu'à vérifier si vous ne me croyez pas. En tout cas, bon débarras! Depuis le temps qu'on devait entretenir ce parasite, nourri à l'œil et à rien faire alors que nous, on s'échine pour presque rien...»

Maurice ne faisait que répéter ce qu'il entendait place de Grève, chaque fois qu'un traître était guillotiné. Entre 1794 et 1795, tant de régimes s'étaient succédé qu'on ne savait plus vraiment à quoi s'en tenir, les héros d'hier devenant les traîtres de demain. La guillotine tournait à plein régime, on ne nettoyait même plus le sang des suppliciés. À force, il s'était formé comme un tapis écarlate entre la guillotine et les fosses communes de la Madeleine et des Errancis où les condamnés finissaient leur courte existence.

Antonin avait assisté à une seule exécution, celle de Jacques-René Hébert, guillotiné le 24 mars 1794. Hébert, suprême ironie pour celui qui avait précipité la chute de Louis XVI et de Marie-Antoinette par ses articles du *Père Duchesne*, était accusé d'être un agent royaliste.

Avec d'autres apprentis, Antonin s'était joint à la foule grondante, excitée par la vue du sang. Une atmosphère de fête régnait aux abords de l'échafaud. Ici, on proposait des billets contenant les dernières paroles du célèbre journaliste, là des pains fourrés à la viande. Des gamins ramassaient des pierres pour pouvoir les jeter sur la charrette lorsqu'elle s'arrêterait devant eux. Bientôt, une clameur retentit.

Maurice avait les narines frémissantes et les yeux fous. Tout son corps était tendu vers la guillotine, comme s'il allait lui-même exécuter la sentence. Il avait éclaté de rire en voyant Hébert traîné de force vers l'échafaud sous les huées. Pour faire bonne mesure, Antonin lui-même s'était mis à s'esclaffer en le voyant trébucher à chaque marche.

« Foutre, tu fais moins le fier Marceau ! avait crié Maurice, en répétant une phrase qu'il avait entendue. Avec un peu de chance, le bourreau va brandir ta tête, comme pour le gros roi ! »

Le rire s'était étranglé dans la gorge d'Antonin. Il avait dévisagé Maurice, avec horreur et s'était détourné avant que le bruit sec de la guillotine retentisse.

« Qu'est-ce que vous faites encore là ? clama la voix forte de Dubrest. Vos paniers ne vont pas se vider tout seuls. »

Antonin était parti comme un automate, son panier sur le dos. La tête lui tournait. Ses pas l'amenèrent à proximité de la prison du Temple. Il frissonna à la vue de l'énorme bâtiment. Depuis que Toulan l'avait fait sortir, il avait toujours essayé d'éviter de passer à cet endroit. Il entendit qu'on criait des mots de condoléance sous les fenêtres. Hébété, il se rendit compte qu'ils étaient destinés à Madame Royale. Se pouvait-il que sa sœur soit encore entre les quatre murs de la tour? Mais était-ce encore sa sœur? Qui était-il? Antonin ou Louis? Il porta machinalement la main à son cœur où il conservait la boîte renfermant les mèches de cheveux de sa famille. *Vous avez entendu? Le petit mitron est mort*, entendait-il partout autour de lui. Chaque commentaire, chaque parole échangée, chaque murmure tranchait les fils de son ancienne vie et le laissait orphelin une seconde fois. Le visage de l'homme aux yeux verts qui avait tué Toulan, l'homme qui lui avait permis de s'échapper ce soir-là, lui revenait en mémoire. *Louis XVII n'est pas encore roi qu'il appartient déjà au passé. L'avenir, c'est Louis XVIII.*

Antonin sursauta en entendant la cloche du Temple sonner huit heures. Il réalisa qu'il avait passé la journée ici. Son patron allait être furieux. Il lui restait la moitié de son chargement. Il se mit à courir pour rattraper son retard quand il assista à une scène redoutable pour n'importe quel livreur: l'un des leurs attaqués par des moineaux. Il ralentit insensiblement sa course pour regarder. Il savait qu'il avait été favorisé par la chance. D'abord, la mère Ramponneau l'avait sauvé d'une mort certaine, puis elle l'avait protégé de l'homme qui voulait le supprimer et enfin Fernand Dubrest lui avait appris un métier. Pour les autres, les malheureux de Paris, chaque journée figurait une lutte à mort, pour échapper à la faim, au froid, aux marchands d'âme et à ces moineaux qui s'attaquaient les uns les autres quand la dernière lumière de leur humanité s'était éteinte.

Antonin avait très distinctement entendu la tête du livreur heurter le sol quand le groupe de moineaux l'avait attaqué, avant de se disperser avec le contenu de son panier. Le petit garçon ne devait pas être beaucoup plus âgé que lui, mais Antonin était grand pour son âge, il avait hérité de la haute taille des Bourbons.

Pensant au retard qu'il avait déjà accumulé, il fut soulagé de voir que certains passants s'arrêtaient pour porter secours au petit livreur. Mais c'était moins pour aider le garçon que pour le délester du reste de son chargement. Effaré, Antonin ouvrit la bouche et écarquilla les yeux. Il ne pouvait pas croire ce qu'il voyait. L'un des passants avait même fouillé le jeune homme, appuyant sur sa cage thoracique, pour voir s'il ne cachait pas quelques pièces dans sa camisole.

Il s'arrêta à côté du petit livreur et lui serra la main. Des râles de douleur lui échappaient. L'enfant n'était ni grand ni petit, l'éclat de sa jeunesse n'était déjà plus qu'un lointain souvenir. «Maman, appelait-il. Maman, j'ai mal.» Antonin avait la gorge nouée. L'autre tourna la tête vers lui, une détresse infinie dans le regard. Il chercha à se dégager de son emprise. Le petit livreur s'était accroché à sa main et lui faisait mal. On aurait dit que le garçon mettait ses dernières forces dans ce contact, qu'il voulait entraîner Antonin avec lui dans son dernier voyage. Il n'avait pas compris qu'on meurt toujours seul.

Antonin observait la vie quitter ce visage déjà terreux. Le tableau l'accablait d'une tristesse si grande qu'il était incapable de ressentir d'autre sentiment, même la haine.

«Maman. Maman.

– On est allé chercher ta maman, tu sais, s'entendit prononcer Antonin d'une voix rauque. Elle arrive.»

L'autre parvint à sourire. Il raffermit sa prise et toute la tension de son corps se relâcha d'un coup. Il était parti. Antonin pleura sur le corps du petit garçon jusqu'à l'arrivée des fossoyeurs. Il s'aperçut alors que son propre panier avait disparu et que la nuit était tombée. Antonin savait qu'il ferait mieux de filer, mais il restait planté là, à regarder les ombres de la nuit danser autour de lui.

À la lisière de sa conscience, Antonin distingua la présence d'un mendiant à la saleté repoussante qui traînait derrière lui un moineau à l'air hagard. Il était fréquent que les miséreux s'attachent à des orphelins pour protéger leur sébile ou réchauffer leur couche, la nuit. On voyait la vermine danser sur la tête du mendiant, elle formait comme une seconde couche de cheveux. Un bandeau noir de crasse lui barrait le front, dissimulant une croûte infectée et verdâtre. Ses dents n'étaient plus que des chicots jaunâtres disséminés dans une bouche écarlate. Le moineau, lui, était si maigre qu'il paraissait transparent. Sans doute ne passerait-il pas la nuit. Il frissonna. *Louis XVII est mort…* Ce petit moineau échouerait-il dans la même fosse commune que sa doublure, que le livreur… ou que lui? *Louis XVII mourra peut-être ce soir*. Cette pensée fut étrangement réconfortante.

23

«Hombre, quita tu sombrero», ordonna à Pierrot l'un des trois brigands qui l'entouraient. Avant qu'il ait compris ce que cela voulait dire, l'autre lui arracha son pauvre chapeau et le dernier lui asséna une tape à l'arrière de la tête. La Cour des Miracles retentit de milliers d'éclats de rire.

«Qu'est-ce que c'est que ça?»

Pierrot tressaillit. La voix appartenait à un personnage inquiétant, assis sur un trône de fortune. La première pensée de Pierrot fut que cet homme n'était pas du tout ce qu'il avait imaginé, c'est-à-dire un individu pesteux, aviné et hissé sur un tonneau. Le roi des voleurs – qu'on appelait indifféremment le grand Coësre ou roi de Thunes – avait une barbe fournie, des yeux vairons dans lesquels dansaient des millions de flammes, une épée rougie du feu de joie qui crépitait au milieu de la cour et un fouet à lanières de cuir blanc, qu'on appelait *boullayes*, pour mater la foule. Derrière lui se faisait entendre le cliquetis de couteaux tirés de leur gangue et le bruit sourd des massues qu'on frappe sur le sol.

«On l'a attrapé dans la crypte, répondit un individu vêtu de haillons.

— Il essayait d'entrer», déclara un autre.

Le roi de Thunes fit un geste en direction d'un petit bonhomme à peine plus grand qu'un enfant, qui coiffa une perruque ridicule et se vêtit d'un manteau noir beaucoup trop grand pour lui. C'était si comique que Pierrot eut envie de rire. Il était le seul. La Cour des Miracles avait fait silence. Même les chiens s'étaient arrêtés d'aboyer, et les poules de caqueter, et les chèvres de bêler. Le nain monta sur un caisson et commença à parler.

« Tu es entré dans le royaume de l'argot sans être argotier, tu as violé les privilèges de notre cité. Tu dois être puni, à moins que tu ne sois capon, franc-mitou ou rifodé, c'est-à-dire, dans l'argot des honnêtes gens, voleur, mendiant ou vagabond. Es-tu quelque chose comme cela ? Justifie-toi ! »

Pierrot essaya de parler à travers le bâillon qu'on lui avait collé sur la bouche, mais ne réussit qu'à s'étouffer davantage.

« Alors tu seras pendu, répondit son juge. Telle est la loi de la Cour des Miracles. As-tu une bourse ? »

L'un des truands fouilla Pierrot et lança au petit bonhomme la méchante bourse où Jacques avait gardé ses trésors. Pierrot essaya de se débattre. « Ça te servira à payer ta corde. Ne me regarde pas comme ça, l'ami. Rien n'est gratuit ici-bas, pas même la mort. » Le nain éclata de rire en découvrant ce qu'il y avait à l'intérieur. Il la lança à leur maître d'un geste leste.

« Lâchez-le, vous autres ! finit par dire le roi des voleurs, après avoir étudié le contenu de la bourse, une expression indéchiffrable sur le visage. Qui es-tu ?

— Roi de Thunes, lança Pierrot d'une voix qu'il s'efforçait de maîtriser, je me tiens ici devant toi pour rejoindre ton royaume. »

Des murmures s'élevèrent, l'homme au chapeau les fit taire d'un geste.

« Je t'ai demandé qui tu étais, pas ce que tu voulais.

— Je m'appelle Pierrot.

— Comment nous as-tu trouvés ?

— Je l'ai suivi », dit Pierrot en désignant l'un des bandits, celui qui se tenait le plus près du roi de Thunes.

Le bandit en question plissa les yeux. On voyait qu'il n'appréciait pas d'avoir été pointé du doigt. Pourtant, après le récit de Pierrot, il hocha sèchement la tête, le jeune garçon disait bien vrai.

« Tu as de quoi payer la taxe ? »

Pierrot ouvrit la main au creux de laquelle brillait une pièce d'or ; il la vit valser dans les airs. Le roi la rattrapa d'un geste vif et s'assit dans un fauteuil qui avait dû être en velours. Il retira son chapeau et Pierrot se permit alors un soupir silencieux.

Le visage du roi était constellé de rides profondes, comme un vieux loup de mer à la peau corrodée par l'air salin. Le blanc parfait de sa barbe faisait ressortir ses yeux prodigieux : l'un était marron et l'autre vert. Le signe du diable pour certains, l'insigne suprême de la royauté dans le domaine des argotiers.

« Les tombes, déclara-t-il au bout d'un moment, c'est à moi et je n'aime pas qu'on prenne ce qui est à moi. »

Pierrot fronça les sourcils. De quoi parlait-il ? Il n'eut pas le temps de s'interroger plus avant que déjà le roi ordonnait à ses lieutenants de se saisir de lui. Il essaya de se débattre, mais il ne faisait pas le poids face à leur nombre. Il cria. Et puis tout devint noir.

1800

24

L'adolescent étouffa un juron en découvrant qu'il s'était endormi sur son livre. Son maître ne lui laissait pas assez de temps libre pour le gâcher en dormant. Il massa son cou douloureux et grimaça, il avait laissé une traînée de bave sur le dessin qu'il s'efforçait de recopier. *Il n'y a plus qu'à recommencer*, se dit-il agacé. Tout de suite après, il s'empara de l'ouvrage original et constata avec soulagement qu'il avait été épargné. Monsieur Aubin-Louis Millin de Grandmaison, le conservateur de la Bibliothèque nationale, pouvait être aussi jaloux et protecteur de ses ouvrages qu'une mère de ses enfants. La plus légère rousseur, la moindre cassure lui causaient des crises d'urticaire. C'était, de l'avis général, un homme aussi rugueux et poussiéreux que les fossiles qu'il étudiait.

Le dormeur éveillé reposa l'ouvrage, un traité d'architecture écrit au quinzième siècle par un certain Jacques Barozzio de Vignole, en se demandant quel dieu il pouvait remercier de lui avoir permis d'échapper à l'ire du terrible bibliothécaire.

« Tu te demandes comment un tel miracle a pu avoir lieu, je suppose. »

L'adolescent sursauta au son de la voix du conservateur. Aubin de Grandmaison fixait sa victime par-dessus ses petites lunettes.

Comme à son habitude, il avait ramassé sa chevelure – étonnement dense pour un homme de son âge, mais en vérité, qui aurait pu lui donner un âge ? – en une queue de cheval lâche, qui accentuait la hauteur de son front.

« Je t'aurais bien donné une leçon, mais je doute que maître Vignole, qui a si admirablement décrit les cinq ordres d'architecture, apprécie ton opinion sur l'ordre corinthien. »

Le coupable lui adressa un sourire penaud.

« Pardonnez-moi, maître Aubin.

— Aristote disait : "Pour enseigner, le maître doit fournir plus d'efforts que son élève." On dirait qu'avec toi, je doive prendre cette maxime au pied de la lettre. Reste à savoir si tu vaux la peine que je me donne. Dis-moi, Antonin, à quoi étais-tu occupé avant de quitter le monde des vivants ? »

Antonin lui montra les dessins des colonnes et des temples qu'il avait réalisés. L'adolescent s'était découvert un talent pour l'estampe et il en réalisait aussi fréquemment que son emploi du temps l'y autorisait. Il était particulièrement sensible aux constructions antiques – grecques, romaines et égyptiennes – qui lui permettaient de faire voyager son imagination. Le conservateur hocha la tête avec satisfaction.

« Impressionnant, mon garçon. Ta maîtrise des proportions est stupéfiante. Peut-être devrais-je en toucher un mot à ce bon Bailly et lui dire que tu t'es trompé de vocation ?

— Non, je vous en prie, n'en faites rien ! Il me défendrait de revenir ! »

Grandmaison sourit devant l'expression catastrophée d'Antonin. Ce garçon ne cessait de l'étonner. Il n'avait jamais rencontré quelqu'un d'aussi émerveillé par son royaume. Ce n'était pas la première fois qu'un maître lui envoyait un apprenti pour parfaire son éducation, mais la plupart en profitaient pour tirer au flanc. La vie d'un apprenti était éreintante et la célèbre pâtisserie de la rue Vivienne n'échappait pas à la règle. Pourtant, Antonin ne gâchait pas une minute du temps passé à la bibliothèque, que ce soit pour lire, analyser, étudier ou reproduire des plans et des croquis. Sa soif d'apprendre était inépuisable ce qui, aux yeux d'un homme passionné par son travail, était une véritable bénédiction.

« Va, je ne dirai rien ! »

Antonin le remercia avec effusion et reprit son crayon pour continuer à dessiner. À ce moment-là, son ventre fit un gargouillis tellement sonore qu'il en rougit de confusion. Il consulta la grosse horloge et se rendit compte qu'il lui restait encore un peu de temps. Aubin de Grandmaison aurait juré lire du soulagement sur son visage. Antonin ignora les cris de son estomac pour se concentrer sur le livre. Ce garçon était décidément plein de surprises. À la deuxième symphonie, le bibliothécaire éclata d'un rire franc, qui désappointa encore plus Antonin, surtout habitué à l'attitude revêche du vieil érudit.

« *Non potest esse nisi unus Petrarca* !

— Qu'avez-vous dit maître ?

— Que je t'invite à partager mon repas, tu as suffisamment nourri ton esprit pour aujourd'hui. »

Antonin le suivit dans un couloir qui donnait sur une porte fermée. Le bibliothécaire prit une clé de son trousseau et entra sans plus de cérémonie. Antonin marqua un temps d'hésitation, car il était sur le point de quitter l'enceinte de la bibliothèque pour fouler le royaume personnel de son conservateur. De mémoire d'apprenti, jamais personne n'avait eu droit à un tel honneur. Il se retrouva dans une petite salle éclairée par deux ouvertures. Hormis quelques détails auxquels on reconnaissait un logis, comme l'assiette posée sur la table ou le lit installé dans un coin, on aurait pu croire qu'il s'agissait d'une extension de la bibliothèque. Les murs débordaient de livres. Il n'y avait pas d'espace vacant sur les rayonnages. Antonin ouvrit des yeux ronds.

« Eh bien ? On dirait que tu n'as jamais vu de livres de ta vie, mon garçon.

— Si, mais...

— Installe-toi, je vais nous chercher une collation. »

Le bibliothécaire disparut dans une autre pièce et revint bientôt avec une assiette supplémentaire, un plateau de fromages et un pichet de vin. Il se servit et invita Antonin à l'imiter. La jeunesse étant ce qu'elle est, l'adolescent ne se fit pas prier longtemps.

« Que disiez-vous à propos de Pétrarque ? » demanda Antonin après un moment.

Le bibliothécaire fronça les sourcils.

« Tu comprends le latin ?

— En fait, avoua Antonin, je n'ai reconnu que le nom de Pétrarque. Je l'ai rencontré dans l'un des livres que vous m'avez prêtés. L'auteur disait que Pétrarque était l'un des premiers à s'être tourné vers l'antiquité pour faire avancer son art.

— Tu dis vrai. Pétrarque était un grand admirateur des poètes classiques qui nourrissaient largement son œuvre. Il en faisait une lecture très approfondie. En d'autres termes, il ne se contentait pas de lire les classiques. Il les dévorait et les digérait, au point même de les métaboliser, comme il l'écrivait lui-même à son ami Boccace. Tant et si bien qu'à la fin, il n'y eut plus de place pour la nourriture du corps et qu'il mourut de faim. Ce qui risquait de t'arriver si je ne t'avais pas arraché à tes lectures. »

Antonin sourit. Poussiéreux ou non, Aubin de Grandmaison était un homme fin et cultivé, dont l'esprit regorgeait de mille histoires pour qui savait l'écouter. Tout en se régalant de pain et de fromage, Antonin embrassa la pièce du regard.

« Tous ces livres... Ils sont à vous, maître ?

— Ma foi, oui. Je mets un point d'honneur à conserver tous les livres que j'ai lus et aimés, au cas où il me prenne envie d'entendre à nouveau leur voix. »

Il allait ajouter quelque chose, quand il entendit la clochette. Il posa ses couverts, s'essuya lentement la bouche et se leva. Antonin l'entendit échanger quelques paroles indistinctes avec un inconnu dont une large capuche dissimulait les traits. Il revint seul, tenant un maroquin de cuir rouge entre les mains. Outre la couleur inhabituelle du maroquin, Antonin remarqua que l'expression de son hôte s'était faite légèrement soucieuse. De quoi enflammer son imagination. Cependant, Grandmaison posa le maroquin sur la table et poursuivit sa conversation avec Antonin comme si de rien n'était, l'interrogeant sur ses lectures et le félicitant de ses progrès.

Ce n'est qu'un pli, il n'y a aucun mystère là-dedans, se dit Antonin en essayant d'éteindre la voix qui lui soufflait le contraire.

Son regard ne cessait de revenir au portefeuille comme un moustique vers la lumière. Aubin de Grandmaison se leva pour débarrasser, abandonnant son invité avec le maroquin mystérieux. Ne savait-il pas qu'il le mettait au supplice? Antonin avala sa salive, prit une grande inspiration et tendit sa main vers le mystérieux objet.

Un livre... bien sûr... pensa Antonin pendant qu'Aubin de Grandmaison sortait l'ouvrage du maroquin et caressait la couverture, une esquisse de sourire sur les lèvres. Il avait espéré autre chose. *Qu'est-ce que je croyais?* pensa Antonin. *C'est le vin qui m'est monté à la tête.* Tout de même, il se félicita d'avoir réussi à réfréner sa curiosité; non que trahir la confiance de son hôte pour une tout autre raison eût été acceptable, mais il était content de ne pas l'avoir fait pour ça. C'eût été comme s'il s'était mis dans tous ses états pour un sac de farine chez son maître Bailly.

«Ce n'est pas n'importe quel livre, souffla le bibliothécaire comme s'il lisait dans ses pensées. Tiens, prends-le!» Antonin remarqua que son maître arborait l'expression étrange de ceux qui viennent de jouer un mauvais coup à quelqu'un. Il récupéra l'ouvrage, le cœur battant, et l'ouvrit, en s'attendant, sinon à y trouver une arme dissimulée, du moins un message secret sur la page de garde. Il n'y avait rien de tout ça. Ce n'était à priori qu'un livre ordinaire, semblable à n'importe quel autre. Il s'intitulait *Le Cimetière de la Madeleine* par J.J. Regnault-Warin.

«Un roman?» s'étonna Antonin, un peu déçu.

Le bibliothécaire hocha la tête, une lueur amusée dans les prunelles.

«Qu'a-t-il de spécial?

— Il vient d'être interdit, bien sûr!

— Interdit? Pourquoi? interrogea Antonin.

— Pas ici. Viens!»

Aubin de Grandmaison ne supportait pas qu'on interdise à un livre de faire entendre sa voix, a fortiori s'il s'agissait de chefs-d'œuvre de la littérature française. Il était particulièrement attentif aux titres ciblés par la censure et s'était donné pour mission de les sauver de la destruction pour leur trouver le plus de lecteurs possible. C'était à la fois courageux et totalement inconscient quand on savait que son adversaire n'était autre que le ministre de la Police, Joseph Fouché. Cela faisait un moment qu'il avait repéré Antonin. L'adolescent serait sans aucun doute le lecteur le plus jeune de leur groupe, mais le bibliothécaire ne doutait pas qu'il se montrerait à la hauteur. Déjà, il avait triomphé la mise à l'épreuve imposée par le lettré : si la curiosité devait toujours être encouragée, elle ne devait jamais se faire au détriment de la confiance. En résistant à la tentation, Antonin lui avait prouvé sa fiabilité.

Aubin l'entraîna dans une autre pièce, semblable à un placard à balais, et demanda à Antonin d'attraper une bougie. Une porte s'ouvrit dans le mur. Un passage secret, pensa Antonin avant d'être poussé à l'intérieur. La porte se referma sur l'instant. Une angoisse folle menaça de le submerger quand il remarqua que seule la flamme vacillante de la bougie perçait l'obscurité. Les ténèbres le plongeaient dans une terreur enfantine où il se voyait dévoré par un serpent aux yeux verts. Les yeux exorbités, il fut bientôt incapable d'avancer, les muscles tétanisés. Comme dans un cauchemar, il captait la voix bourdonnante du bibliothécaire sans pouvoir lui répondre. Aubin lui arracha la bougie des mains. La lumière d'une lampe réchauffa aussitôt la pièce.

« Par la corbleu, mon garçon, que s'est-il passé ? » lui reprocha le savant avant de découvrir, perplexe, le teint crayeux d'Antonin qui semblait sous le coup d'une émotion violente.

Antonin se laissa conduire jusqu'à l'un des fauteuils situés dans un coin de la pièce. Aubin fourragea dans une boîte et en sortit une flasque, dont il huma le contenu avant de le tendre à Antonin. Celui-ci but machinalement et manqua s'étouffer.

« D'où reviens-tu comme ça ? »

Antonin reprenait peu à peu le contrôle de lui-même. Il avait désormais honte que le bibliothécaire ait été témoin de sa frayeur. Il n'était plus un enfant. Un homme n'était pas censé avoir peur du noir. Aubin le regardait avec compassion. Pour lui, la scène à laquelle il venait d'assister prouvait moins la faiblesse d'Antonin que son humanité. La crainte n'est jamais qu'une tristesse que l'homme éprouve au souvenir d'une chose passée, a écrit Spinoza. Aussi, la crainte rend humain, car il n'y a pas d'espoir sans crainte, mais il fallait avoir déjà beaucoup vécu pour le savoir. Pour ne pas laisser le silence s'installer, Aubin de Grandmaison décida d'entrer dans le vif du sujet.

« Bienvenue, Antonin, dans le sanctuaire des livres interdits. »

25

Joseph Fouché balaya du regard son cabinet de travail. Le ministre de la Police l'avait modelé à son image, celle d'un bureaucrate zélé, fidèle à ses devoirs, fonctionnaire, modèle de droiture, retranché derrière ses papiers et registres, mais prêt à frapper mortellement sans qu'on s'en aperçoive. Les bois étaient ternes, les murs gris et froids, les lampes projetaient une lumière blafarde sur des tableaux d'une banalité affligeante. Il n'y avait rien dans cet endroit à quoi se raccrocher, ce je-ne-sais-quoi d'humanité, cette étincelle de vie qui vous retient de plonger dans l'abîme.

Fouché alla s'asseoir derrière sa table de travail, croisa les doigts et toisa son visiteur de ses yeux ternes, dans une attitude qui transpirait l'ennui. Pas un mouvement n'animait ses traits, on n'aurait su imaginer le feu qui couvait derrière ces lèvres exsangues et ces paupières lourdes ! Le contraste n'en était que plus saisissant avec le jeune homme qui lui faisait face, chevelure blonde, une bonne vingtaine d'années, avec un visage franc et passionné qui trahissait toutes les émotions. Le visiteur affectait une attitude décontractée, mais il ne pouvait dissimuler son trouble face au terrible ministre de la Police. D'une voix atone, Joseph Fouché procéda à l'interrogatoire d'usage :

« Êtes-vous bien Monsieur Jean-Joseph Regnault-Warin, né le 28 décembre 1773 à Bar-le-Duc, fils de Joseph Regnault et d'Anne Warin ? »

Le jeune homme hocha la tête, visiblement ému.

« Connaissez-vous les raisons de votre présence ici, monsieur Regnault-Warin ? »

Dans la bouche de Fouché, ces mots sonnaient déjà comme une condamnation. Le jeune homme tortilla ses mains et secoua la tête, de peur que sa voix le trahisse. Fouché laissa le silence s'installer. Il avait remarqué que c'était la meilleure des techniques d'intimidation. Pendant un moment, il fit semblant de se plonger dans un dossier, puis se leva pour aller récupérer un livre qu'il posa devant le jeune homme. C'était un exemplaire d'un tome du *Cimetière de la Madeleine.*

« Vous reconnaissez ceci ? »

Jean-Joseph Regnault-Warin eut un regard apeuré. Fouché vit qu'il allait défaillir.

« Bien sûr que vous reconnaissez ceci, puisque vous en êtes l'auteur. »

Fouché retourna s'asseoir et garda le livre sous sa paume, comme un animal qu'il aurait pris au piège.

« Un ouvrage intéressant que le vôtre, monsieur Regnault-Warin, fort divertissant. On ne parle plus que de vous et de votre cheval de bois dans les salons. Qui aurait cru que les gens se passionneraient pour une histoire aussi rocambolesque ? Le descendant de Louis XVI échappant à son destin funeste dans un jouet d'enfant ! »

Le jeune auteur avala sa salive.

« Dites-moi, monsieur Regnault-Warin, éprouvez-vous une nostalgie pour la monarchie ?

— Non, monsieur, se défendit Regnault-Warin, les joues en feu. Je me défends de toute arrière-pensée royaliste. Je suis un fervent partisan de la révolution.

— Mais l'êtes-vous ? Vous qui exaltez la thèse d'un phénix renaissant de ses cendres.

— Monsieur, vous ne sauriez accorder trop de crédit à cette histoire. Elle n'est que le produit de mon imagination, quelques larmes jetées par un pieux attendrissement sur les tombeaux d'une famille éteinte et qui ne sauraient altérer une constitution qui promet la félicité. »

Les lèvres minces de Fouché esquissèrent un petit sourire teinté d'ironie.

« Voilà qui est fort bien parlé, monsieur. Loin de vous l'idée de déclencher un soubresaut politique, n'est-ce pas ? Permettez-moi de satisfaire ma curiosité, monsieur Regnault-Warin ! Je ne saurais entrer dans les secrets de votre écriture ou de votre imagination, comme vous dites, mais d'où vous est venue cette idée ? Courlande peut-être ? »

Le jeune homme hésita. Le regard acéré de Fouché le transperçait jusqu'à l'âme. Il se demanda ce que savait réellement le ministre. Avait-il eu des informations ou sa question n'était-elle qu'une coïncidence ?

« Si j'ai écrit cette histoire, c'est parce la mort de l'enfant ne fait aucun doute ...

— Aucun doute, assurément. Toutefois, vous comprendrez que l'on ne puisse pas autoriser plus avant la diffusion de votre ouvrage. Nous ne voudrions pas rouvrir les plaies du passé, n'est-ce pas ? Ainsi, au moment où nous nous parlons, les exemplaires de votre livre ont été saisis et détruits. »

Comme pour illustrer son propos, Fouché se rapprocha de la cheminée et jeta son exemplaire du *Cimetière de la Madeleine* dans le feu. Le jeune homme pâlit subitement et se leva, en proie à une vive émotion. Fouché le regarda droit dans les yeux. Aussitôt, Jean-Joseph Regnault-Warin s'affaissa dans son fauteuil, pris d'un violent désespoir.

« Je suis certain, Monsieur, que nous ferons en sorte de ne pas nous revoir », conclut Fouché et il appela pour qu'on le débarrasse du jeune homme.

Le ministre se dirigea vers son cabinet privé, où il conservait tous les manuscrits interdits, car jugés dangereux pour la tranquillité du régime. À cet instant, l'horloge de son bureau sonna sept coups. Joseph Fouché passa son manteau et rangea l'ouvrage proscrit, intercalé entre une note dénonçant Aubin de Grandmaison, le poussiéreux conservateur de la Bibliothèque nationale, comme « ennemi du régime » – il avait en sa possession des ouvrages prohibés… – et une autre note désignant comme traître royaliste Alexandre Lepeletier, l'amant en titre de Joséphine de Beauharnais, la femme du Premier Consul. Lepeletier avait remplacé le bel Hippolyte Charles dans le lit de *la première dame* après qu'un fâcheux avait vendu la mèche de leur liaison à Napoléon au retour de sa campagne d'Égypte. Dénonciations anonymes comme de juste. Fouché eut un demi-sourire qui éclaira sa figure blême. La probabilité que Lepeletier soit coupable était mince. C'était un jacobin notoire, ancien proche de Jacques-René Hébert et de Pierre-Gaspard Chaumette, très haut placé dans la hiérarchie du club du Manège. Il avait même voté la mort du roi. Mais, après tout, Hébert n'avait-il pas trahi ? Fouché se délectait déjà de ce que ses hommes allaient lui rapporter de leur visite à ses appartements.

26

« Le sanctuaire des livres interdits ? demanda Antonin à Aubin de Grandmaison.

— C'est un endroit dans lequel nous rassemblons tous les livres frappés par la censure au nom de la défense de l'ordre public, depuis François Ier et la fameuse "Affaire des placards". En as-tu entendu parler ? »

Antonin fit un signe de dénégation.

« Cela s'est passé dans la nuit du 18 octobre 1534. Des protestants français placardent des proclamations contre la messe dans tout le pays et jusque sur la porte de la chambre de François Ier, à Amboise. Le roi, pourtant ouvert en matière de religion, prend fort mal la chose qui non seulement outrage la religion catholique, mais remet en cause la monarchie de droit divin. François Ier ne peut tolérer que l'on conteste le bienfondé de son règne. Les placards sont censurés, leurs auteurs dûment condamnés. Pour les débusquer, le roi institue "la chambre ardente", une commission de douze hommes, chargée de traquer les coupables, de les envoyer au bûcher et de confisquer leurs écrits. S'ils ne peuvent rien faire pour les auteurs, certains libraires courageux, intellectuels et amis des lettres créent "la chambre blanche" pour sauver les livres. Douze hommes chargés de protéger les écrits jugés subversifs ou dangereux par le pouvoir politique, sinon ecclésiastique, de leur époque, avec l'objectif de les transmettre aux générations futures.

— Alors tous les livres qui sont ici ont été interdits ?

— Ont été interdits ou sont toujours sous le coup de la censure pour une raison ou une autre, car ce qui est séditieux pour un régime ne le sera pas forcément pour le suivant, précisa Aubin. Nous avons, par exemple, *L'Encyclopédie* de Diderot et d'Alembert, interdite en 1752 par le roi Louis XV, car jugée "affreusement athée et matérialiste", mais que la Révolution a érigée en étendard. De même pour *Candide*, du philosophe Voltaire, continua Aubin en brandissant un petit manuscrit. Ou *L'Émile* de Rousseau. Censurés à titre de "livres pernicieux" en 1760 et célébrés en 1789 ! Antonin, certains de ces livres ont changé le monde ! Prends Copernic et Galilée et leur système héliocentrique !

— La théorie selon laquelle la terre tourne autour du soleil ? »

Antonin était tombé sur le système héliocentrique dans l'un de ses ouvrages d'architecture. Mais, il n'avait pas eu l'impression que cette théorie faisait l'objet d'une quelconque controverse.

« Jusqu'à Copernic, on supposait que la terre était au centre de l'univers, immobile, et que les autres planètes tournaient autour d'elle, formant un tout "parfait". Le philosophe Aristote, par exemple, était un fervent défenseur de cette théorie. Or, la doctrine de l'Église se fondait sur la physique d'Aristote. On en veut pour preuve le chapitre X du *Livre de Josué* où Josué prie Dieu de lui venir en aide en arrêtant le soleil dans sa course. "Alors Josué parla à l'Éternel, le jour où l'Éternel livra les Amoréens aux enfants d'Israël, et il dit en présence d'Israël : 'Soleil, arrête-toi sur Gabaon, et toi, Lune, sur la vallée d'Ajalon !'" Ce qui accrédite l'immobilité de la terre. Mais Copernic et Galilée vont émettre l'hypothèse révolutionnaire que la terre tourne sur elle-même et qu'avec d'autres planètes, elle tourne aussi autour du soleil. La science leur a donné raison et le système héliocentrique prime aujourd'hui. C'est en partie grâce à nous, la chambre blanche ; en effet, pendant que le pouvoir défendait l'autre système, persécutant auteurs et savants qui osaient se dresser contre la sacro-sainte autorité d'Aristote ou de la Bible, nous mettions entre les mains de ceux qui croyaient aux théories de Copernic et de Galilée les textes censurés par Paul VI en 1616, contribuant ainsi à la victoire de la vérité. »

Antonin était sans voix. Jamais, jusqu'ici, il n'avait imaginé possible de contester les enseignements contenus dans les livres. Et on lui apprenait que certaines connaissances étaient manipulables et certaines vérités tues parce qu'elles dérangeaient. C'était vertigineux. Devait-il remettre en cause tout ce qu'il avait appris jusqu'ici ? Et qui aurait cru que derrière le bibliothécaire se cachait en réalité un hors-la-loi ? Cela étant, Aubin de Grandmaison était un savant. Antonin n'était qu'un apprenti pâtissier.

« Tu te demandes ce que tu fais ici ? continua Aubin. Tu partages avec nous l'amour de la connaissance et, à ce titre, tu mérites d'être considéré. Il faut que tu comprennes quelque chose, Antonin. Aucune parole ne devrait être muselée, aucun livre censuré. C'est grâce à la liberté d'expression qu'on peut construire des sociétés éclairées, menées par des individus libres. Certains textes sont prohibés sous prétexte de menacer l'ordre public. Mais que menacent-ils, en réalité, sinon l'intérêt de ceux qui nous dirigent ? »

Le bibliothécaire, pointant du doigt une étagère débordant de livres, expliqua avec amertume que cette zone recensait uniquement les ouvrages censurés depuis 1789.

« La Révolution, reprit-il, était censée libérer la pensée, la parole et l'écrit. "Nul ne doit être inquiété pour ses opinions, même religieuses", proclame la Déclaration des droits de l'homme et du citoyen. Résultat : il y a eu plus de livres censurés depuis dix ans qu'en deux siècles.

— Comment l'expliquez-vous ? interrogea Antonin.

— Par la fin de l'article : "Nul ne doit être inquiété pour ses opinions, même religieuses... pourvu que leur manifestation ne trouble pas l'ordre public établi." C'est la source du problème.

— Je ne comprends pas », avoua Antonin.

Le bibliothécaire attrapa un petit livre situé à l'extrémité droite de l'étagère, l'histoire d'Athalie, veuve du roi Juda, une pièce de théâtre composée en 1691 par Jean Racine et récemment censurée par Joseph Fouché.

«Au début de la pièce, Athalie règne sur le royaume de son défunt mari, sans partage. Et pour cause, elle croit avoir éliminé tous les prétendants au trône. En réalité, son petit-fils Joas a survécu et attend son heure pour reprendre la place qui lui revient de droit. Il finit par renverser sa grand-mère et monte sur le trône. Cette pièce est une dénonciation de la tyrannie. Elle s'adresse autant au roi qu'à ses sujets en affirmant qu'un bon roi doit au premier chef servir son peuple. Pourquoi Fouché, garant de l'ordre public, se sent-il menacé? Pourquoi a-t-il demandé à tous les théâtres de la retirer de leur programmation, et ce jusqu'à nouvel ordre? Parce que, subitement, elle contiendrait trop "d'allusions et de souvenirs favorables à un gouvernement qui n'est plus". Ce passage, en particulier, hérisse nos *représentants*: "Il faut que sur le trône un roi soit élevé/Qui se souvienne un jour qu'au rang de ses ancêtres/Dieu l'a fait remonter par la main de ses prêtres/L'a tiré par leur main de l'oubli du tombeau/Et de David éteint rallumé le flambeau."»

Antonin sentit un poids l'oppresser. L'analogie entre sa situation et celle de Joas ne faisait aucun doute.

«Et moi? Quel est mon rôle? demanda le jeune homme pour changer de sujet.

— Lire d'abord. Tout simplement.»

Le jeune homme prit un moment pour réfléchir.

«J'ai déjà si peu de temps pour étudier...»

Le bibliothécaire resta interdit. Ce n'était pas la réaction qu'il attendait. Avait-il trop présagé d'Antonin en se figurant qu'il sauterait sur l'occasion pour se plonger dans cette formidable somme de savoir? Lui-même avait eu l'impression de pénétrer dans une caverne d'Ali Baba quand son père l'avait introduit pour la première fois dans le sanctuaire. Fils d'érudit, issu de l'aristocratie, il n'avait pas conscience des efforts que devait déjà fournir l'apprenti, ne serait-ce que pour accéder au savoir officiel. Antonin ne pouvait venir à la Bibliothèque que les mardis et vendredis, jours d'ouverture au public, après une journée de labeur, inaugurée par l'allumage des fours à quatre heures du matin. Son maître, par ailleurs, lui faisait rattraper les heures passées sur son temps de repos le dimanche.

« Il faudrait que je puisse emporter certains livres de la bibliothèque dans ma chambre », poursuivit Antonin.

Aubin de Grandmaison sourit. *Petit malin.* Tout le monde savait qu'Aubin de Grandmaison refusait à quiconque le droit de faire sortir un livre de l'enceinte sacrée de la bibliothèque.

« Marché conclu. Je t'établirai une autorisation spéciale pour les livres *autorisés.* »

Le visage d'Antonin s'éclaira.

« Il est de coutume qu'au jour de son intronisation, un nouveau lecteur choisisse un livre du sanctuaire qui l'accompagnera toute sa vie et lui rappellera sa mission. Nous y gravons son prénom et la date de son intronisation. Veux-tu en choisir un ? »

Antonin, après mûre réflexion, finit par désigner celui qu'un messager venait d'apporter au bibliothécaire.

« Fort bien ! *Le Cimetière de la Madeleine.* Pour l'occasion, je te laisse même la primeur de la lecture ! »

27

Comme chaque fois qu'il s'approchait de la pâtisserie Bailly, Antonin sentait son cœur battre plus fort. Sylvain Bailly était considéré comme l'un des plus grands pâtissiers de Paris et cette réputation lui valait chaque jour, devant sa boutique de la rue Vivienne, une longue queue de curieux venus admirer les pièces de pastillage en sucre élaborées par le maître ou par son premier tourier, Jean Avice dit *Jeannot*. Apprendre à leur côté était un honneur dont Antonin entendait se montrer digne. Il soupira donc en constatant qu'une épaisse fumée sortait déjà des soupiraux et que la mise en place des merveilles du jour avait commencé.

Se dissimulant à moitié, il alla observer le ballet tournoyant de Jeannot qui déposait les douceurs colorées sur les plats prévus à cet effet. Il y avait de la délicatesse dans ses gestes. Ses gros doigts bougeaient avec agilité et précaution, ses yeux couvaient tendrement ses créations, s'assurant que chacune trouve sa place. Antonin aurait même juré voir ses lèvres bouger, comme si elles murmuraient une parole encourageante à chacune d'entre elles. Une fois le premier tourier disparu dans l'arrière-boutique, Antonin entreprit de se faufiler à l'intérieur quand il aperçut une traînée de boue sur la façade. Il avait plu la nuit précédente et comme il n'y avait pas de trottoir, le ruisseau avait débordé jusqu'à la porte. L'adolescent commença à frotter le mur avec vigueur.

« Mais qu'est-ce que tu fais ? » demanda une voix bourrue.

Antonin se releva précipitamment et retira son couvre-chef. Sylvain Bailly le toisait avec sévérité. Ses sourcils étaient rassemblés en une ligne droite et broussailleuse. Sylvain Bailly était aussi fin et long que Jeannot était court et épais. Il tenait ses bras croisés sur son ventre musculeux.

« Alors ?... J'attends. »

Les joues rouges, Antonin bafouilla quelques paroles incompréhensibles. Il n'avait aucune excuse, hormis d'avoir veillé trop tard et de s'être endormi dans le sanctuaire des livres interdits.

« Exprime-toi mieux que ça, mon garçon, je ne comprends rien à ce que tu dis. »

Jeannot intervint, depuis le seuil :

« Antonin avait terminé ses corvées en avance, alors je lui ai demandé de nettoyer la porte, maître. »

Bailly plissa les yeux.

« Ah, c'est ainsi ? »

Antonin gardait le silence.

« Oui, maître », confirma Jeannot.

Bailly hocha sèchement la tête et entra dans la boutique. Antonin soupira de soulagement, mais le regard de Jeannot doucha ses espoirs de s'en être tiré à si bon compte.

« Je ne sais pas ce qui me retient de te mettre un coup de pied au derrière, imbécile ! dit Jeannot quand les deux apprentis furent à l'abri des oreilles indiscrètes. Découcher un jour pareil ! Tu as eu de la chance que je sois là pour te sauver la mise. »

Antonin se sentit comme un petit garçon pris en faute. Son malaise était d'autant plus grand que, depuis son arrivée, le bon caractère de Jeannot ne s'était pas démenti. Personnalité unique, comme on en rencontre rarement, il avait la tête et le cœur emplis de rêves, largement assez pour deux. Jeannot était un grand garçon charismatique, qui aurait pu être athlétique s'il ne passait pas son temps à goûter aux friandises de la pâtisserie. Il avait des cheveux d'un roux si flamboyant qu'on le prenait souvent pour un étranger, des yeux verts, un excellent caractère et une détermination à toute épreuve. Il venait d'un petit village de Bretagne situé dans la commune de Brech, où l'on était fermier de génération en génération. Lui, désireux d'un autre destin, était venu seul à Paris, à l'âge de treize ans pour apprendre le métier de bouche. Il en avait dix-huit, à présent. Antonin le voyait comme un modèle ; enfin, pas à tous égards, la gloutonnerie de Jeannot, notamment, était telle qu'il finirait par rouler pour se déplacer. Antonin eut un petit rire en imaginant qu'il poussait son ami comme un ballon. Jeannot fronça les sourcils.

« Il n'y a pas de quoi rire. Tu penses un peu aux autres parfois, Antonin ? Si tu te fais renvoyer, je ne pourrai jamais présenter mon chef-d'œuvre !

— Pardon, Jeannot.

— Quand je pense que j'ai soutenu ta candidature au poste de premier tourier ! Quel idiot je suis !

— Tu as quoi ? » s'exclama Antonin en relevant vivement la tête.

Dans la pâtisserie, le premier tourier était la personne la plus importante après le maître, car la pâte était l'élément essentiel de presque toutes les préparations qui franchissaient les portes de la boutique. La qualité de la pâte définissait la qualité de l'enseigne. Les clients se battaient pour avoir leur part de l'exquis feuilletage élaboré chaque jour par Jeannot sur la large table en hêtre de la cuisine.

« Oui et crois bien que je le regrette ! On ne peut pas te faire confiance, Antonin !

— Ça ne se reproduira plus, Jeannot, je te le promets ! »

Il allait ajouter que c'était parce que maître Aubin lui permettait désormais d'emprunter des ouvrages, mais il devrait quand même se rendre à la bibliothèque pour fréquenter le sanctuaire des livres interdits.

« J'espère bien. Suis-moi, je veux te faire goûter quelque chose. »

Jeannot précéda Antonin dans la cuisine et lui tendit un petit gâteau court et dodu, semblable à une brioche, à déguster en une ou deux bouchées. Antonin le détailla, excité, et en croqua un morceau. Son goût était délicieux, léger, néanmoins onctueux, à vous tirer les larmes de plaisir. Tout d'un coup, Antonin eut une vision de lui-même totalement différente. Il venait d'être projeté dans une autre vie, une autre réalité où, vêtu de frais tous les jours, il mangeait des friandises chaque fois qu'il le désirait.

Antonin pouvait décrire distinctement le sucre, qui craquait sous les dents, la suavité des coulis qui se déversaient dans la bouche ; gâteaux à la crème fouettée, macarons de toutes les couleurs, brioches fondantes et joliment dorées, babas arrosés de rhum et mille-feuilles croquants. Il tournait la tête pour voir sa mère, une jolie dame à la perruque fleurie, déposer religieusement des choux roses et bleus dans ses mains ouvertes. Il entendait son rire cristallin quand elle le voyait les engouffrer dans sa bouche d'enfant et le rappelait affectueusement à l'ordre, *doucement mon chou d'amour*. Le rêve s'évapora. Jeannot se réjouit de la réaction d'Antonin. Elle confirmait en tout point ce dont il avait eu l'intuition.

« Mon chef-d'œuvre, annonça Jeannot quand il fut sûr qu'Antonin était revenu de son voyage gustatif. C'est bon, n'est-ce pas ? J'ai appelé ça "madeleine", en hommage à ma fiancée. »

Antonin acquiesça joyeusement. Ce n'était pas bon, c'était délicieux. C'était même la chose la plus délicieuse qu'il ait jamais mangée. Ce beurre fondant relevé par une touche de citron, cette expérience de la bouche pleine qui l'avait ramené des années en arrière...

« Je peux en avoir une autre ?

— N'y compte pas, coquin. Et j'y pense, ajouta Jeannot d'un air malicieux. Tu es de corvée de boues ce matin. C'était la condition de Petit-Pierre pour m'aider à allumer les fours. Quant à moi, le prix de mon silence, ce seront les livraisons du 24 décembre. Ne me remercie pas. »

Antonin grimaça. Il n'y avait rien de pire que les livraisons un 24 décembre, même les boues.

28

Antonin sortit par la porte de service pour rejoindre l'enclos de la vieille mule à moitié aveugle que la pâtisserie utilisait pour les boues et qu'on avait baptisée Brindille. Cette corvée n'étant pas prévue à son programme, il allait devoir travailler toute la nuit pour rattraper le temps perdu, car après les livraisons, il était censé lancer les préparatifs du lendemain. Antonin soupira, avant de se rappeler qu'il était lui-même responsable de son sort. *Comme on fait son lit, on se couche*, avait coutume de répéter Bailly.

En entendant la barrière s'ouvrir, la mule alla immédiatement se réfugier dans un coin. L'adolescent fronça les sourcils. Ce n'était pas un comportement habituel. Il sortit une pomme fripée de son habit et la proposa doucement à Brindille. D'abord hésitante, la mule, une fois reconnue l'odeur de la friandise, s'avança, en boitant, à la rencontre de la main qui la lui offrait. Antonin s'aperçut que certaines zones proches de la croupe étaient rouges de sang. Il commença à caresser sa robe grise en prenant garde d'éviter les stries sanglantes et croûteuses sur le poil gris.

« C'est ceux de là-haut », dit Petit-Pierre dans son dos, d'une voix tendue.

Tu penses un peu aux autres parfois, Antonin ? Antonin se remémorait les mots de Jeannot, l'état de Brindille était la conséquence directe de son absence aux fours. Petit Pierre était responsable des bêtes et dormait avec elles depuis qu'il avait constaté que des moineaux rôdaient dans les parages. En la découvrant dans cet état, Antonin se promit qu'on ne l'y reprendrait plus. Il fouilla dans ses poches, en quête d'un morceau de pain dur qu'il lui proposa en sus de la pomme. Puis il partit courageusement récupérer les boues de la veille et du jour.

Les récipients étaient remplis à ras bord d'une substance noirâtre et nauséabonde. Il empoigna fermement les seaux qu'il souleva avec difficulté. Aussitôt, une grosse pierre tomba dans celui de gauche, les éclaboussant, Petit-Pierre et lui jusqu'aux cheveux. Un rire retentit au-dessus d'eux, depuis la fenêtre ouverte d'un appartement cossu. Antonin se demanda si les moineaux étaient vraiment responsables de l'état de la bête. La méchanceté n'était pas l'apanage des plus pauvres. Il contracta sa mâchoire, les articulations blanches et partit d'un pas lent vers la Seine, non sans jeter un regard désolé vers la carriole : dans son état, Brindille ne pourrait pas le transporter et il était hors de question d'utiliser le cheval des livraisons, réservé aux commandes urgentes. Ainsi, ce qui lui aurait pris une heure en temps normal durerait au moins le double. Il soupira. *Comme on fait son lit, on se couche.*

À cette heure-ci, la ville était encore endormie. Les déjections gouttaient dans les seaux, et cet immonde clapotement se mêlait aux roucoulements des pigeons et au bruit de va-et-vient des garçons de peine trimant déjà à l'office. Antonin avait été fort surpris de découvrir que la présence de Sylvain Bailly aux côtés de ses équipes dès les petites heures du jour était une exception, pas la règle. Dans la plupart des établissements, on attendait des marmitons qu'ils se lèvent avant l'aube pour tout préparer avant l'arrivée du maître. L'adolescent fit une pause pour soulager ses bras endoloris. Malgré le froid, il transpirait abondamment et ses muscles étaient tendus par l'effort. Il grimaça à la vue de la traînée sombre qui lui restait sur le dos de la main.

« Halte-là, l'ami ! » Antonin tourna vivement la tête vers la ruelle plongée dans l'obscurité. Une silhouette d'une saleté repoussante émergeait de l'ombre. Ses vêtements étaient infestés de vermine, de son oreille suintait un liquide jaunâtre et purulent, et l'un de ses pieds était à vif tant il avait battu le pavé sans chaussures. Il tenait une pointe de métal rouillé dans la main droite. Antonin jugea que le garçon ne devait pas avoir plus de dix ou onze ans.

«Tu n'aurais pas une petite pièce pour nous?»

Deux autres enfants étaient sortis à leur tour en montrant les dents. Une fille et un garçon. Ils se plantèrent de part et d'autre de lui, pour former un triangle à la pointe effilée. Ses assaillants prenaient des airs durs, mais Antonin les sentait à bout de forces. On pouvait compter leurs côtes sous leurs maigres habits et les traces de coups sur leur visage. Antonin se demanda s'ils avaient été victimes de la même bande que celle qui avait attaqué Brindille. Quoi qu'il en soit, dans leur état et même à trois contre un, ils n'étaient pas une menace pour lui.

Antonin était grand pour son âge et musclé comme un bœuf, à force d'astiquer des sols, de transporter des fagots de charbon, d'alimenter les fours et de tourner les pâtes. L'adolescent posa son fardeau, plongea ses yeux dans ceux du meneur et leva les mains en guide d'apaisement. Les enfants s'agitèrent. Il avait déjà eu affaire à des moineaux, mais ne se rappelait pas en avoir déjà vu d'aussi mal en point. Ils ne tenaient debout que par miracle. Un sentiment de révolte gonfla dans sa poitrine. Bien qu'il se désole de la censure, maître Aubin lui avait dit que la Révolution avait marqué la fin d'un régime autoritaire pour consacrer une société plus juste, où tous les hommes étaient libres et égaux en droit. Pourtant, il n'y avait jamais eu autant de misère dans les rues, autant d'enfants abandonnés et livrés à eux-mêmes, autant d'inégalités. Les riches n'avaient jamais été aussi riches et les pauvres aussi pauvres.

Le regard toujours rivé sur le meneur, Antonin baissa le bras droit et plongea la main à l'intérieur de sa camisole. L'enfant plissa les yeux et durcit sa prise sur le tesson rouillé. Il attaquerait d'une seconde à l'autre. Antonin ouvrit lentement ses doigts, découvrant une petite pièce de cuivre. Le regard du moineau brilla. Il referma les doigts.

« Elle est à vous si vous m'aidez avec mes seaux, déclara Antonin d'une voix ferme.

— On peut aussi te la prendre, dit le chef.

— Vous pouvez essayer », répondit Antonin avec calme.

Le reste de la troupe attendait la décision du meneur. Quelque chose dans l'attitude d'Antonin lui disait qu'il était préférable d'accepter. Il eut un regard pour la petite fille qui s'était mise à sucer son pouce noir de crasse.

« D'accord », dit le chef.

Antonin leur désigna le seau le moins rempli. La fillette voulut attraper la poignée, pour faire sa part, mais le chef la repoussa d'un geste. Leur compagnon cilla de surprise, mais ne se permit pas la moindre plainte. L'étrange équipage partit d'un pas mal assuré vers la rivière. Les deux garçons peinaient sous le poids, le chef en particulier, dont le visage était blanc comme un linge.

« Ça ira comme ça, décida Antonin. Vous avez fait du bon travail.

— La pièce, maintenant, siffla-t-il.

— Comment tu t'appelles ? »

Le garçon plissa les yeux.

« Qu'est-ce que ça peut te faire ? La pièce ! »

Antonin attendait patiemment la réponse.

« Étienne ! marmonna l'autre.

— Étienne, est-ce que tu connais la pâtisserie Bailly ? »

Le garçon hésita, puis hocha la tête.

« Tu vas aller voir le garçon qui s'occupe des bêtes. Il s'appelle Petit-Pierre. Tu lui diras que tu viens de ma part.

— Pour quoi faire ?

— Tu lui diras que je vous ai engagés tous les trois pour vous occuper de Brindille, notre mule. Il y a des gens qui lui ont fait du mal cette nuit. Il nous faudrait quelqu'un pour nous occuper d'elle, le temps qu'elle se rétablisse. Tu crois que vous pourriez vous en charger ? Il y aura une pièce pour votre labeur. »

Cela allait amputer ses gages, mais Antonin décida que ça en valait la peine. Étienne ouvrit la bouche, puis contracta brusquement les mâchoires. Il cracha par terre. Le crachat était jaune et visqueux.

« Qui me dit que c'est vrai ?

— Rien. Tu vas devoir me faire confiance. Et il lui lança la pièce qui tournoya dans le ciel avant de retomber lourdement sur le pavé. L'autre garçon se précipita pour la récupérer et la serra contre lui, comme le plus grand des trésors. Au signal d'Étienne, les trois enfants s'éparpillèrent comme une nuée d'oiseaux. Antonin les suivit un moment du regard avant de reprendre sa route. Il gagnait à peine sa vie pour subvenir à ses propres besoins, mais ne pouvait supporter la vue de cette détresse. Lui-même avait été un moineau et on était venu à son aide. Sans la mère Ramponneau, il serait mort aujourd'hui. Il repensa à Juliette qu'il n'avait pas revue depuis le jour où elle l'avait sauvé des griffes de Pierre de Saint-Régent. Il avait appris que ses parents l'avaient mise au couvent. Son frère Jean avait révélé à Jeannot qu'ils ne la laisseraient en sortir que le jour où elle accepterait l'un des partis que son père avait choisis pour elle ; ce qui ne risquait pas, pensa Antonin, d'arriver de sitôt, au regard des convictions de la jeune fille.

Parfois, il se plaisait à rêver qu'il était assez brillant pour séduire la fille et assez riche pour convaincre le père. Mais ce n'étaient que des rêves, pas plus tangibles que celui où il se voyait sur un trône, une couronne d'or sur ses cheveux blonds.

29

Un sourire de satisfaction éclaira le visage de Pierrot. La pêche était bonne. D'habitude, il ne visitait pas les appartements des «représentants du peuple». Non par conviction politique. Il avait simplement décidé de cibler ceux qui avaient des accointances avec les royalistes en espérant tomber sur des indices qui l'aideraient à dépister le meurtrier de Jacques. Sa présente *victime* venait d'être ajoutée sur la liste de Joseph Fouché. Elle avait donc gagné le droit d'être cambriolée par son *meilleur espion*. Il y en avait pour une fortune en or et en pierres précieuses.

Il ramassa le trésor et s'empara du maroquin de cuir rouge, qui se trouvait aussi à l'intérieur du coffre. Son idée était d'en demander une rançon à son propriétaire. Depuis cinq ans qu'il avait rejoint le royaume des bas-fonds, il avait compris que les gens étaient prêts à débourser des fortunes pour que leurs petits secrets ne soient pas ébruités.

Selon les lois en vigueur dans le royaume, Pierrot devait reverser à la communauté tout ce qu'il volait. La propriété n'avait pas lieu d'être dans les bas-fonds. Tout était à tout le monde et par conséquent à personne. Pierrot obéissait à cette règle sans que cela l'empêche par ailleurs de mettre de côté une partie de ses rapines. Il n'avait pas renoncé à retrouver le meurtrier de

Jacques et avait besoin d'argent pour payer ses nombreux informateurs, les domestiques employés chez les anciens et nouveaux riches. Il les rétribuait grassement pour qu'ils le tiennent informé sitôt l'apparition d'un individu aux yeux verts, âgé d'une trentaine d'années, boiteux. Il avait conscience que c'était là une description bien trop vague, mais c'était le seul moyen qu'il avait trouvé pour arriver à ses fins. Ça et travailler pour Joseph Fouché, évidemment. Pierrot jouait un jeu dangereux. Jusqu'ici, la haine l'avait protégé plus sûrement qu'une bonne étoile.

Pierrot feuilleta distraitement les documents enfermés dans le maroquin. Il avait appris à lire pour éviter de se retrouver une nouvelle fois à la merci de quelqu'un. Il n'avait jamais oublié la façon dont Zacharie l'avait jugé quand il lui avait révélé l'identité des propriétaires de la montre et de l'anneau qui avaient coûté la vie à Jacques. Pierrot s'aperçut immédiatement qu'il tenait entre les mains quelque chose d'extraordinaire : la confession d'un homme dont le seul nom avait fait trembler beaucoup de ses semblables après la Révolution, Pierre-Gaspard Chaumette. On le connaissait médecin émérite, porte-parole des sans-culottes, procureur de la Commune de Paris, partisan de la Terreur. On le découvrait ici traître à la nation, à l'instar de son ancien acolyte, Jacques-René Hébert. Pierrot avait vu mourir Chaumette. Sa mort l'avait déçu. Non pas parce qu'il le connaissait ou l'admirait, mais parce qu'à la différence du fondateur du père Duchesne, qui avait donné à la foule un spectacle qu'elle n'oublierait pas de sitôt, Chaumette était monté à l'échafaud sans heurt ni violence. Pierrot relut une nouvelle fois la dernière partie de la lettre, qui révélait comment il avait camouflé, avec son complice de toujours, Jacques-René Hébert, l'évasion réussie du fils de Louis XVI. L'enfant, écrivait Chaumette, avait été remplacé par une doublure à la date du 19 janvier 1794.

Surtout, ce billet s'accompagnait d'un court texte écrit de la main de Louis XVI en décembre 1792, quelques semaines avant sa mort :

« Impliqué dans un procès dont il m'est désormais possible de prévoir l'issue à cause des passions des hommes, moi Louis XVI du nom, roi de France, je recommande mon fils, Louis-Charles de France, duc de Normandie et dauphin de France à monsieur le baron de Batz et à monsieur Toulan afin qu'il échappe au destin funeste qui l'attend s'il devait rester en prison. Je vous implore de tout mettre en œuvre pour sauver mon enfant qui n'a pas à payer pour les manquements de ses parents. Je lui confie la garde du cadran de montre que j'avais offert à ma femme et mon anneau de mariage, comme gages de ma confiance en lui. Qu'il les remette à mon précieux trésor le jour de sa délivrance.»

Pierrot resta figé quelques secondes, le temps de rassembler ses pensées. La réponse à la question qu'il se posait depuis cinq ans se trouvait sous ses yeux. Il n'avait jamais compris pourquoi l'homme aux yeux verts s'en était pris à Jacques après qu'il lui avait révélé ce qu'il voulait savoir. La réponse était là, dans ce billet. Ils avaient croisé la route de l'héritier du trône ce soir-là. Cette vérité soulevait une multitude de questions : pourquoi le fils du roi s'était-il retrouvé tout seul ? L'homme aux yeux verts était-il le dénommé Toulan ? Avait-il voulu le retrouver pour le sauver ou le tuer ? Pierrot se demanda si Jacques aurait pu être épargné s'il avait dit à son meurtrier que l'enfant se portait bien. Il décida que non.

Pierrot quitta l'hôtel particulier, traversa le jardin des Tuileries d'un pas rapide, le maroquin dans les bras, et arriva sous les sombres bocages des Champs Élysées. Il continua jusqu'à la place de la Révolution, où il reconnut l'odeur métallique du sang des traîtres, qui imprégnait toujours l'air. Il se fondit dans la foule indistincte et bruyante pour semer d'éventuels espions. Dans le bourdonnement sourd de la place où se mêlaient les hurlements des crieurs de journaux, le hennissement des chevaux, le fracas des voitures roulantes, les clameurs des cochers, les éclats de rire des jeunes filles et les lamentations des mendiants tout juste sortis de leurs égouts, il se sentait en sécurité. Pierrot se déporta sur sa droite pour rejoindre le cimetière des Errancis, où étaient sommairement enterrés les corps des guillotinés.

La confusion des sons et des individus diminua au fur et à mesure que le garçon s'enfonçait entre les tranchées, certaines encore fraîches de la veille. C'était la cachette idéale. Pierrot n'avait peur ni des morts ni des cimetières. Il y avait bien longtemps qu'il avait compris qu'un cadavre ne pouvait rien lui faire. Il continua son chemin jusqu'à une petite tombe entourée de mauvaises herbes dans la partie réservée aux indigents. Un prénom était sommairement gravé sur une pierre grise. Les lettres étaient imparfaites, comme si elles avaient été tracées par un enfant. On y lisait également des dates. *Jacques 1787 - 1794*. Il commença à creuser la terre meuble avec ses doigts avant d'exhumer une boîte dans laquelle il déposa le maroquin. *Veille là-dessus pour moi, d'accord? Oui, mon frère, l'heure de la vengeance est proche.*

30

Pierrot attendit la nuit pour quitter le cimetière des Errancis et marcha calmement jusqu'au croisement de la rue Rambuteau et de la rue Pirouette, au niveau de l'ancien pilori où gémissaient, sous l'Ancien Régime, les commerçants véreux, les blasphémateurs et les proxénètes ; c'est-à-dire ceux qui n'étaient pas les bienvenus dans la Cour des Miracles. Seuls les crimes qui pouvaient mener au gibet ouvraient la porte du royaume des argotiers.

Le ventre de Paris dormait. On n'entendait que le chuintement du vent dans les étals vides, le galop des rongeurs entre les stalles et le ronflement sonore des garçons de peine que leurs patrons avaient laissés là, à surveiller leurs stands. Pierrot leva distraitement la tête pour saluer les gargouilles qui ornaient la façade de l'église Saint-Eustache, dépassa la rosace qui chaque jour accueillait les premiers rayons du soleil et entra dans la crypte. Il s'appuya sur le mur froid pour descendre et au contact de la pierre brute, les cognements de son cœur s'apaisèrent. Arrivé en bas, il souffla avant de se retourner vivement. Il avait cru entendre un raclement dans son dos. Quelques pierres glissèrent sur les marches polies, aussitôt suivies par un rat. Il fronça les sourcils en touchant mécaniquement le socle de la statue de la Vierge, qui dissimulait depuis des siècles l'une des entrées du lieu le mieux gardé de la capitale. Ceux qui s'en approchaient d'un peu trop près ou qui s'y aventuraient sans invitation disparaissaient comme par magie. Un avocat se targuait d'avoir découvert l'endroit, avait raconté le roi de Thunes à Pierrot la première fois qu'il l'avait amené dans son royaume. Il avait même écrit un livre pour faire part de sa découverte. *Les riches adorent le spectacle de la misère*, avait déclaré le roi des brigands en feuilletant l'ouvrage depuis son trône de brocart et d'or, *ça les rassure de nous voir nous complaire dans la fange et le vice. Et qui sommes-nous pour les priver de leur plaisir ?*

Pierrot s'engouffra dans l'ouverture. Il fallait d'abord longer un corridor étroit comme un cercueil et suintant d'humidité avec, pour seul éclairage, un flambeau dont la flamme vacillait. On aurait dit le passage de la vie à la mort ; pourtant, c'était bien la vie qu'on retrouvait là-bas. Les pauvres faisaient tinter des bourses remplies de pièces, les culs-de-jatte dansaient debout sur leurs pieds, les lépreux étaient guéris de leurs plaies, les bandeaux et cache-yeux relevés démasquaient de lumineux regards vert et or tandis que les affamés mordaient à pleines dents dans de belles miches bien rondes. Des tentures de toutes les couleurs versaient des balcons bringuebalants comme des cascades arc-en-ciel, et des animaux improbables – chèvres parées de bijoux, coqs à la crête bleue, chats en équilibre sur deux pattes – jouaient dans les rues mal pavées avec des enfants. Un grand feu éclairait une place aussi vaste que celle de l'Hôtel de Ville, mais dont le sol était agencé de pierres rouges et de planches de récupération, sans doute tirées d'anciens tonneaux de vin, comme si on avait voulu parqueter l'extérieur.

À la Cour des Miracles, il était formellement interdit de garder une maison ou une ressource pour le lendemain. Ainsi, pour ne pas outrager cette sacro-sainte règle, les habitations, construites en bois, étaient propriété commune. Chacun participait à tout. On s'orientait – ou non – grâce à de subtils codes affichés sur les façades, à l'aide de ces grandes tentures colorées qu'on redéployait chaque nuit à des endroits différents, comme un grand chapiteau à ciel ouvert. Tout était assorti, mêlé, confus, superposé. Les enfants dormaient partout et nulle part. Les hommes jouaient leurs pièces frauduleusement gagnées jusqu'au dernier sou. Les femmes se laissaient contempler sans fard et aimer sans masque. C'était comme un nouveau monde, inconnu, inouï, fourmillant, fantastique.

Le menton du roi de Thunes reposait sur sa main gauche et il tapotait sa bouche du bout des doigts. Le défilé des va-nu-pieds avait commencé, chacun venant déposer son butin aux pieds du souverain des argotiers. Pierrot se rangea dans la file et quand son tour fut arrivé, il jeta par terre la bourse pleine de joyaux. Aussitôt, des murmures laudatifs traversèrent l'audience. Le roi gardait un visage impassible.

La bonne société se figurait le grand Coësre comme un mendiant plein de puces, assis sur un tonneau vermoulu, qui lui faisait office de trône et de chaise d'aisance. Quoi de plus erroné ! Il ressemblait à un pirate. Un pirate, qui comme il se doit, aimait les trésors, mais suffisamment aguerri dans l'art du pillage pour savoir renoncer, si besoin était, à une capture. Or, le roi se demandait si Pierrot n'avait pas pris des risques inconsidérés pour récolter un tel butin. Le jeune homme était aussi mystérieux et insaisissable qu'une anguille. À la longue, cela pouvait se révéler dangereux.

« D'où tiens-tu ça ? » lui demanda le roi en étudiant l'une des pierres.

Pierrot haussa les épaules. Il savait qu'il n'était pas dans l'obligation de parler. Il capta l'échange de regards entre le roi et son plus proche lieutenant. Peu lui importait ce qu'ils pensaient. Maintenant, il savait où chercher et c'était la seule chose qui comptait. *Alexandre Lepeletier, tu ne le sais pas encore, mais toi et moi allons devenir les meilleurs amis du monde.*

31

Muni d'un rouleau de buis de cinquante centimètres, Antonin tournait la pâte avec adresse. Il la pliait et la repliait plusieurs fois pour obtenir l'exquis feuilletage tant prisé par les clients de son maître. Il avait adapté ce qu'il avait appris chez Fernand Dubrest, persuadé que la clé d'une pâte feuilletée réussie était sa légèreté. Trop ferme, elle devenait pénible à dresser et se fendait à la cuisson, alors que trop molle, l'effet au four était encore plus mauvais.

Antonin battait donc longtemps et vivement pour l'aérer et en allongeait ses tissus et ses fils légèrement beurrés. Pendant ce temps, son maître, le pâtissier Sylvain Bailly, exécutait un savarin destiné à l'un de ses clients les plus prestigieux, le ministre Charles-Maurice Talleyrand de Périgord. Antonin l'avait rencontré une fois et l'ancien évêque d'Autun lui avait fait forte impression : sa taille d'abord, plus haute que la majorité des hommes, son port de tête toujours relevé pour détourner les regards de sa claudication, ses yeux clairs et perçants qui vous jaugeaient en une seconde, sa politesse, exquise, notamment avec ceux qu'il considérait comme des atouts dans son jeu politique. Antonin avait compris que le pâtissier comptait parmi ceux-là, en entendant Talleyrand plaisanter avec lui : « Voyez-vous, mon cher Bailly, il y a trois sortes de savoir : le savoir proprement dit, le savoir-vivre et le savoir-faire, les deux derniers dispensant généralement du premier. Voilà pourquoi je viens si souvent vous voir. »

« Antonin, tu m'écoutes ? demanda Bailly en levant un sourcil.

— Oui, maître.

— Qu'est-ce que j'ai dit ?

— Pour préparer un gâteau savarin, récita l'apprenti, délayez ensemble un peu de levure de bière et de crème, ajoutez trois œufs, un quart de sucre en poudre, trois quarts de beurre frais fondu, un citron de farine et très peu de sel ; pétrissez le tout avec assez de crème pour amollir la pâte. Beurrez un moule fait en couronne et parsemez-en le fond, qui deviendra le dessus du gâteau, d'amandes émondées et hachées.

— Je ne t'ai pas demandé la recette, marmonna son maître, mais puisque tu y es, je t'écoute.

— Faites-le cuire comme une brioche, démoulez et versez dessus, doucement afin de bien en imprégner le gâteau, un sirop fait avec du kirsch ou du sirop de sucre cuit à la grande plume, compléta Antonin.

— C'est bien, petit, approuva le pâtissier. Tu peux rajouter une pincée de vanille en poudre et un peu de lait d'avelines. Pour le goût. »

Antonin hocha la tête, gravant cette indication dans sa mémoire.

« Maintenant, dis-moi comment se prépare un chou, l'interrogea son maître en le regardant attentivement.

— Un chou pâtissier ou à la royale, maître ?

— Un chou à la parisienne.

— Il faut faire bouillir un peu d'eau avec du beurre et du sel, y diluer quelques poignées de farine et délayer sur le feu. Puis on ajoute du sucre en poudre, des œufs – jaunes et blancs – et enfin, on fait cuire la pâte bien liquide dans de petits moules.

— Bien. C'est très bien. Je disais donc que j'avais décidé de te nommer au rang de premier tourier. Jeannot m'a proposé ta candidature pour le remplacer et j'ai décidé d'accepter. »

Jeannot l'observa par-dessus sa préparation. Antonin était sans voix. Après un peu plus d'un an chez Fernand Dubrest et presque quatre à préparer sirops, gâteaux, choux, babas et crèmes diverses, il allait enfin pouvoir créer. Il pensa à tous les dessins qu'il gardait dans ses cahiers de croquis.

« Ta première mission, indiqua Bailly – qui était loin d'ignorer ce à quoi son apprenti passait ses soirées, puisqu'il avait consulté son carnet de croquis saturé de dessins, tous fondés sur des idées inédites – sera de créer le prochain gâteau pour le prince de Talleyrand. S'il me satisfait, c'est ta création que nous lui livrerons. »

Antonin n'en crut pas ses oreilles. C'était une très grosse responsabilité et une incroyable preuve de la confiance que son maître lui accordait.

« Maintenant, au travail ! Ce sirop ne va pas se terminer tout seul », bougonna son maître.

Antonin se pencha au-dessus du vase en faïence dans lequel il avait commencé, un peu plus tôt, la préparation d'un sirop de cerise, autre plaisir coupable du prince de Talleyrand. Après avoir couché un lit de sucre dans le vase, il avait étalé une épaisseur de cerises qu'il saupoudra ensuite de sucre, et ainsi de suite jusqu'à atteindre le bord du récipient. Au bout de deux jours, le sucre serait dissout dans le jus des fruits, transformant la préparation en sirop. C'était la meilleure technique de préparation, du moins la plus agréable pour les papilles ; malheureusement, ce type de sirop ne se conservait pas longtemps. Seules les grandes tables du temps leur en commandaient.

Premier tourier, pensa Antonin en souriant. Qui aurait cru qu'il en arriverait là ? Il se demanda si ses parents seraient déçus de le trouver ici, dans une cuisine, plutôt qu'à la place dévolue par sa naissance, puis réprima cette pensée. Son destin avait basculé le 8 juin 1795, à la mort de son remplaçant à la prison du Temple. Dubrest, lorsqu'il avait renvoyé Antonin dans un élan de colère, lui avait rendu service. Antonin n'aurait, sinon, peut-être jamais eu la force de partir de lui-même ni eu l'initiative de frapper à la porte de la rue Vivienne. Contre toute attente, Bailly l'avait embauché.

Tout à son sirop, Antonin pensa à la mission qui l'attendait. Cela faisait un moment qu'il avait en tête de créer un gâteau en hauteur, un gâteau suspendu. C'était peut-être l'occasion. Sa plus grosse contrainte tenait au plateau qui ne pouvait pas dépasser plus de vingt-quatre pouces, soit soixante-cinq centimètres. Ce qui impliquait de ne pas dépasser cent trente centimètres de hauteur pour garantir l'équilibre de la création. Il avait en tête des chaumières, des ponts, des pavillons, des temples, des phares, des pyramides, des rochers, des trophées, autant d'édifices copiés dans les traités d'architecture. Le soir même, il opta pour une sorte de temple antique, garni de lierre et de fleurs en sucre filé afin de rendre hommage aux campagnes du général Bonaparte dont Talleyrand était le ministre. La pièce serait composée de gros nougats en guise de pierres et de croquantes meringues à base d'amandes et de miel pour les ruines. La base serait élaborée à partir de macarons à la pistache et à la cerise pour séduire les papilles du prince de Talleyrand. L'apprenti pâtissier voulait que son œuvre soit à la fois agréable à l'œil et délicieuse au goût. Le lendemain, il présenta ses croquis à son maître qui les jugea d'un œil expert.

« Tu es sûr que ça va tenir ?

— Le sucre se chargera de lier l'ensemble selon les enseignements de monsieur Avice, répondit Antonin en mettant le doigt sur la construction avec un petit clin d'œil à Jeannot, et j'ai pensé que le miel pouvait également faire office de collant naturel. »

Le pâtissier se gratta la tête.

« Ça pourrait marcher... décida-t-il. Mais avant de te lancer, fais en sorte de ne pas te tromper cette fois ! Je déteste perdre de la marchandise. »

33

Les quinze jours qui suivirent glissèrent comme dans un rêve. Antonin, secondé par Jean Avice, passait ses journées dans la boutique et ses nuits à s'occuper de ses dessins et de ses calculs. Quand il se sentit prêt, il se mit au travail, avec deux collaborateurs. Il commença par allumer le feu dans le four à six heures du matin et le laissa chauffer jusqu'à midi. Après six heures de chauffage, le four lui parut à même de bien conserver sa chaleur, mais Antonin, sur le conseil de Jeannot, décida tout de même de le laisser ouvert «pour l'élaboration de son extrême chaleur».

Pendant que le four chauffait, il fit piler trois pains de sucre et un paquet d'épinards pour en extraire le vert. Puis il émonda six livres d'amandes douces, coupa la moitié en filets et utilisa une livre pour créer de la pâte d'amande. Le reste fut haché très fin avant d'être coloré avec de la pistache, du safran, du chocolat et de l'extrait de rose. Les décorations terminées, il entreprit la cuisson de sa pâtisserie blanche, qui devait servir à la construction du temple, en remplacement de la pierre brute. À quatre heures, il marqua cent œufs de biscuits et pendant que l'un de ses aides travaillait le jaune pour créer des brioches, il s'occupa des blancs et beurra les moules. Les biscuits furent alors enfournés et il s'employa, en sus de l'épluchure des raisins de Corinthe, à retirer les pépins des raisins muscats. À sept heures, il sortit les biscuits du four et sépara la pâte à brioche en deux parties égales : l'une fut placée dans une manne et l'autre convertie en pâte à babas et logée dans un lieu propice à la fermentation. Cela fait, il rangea le travail, car il était déjà onze heures du soir. Il lui fallait se reposer quelques heures.

Antonin regagna la cuisine à quatre heures du matin pour allumer les fours et détremper des litres de feuilletage. Ses aides le rejoignirent à sept heures pour s'occuper de la crème pâtissière et marquer les entremets de sucre. Ensuite, ils l'épaulèrent pour la cuisson du feuilletage, des brioches et des entremets de sucre, qui réclamaient chacun des durées de cuite distinctes. Jeannot apporta la pâte à choux pour les rocailles et Antonin commença à aligner ses préparations. Il y avait déjà plus de vingt-heures qu'il était en cuisine, hormis le petit repos qu'il s'était octroyé, et il ne terminerait pas sa pâtisserie d'ici au moins vingt-quatre heures.

Antonin devait encore veiller au respect des étapes de cuisson des nougats et des meringues, vérifier la saveur des sirops et la couleur des sucres, s'assurer de la qualité visuelle des macarons et des calissons, présider à la pose des pierres confites, contrôler la hauteur des tours et la vraisemblance des ruines, intervenir en cas d'effondrement des décorations fleuries. Antonin n'hésitait pas à congédier ses aides en cas de non-respect de ses directives. Il voulait que ce soit parfait. Ce fut extraordinaire. Son chef-d'œuvre, un temple en ruine recouvert de lierre et trônant au milieu d'une forêt, mesurait un mètre trente de hauteur et tout y était comestible, des murs jusqu'aux arbres, en passant par les plantes et les rochers. Bailly n'en revenait pas. C'était du *jamais vu*. Cela allait révolutionner le monde de la pâtisserie. Le prince allait être extatique.

Antonin aurait bien voulu porter lui-même son *extraordinaire* chez le prince de Talleyrand, mais son maître le lui avait déconseillé. Il fallait être en possession de tous ses moyens pour espérer survivre à une première expérience de l'hôtel de Galliffet. Or, Antonin n'avait pas dormi pendant quarante-huit heures et le lieu dans lequel Talleyrand recevait sa cour était considéré – après le cabinet de Napoléon et le bureau de Joseph Fouché – comme l'endroit le plus dangereux de tout Paris.

En apparence, on y venait pour échanger des galanteries, jouer au whist, lire de la poésie ou se régaler d'éperlans frits à la sauce champagne. En réalité, c'était un champ de bataille et d'intrigues. Il n'y avait pas un ambassadeur, pas un ministre, pas une femme du monde, pas une *merveilleuse* à peine éclose, pas un prêtre défroqué, pas un banquier, pas un espion, ni un forban qui aurait manqué une invitation en provenance de la rue du Bac. Les parties de cartes étaient l'occasion d'échanger sur la signature d'un traité secret entre deux nations ou d'assister à un cours d'économie politique, les buffets de confiseries devenaient des lieux de rendez-vous fortuits où on ébruitait les dernières affaires de cœur de la bonne société parisienne. Les petites alcôves abritaient les tractations discrètes, quand elles ne dévoilaient pas les dernières prophéties concernant la ruine de tel ou tel prince, de tel ou tel ministre, de tel ou tel empire.

«Mon petit, l'avait consolé Bailly, le Tout-Paris se pressera demain à la porte de la boutique pour te rencontrer et tu ne pourras plus jamais te reposer, alors reprends des forces tant que tu le peux!»

Cependant, Antonin ne parvenait pas à dormir. Il imaginait tout ce qui pourrait se passer entre la rue Vivienne et la rue du Bac et réduire à néant tous ses efforts. La voiture pouvait verser, les commis laisser tomber son *extraordinaire*, et si le sucre fondait ou se décollait? Comme pour donner raison à ses craintes, la femme de Bailly débarqua, complètement affolée, dans la cuisine surchauffée.

Madame Bailly était aussi forte que Bailly était fin. Sa poitrine, notamment, était inhabituellement imposante. Habituellement, cet attribut physique était un atout pour la pâtisserie. Allié à des joues rebondies et à un teint rose, il lui permettait de faire rêver leur clientèle. Pouvait-on trouver de meilleure ambassadrice pour leurs croquembouches et leurs tartes sucrées que cette femme appétissante? Mais à ce moment précis, on aurait dit un petit cochon qui allait mourir d'apoplexie. Deux domestiques avaient trébuché avec le gâteau et certaines pièces étaient abîmées. Le jeune pâtissier porta la main à sa poitrine. Allait-il devoir s'ôter la vie comme le génial Vatel, désespéré parce que les poissons manquaient un jour de visite royale ? Il monta précipitamment à l'étage et se précipita chez Talleyrand-Périgord.

Arrivé devant l'hôtel de Galliffet, Antonin s'efforça de rester calme. L'une des choses qu'il appréciait chez son maître était sa tempérance. Imperturbable en toute circonstance, Bailly personnifiait une recommandation que feu le Roi avait faite à son jeune fils en prison : « Ne montrez jamais aux autres que vous ressentez de l'anxiété ou de la panique, mon fils, car on saura en jouer contre vous. Au contraire, gardez un visage impassible pour ne pas leur donner de prise sur vous. »

Bailly l'accueillit en lui posant la main sur l'épaule. Il s'était attendu à trouver son élève fébrile, il le découvrit déterminé : Antonin n'avait plus rien du garçon timide qui s'était présenté chez lui, cinq ans plus tôt. Ils restèrent un long moment à mesurer l'étendue des dégâts. Les brioches supérieures qui formaient le haut de la tour s'étaient effondrées, les confitures avaient coulé et formaient comme un lac framboise en lieu et place du parterre forestier, les entremets de sucre qui figuraient le lierre n'existaient plus, certaines meringues étaient cassées. En outre, certains arbres avaient été déracinés.

« Où puis-je m'installer ? » demanda Antonin.

Antonin sortit d'un grand panier trois pâtés, de la pâte à choux, des entremets de feuilletage qui lui restaient de ses préparations, du glaçage, de la garniture et de la pâte d'office. Il demanda à Bailly de rénover la décoration en utilisant la pâte d'office pendant que lui-même réparait pièce par pièce son *extraordinaire*.

Bailly le regardait travailler, fasciné. Ce furent d'abord les murs qui s'élevèrent à nouveau jusqu'au ciel, donnant cette impression de ruine travaillée. Puis il y eut le lierre, les arbres, les rochers. Quant au lac framboise, il le colora de vert pour imiter un tapis automnal qui fut du meilleur effet. Les domestiques ne purent retenir une exclamation admirative.

Il fut alors décidé qu'Antonin accompagnerait son *extraordinaire* jusqu'au salon pour parer à toute éventualité.

« Enfile ça ! lui ordonna le maître de bouche. Je ne peux pas te laisser entrer dans cette tenue. »

Antonin se changea rapidement et suivit sa création à travers une galerie de portraits qui menait à une pièce richement décorée. Un grand feu brûlait dans l'âtre et des tables avaient été disposées çà et là pour accueillir les nombreux invités du prince. Comme d'habitude, l'atmosphère était chaleureuse et festive : deux jeunes femmes vêtues à l'antique chantaient une ballade au piano, un poète déclamait des vers de sa composition devant un parterre d'esprits faussement attentifs et un couple d'ambassadeurs disputait une partie de billard. Talleyrand était assis dans un fauteuil vert et écoutait religieusement le babillage d'une dame étincelante de bijoux. En réalité, son attention était occupée par la conversation qui se déroulait à côté d'eux.

« Vous l'avez lu ? pépiait une voix haut perchée.

— Bien entendu, ma chère. Tout le monde se l'arrache.

— J'ai moi-même eu un mal fou à me procurer l'ouvrage, commenta une troisième voix. L'histoire est-elle vraie ?

— On dit qu'il est parvenu à s'échapper en se cachant sous une pile de draps !

— Mais de qui parlez-vous à la fin ? » intervint l'interlocutrice de Talleyrand.

L'interpellée tourna la tête et rosit quand elle reconnut celle qui lui avait adressé la parole ; et pas seulement parce qu'il s'agissait de l'épouse du Premier Consul, Napoléon Bonaparte. Joséphine de Beauharnais était considérée comme l'une des plus belles femmes de Paris et elle charmait aussi bien les femmes que les hommes. Sa figure était pleine d'une grâce angélique et sa physionomie expressive semblait épouser toutes les impressions de son âme. Elle avait des cheveux longs et soyeux dont la teinte se mariait admirablement à sa peau, éblouissante de finesse et de fraîcheur.

« Le dauphin, madame.

— Vous parlez de Louis XVII ?

— Si fait.

— Le dauphin n'est-il pas mort au Temple ? s'étonna Joséphine de Beauharnais en se tournant vers Talleyrand.
— Il l'est, commenta simplement Talleyrand.
— Eh bien ?
— Depuis la parution du livre de monsieur Regnault-Warin, on ne compte plus ceux qui prétendent être le petit roi ressuscité. Notre bon ministre de la police en arrête au moins trois par semaine. »

Antonin restait pétrifié dans le coin d'où il surveillait l'arrivée de sa création.

« Il paraît que l'un d'entre eux est bien le petit roi, continua la jeune femme, ravie de l'attention qu'elle attirait.
— Est-il vrai ? demanda Talleyrand avec un petit sourire incrédule.
— Monsieur de Fremont, vous étiez présent quand il fut reconnu par sa nourrice chez madame de Staël, n'est-ce pas ? insista-t-elle, vexée.
— Madame de Staël recevrait Vidocq si cela pouvait nuire à mon mari, plaisanta Joséphine.
— Il se trouve que j'étais présent, répondit Monsieur de Fremont, quand Madame de Rambault, sa nourrice, qui démasqua de nombreux imposteurs, le reconnut comme Louis XVII. Madame de Rambault exhiba un petit bleu ciel porté naguère par le dauphin pour mettre le prétendant à l'épreuve : "Peut-être vous souviendrez-vous l'avoir porté, et dans quelle circonstance, aux Tuileries ?". "Ce n'était pas aux Tuileries, répondit l'homme très sûr de lui, mais à Versailles, pour une fête... et je ne l'ai plus porté, je crois, depuis la fête, car il me gênait." De plus, il était en possession des objets que Monsieur Regnault-Warin décrit dans son livre.
— Et de quels objets parlons-nous ? demanda Joséphine de Beauharnais
— D'un cadran de montre ayant appartenu à Marie-Antoinette et de l'alliance de Louis XVI.

On entendit alors un *oh !* en provenance de la porte. Toutes les têtes se tournèrent vers celui qui avait osé intervenir. Cependant, on installait déjà la création d'Antonin sur la table principale.

Personne n'avait jamais rien vu de pareil. Joséphine de Beauharnais regarda le prince et applaudit joyeusement. De son côté, Antonin chancelait sur ses jambes. Bailly le rattrapa juste à temps.

« Ça va, Antonin? murmura-t-il. Tu es tout pâle. Reprends-toi, mon garçon! »

Talleyrand hochait modestement la tête tout en dirigeant son regard pétillant et interrogateur vers Bailly. Il leva un sourcil en découvrant Antonin. Bailly fit une révérence discrète avant de grimacer en constatant que le prince continuait de fixer son apprenti.

« Mon cher prince, vous nous gâtez, le complimenta Joséphine de Beauharnais.

— C'est votre présence qui nous enchante, madame. Je n'ai fait que chercher l'écrin à la hauteur de votre beauté. Mais, je vous en prie.

— Je ne sais si j'oserais...

— Vous m'obligeriez. Aucun de mes invités ne saurait se servir avant vous. »

La femme du Premier Consul avança sa main vers une grosse meringue qui figurait une pierre, en bas de l'escalier en ruine. La friandise se détacha de la construction avec un léger claquement et les invités applaudirent une nouvelle fois. La dame porta le bonbon à sa bouche et ses yeux s'écarquillèrent de plaisir.

« Mon cher prince, mes félicitations. Cette chose est aussi délicieuse que plaisante à contempler. Sans doute êtes-vous un peu magicien pour nous enchanter de pareilles merveilles.

— Vous me flattez, madame.

— Comment l'appelez-vous?

— Chère madame de Beauharnais, il s'agit bien sûr d'une pièce montée », répondit le prince en adressant un signe de connivence à ses invités.

33

Pour la première fois depuis qu'il était arrivé chez Bailly, Antonin se fit porter pâle. Son maître, qui avait mis ce comportement sur le coup de l'émotion et de la fatigue, autorisa son apprenti à garder le lit ce jour-là. Pendant tout le trajet du retour de l'hôtel de Galliffet, Bailly n'avait pas tari d'éloges sur la création d'Antonin. Il pressentait un succès fulgurant. À cet instant, Antonin n'en avait cure. Il sentait que la chose la plus importante de son existence était de lire *Le Cimetière de la Madeleine*.

Il s'échappa par les toits pour se rendre à la Bibliothèque Nationale, où il n'avait pas eu le temps de retourner depuis qu'Aubin de Grandmaison l'avait initié aux secrets du sanctuaire des livres interdits. Il frappa à la porte du bibliothécaire, qui l'introduisit dans le saint des saints.

«Je me demandais quand tu viendrais le lire, lui reprocha Aubin de Grandmaison en lui tendant l'ouvrage... et même si tu reviendrais.

— Pardonnez-moi, maître Aubin, je voulais revenir, mais je croulais sous le travail à la pâtisserie.

— J'espère que tu me pardonneras, mais je l'ai lu dans l'intervalle. Parfois, je me demande ce que les censeurs ont en tête. Interdire ce livre était le meilleur moyen d'accréditer l'idée que le petit roi court toujours.»

Antonin se sentit glacé. C'était exactement la théorie émise par les courtisans présents dans le salon du prince de Talleyrand.

« Il s'agit de l'évasion de Louis XVII », précisa-t-il en se méprenant sur l'expression de son disciple.

Puis voyant qu'Antonin ne réagissait pas :

« Tu sais qui est Louis XVII, n'est-ce pas ?

— Oui, maître. Mais je ne comprends pas, il s'agit simplement d'un livre. »

Aubin de Grandmaison fronça les sourcils, l'air de dire qu'il attendait mieux d'Antonin.

« Te rappelles-tu ce que je t'avais dit sur Athalie ? La raison pour laquelle Fouché a interdit la pièce ?

— Parce qu'il la trouvait trop favorable à un gouvernement qui n'est plus.

— "Il faut que sur le trône un roi soit élevé/Qui se souvienne un jour qu'au rang de ses ancêtres/Dieu l'a fait remonter par la main de ses prêtres/L'a tiré par leur main de l'oubli du tombeau/ Et de David éteint rallumé le flambeau." Crois-en mon expérience, Antonin : tout le monde va croire que Fouché cache quelque chose. Les royalistes n'auront de cesse de retrouver leur monarque perdu et les autres d'éliminer son souvenir une bonne fois pour toutes. Je m'étonne même qu'un prétendant au trône ne se soit pas déjà manifesté.

— J'ai entendu dire que le dauphin avait déjà été retrouvé, dit Antonin. En Suisse. Mais il n'a pas encore été reconnu par son oncle. Apparemment, il n'est pas le premier à prétendre être Louis XVII.

— Ah tu vois ! Je te dis que demain, il y en aura cent et qu'on prêtera à Louis XVI une descendance aussi prolifique que celle de Ramsès II. »

34

À peine arrivé chez lui, Joseph Fouché fut informé par le majordome qu'un visiteur l'attendait dans son bureau. Il ne fut ni surpris ni irrité par cette intrusion, même s'il avait prévu de passer un moment avec sa femme et ses enfants qu'il ne voyait presque plus tant sa fonction de chef de la police l'accaparait. Madame Fouché ne sortait plus guère depuis leur exil dans cette mansarde misérable où ils avaient passé trois ans.

Fouché était de ces hommes pour qui la disgrâce ne représentait pas un affaiblissement, mais un renforcement. Même dans les plus noires ténèbres de la pauvreté, il s'était employé à respirer l'air du matin. Ce n'était pas le cas de sa femme. Cette âme faible n'avait plus vu la lumière du jour depuis la perte consécutive de deux de leurs enfants dans le bouge immonde où ils avaient été bannis. Il décida de faire attendre son visiteur et frappa à la porte du boudoir de Bonne-Jeanne. Un long silence lui répondit. Il ouvrit la porte et la trouva assise sur une méridienne, à contempler le vide. Un nerf trembla sur son visage habituellement impénétrable aux sentiments. Il ne pouvait s'empêcher d'éprouver une certaine tendresse pour cette femme sans attraits. Elle n'avait ni la sensualité de Joséphine de Beauharnais, la femme du Premier Consul, ni la beauté de Catherine Grand, la maîtresse de Talleyrand, ni l'intelligence affûtée de madame de Staël. Au contraire, Bonne-Jeanne était une femme d'une banalité affligeante, bardée de préjugés. Son seul mérite était de connaître son mari mieux que personne. Joseph Fouché l'embrassa sur le front qu'elle avait gras et quitta le salon pour rejoindre ses quartiers.

Son visiteur était un jeune homme à peine sorti de l'adolescence avec des yeux très foncés, si foncés qu'ils en paraissaient presque noirs. Des cheveux ébène encadraient un visage remarquable qui aurait pu être agréable si une cicatrice ne l'avait défiguré. Sans cette balafre, on aurait pu le prendre pour une femme, bien qu'il n'y ait rien eu de doux en lui; sa beauté était pareille à celle de certaines statues, glaçante et inhumaine. Il était vêtu avec soin, d'une tenue sobre, mais élégante, signe de son appartenance à la haute société: une culotte jusqu'aux genoux, un gilet gris et une redingote sombre. Un rien laissait deviner qu'il ne s'agissait pourtant pas de ses vêtements habituels. Il n'y avait aucune trace d'usure sur la culotte, pas un pli ne venait froisser le gilet, pas une tache ne souillait le manteau.

«Je l'ai suivi, comme vous le souhaitiez, commença le visiteur, d'une voix mesurée.

— Eh bien?

— Il est allé rendre visite à une certaine Pierrette Julien, au domicile de cette dernière à Châlons. Ils ont été rejoints par un certain monsieur de Beurnonville...»

Au nom de Beurnonville, Fouché leva imperceptiblement un sourcil. L'homme était connu pour avoir été le garde du corps de Louis XVI.

«... ainsi qu'un monsieur Rombancourt.

— Continue.

— Louis XVII se trouve présentement au domicile de ce Rombancourt, à Vitry. Il doit ensuite être hébergé à Reims chez un certain Jacquier-Lemoine.

— C'est tout?

— Non, apparemment, ils ont prévu de le présenter aux sympathisants royalistes à l'occasion de la première de Haydn à l'Opéra.»

Fouché réfléchit un instant. Alexandre Lepeletier jouait un jeu fort dangereux. Il aurait été facile de les arrêter, l'imposteur et lui, dès maintenant. Mais n'était-ce pas trop tôt ? Rombancourt, Beurnonville et les autres n'étaient que des petits poissons, leur sort, leurs complots n'intéressaient personne. Et lorsqu'il l'aurait arrêté, que ferait Fouché de ce nouveau Louis XVII ? Le mettre en prison avec les autres ? Il était bien plus intéressant de savoir ceux qui, parmi les plus fervents partisans de Napoléon Bonaparte et du Consulat, quitteraient l'Opéra le soir du 24 décembre pour aller observer le roi revenu d'entre les morts ? Fouché se demanda si Joséphine de Beauharnais serait présente, en tant que maîtresse de Lepeletier.

« Bien. Continue à suivre Lepeletier. Je veux savoir ce qu'il prépare. »

Le garçon acquiesça et prit congé. Fouché se répéta qu'il avait bien fait de prendre ce moineau crasseux sous son aile. Une fois épouillé et formé, il s'était révélé une recrue efficace. Il était intelligent, vif, dépourvu du moindre scrupule et avec cette dose de fourberie dont on fait les meilleurs espions – sans oublier qu'il avait une aptitude certaine à s'adapter à n'importe quel environnement, contrairement aux rustres qu'il employait pour ses basses œuvres. Cerise sur le gâteau, il ne savait pas lire. Le ministre savait qu'il ne prenait pas de risque en l'envoyant chercher certains documents compromettants. Du moins le croyait-il.

35

« Comment dites-vous ? » demanda Alexandre Lepeletier bien qu'il connaisse déjà la réponse : c'est lui qui avait fait inviter Jean-Joseph Regnault-Warin, l'auteur du roman polémique.

« *Le cimetière de la Madeleine*, répéta Pierre-Augustin de Beaumarchais. Il a été retiré de la circulation en moins de temps qu'il n'en faut à mon Figaro de s'écrier que "sans la liberté de blâmer, il n'est point d'éloge flatteur". Ah ! Croyez-moi, Alexandre, si j'avais eu un Fouché en face de moi plutôt que notre gros roi, nous n'aurions pas cette conversation.

— Quelle conversation ? » intervint une voix féminine dans leur dos.

Les deux hommes se retournèrent pour observer la femme qui les avait interrompus. Ses yeux, d'un brun foncé, étaient fixés sur eux. On ne pouvait pas dire de Germaine de Staël qu'elle était une belle femme, loin de là : une taille plutôt petite que grande, trop forte pour être svelte, des traits trop irréguliers pour être agréables, des cheveux indociles comme son caractère.

Pourtant, elle fascinait Alexandre. Lorsqu'elle parlait et s'animait, elle devenait d'une séduction irrésistible. Elle avait cette capacité unique à charmer même les individus les plus récalcitrants comme l'avait été Beaumarchais la première fois qu'il avait mis un pied dans son salon de la rue du Bac, contraint par la nécessité de se montrer dans ce lieu où se rassemblaient tous les beaux esprits du temps, mais peu attiré par la personnalité trop extravagante de son hôtesse. Il lui paraissait inconcevable qu'une femme puisse partager le même désir de briller qu'un homme.

« Notre cher Pierre-Augustin est vexé comme un pou parce que monsieur Regnault-Warin reçoit ce soir plus d'attention que lui. Même sa maîtresse le délaisse.

— Ô femme, créature faible et décevante ! s'écria théâtralement Beaumarchais, en lançant un coup d'œil vers le petit groupe composé de Regnault-Warin et de sa foule d'admirateurs. Dire qu'il n'a même pas eu à aller passer une seule nuit à la Bastille ! »

Germaine de Staël éclata d'un rire franc. Elle avait rencontré de nombreux intellectuels, mais peu avaient une personnalité aussi attrayante et riche que Beaumarchais. Il flottait toujours autour de lui comme un parfum d'aventures et d'intrigues, et il avait une prédilection pour les plus embrouillées.

« Allons, cessez de bouder, commanda madame de Staël en agrippant son bras. Alexandre, n'est-ce pas monsieur de Beaumarchais qui répète à l'envi que "dans cet immense jardin qu'on appelle le monde, chaque fleur a droit au coup d'œil de l'amateur" ? Imaginez donc monsieur Regnault-Warin coiffé d'une couronne de pétales et venez vous joindre à la conversation ! »

Le petit groupe se rapprocha du canapé où Jean-Joseph Regnault-Warin tenait sa petite cour. Quelques personnes se déplacèrent pour laisser approcher leur hôtesse. Alexandre se plaça derrière elle, un peu en retrait. L'auteur avait un air pâle, son expression trahissait une certaine satisfaction.

« Je n'en crois rien, affirmait un invité à la tournure agréable et à la mise élégante. J'ai lu le rapport du docteur Ballestan qui a procédé à l'autopsie. Il ne fait aucun doute que l'enfant du Temple était Louis XVII.

— Cependant, ne mérite-t-il pas notre attention ? réagit une jeune femme. Son histoire est troublante. Monsieur Regnault-Warin, qu'en dites-vous ?

— Je crains de ne pouvoir vous répondre, mademoiselle, répondit l'auteur. Je n'avais jamais entendu parler de cet individu avant aujourd'hui.

— De qui donc parlez-vous, Eugénie ? demanda Beaumarchais qui n'aimait pas qu'une intrigue se trame sans lui.

— On prétend que Louis XVII s'est véritablement échappé du Temple et se cache à Vitry, lui répondit sa maîtresse.

— Allons bon ! Ce garçon n'est sans doute pas plus Louis XVII que moi sabotier ; et Dieu sait que ce savoir-faire me servirait pour mes affaires ! »

L'audience s'esclaffa tandis que la jeune femme piquait un fard. Beaumarchais faisait référence à la tromperie dont avait été victime sa parente, la vicomtesse de Turpin. Pendant presque un an, un garçonnet se faisant passer pour "le véritable enfant du Temple" avait été logé dans son château d'Angrie. Il s'appelait en réalité Mathurin Bruneau et était le fils de Gaspard Bruneau, sabotier à Vezin.

« Mademoiselle Villers évoque certainement mon candidat, intervint Germaine de Staël. Et pour cause, il se trouve que j'étais présente quand madame de Rambault, sa nourrice, l'a reconnu comme Louis XVII. »

En quelques secondes, la salonnière avait capté l'attention de tous. Elle poursuivit :

« Madame de Rambault avait apporté un habit ayant appartenu au dauphin et le présenta au prétendant pour le mettre à l'épreuve. "Peut-être vous souviendrez-vous de l'avoir porté, et dans quelle circonstance, aux Tuileries ?" lui demanda-t-elle. "Ce n'était pas aux Tuileries, madame, répondit l'homme sans hésiter, mais à Versailles, pour une fête... et je ne l'ai plus porté, je crois, depuis la fête, car il me gênait." Cette chère madame de Rambault en fut tout impressionnée. Quand elle lui demanda comment il s'était échappé, il affirma avoir pris l'identité d'un pauvre hère, atteint de scrofule et vendu par son père pour 200 000 francs aux instigateurs du complot. Les deux enfants avaient été échangés grâce à des complicités et un panier à linge. Prétendre avoir utilisé un cheval de bois aurait sans doute manqué de subtilité, ajouta-t-elle le regard espiègle en se penchant vers l'auteur du *Cimetière de la Madeleine.* N'est-ce pas mon cher ? »

L'hypothèse de Jean-Joseph Regnault-Warin était que le dauphin avait été dissimulé dans un cheval à bascule. Il s'inclina légèrement, flatté.

« Où était-il tout ce temps ? reprit Beaumarchais, sceptique.

— En Angleterre, puis en Italie, répondit Madame de Staël, caché entre les murs du Vatican par sa Sainteté le pape Pie VI… qui l'aurait, dit-il, marqué d'une fleur de lys et sacré roi de France dans le plus grand secret… Bien sûr, l'homme en question ne parlant pas français et étant âgé d'au moins quarante-cinq ans, je peux confirmer à notre chère Eugénie, et avec certitude, que cet individu n'est pas celui qu'il prétendait être. Madame de Rambault ne l'avait reconnu que pour mieux le confondre. »

L'audience rit de bon cœur aux dépens de la jeune fille, qui essaya de reprendre l'ascendant :

« J'ai pourtant entendu dire que l'homme en question avait l'âge et la tournure requis, d'autant qu'il possédait les objets que vous évoquez dans votre livre, monsieur Regnault-Warin.

— Ciel, il y aurait donc un autre roi revenu des enfers dont nous ignorerions l'existence ? Que c'est excitant ! Ma chère, racontez-nous tout ! »

Alexandre admira l'adresse avec laquelle leur hôtesse était parvenue à faire briller chacun de ses invités tout en dominant la conversation. Il avait bien eu raison de faire venir Jean-Joseph Regnault-Warin. L'écrivain n'aurait pas pu avoir meilleure ambassadrice que madame de Staël pour accréditer la thèse du retour de Louis XVII. *Monsieur* allait être content.

36

Les oranges confites étaient tellement populaires parmi la bonne société que le pâtissier Sylvain Bailly en emmagasinait continuellement de manière à en proposer toute l'année à ses meilleurs clients.

Pour réaliser sa préparation, Antonin avait incisé par endroits l'écorce d'oranges bien mûres et les avait plongées dans un sirop bouillant, mi-eau mi-sucre, jusqu'à ce qu'elles deviennent très tendres. Ensuite, ils les avaient retirées du feu et les avaient remplacées par du sucre, pour obtenir un sirop à la texture bien lisse. Il avait placé les oranges dans une terrine et versé le sirop dessus. L'odeur qui se dégageait du récipient était incroyablement alléchante, mais Antonin ne la sentait même pas. Il ne cessait de penser au *Cimetière de la Madeleine*.

Antonin s'était aussitôt plongé dans le livre et avait été choqué de voir sa vie et celle de ses parents exhibées sans retenue, comme on expose une vache à une foire agricole. Bien sûr, les conditions de la fuite différaient, mais cela importait peu. On lui avait déjà tout pris. Ne pouvait-on pas laisser sa mémoire en paix? Ne pouvait-on le laisser en paix? Il s'apprêtait à s'atteler à la préparation de pommes meringuées, une recette de son invention qui avait rencontré beaucoup de succès auprès de la clientèle de la pâtisserie, quand son maître entra dans la cuisine, l'air soucieux. Il tenait à la main une missive portant le sceau de la maison Talleyrand-Périgord.

« Prépare-toi, mon garçon. Nous sommes attendus à l'hôtel de Galliffet.

— Moi aussi ? s'étonna Antonin.

— Oui, toi et moi. »

Antonin sentit son cœur cogner contre sa poitrine. Les commandes affluaient déjà à la boutique de la rue Vivienne, le succès de *l'extraordinaire* était total. Cependant, l'attitude de Bailly montrait qu'il était peut-être question d'autre chose.

« Je crains que nous ne soyons convoqués pour nous expliquer sur ton attitude. Vois-tu, mon garçon, tu étais dans un tel état que je n'ai pas pu révéler à son Excellence que tu étais à l'origine de la pièce montée... Maintenant, dépêche-toi, nous ne pouvons pas le faire attendre. »

Antonin se tortillait sur son siège. Pour la visite au prince de Talleyrand, son maître lui avait prêté un habit composé d'une veste à boutons dorés, d'un tablier immaculé et d'une culotte sombre. L'adolescent se sentait engoncé dans la camisole dont le col lui remontait dans le cou. Ses cheveux avaient été tirés en arrière et lui picotaient la nuque. Il tapota machinalement la poche intérieure de sa chemise, il avait préféré laisser la boîte renfermant les mèches de cheveux dans sa chambre. Antonin ressentit comme un grand vide. Cette boîte était tout ce qui lui restait de ses parents et constituait l'unique preuve tangible de cette autre vie qu'il doutait parfois d'avoir vécue.

Les chevaux ralentirent devant les grilles. Un valet aux couleurs de la maison de Talleyrand-Périgord sortit pour les accueillir et les accompagner à l'intérieur. Sylvain Bailly et Antonin suivirent le maître d'hôtel à travers la galerie de portraits, dépassèrent le salon où la première pièce montée avait été portée en triomphe par la femme du Premier Consul lui-même, et retinrent leur respiration avant d'entrer dans un cabinet confortable, agréablement chauffé par un feu fourni. Charles-Maurice de Talleyrand était assis dans un fauteuil à dossier haut recouvert de velours pourpre, les pieds posés sur un coussin de tapisserie où s'étalaient les armoiries des Périgord. Il écoutait une jolie femme, dont le décolleté mettait en valeur la poitrine laiteuse. Antonin fit une révérence maladroite et sentit une rougeur lui monter aux joues lorsque la jeune femme le considéra d'un air presque gourmand. Devant sa réaction, elle eut un petit rire compatissant.

«Je vous laisse mon ami, je crains d'impressionner par trop ce jeune homme. Nous ne voudrions pas qu'il tombe à nouveau en pâmoison, n'est-ce pas?»

Et elle quitta la pièce en laissant dans son sillage un effluve de pivoine blanche et d'encens.

Bailly grimaça, Talleyrand n'avait pas été le seul à remarquer la faiblesse de son apprenti, ce qui compliquait les choses. Le prince avait posé un regard scrutateur sur son jeune visiteur. Antonin ne se décidait pas à relever la tête.

«Savez-vous pourquoi je vous ai fait venir ici? finit par demander Talleyrand.

— Votre Excellence, intervient Bailly, je vous prie de ne pas blâmer mon apprenti pour sa faiblesse. Il était...

— J'ai appris, jeune homme, continua Talleyrand sans tenir compte de l'intervention du pâtissier, que vous étiez derrière la pièce qui nous a si merveilleusement enchantés hier. Je me trompe, Bailly?»

Bailly hocha la tête.

«Non, votre Excellence. Antonin est effectivement l'inventeur de la pièce montée.

— Depuis combien de temps êtes-vous l'apprenti de ce cher Bailly? poursuivit le prince en s'adressant à Antonin.

— Depuis trois ans, Excellence... mais je ne suis plus apprenti, j'occupe à présent la fonction de premier tourier chez monsieur Bailly.

— Et avant cela?

— J'étais apprenti chez monsieur Fernand Dubrest, rue Saint-Honoré.

— Vos parents doivent être fiers de votre parcours.

— Mes parents sont morts, votre Excellence.

— Antonin a été abandonné sur les barrières à l'âge de dix ans, précisa Bailly.

— Vraiment ?

— Oui, Monseigneur. Son père, qui était chargé de quinze enfants, était embarrassé de le nourrir et l'a confié aux soins de Fernand Dubrest avec ces mots qu'Antonin n'a jamais oubliés pour ce qu'ils étaient pleins de sagesse : "Va petit, va bien ; dans le monde, il y a de bons métiers ; laisse-nous languir ; la misère est notre lot ; nous devons y mourir. Ce temps-ci est celui des belles fortunes. Il suffit d'avoir de l'espoir pour en faire une, et tu en as. Va, petit, et peut-être que ce soir ou demain, quelque bonne maison s'ouvrira pour toi ; va avec ce que Dieu t'a donné." Antonin n'a plus revu ni son père, ni sa mère, ni ses frères et sœurs, emportés par la famine.

— Eh bien, quelle histoire ! Continuez mon garçon, croyez que je suivrai votre progression avec le plus grand intérêt ! »

Le prince de Talleyrand tira sur une cordelette de velours pour les congédier.

« J'ai cru une minute que le prince allait te dévorer tout cru.

— Pourtant, il m'a félicité...

— Ne te fie pas à ses paroles. Son Excellence voulait simplement savoir si tu étais digne de sa mansuétude. Un domestique qui manque s'évanouir en plein salon ! ... Talentueux ou non, tu aurais pu te voir fermer toutes les portes de Paris. Ta carrière se serait achevée avant même d'avoir commencé.

— L'histoire que vous avez racontée...

— C'est celle de mon apprenti précédent », dit Bailly d'un ton sec.

Antonin fronça les sourcils.

« Jeannot ? Je pensais qu'il venait de Lyon.

— Non, Paul. Paul Carême. Le garçon que tu as remplacé il y a quatre ans. »

Antonin eut un hoquet de surprise.

« Une triste histoire. C'était un garçon qui avait un bel avenir, tout comme toi. Malheureusement, il n'a pas eu le temps de vivre pour le développer. J'avais promis à son père de m'occuper de lui, j'ai échoué. Mais, trêve d'atermoiements, occupons-nous de tes commandes ! Tu vas avoir du pain sur la planche. »

37

Pierrot était rentré se reposer dans la chambre qu'il occupait au dernier étage d'une pension située juste derrière le Palais-Royal. C'était une pièce proprette et lumineuse, qui aurait fait le bonheur d'un étudiant de province ou d'un artisan, mais qui n'inspirait rien à Pierrot.

Il s'était couché sur le lit, au milieu des déguisements dont il se servait pour remplir ses fonctions auprès du ministre de la Police et s'était aussitôt endormi. Il se réveilla plusieurs heures plus tard, étonné de voir que la journée était déjà presque terminée. Alors seulement, il s'habilla soigneusement. Il s'apprêtait à sortir, quand il entendit des voix à l'extérieur et le cliquetis d'une serrure. Pierrot attrapa un couteau et se mit en garde.

L'adolescent retint une grimace de dégoût en découvrant un visage constellé de verrues en face de lui. La joue droite était gonflée et violacée. Du pus suintait de nombreuses croûtes mal cicatrisées. Il essaya de se remémorer les traits avantageux de cette femme qui avait été considérée comme la belle des belles dans tout le Palais Royal avant d'être frappée par la petite vérole, mais n'y parvint pas. Sa beauté lui était devenue aussi étrangère que son ancienne célébrité. La femme s'effaça d'un air las et distant pour laisser place au roi de Thunes en personne. Comme à son habitude, il portait à sa ceinture un fouet à lanières de cuir blanc et une pistole rouillée. En plus de la femme, il était accompagné d'un nain moche et disgracieux, qu'on appelait Leste-Main, parce qu'il était expert dans l'art de la rapine et de la filature.

« Quelle est la première et la plus absolue de nos règles ? »

La voix était basse et dangereuse. Pierrot porta la main à sa joue. Le fouet l'avait frappé au niveau de sa pommette. Il en garderait probablement une cicatrice. Il encaissa sans prononcer le moindre cri.

« Depuis combien de temps tu fricotes avec ce franc-mitou de Fouché ? »

Pierrot haussa les épaules.

« Je n'ai pas trahi les nôtres. Ce que je fais ne concerne que moi.

— Tu oses parler des *nôtres* ? De quel droit transgresses-tu nos lois ?

— Laisse-moi passer, j'ai à faire.

— À partir d'aujourd'hui, tu es banni du royaume des argotiers. L'entrée de la Cour des Miracles te sera fermée comme à un étranger.

— Tu vas perdre la moitié de ce que tu gagnes. Je suis le meilleur rapineur de Paris et tout le monde le sait.

— Tu te crois irremplaçable parce que tu sais couper des bourses ? »

Le roi de Thunes claqua des doigts et deux colosses firent leur apparition dans la pièce. Ils se jetèrent sur Pierrot et l'immobilisèrent. Leste-Main arriva ensuite avec une pince coupante. Le roi de Thunes attrapa la mâchoire de Pierrot et lui ouvrit la bouche.

« La règle veut qu'on ne tue pas un membre du royaume. En revanche, on peut l'empêcher de révéler nos secrets.

— Non, je t'en prie, ne fais pas ça, s'écria Pierrot en comprenant ce qu'ils avaient tête.

— Pourquoi pas ? »

Les yeux de Pierrot roulaient dans leurs orbites.

« Je veux me venger », cria-t-il.

Le roi des voleurs lui lâcha le visage.

«Maintenant, on parle! Te venger de qui?
— De celui qui a tué mon frère.»

Le roi le dévisagea en silence. Un bébé se mit à brailler dans une chambre à côté.

«Emmenez-le, vous autres!»

38

Antonin se demandait quelle route prendre. Il avait attaché la mule à la petite carriole du cabaret pour la livraison. Il savait que le plus court chemin était de passer derrière les Tuileries, mais il avait plus que jamais envie d'éviter cet endroit associé à de funestes souvenirs. En outre, ce 24 décembre, les rues derrière le palais seraient encore plus mal famées que d'habitude.

Il n'arrivait pas à croire que Bailly lui ait imposé les livraisons, alors même qu'il y avait tant à faire avec les commandes d'*extraordinaires*. Le succès de la pièce montée avait été tel que la boutique de la rue Vivienne ne désemplissait pas depuis des mois. Antonin croulait sous les demandes d'extra, il était notamment sollicité pour des fêtes ou des événements organisés par de grandes maisons dans lesquelles le roman de Jean-Joseph Regnault-Warin continuait de défrayer la chronique. Les gens se passionnaient pour le destin de Louis XVII et pour ceux qui prétendaient endosser la couronne. Que penseraient-ils s'ils découvraient que le véritable héritier se trouvait occupé à livrer leurs commandes ? Il maudit, silencieux, Jeannot qui s'était montré pour le rappeler à ses obligations.

L'adolescent enfonça sa casquette sur la tête pour masquer ses cheveux blonds et fit claquer les rênes en direction de la Seine.

Sur la route, il croisa le chemin de trois hommes qui escortaient une charrette attelée à un vieux cheval noir.

Le premier, long et sec comme un arbre en hiver, guidait nerveusement la monture par la bride et jetait des regards furtifs à droite et à gauche. Le deuxième était un colosse qui tenait fermement une bâche afin de masquer le chargement. Antonin nota que ses bras étaient aussi larges que des troncs d'arbre. Le dernier, d'apparence fluette, ramassait des pierres et les déposait dans la carriole, comme s'il voulait constituer une réserve. Antonin les laissa le distancer et reprit sa route.

Un peu plus loin, les marchands ambulants rangeaient déjà leurs échoppes pendant que les filles de joie commençaient de dévoiler leurs charmes derrière leurs maigres pèlerines. L'une d'entre elles essaya d'interpeller Antonin avec des paroles grivoises et engageantes, mais l'adolescent poursuivit sa route, sans un mot. Il avait eu le temps de voir que sa robe avait dû être rouge dans un passé lointain et qu'il lui manquait quelques dents. Il s'arrêta un peu plus loin, à l'abri d'un réverbère. Il s'aperçut qu'il avait dépassé la rue Saint Honoré et aurait bientôt atteint le pont de la Réunion. Il s'autorisa à souffler.

À part les trois hommes, il n'avait croisé personne et atteint la Seine sans encombre. Il entendait le babillage des lingères qui rentraient les bras chargés de leur fardeau lavé dans les eaux ronronnantes du fleuve. Sans s'arrêter, il fit signe à Ernestine encore occupée à ses travaux d'aiguille chez le culottier Berthier et envia les clients attablés à la terrasse du café Apollon.

Le roman lui avait fait prendre conscience qu'il avait relégué *Louis* au plus profond de sa mémoire. L'image de ce petit prince craintif, agrippé à ses reliques, était incompatible avec son quotidien. Il avait dû embrasser le personnage d'Antonin, un moineau, un orphelin, avec ses propres rêves et ses espoirs et il n'arrivait pas à superposer les deux. À cet instant, il avait une envie irrésistible de récupérer les reliques, de les voir, de les toucher. Il voulait vérifier que sa vie d'avant n'avait pas été le fruit de son imagination. Il se demandait comment l'auteur avait eu vent de cet héritage. Jean-Joseph Regnault-Warin avait, en effet, décrit avec une certaine justesse le cadran de montre et l'anneau de mariage du roi. Cependant, il avait bizarrement occulté la boîte contenant les cheveux. Pourquoi ? Quelqu'un avait-il utilisé le livre pour lui faire passer un message ? Mais lequel ? L'auteur le faisait mourir de fièvre à la moitié du livre et lui faisait prononcer ces derniers mots avant d'expirer : *Voilà que meurt avec moi la maison de Bourbon*. Paroles ridicules dans la bouche d'un garçon de dix ans. Il n'arrêtait pas de se demander ce que son père ferait à sa place. Cela faisait des années qu'il ne lui était pas apparu.

Le bruit d'une détonation retentit soudain dans son dos et il fut violemment projeté contre la façade d'une maison. L'instant d'après, des flammes et des cris s'élevèrent vers le ciel.

39

Joseph Fouché n'était pas bel homme, il s'en fallait de beaucoup. Un corps maigre, d'une sécheresse presque spectrale ; un visage étroit, osseux et anguleux, d'une laideur rebutante ; un nez incisif et une bouche mince ; des yeux sans éclat et d'une froideur de poisson, sous des paupières lourdes et quasi engourdies ; des pupilles grises comme celles de certains chats, semblables à des boules vitrifiées. On aurait dit un individu aperçu à la lumière du gaz, livide et blafard. Ses cheveux étaient épars, ses sourcils roussâtres, quasi invisibles ; ses joues d'un gris terne. Aussi, la plupart du temps, ses subordonnées évitaient de croiser son chemin. C'était d'autant plus vrai quand il était sur le point de faire un coup de filet. L'importun qui venait justement de l'interrompre avait intérêt à avoir une bonne excuse. Dans le cas contraire, il terminerait sa misérable existence au fond d'un cachot. Il haussa légèrement un sourcil, sans sourire. Son visiteur tressaillit sous le regard implacable.

« Monsieur le ministre, il y a eu un attentat contre le Premier Consul. »

Pendant quelques secondes, Joseph Fouché resta aussi immobile qu'une statue ; à tel point que ses subordonnés se demandèrent si leur chef avait bien entendu le message.

« Comment est-il ? finit-il par demander d'une voix lente.

— Il est vivant, monsieur.
— Faites-le prévenir que j'arrive.
— Bien, monsieur. »

Fouché se désintéressa alors du messager pour frapper à la porte d'un appartement cossu, qui abritait une assemblée religieusement réunie autour d'une jeune personne d'une quinzaine d'années. Sa figure était ravissante, un front dégagé, des sourcils bien dessinés, des cheveux blonds et parfaitement bouclés et de grands yeux bleus frangés de cils châtains.

« Au nom de la loi, je vous arrête », énonça simplement le ministre de la Police.

Au même moment, la porte de la loge d'honneur de l'opéra Garnier s'ouvrait. Le Premier Consul Napoléon Bonaparte s'avançait, impassible, une colère froide dans les yeux.

« Trouvez-moi Fouché ! exigea-t-il alors que le gouverneur de Paris venait d'apparaître devant lui, pâle comme un linge. Immédiatement. Comment se fait-il qu'il ne soit pas là ? Ces coquins ont voulu me faire sauter. »

Napoléon Bonaparte remarqua une multitude de regards anxieux braqués sur lui. La nouvelle s'était répandue comme une traînée de poudre. Pendant un instant, le monde avait menacé de chanceler, la tension restait palpable. Il fit un geste rassurant de la main. On commença à l'applaudir, on cria, on hurla et l'ovation tourna au délire. Alors que les vivats continuaient de monter vers la loge, Napoléon proféra cette menace entre ses dents :

« Ils vont amèrement le regretter. Je ferai une justice éclatante. »

40

C'était une cohue indescriptible. Des cris de tous les côtés, mélangés au fracas des tuiles et des vitres qui pleuvaient de toute part, la rue se transformait en scène d'horreur. Une voiture avait essayé de forcer le passage, n'hésitant pas à rouler sur les corps des malheureux qui avaient été touchés par la déflagration. Antonin, projeté hors de la charrette par l'explosion, eut à peine le temps de se coller contre un mur pour éviter d'être écrasé. À l'intérieur du carrosse, il avait aperçu une jeune femme évanouie dans les bras d'un homme en colère. L'homme portait un uniforme officiel.

« On veut la peau de Bonaparte », entendit-il crier. Antonin frissonna. Un attentat, pensa-t-il. Les soldats n'allaient pas tarder à arriver pour bloquer les issues. Il fallait vite récupérer la mule et ses colis. Antonin remercia son ange gardien de ne pas avoir été blessé, contrairement à ces infortunés dont il croisait la route et qui gisaient au sol, au milieu des débris de toits, de portes et de fenêtres arrachés aux maisons. La plupart avaient au moins un membre coupé – un doigt, une jambe ou un bras arraché – et une pointe de ferraille plantée dans le corps. D'autres présentaient d'atroces brûlures aux mains et au visage.

Au moment où Antonin détourna la tête, horrifié par la vue d'un homme entaillé de plus de vingt éclats de bois qui se vidait de son sang sur le pavé, son regard tomba sur une femme dont la cervelle avait été éparpillée. La main chargée de tenir la bride du cheval tirant la carriole d'où était partie l'explosion était toujours agrippée à la corde. Le reste de ses membres étaient dispersés. *Une main d'enfant*, réalisa Antonin avec horreur.

Antonin s'engouffra dans une ruelle pour vomir et avisa un jeune homme en mauvaise posture qui essayait d'échapper à deux brigands armés de couteaux. Les deux hommes, vêtus de capes noires qui masquaient leur visage, encerclaient le malheureux et le forçaient à reculer dans l'ombre pour accomplir leur forfait. La scène lui parut incongrue. On aurait dit qu'aucun d'entre eux n'avait conscience de l'agitation extérieure. Les hommes avançaient lentement, se rapprochant inexorablement de leur victime, malgré la menace dérisoire de la mince lame que le jeune homme tenait entre ses mains tremblantes ; du sang coulait de son bras et Antonin devina qu'il n'allait pas tarder à s'effondrer.

À ce moment-là, leurs regards se croisèrent. Antonin recula vivement et décida de rebrousser chemin. Ce n'était pas le premier meurtre auquel Antonin assistait. Des crimes étaient commis tous les jours dans la capitale. On détroussait et assassinait pour quelques pièces. Cela ne le regardait pas. Sa mission était de récupérer la carriole et de faire ses livraisons avant que les soldats le coincent. Pourtant, un sentiment de révolte gonflait en lui. Les corps démembrés, la main de cette petite fille, et maintenant ça. C'en était trop.

Antonin revint sur ses pas et remarqua que le jeune homme était évanoui sur l'asphalte. Déjà, l'un des brigands se penchait sur lui pour le détrousser. Sans réfléchir, Antonin brandit de toutes ses forces un pavé sur le second malfaiteur, resté debout. La pierre heurta l'arrière de son crâne et l'homme tomba lourdement sur le sol. Son compagnon se releva vivement, tira un pistolet de sa camisole et fouilla les alentours des yeux pour déterminer d'où venait le coup. Antonin attrapa une autre pierre et la lança en direction du bandit. Providentiellement touché au front, il s'écroula comme son compagnon. La victime commençait à se relever, mais pas assez vite. Il fallait qu'elle se presse avant que les deux vide-goussets ne retrouvent leurs esprits. Antonin, prêt à lui venir en aide, contourna les deux brigands et se pencha vers la victime apeurée. Il se figea, perplexe, car la personne qu'il avait sauvée n'était pas un jeune homme. C'était Juliette.

41

Antonin avait abandonné la carriole et son chargement sur les lieux de l'attentat. Il fallait faire vite. Juliette perdait beaucoup de sang, son visage était livide. Des milliers de fois, il avait imaginé leurs retrouvailles, mais jamais selon un tel scénario. Antonin marchait aussi vite qu'il le pouvait, compte tenu du poids que faisait peser sur lui la jeune fille. Déjà, les rues de la ville grouillaient de badauds, de fiacres et de marchands en tout genre, alertés par l'explosion. Il percevait des regards suspicieux. On n'allait pas tarder à les désigner à la police. Antonin eut l'idée d'entonner la chanson du *Tambour royal*, qu'il avait entendue des milliers de fois en livrant les petits pains de Fernand Dubrest à travers les rues de Paris.

« Allons enfants de la Courtille,
Le jour de boire est arrivé,
C'est pour nous que le boudin grille,
C'est pour nous qu'on l'a conservé. »

Tout le monde savait bien que chanter était la seule façon de maintenir un ivrogne éveillé. Avec un peu de chance, on prendrait Juliette pour un client de la taverne.

«C'est pour nous qu'on l'a conservé,
Ne vois-tu pas dans la cuisine
Rôtir des dindons et des gigots! (...)»

«Ma parole, mais il dort carrément debout ton coquin, rigolèrent certains passants en reconnaissant la chanson. Chante fort, petit!»

Antonin redoubla d'énergie.

«À table, citoyens!
Videz tous les flacons,
Buvez, mangez,
Qu'un vin bien pur
Humecte vos poumons!»

«La mère, la mère!» cria Antonin en se précipitant dans la salle commune du cabaret, vide à cette heure. Le père Ramponneau et son fils Jean étaient encore affairés dans l'arrière-cuisine. La mère Ramponneau écarquilla les yeux. Antonin, ce garçon qu'elle n'avait pas vu depuis cinq ans, portait à bout de bras une jeune fille inconsciente. Il ne semblait tenir debout que par miracle. Elle lui désigna le banc principal. Antonin allongea Juliette délicatement et s'effondra sur le sol.

Son corps était secoué de tremblements et il affichait un visage épouvanté. Juliette avait un teint de cire et son habit était maculé de sang. Sa poitrine se soulevait difficilement.

«Qu'est-ce que c'est que ça? demanda la mère avec un air de reproche.

— C'est Juliette. Ils allaient la tuer, je n'ai pas su quoi faire d'autre.»

La mère Ramponneau porta la main à sa bouche. Elle n'avait pas reconnu sa fille. Elle la prit dans ses bras et se tournant prestement vers Antonin: «Dépêche-toi, prends cette bouteille! Non pas celle-là, l'autre!»

42

Pierrot ne savait pas précisément où il se trouvait ni depuis combien de temps. Il lui semblait qu'on l'avait enfermé dans une cave, car il entendait la course frénétique des rongeurs sur le sol en terre battue et souffrait de l'humidité souterraine. Ses geôliers n'avaient pas jugé bon de lui donner une couverture et il grelottait sous sa veste. Le ventre du jeune homme se mit à gargouiller. Plus tôt dans la journée, on lui avait servi une espèce de gruau, mais il l'avait laissé aux rats, achetant un peu de tranquillité au prix de sa faim. Il le regrettait.

Il explora à nouveau les contours de sa prison. Pas de porte, pas de fenêtre, seule une trappe au plafond, inaccessible sans échelle, et un trou minuscule, juste assez grand pour permettre le passage des rongeurs. Il avait bien essayé de l'agrandir, mais s'était cassé les ongles. Si au moins on lui avait fourni une cuillère.

Pierrot avait gardé la vieille bourse qu'il emmenait partout avec lui et qui avait appartenu à Jacques. C'était ce qu'il avait demandé quand il était devenu Millard, c'est-à-dire en réussissant l'épreuve qui faisait de lui un sujet du royaume à part entière. Des vétérans, coupeurs de bourse, l'avaient emmené dans un lieu public et lui avaient ordonné de ramasser des poches. Mais une fois qu'il avait trouvé sa cible, ses complices l'avaient traité de voleur et l'avaient laissé seul, aux prises avec la foule en colère, pendant qu'ils délestaient les badauds de leurs possessions. Pierrot s'en était sorti. À l'intérieur du petit sac se trouvaient encore les derniers trésors du petit garçon au visage de lune : un caillou, une plume, un tesson de bouteille coloré. Il entendit un bruit au-dessus de sa tête et rangea la bourse dans la poche intérieure de son habit. Un rai de lumière perçait à travers les lattes du plancher.

Peu après, on ouvrit la trappe. Pierrot ne leva pas la tête et ne put s'écarter quand son geôlier lui lança une échelle de corde, il fut violemment frappé à la tempe. Il se tâta le crâne et grommela. Sa paume était poisseuse de sang.

« Magne-toi, le roi veut te voir. »

Pierrot grimpa difficilement aux barreaux. À la fin, il se laissa même extraire tant l'effort lui paraissait surhumain, comme si toutes ses forces l'avaient abandonné. Avant qu'il ait retrouvé ses esprits, on lui enfila un sac sur le visage et il crut qu'il allait s'étouffer au contact de la toile poussiéreuse contre sa bouche. Il se débattit et tenta de crier, mais aucun son ne sortait de sa gorge. Au hasard, il donna un coup de pied et comprit qu'il avait atteint sa cible au juron qu'il entendit. L'instant d'après, l'homme lui donna un coup de poing dans le ventre, qui lui coupa le souffle. « Tiens-toi tranquille ou je t'assomme pour de bon. »

Pierrot devina qu'on le traînait jusqu'à une sorte de charrette. On le fit monter à l'arrière et s'allonger entre des caisses qu'on recouvrit ensuite de peaux ensanglantées. L'air était si vicié qu'il en devint rapidement irrespirable. Le jeune homme s'évanouit au moment où la charrette s'ébranlait sur le pavé.

En apparence, l'équipage progressait en direction du quartier Saint-Marcel, où Louis XIV avait relégué les tanneurs en 1673. L'homme, qui conduisait les bœufs, et son acolyte allaient décharger leur marchandise au château de la reine Blanche, l'ancienne demeure de la fille de Saint Louis, entre les rues des Gobelins, Berbier du Metz et Gustave-Geoffroy, et que la famille des Gobelins avait transformée en tannerie-teinturerie.

En bas de la rue Mouffetard, l'église Saint-Médard, bel édifice médiéval, était une terre d'asile pour les miséreux de la ville. La police l'évitait, le peuple des argotiers la vénérait. La charrette se gara derrière l'illustre bâtiment et le faux assistant-tanneur se chargea d'aller faire le guet pendant que son maître allait déposer Pierrot à l'intérieur. Avant d'entrer, il hésita. On ne lui avait pas dit de lui retirer son masque ; mais la poitrine du jeune homme se soulevait difficilement. Il allait probablement s'étouffer si on ne lui permettait pas de respirer. Il décida de percer un trou pour la bouche et un autre pour le nez dans le tissu grossier. Cela ferait l'affaire le temps qu'on vienne le chercher.

Une silhouette simplement vêtue d'une robe de bure et d'une capuche fit alors son apparition et regarda d'un air morne le faux livreur, qui haussa les épaules et repartit sans un mot. Aussitôt après, une figure familière le toisa et une paire de bras puissants le porta à l'intérieur de l'église.

« J'ai fait vérifier ton histoire, dit le roi de Thunes d'une voix étouffée par le sac. Tu as dit la vérité. »

Pierrot avait la tête qui lui tournait. Il avait du mal à respirer. Il sentit qu'on lui retirait son masque. Aussitôt, il réprima un haut-le-cœur quand il découvrit où ils se trouvaient.

« Tu sais où on est ? »

En 1784, la police avait investi les maisons du fief d'Alby, cœur de la Grande Cour des Miracles, sur les indications d'un enfant. Presque tout le royaume avait été décimé. Un enfant avait été sacrifié à la vindicte. Depuis, chaque année, on prenait un enfant au hasard pour rappeler aux autres de tenir leur langue et on le crucifiait sur l'autel de Saint-Médard. Bien sûr, l'enfant sélectionné devait obligatoirement être mourant au moment du sacrifice, mais personne ne le savait. Le roi de Thunes ne devait pas montrer de pitié.

« Tu as dit la vérité, mais ça ne change rien. Je ne peux pas te laisser mettre mon royaume en danger pour une vengeance. Tu seras donc jugé et pendu. »

43

Pierre de Saint-Régent n'aimait pas l'échec. Pourtant, il devait se rendre à l'évidence. Le Premier consul avait échappé à la machine infernale. C'était très contrariant. Tous ces efforts pour rien. Fouché devait déjà être en train d'appréhender le leurre. Il avait donné rendez-vous à son interlocuteur dans un bordel du Palais-Royal.

L'endroit était discret et les pensionnaires passablement jolies ; surtout, elles étaient saines, ce qui était loin d'être le cas dans nombre d'autres bouges.

Saint-Régent savait depuis le début qu'il allait sacrifier Alexandre Lepeletier, c'était lui qui avait envoyé la lettre anonyme le dénonçant comme traître royaliste. Cependant, maintenant que le plan avait échoué, il allait perdre un pion de valeur pour rien. Sans compter que *Monsieur* allait être furieux.

Le bordel était tenu par madame Jeanne, une ancienne prostituée promue au titre de maquerelle. L'antichambre de la maison close ressemblait à une boutique de chapeaux, habitée par des débutantes. On y croisait de belles fleurs à peine écloses, bien mises, de toutes les tailles et de tous les visages, qui s'amusaient à changer perpétuellement de couvre-chef dans un concert de gloussements. Pour un profane qui en ignorait les codes, l'endroit semblait tout à fait convenable ; mais pour les connaisseurs, il était évident que la taille ou la couleur du chapeau révélaient le prix d'une passe et que les robes vives et précieuses revêtues par ces dames n'étaient là que pour mieux mettre en valeur la gourmandise d'une poitrine dénudée dès les rideaux tirés.

À la vitrine printanière succédait le plaisir d'une maison de campagne à l'automne. Les visiteurs venaient se réchauffer au velours des peaux féminines, au contact velouté de lèvres pleines et se délecter des vins rougeoyant comme d'un élixir fabuleux à la lumière des bougies. Madame Jeanne savait que ses clients étaient friands de ce petit jeu de dupes. Ce n'était pas pour rien que son établissement était le plus célèbre de ceux établis dans les galeries du Palais Royal. « Vous avez bien fait de choisir ce métier, disait-elle à ses protégées. Vous ne trouverez pas de meilleure scène que Paris pour sublimer votre talent. »

La maquerelle gardait toujours ses *meilleurs morceaux* – les dernières recrues – pour ses clients préférés. Pierre de Saint-Régent n'était pas très friand de prostituées, mais il n'en était pas moins un habitué et il s'était vu offrir un salon privé. Madame Jeanne proposa à son invité un petit divertissement pour tromper son impatience. Saint-Régent la congédia d'un geste et attrapa une plume.

On frappa à la porte. Saint-Régent referma l'enveloppe et ouvrit. Un individu remarquable par bien des aspects s'avança dans la lumière. La trentaine, très beau, blond à l'autrichienne, avec des yeux d'un vert aussi vif que ceux de son hôte, habillé très soigneusement, *à l'anglaise* comme le voulait la mode, d'une redingote, d'une cravate bouffante, de bottes en cuir et d'une épée, mais sans cet air de fatuité propre à certains Français qui essaient de copier les habitudes britanniques. Lui affichait une désinvolture toute française. Il paraissait à la fois étrangement à sa place et complètement inadapté à l'endroit.

Saint-Régent invita son visiteur à se servir un verre, mais l'autre avait déjà retiré ses gants et saisi la carafe de sa main gauche, sa main droite handicapée par une légère déformation. Il sirota son verre sans se presser, ajusta coquettement ses gants et prit congé, muni de ce pour quoi il était venu.

44

Pendant que la mère Ramponneau s'affairait auprès de sa fille, Antonin s'efforçait d'expliquer à la matrone les circonstances de leur rencontre, l'explosion, les corps démembrés, l'agression de Juliette dans la ruelle, son intervention pour la sauver des bandits...

Elle les avait conduits dans une sorte de cabinet meublé d'un fauteuil rouge, d'un bureau d'acajou et d'une méridienne où se reposait Juliette. La mère Ramponneau eut un pincement au cœur en regardant son enfant. Les relations entre la mère et la fille étaient devenues glaciales au moment où les époux Ramponneau avaient décidé de la placer au couvent des sœurs de la Félicité. Juliette l'avait vécu comme une trahison quand sa mère ne pensait qu'à la protéger.

Madame Ramponneau se détourna pour masquer son émotion et remplit à ras bord deux verres d'alcool. Elle en tendit un à Antonin, qui semblait prêt de défaillir, et but l'autre d'une traite. Antonin porta le sien à ses lèvres, en tremblant et finit par l'avaler aussi d'un coup sec. L'alcool coula dans son gosier, brûlant comme du feu. Il s'étouffa, la mère secoua la tête, lui servit un autre verre en lui recommandant d'aller plus doucement et versa le sien sur la plaie ouverte du bras de Juliette. Un gémissement s'échappa de ses lèvres exsangues, la mère banda son bras. Elle se pencha ensuite sur la jambe droite et fit une grimace.

« Elle est cassée... Je dois la remettre droite. Antonin, aide-moi ! »

La mère Ramponneau lui ordonna de tenir fermement la jeune fille pendant qu'elle ferait la manipulation. L'adolescent, blanc comme un linge, affichait un visage résolu. Quand ils furent prêts, la mère Ramponneau attrapa la jambe et tira d'un coup sec. La jeune fille hurla et s'évanouit. Elle inspecta le résultat de son travail et parut satisfaite, puis attrapa deux bâtons pour emprisonner le membre.

« Comment... ? murmura Antonin, impressionné par le sang-froid de la matrone.

— Moi aussi, j'avais des rêves, éluda-t-elle. Il va lui falloir du repos. File maintenant, je m'occupe d'elle. »

Antonin se récria, mais la mère Ramponneau leva la main pour le faire taire.

« Tu n'es d'aucune utilité ici. En revanche, je suis sûre que Bailly a du travail pour toi. »

Antonin se tourna vers la blessée, qui gisait blême, la mâchoire crispée et les poings fermés. On aurait dit qu'elle sortait d'un livre, avec sa peau diaphane, ses cheveux soyeux, sa bouche rose et bien dessinée, son visage parfait comme celui d'un ange. Elle lui rappelait la vision qu'il avait eue cinq ans auparavant quand elle avait ouvert les persiennes. Son cœur se mit à battre la chamade.

45

La mère Ramponneau avait installé Juliette dans son cabinet avec interdiction d'en sortir ; la jeune fille, trop faible pour désobéir, profita de cette réclusion pour réfléchir. En reconnaissant son sauveur, elle avait ressenti un choc au moins aussi fort que celui éprouvé par Antonin. La probabilité de tomber sur lui était infime. Ce garçon-là ne ressemblait en rien au petit garçon moribond et craintif qu'elle avait sauvé tant d'années auparavant. C'était presque un homme, maintenant. Sa mère se pencha sur elle sans dire un mot.

« Elle dort, commenta simplement la Ramponneau.

— Ah ? répondit Antonin, déçu. Je vais quand même rester un moment si ça ne vous dérange pas, la mère.

— D'accord. Préviens-moi si elle se réveille. »

Juliette continua à faire semblant de dormir pour pouvoir observer Antonin à la dérobée. Il était encore plus grand qu'elle ne l'avait cru et les années avaient fortement contribué à développer sa musculature. Son front était large, ses sourcils arqués, ses yeux bleus reflétaient une expression qui pénétrait le cœur. Il avait une petite fossette au menton et d'épais cheveux blonds frisés, maintenus par un ruban. Elle le trouvait attirant et ce sentiment la perturba. Elle s'était promis de ne jamais tomber sous la coupe d'un homme. Totalement ignorant des émois intérieurs de la jeune fille, Antonin était concentré sur son travail. Juliette aperçut des colonnes et des temples grecs, des pagodes chinoises et des pyramides égyptiennes, des pavillons et des chaumières, des rotondes et des phares, des cascades et des fontaines, des forts et des belvédères qu'Antonin avait étalés devant lui. Interloquée, elle en oublia qu'elle était censée dormir d'un profond sommeil.

« Qu'est-ce que c'est ? demanda Juliette en se relevant à demi, avant de se rallonger terrassée par la douleur dans son flanc.

— Tu vas bien ? » s'inquiéta Antonin en se levant précipitamment pour lui prendre la main.

Juliette hocha la tête, mais Antonin constata qu'elle était livide. Il se leva et lui apporta un verre contenant un breuvage non identifié. Elle eut un mouvement de recul.

« C'est du bouillon de santé. »

Il l'aida à boire. Il avait des gestes lents et doux.

« C'est toujours aussi bon, constata-t-elle.

— Merci, sourit-il. C'est moi qui l'ai fait. »

Il raconta qu'il était devenu pâtissier. Quand elle désigna les dessins, il lui expliqua qu'il cherchait de nouvelles idées de confection. Juliette eut une expression perplexe.

« Je fabrique des gâteaux en hauteur et je m'inspire des monuments pour les créer.

— Pourquoi ?

— Pour les proportions. Par exemple, dit Antonin en s'emparant d'un petit dessin représentant une tour, il y a des liens entre une pièce montée à colonnes et cette tour. Si on construit la pièce montée comme on construirait une vraie tour, elle aura plus d'élégance. Elle sera plus "vraie".

— Qu'est-ce que c'est, "une pièce montée" ? »

Antonin expliqua à Juliette que c'était le nom qu'avait donné le prince de Talleyrand à sa première création. Il attrapa une vignette censée figurer un temple en ruine, mais composée uniquement de friandises et lui expliqua qu'il avait utilisé de gros nougats pour figurer les pierres et des meringues à base d'amandes et de miel pour les ruines. Pour la base, il avait pensé à des macarons à la pistache et à la cerise. En voyant l'expression de la jeune fille, Antonin se mordit la joue. Il avait tendance à s'enflammer quand il parlait de ses travaux. Juliette avait besoin de repos, pas d'un coq en train de se pavaner.

Il commença à rassembler ses dessins. Mais il se méprenait sur la raison pour laquelle Juliette avait tressailli. C'était à l'évocation de Talleyrand. Elle était en route pour le rencontrer quand elle avait été attaquée. Elle voulait plaider la cause de son héroïne, Anne-Josèphe Terwagne, alias Théroigne de Méricourt, internée par son frère Joseph Terwagne à la Salpêtrière depuis 1795. Juliette était toujours une fervente partisane de la cause féminine. Les années passées au couvent n'avaient fait que renforcer sa détermination. Avec un groupe composé de plusieurs jeunes filles, dont son amie Eudora Roland, elle avait rassemblé des preuves révélant l'internement arbitraire de Théroigne. Pire, elles attestaient qu'il était lié à une spoliation de ses biens par son frère. Or, on prétendait que Talleyrand tendait une oreille favorable aux représentantes du sexe faible, du moins plus favorable que les autres ministres. Encore une fois, la coïncidence était trop grande. Elle n'avait pas le choix :

« Antonin, j'ai besoin de ton aide. »

« Est-ce que le nom d'Anne-Josèphe Terwagne te dit quelque chose ? reprit Juliette. Elle est aussi connue sous le nom de Théroigne de Méricourt. »

Antonin hocha la tête d'un air ignorant.

« Tu sais ce qu'on répète aux filles dans les couvents ? poursuivit-elle. "*Aime ton mari, tu as reçu en don tout ce qu'il te faut pour lui plaire. Honore le père de tes enfants, ton organisation te fait une loi de la douceur et du calme. Tu n'as de moyens que pour faire régner l'ordre autour de toi. Une administration plus vaste, plus compliquée que celle de ton ménage est hors de ta portée. Règne sur ta famille par l'amour et la reconnaissance. Amuse tes enfants au bruit du hochet ; mais le timon de l'état ne convient pas à ta main débile et mal assurée.*" Anne-Josèphe Terwagne est l'une des premières femmes à avoir essayé de remettre cet enseignement en cause, à avoir jeté au feu le manuel de moral de Bulard qui prétend garder les femmes à la maison et désigne la femme qui revendique la liberté de choix, “*une femme mal élevée, ridicule, le fléau de la maison*”. À la tribune de l'Assemblée, elle a réclamé l'égalité politique pour les femmes ; elle a réclamé pour elles le droit d'apprendre, le droit de créer, le droit de ne pas être recluses dans leur foyer ; en fait, elle a été l'une des premières à inciter les femmes à être ce qu'elles devaient être et pas ce que les hommes voudraient qu'elles soient. »

Haletante, habitée par le feu de son discours, Juliette tendit un papier froissé à Antonin. Dessus étaient inscrits deux morceaux de poèmes et une phrase tirée d'un discours prononcé par Théroigne le 25 mars 1792 devant la Société fraternelle des Minimes : « Notre combat est de permettre aux femmes de s'affirmer comme citoyennes à part entière et de sortir de la condition dans laquelle l'ignorance, l'orgueil et l'injustice des hommes les tiennent asservies. »

Le premier poème était de la main d'une certaine Constance de Salm.

« Assez et trop longtemps la honteuse ignorance
A jusqu'en vos vieux jours prolongé votre enfance ;
Un siècle de justice à nos yeux vient de naître ;
Femmes, soyez ce que vous devez être. »
L'autre était signé Constance Pipelet.
« Disons-le : l'homme, enflé d'un orgueil sacrilège,
Rougit d'être égalé par celle qu'il protège ;
Pour ne trouver en nous qu'un être admirateur,
Sa voix dès le berceau nous condamne à l'erreur ;
Moins fort de ce qu'il sait que de notre ignorance,
Il croit qu'il s'agrandit de notre insuffisance,
Et, sous les vains dehors d'un respect affecté,
Il ne vénère en nous que notre nullité. »

« Son frère a fini par réclamer sa mise sous tutelle et l'a envoyée à la Salpêtrière. C'est un endroit horrible, Antonin. Il paraît qu'elle est à l'isolement, qu'on traite sa soi-disant folie avec des traitements inhumains.

— Comment sais-tu tout ça?
— La femme du médecin-chef est l'une des nôtres.
— Des vôtres?
— Nous sommes plus nombreuses que tu ne pourrais le croire.»
Antonin ouvrit de grands yeux.
«Antonin, tu dois m'aider, insista-t-elle.
— Comment?
— J'étais à Paris pour essayer de la faire sortir quand j'ai été attaquée.
— Pourquoi?
— J'avais des preuves que son internement était abusif, mais mes agresseurs me les ont volées.
— Qui sont-ils?
— Je l'ignore. Mais il faut récupérer les originaux.
— Qu'est-ce que tu veux dire?
— Quand j'ai été attaquée, j'ai dit à mes agresseurs que nous avions fait des copies. Maintenant, ils vont vouloir récupérer les originaux.
— Où sont-ils?
— À Lyon, chez mon amie Eudora Roland.
— Je vois. Qu'est-ce que tu attends de moi?
— Que tu ailles récupérer les papiers auprès d'Eudora, que tu nous aides à sauver Théroigne.
— Pourquoi moi?
— Je ne sais plus à qui me fier, avoua-t-elle les larmes aux yeux. Et puis... tu peux m'introduire auprès de l'homme que je voulais rencontrer.
— Qui donc?»
Elle lui désigna le dessin représentant la ruine antique.
«Le prince de Talleyrand.»

Antonin resta silencieux quelques instants. S'il devait être honnête avec lui-même, il n'était pas sûr de vouloir être mêlé à tout ça. Cependant, il avait le vague sentiment qu'il ne pouvait pas se dérober. Pas seulement en vertu de ce qu'il lui devait, mais aussi en raison du combat qu'elle menait.

Aubin de Grandmaison lui avait révélé que l'une des causes de la Révolution était la recherche du bonheur commun et que ce bonheur passait par l'égalité. C'était même l'objet du premier article de la Déclaration des droits de l'homme et du citoyen de 1789 : *Les hommes naissent et demeurent libres et égaux en droit.* Il découvrait par Juliette qu'il n'en était rien pour les femmes.

De son côté, il éprouvait tous les jours le mépris des puissants pour les travailleurs. Bailly ne lui avait-il pas dit que Talleyrand aurait pu ruiner sa carrière pour avoir osé montrer un seul moment de faiblesse ? Et que penser des moineaux qui mouraient quotidiennement dans les rues, sous les regards dédaigneux ou indifférents des bourgeois ? Il avait entendu madame Bailly s'extasier sur la magnificence de la table du ministre des Affaires étrangères, lui faire des courbettes – alors que Charles-Maurice de Talleyrand était connu pour être mauvais payeur –, mais répugner à faire crédit à une famille de travailleurs qui peinait à nourrir ses enfants. *On ne respecte que les riches et les puissants, peu importe le régime.* Cette vérité le révoltait. À cet instant, il eut l'impression de sentir, sur son épaule, le contact rassurant de la main de son père. *La seule voie possible est celle qui consiste à être un bon chrétien et un honnête homme.* Antonin n'était peut-être pas roi, mais il pouvait contribuer à réparer une injustice.

46

Dès le lendemain, Antonin donna son congé à Bailly au motif qu'il voulait élargir sa palette de compétences et sa technique. Il était convaincu que les problèmes rencontrés lors de la confection du premier *extraordinaire* auraient pu être évités moyennant les aptitudes adéquates – ce en quoi il ne mentait pas. De plus, il avait remarqué que la plupart de ses clients attendaient de leur cuisinier qu'il maîtrise aussi la haute cuisine, ce qui n'était pas son cas.

« Où comptes-tu aller ? lui demanda Bailly attristé, mais peu surpris par le départ de son apprenti.

— À Lyon. J'aimerais me rendre auprès de monsieur Bocuse, le premier maître de Jeannot. Jeannot m'a dit qu'il excellait dans les deux disciplines.

— C'est une bonne idée, reconnut Bailly. Cela dit, Nicolas Bocuse n'est pas tellement connu pour encourager l'innovation et Lyon n'est pas Paris. Ne t'éloigne pas trop longtemps.

— D'accord, maître.

— Quand veux-tu partir ?

— Au plus tôt. Demain si possible.

— Je vois. »

Bailly négocia avec son apprenti pour différer son départ de quelques jours. La boutique avait reçu une commande du ministère des Affaires étrangères pour la venue du tsar et il paraissait évident que le prince désirait l'un des *extraordinaires* d'Antonin. L'apprenti accepta – un refus n'étant pas véritablement envisageable – et se mit au travail. Il imagina une espèce de pavillon rustique, de forme ronde, composé de huit corps d'arbres en guise de colonnades, couleur chocolat. Un plus petit pavillon venait compléter le grand. Les toits des deux édifices étaient jaunes, pour imiter le chaume. Les ponts vert pâle, l'arche couleur brique, la rocaille grisâtre et une girouette de teinte violette complétaient la création. Puis Antonin confia à Bailly un carnet où était consigné le détail de l'élaboration de sa pièce.

« Pour vous permettre d'honorer les commandes, indiqua-t-il. Il y a également le temple en ruines. »

Le lendemain, Antonin se mit en route, muni d'une recommandation de Bailly. Il espérait qu'il ne serait pas trop tard.

47

« N'a-t-il pas été un de leurs chefs ? Ne sais-je pas ce qu'il a fait à Lyon et dans la Loire ? Eh bien ! C'est la Loire et Lyon qui m'expliquent la conduite de Fouché ! »

Napoléon Bonaparte avait frappé du poing sur la table. Ses longs cheveux noirs volèrent comiquement autour de son front et de ses oreilles. Pourtant, il n'aurait donné à personne envie de rire. Dans son uniforme de général en chef, ses yeux gris flamboyant comme à l'approche d'une bataille, le Premier Consul dégageait une allure irrésistible de force et de domination. Son épouse sursauta. Bonaparte continuait d'énumérer les crimes du ministre de la Police, des journées de septembre 1792 à Paris aux noces républicaines à Nantes en passant par les exactions lyonnaises à coups de canon en 1793.

« Ces brigands en révolte permanente sont coupables et Fouché les protège. Il ménage ses anciens complices.

— Mon ami, en êtes-vous sûr ? Le Tout-Paris bruisse que ce sont les chouans, aidés par l'argent anglais qui ont perpétré cet attentat contre vous. Leur chef ne s'en cacherait presque pas.

— Voulez-vous donc que je désavoue publiquement mon ministre des Affaires étrangères ? répondit Bonaparte avec humeur. Talleyrand ne nous a-t-il pas délivré les preuves de l'implication des jacobins ? Ne nous a-t-il fourni des noms ? »

La moue sceptique de Joséphine de Beauharnais ne fit qu'embellir son visage. Bonaparte en fut ému, malgré lui. Les yeux de sa femme, d'un bleu foncé, étaient fixés sur lui, à demi fermés par ses longues paupières et bordés par de merveilleux cils. Quand elle le regardait ainsi, il était impossible de lui donner de la sévérité. On ne pouvait pas dire que la femme du Premier Consul était une jolie femme, mais elle était belle à regarder. Son mari s'émerveilla de ses cheveux longs et de sa peau laiteuse. Comme à l'accoutumée, elle s'était coiffée avec un madras rouge qui lui donnait un air créole des plus piquants. Mais mieux encore que le reste, c'était le son de sa voix qu'il aimait. Combien de fois s'était-il arrêté en l'écoutant, uniquement pour le plaisir de l'entendre ?

Ce n'était pas le cas aujourd'hui.

« Je dis simplement de faire confiance à votre ministre de la Police qui semble le mieux placé pour faire la lumière sur cette effroyable affaire. »

Bonaparte eut un soupir irrité. Il ne voulait plus discuter avec sa femme et s'agaçait de la voir s'obstiner à défendre les jacobins. C'était d'autant plus exaspérant qu'il connaissait la raison de ce soutien. Talleyrand lui avait révélé les infidélités de sa femme en même temps qu'il lui avait fourni les preuves de la culpabilité des soi-disant *amis de la Révolution*.

« Madame, je ne souffrirai plus longtemps cet entêtement à protéger votre amant qui, soit dit en passant, est un traître royaliste. »

Joséphine cilla sous l'intensité du regard noir. Son mari était blessé. La jeune femme qui se vantait de connaître chaque nerf et chaque pensée de Napoléon comprit brusquement qu'elle avait été aveugle. Il devait savoir que les royalistes étaient derrière l'attentat, mais accuser les jacobins lui permettait de faire avancer ses pions en se débarrassant de l'amant malvenu. Bonaparte était connu pour avoir toujours un coup d'avance. Cela expliquait pourquoi il était là, à cette table, alors que tant d'autres avaient été exilés ou désavoués. Elle n'ignorait pas que son mari ne se satisfaisait pas de ce rôle de consul. Il voulait une couronne. Joséphine réalisa à quel point sa situation devenait précaire.

Combien de temps resterait-elle l'épouse si couronne il y avait? Voilà déjà cinq ans qu'ils étaient mariés et ils n'avaient toujours pas d'enfant; et son mari n'avait été que trop humilié par ses infidélités.

«Le soir de l'attentat, Fouché a arrêté chez lui un individu prétendant être le fils de Louis XVI, continua Bonaparte. Il comptait profiter de la première de Haydn pour présenter le petit roi perdu à ses amis. Astucieux, n'est-ce pas? Je gage de votre présence dans ma voiture que vous n'en faisiez pas partie.»

Joséphine dut se tenir à un coin du bureau pour ne pas tomber. Bonaparte lui glissa un document. Fouché avait établi une liste de cent trente révolutionnaires et anciens jacobins destinés à être envoyés en Guyane. En première position, un nom qu'elle aurait reconnu entre mille, celui de son amant, Alexandre Lepeletier.

«Je ne saurais que vous recommander de mieux choisir vos amants, dorénavant», lança finalement Bonaparte d'une voix menaçante en quittant la pièce.

48

« Joseph Fouché arrête les jacobins pour l'attentat de la rue Saint-Nicaise ! s'exclama la mère Ramponneau en entrant dans le boudoir.

— Eh bien ? répondit Juliette.

— Tu figures sur la liste, ma fille !

— Comment ? s'écria-t-elle. Mais je ne suis pas jacobine !

— Lis ! »

La mère Ramponneau lui tendit un document présentant une liste de noms. En plus du sien, il y avait celui de Pauline Léon, Claire Lacombe, Eudora Roland et de nombreuses autres qui avaient fait partie de la Société des citoyennes républicaines révolutionnaires. Ce club de femmes avait été dissous en 1793 sous la Terreur, mais ses fondatrices avaient continué le combat en sourdine, poursuivant la mission de faire entendre la voix des femmes.

« Comment tu as eu ça ? demanda Juliette à sa mère.

— Nous avons des contacts à l'Hôtel de Ville, répondit la matrone. Il faut partir. Vite ! »

49

Des éclats de rire parvinrent à Pierrot. Un drôle se tenait la joue d'une main et les chausses de l'autre pendant qu'une jeune fille traversait l'esplanade avec des yeux lançant des éclairs. À la Cour des Miracles, les femmes ne laissaient les hommes profiter de leur corps qu'à leur gré.

« Silence ! » ordonna le roi des voleurs à ses sujets dissipés. Ce jour-là, le tribunal du royaume des bas-fonds siégeait pour juger deux accusés. Les fonctions de juges étaient revêtues par le roi en personne ainsi que deux personnalités emblématiques du royaume, un ancien esclave maure coiffé d'un turban et une femme à la poitrine volumineuse qui se faisait appeler « maman » par les enfants d'ici.

Le premier accusé était un individu que l'on connaissait sous le nom « d'épouvantail ». Ce dont on l'incriminait était aussi repoussant que sa beauté était grande : des yeux clairs, une chevelure châtain foncé, attachée par un ruban bleu, un teint de porcelaine, une taille gracieuse, des mains blanches. On lui aurait donné le bon Dieu sans confession. Le deuxième inculpé était Pierrot.

« Alors, c'est toi l'épouvantail, déclara le roi de Thunes.

— On le dit, répondit l'homme avec un demi-sourire provocateur.

— Tu sais pourquoi tu es là?
— Comment le saurais-je? Tes hommes m'ont tiré du lit sans explications.
— Dis-moi, l'épouvantail: qui es-tu?»

Des éclats de rire leur parvinrent de la droite.

«Je suis quelqu'un qui joue sa survie ici-bas; comme vous tous ici, ta majesté.»

Le roi de Thunes plongea ses yeux dans les siens.

«Tu n'as rien de commun avec nous. Ici, on ne vend pas son corps pour de l'argent. Ça, c'est bon pour les bourgeois et les pigeons.»

L'épouvantail haussa les épaules.

«Ici peut-être... mais en ville? Tes filles font aussi la charité? Interroge les miennes, elles te diront qu'elles sont ravies de leur sort.
— Toutes?
— Toutes.
— Et celles dont tu sacrifies la vie pour quelques pièces, elles me diront quoi?»

L'épouvantail soutint le regard du Grand Coësre.

«Je ne suis pas responsable des accidents.»

Le roi de Thunes fit un signe de tête et une silhouette enveloppée d'une grande cape s'approcha de la tablée. Lentement, elle ôta la capuche qui la dissimulait et commença à délacer les bandes qui recouvraient son visage. Un silence terrifiant s'abattit sur la place. Les animaux et les enfants cessèrent de courir, les femmes de rire, les hommes de boire. Pierrot lui-même frémit d'effroi. Le visage qui lui faisait face était à peine humain. La mâchoire était à vif et la joue manquante, l'une des orbites était vide et l'autre semblait hantée, toute une partie du cuir chevelu avait été arrachée. La peau avait pris une teinte verdâtre cadavérique, comme si on l'avait longtemps immergée.

«Raconte-nous!» ordonna le roi de Thunes à la silhouette inquiétante.

Celle-ci ouvrit la bouche d'où sourdit une voix d'outre-tombe. Les chiens aboyèrent et les enfants se bouchèrent les oreilles.

«Cours, il m'a dit, siffla la voix, cours! Il te donne un peu d'avance.»

Alors la foule écouta le récit glacial de la malheureuse: la course effrénée dans la forêt noire, les hurlements de la meute, les encouragements excités de celui qui guidait les chiens, l'impasse, les morsures pendant qu'ils se préparaient à déchirer son corps, la mort qu'elle avait appelée de toutes ses forces quand il l'avait violée avec un bâton pointu, avant de la prendre lui-même avec violence, le froid de la rivière; mais elle n'était pas morte. Elle s'était sentie traînée jusqu'à la rive et ramenée à la vie; si l'on pouvait parler de vie.

«Qui t'a fait ça? lui demanda gentiment le roi de Thunes
— Lui, dit-elle en désignant l'épouvantail. C'est lui qui m'a vendue.»

Le rougeoiement du feu se refléta sur les lames soudain dégainées des brigands, éclopés, mendiants et miséreux qui formaient le peuple des bas-fonds; toutes étaient pointées sur celui qu'on appelait l'épouvantail. Le compagnon du roi de Thunes, celui à la peau foncée, s'était levé de sa chaise et semblait prêt à bondir sur le jeune homme.

«Qu'as-tu à dire pour ta défense? demanda le roi de Thunes à l'épouvantail.

— On me demande un service, je le fournis, dit l'épouvantail en haussant les épaules et sans éprouver le moindre regret. Ce que les clients font avec la marchandise ne me regarde pas. »

D'un mouvement de tête, le roi de Thunes sollicita l'avis des deux autres juges à ses côtés. Les deux avaient le visage fermé et le pouce vers le bas.

« Quelqu'un souhaite-t-il prendre la place de cette ordure ? » demanda le roi de Thunes d'un air dégoûté.

Au royaume des argotiers, si quelqu'un acceptait de prendre la place d'un condamné, celui-ci était accueilli comme sujet à part entière. L'autre, bien sûr, mourait. Aucune voix ne s'éleva en faveur de l'épouvantail.

« Qu'on le pende, déclara le roi de Thunes d'un air dégoûté. Faites venir l'autre ! »

Pierrot avança dans la lumière.

« Nous jugeons maintenant notre frère Pierrot pour sa trahison envers le royaume. Pierrot, qu'as-tu à dire pour ta défense ? »

Tout ceci n'était qu'une mise en scène. Sa mort, comme lui avait dit le roi, avait déjà été décidée. Il ne lui restait qu'une carte à jouer. L'émotion après la mort de l'épouvantail était encore palpable. Il espéra que cela suffirait. Il monta sur l'escabeau.

« Peuple des bas-fonds, cria-t-il, moi, Pierrot, sujet du royaume, j'invoque aujourd'hui le dernier chant du condamné. »

Un brouhaha secoua l'assemblée. Le dernier chant du condamné faisait partie de la plus ancienne tradition du royaume des voleurs. En cas de faute grave, n'importe quel habitant pouvait demander un report du jugement ordonné contre lui, pendant une période ne pouvant excéder 365 jours. Il fallait simplement que quelqu'un se porte garant de lui, ce qui, dans le cas d'une trahison, n'était encore jamais arrivé. Ensuite, le duo devait obtenir l'avis favorable du tribunal et des sujets.

« Fort bien, dit le roi d'une voix lente. Chante !

– Au royaume des martyrs, c'est la fille et l'enfant.
La fille condamne son bourreau, mais l'enfant expire
Qui se souciera de lui ?

La fille pleure, l'enfant meurt,
L'épouvantail est pendu, le coupable demeure.

Il retient l'enfant par le poignet,
Pour mieux le toucher au côté.
Il pousse l'enfant dans le dos
Pour mieux y ranger son couteau.

La fille pleure, l'enfant meurt,
L'épouvantail est pendu, le coupable demeure.

Pendant qu'il perdait tout son sang,
Je criai trois fois et fis venir à nous mon logeur et son sbire.
Contre trois pièces d'or, mon frère resta à terre.
Qui le regretterait ? C'était un abruti, un idiot, un débile.

La fille pleure, l'enfant meurt,
L'épouvantail est pendu, le coupable demeure.

Ô argotiers, laissez-moi venger cet enfant !
Si vous ne me rendez pas sa peau, de son meurtrier offrez-moi au moins les os !
Si vous ne me rendez pas son sang, offrez à mon couteau un festin sanglant !

Que ses horribles boyaux ma lame déchire !
Que ma vengeance soit faite avant que vous ne preniez ma tête ! »

Et Pierrot passa lui-même son cou dans le nœud coulant. La complainte avait été davantage parlée que chantée, mais le peuple des bas-fonds observait un silence religieux. Les têtes se tournèrent les unes vers les autres. Leste-Main marcha au-devant du dais.

« Eh bien? Il n'y en a donc aucun qui parlera pour ce drôle ? Il faut toujours tout faire soi-même, ici ! Ô mon roi, si tu acceptes ma candidature, je me porte garant de ce coquin pour ce que je n'avais pas entendu un tel chant depuis longtemps. »

* * *

« Tu nous as donné un beau spectacle, petit, le félicita le nain quand ils furent à l'abri des regards. De ma vie, je n'avais jamais vu ça.

— Hum, maugréa Pierrot.

— Se passer soi-même la corde au cou, ça, je ne l'avais pas vu venir. C'était brillant.

— Suffit Leste-Main, intervint le roi des voleurs. À partir de maintenant, tu as 365 jours pour retrouver ton ennemi. Passé ce délai, tu devras répondre de tes actes.

— Pourquoi tu fais ça, grand Coësre ?

— J'ai décidé de t'aider à retrouver ton ennemi parce que ta cause est juste. Cependant, une fois que tu auras assouvi ta vengeance, je te tuerai. »

Et il lui transmit la brève faisant mention de l'arrestation du fils présumé de Louis XVI et de son procès.

« Va à Vitry ! »

50

L'arrestation de l'héritier présumé de Louis XVI était sur toutes les lèvres. Il avait même déjà relégué au second plan la tentative d'assassinat du Premier Consul, comme l'avait prévu Fouché. Le ministre de la Police se félicitait d'avoir attendu pour divulguer ce nouveau prétendant au trône. L'arrestation des jacobins l'avait mis en porte-à-faux vis-à-vis de ses anciens amis et cette distraction venait à point nommé pour détourner l'attention de ce qui était réellement important.

Ainsi, au premier jour du procès, le Tout-Paris se pressa à Vitry. On voulait savoir si cet homme était bien celui qu'il prétendait être; et ceux qui l'avaient vu pavoisaient au milieu d'une foule de curieux désireux d'en savoir plus sur ses traits, sa personnalité ou sa spectaculaire évasion. Tel témoin louait sa taille fine, svelte et cambrée, sa démarche pleine de grâce, tel autre son front large et découvert, ses sourcils arqués, ses grands yeux bleus frangés de longs cils châtains. On lui prêtait un teint très pur, légèrement coloré d'incarnat, une bouche vermeille et on louait ses cheveux blond cendré, naturellement bouclés, dont les épais rouleaux tombaient sur ses épaules. Dans un silence religieux, le prétendant au trône de France fut amené à la tribune. Grimé en bourgeois, Pierrot s'était glissé parmi la foule pour écouter et observer. Le dauphin présumé attaqua immédiatement.

« Vous voyez devant vous un exemple frappant de l'instabilité des choses humaines ! Héritier de soixante-cinq monarques, je me trouve au sein de la France, dépouillé de mon héritage, errant et fugitif, caché sous le déguisement d'une femme, environné d'embûches et de dangers, n'osant avouer ma naissance illustre qu'à un petit nombre de sujets fidèles, qui cédant eux-mêmes à l'empire de la force et des circonstances, ne peuvent faire en ma faveur que de stériles vœux et ne m'offrent que de faibles secours, tels qu'ils en offriraient à tout autre malheureux de classe ordinaire. Hélas ! Je n'ai même pas un asile assuré. Telle est la position du descendant de Henri IV et du fils de Louis XVI ! Je ne vous retracerai pas les malheurs de mon auguste famille : le supplice solennel du roi mon père, la barbarie des furieux démagogues, en 1793, qui, non encore rassasiés du sang de cette royale victime, ont immolé l'auguste reine, de qui je tiens le jour, ainsi que la vertueuse princesse Élisabeth, ma tante. Ces horribles tragédies qui ont fait frémir non seulement tous les Français fidèles, mais encore l'Europe entière, ces lugubres événements, dont l'idée seule m'arrache des larmes de douleur et d'indignation, vous sont bien plus connus qu'à moi-même, qui ne les sais, pour ainsi dire, que par tradition, détenu que j'étais dans cette sinistre prison du Temple où l'on m'avait enfermé dans une odieuse solitude. »

Un murmure indigné s'éleva de la foule. Quelques dames se tamponnèrent les joues et les yeux de leur mouchoir alors que le dauphin miraculeusement retrouvé racontait par le détail les conditions de détention de la famille royale dans la prison du Temple, les cours d'histoire et de géographie dispensés par le roi à son héritier, les leçons de lecture, les entretiens d'homme à homme, de père à fils.

« Je ne me rappelle pas, sans attendrissement et sans verser de larmes, continua le prévenu en se tenant la tête dans les mains, ma dernière entrevue avec mon excellent père, au moment où, près de monter à l'échafaud, il obtint de ses cruels geôliers, la faveur si déchirante d'embrasser une dernière fois sa malheureuse famille éplorée. Mais ce n'est pas tout ! Figurez-vous ensuite le rejeton de tant de rois, dans un donjon ouvert à toutes les intempéries, gisant couvert de haillons et presque nu sur une infecte paillasse, ne respirant qu'un air méphitique, ne recevant pour toute nourriture qu'un pain noir et dur, quelques légumes grossiers et jamais de fruits, sinon déjà pourris ; figurez-vous, dit-il en élevant la voix tel un dieu vengeur, l'héritier légitime d'un puissant monarque, arraché des bras de sa mère pour être livré à la dureté, à l'inhumanité du cordonnier Simon, abandonné aux erreurs des ennemis de mon auguste famille, sommé d'effacer en moi les premières impressions de ma dignité. »

Après un silence, il se tourna vers la foule, revint vers ses juges et d'un ton sans réplique, lança : « N'êtes-vous donc pas las de jouer au jeu du roi dépouillé ? »

La foule gronda son assentiment. On entendit même quelques « libérez-le ! » jaillir de la salle d'audience. Le juge appela au calme.

« Monsieur...

— Je vous prie de m'appeler par mon nom de baptême, monsieur le Président, répliqua le dauphin, Louis-Charles de France. »

52

Aussi loin que remontait sa mémoire, Antonin n'avait jamais dépassé la ville de Meudon. Il avait grandi entre Versailles, Le Trianon et Paris, au gré des déplacements de la Cour. La fuite à Varennes ne comptait pas, puisqu'il avait passé tout son temps enfermé dans un carrosse sans rien voir du paysage.

Ainsi, quoique pressé par le temps, Antonin se laissait griser par les splendeurs de la campagne française. Il découvrait les montagnes et les forêts luxuriantes, les prairies et les pâturages givrés, les champs de blé et les innombrables vignes qu'il devinait profuses malgré le repos hivernal qui les engourdissait; il s'émerveillait de la beauté des abbayes et des églises – il fut particulièrement sensible à l'architecture si inhabituelle des hospices de Beaune. Il s'arrêtait devant la majesté des châteaux et des palais dont on voyait qu'ils avaient été bâtis pour survivre à leurs concepteurs, et il profitait du calme relatif des villes et des villages après la frénésie de Paris. Peut-être était-ce seulement dû à la saison hivernale, mais il avait l'impression que les gens de la campagne vivaient à un rythme différent de celui de la capitale. On aurait dit qu'ils avaient mieux compris la valeur du temps. Il se promit, s'il en avait l'occasion, de revenir à la belle saison pour voir toutes ces merveilles sous le soleil.

Il arriva à Lyon le 31 décembre et aperçut au loin, entre Saône et Rhône, la statue dorée de la Vierge posée sur le clocher de la chapelle Saint-Thomas. Il se rappelait vaguement les explications de son précepteur d'antan, l'abbé d'Avaux, à propos de cette chapelle édifiée au sommet de la colline de Fourvière pour servir de lieu de pèlerinage à Notre-Dame, visitée par nombre de rois et de reines, tout au long de l'Histoire, pour implorer la Vierge – il en avait cité un grand nombre, mais Antonin se rappelait surtout l'exemple d'Anne d'Autriche, la mère de son fameux ancêtre Louis XIV, gravissant Fourvière pour demander à Notre-Dame de lui donner un héritier au trône. Comme il était encore tôt, il décida de se rendre immédiatement à l'adresse que lui avait donnée Juliette.

Dans le secteur des Cordeliers, tout était calme. Antonin devina que les habitants devaient être partis travailler. De nombreuses habitations semblaient abandonnées, ce qui l'étonna fort, puisqu'il s'était imaginé Lyon aussi densément peuplé que Paris. Il ignorait que la ville ne s'était pas complètement remise de la période révolutionnaire. Le sang des rebelles de 1793 avait eu beau sécher sur la place des Terreaux, les âmes restaient meurtries et de nombreux Lyonnais avaient préféré quitter la ville. La population avait fondu de moitié. De 150000 habitants à la fin de l'Ancien Régime, il n'en restait que 90000 en ce début de siècle. Parvenu en bas de la rue déserte, Antonin obliqua. L'appartement d'Eudora Roland se trouvait à deux pas de l'église Saint-Bonaventure, haut lieu de la résistance des hommes du général de Précy contre les armées de la Convention. À cet endroit, des centaines de jeunes hommes avaient perdu la vie pour défendre leur idée de la liberté qui n'était pas celle de Paris et de la Terreur. Alors qu'on massacrait les girondins modérés à l'Assemblée, Lyon s'était débarrassé des jacobins qui guillotinaient à tour de bras aux Terreaux, sur la place Bellecour et aux Brotteaux, et avait payé le prix de sa subversion.

Antonin remonta la rue de la Gerbe, puis tourna à droite, rue Neuve, qu'il longea jusqu'au numéro 17. Il arriva devant un bâtiment large, avec un rez-de-chaussée découpé en arcades et des ouvertures très grandes. Sur le fronton était indiqué: *Jacquard et fils, tisserands*. Antonin entra, perplexe. Le bâtiment était divisé en plusieurs espaces distincts. Au milieu se trouvait un métier à tisser inhabituellement haut. Il était surmonté d'un coffre et faisait un vacarme épouvantable. Le métier était entouré, à gauche, d'une table servant apparemment à faire de la reliure et, à droite, d'une machine typographique. Autour, arrangés pêle-mêle, les visiteurs avaient le choix entre des textiles à motif et des ouvrages. Antonin se joignit à la foule qui observait le fonctionnement du métier à tisser. Il était actionné par un individu échevelé qui donnait l'impression de ne pas avoir dormi depuis des semaines. Cependant, il montrait une énergie débordante et communicative.

«Vous avez ici six cents cordes et là-haut, dans ce que j'appelle la mécanique, il y a six cents aiguilles à crochet qui sont installées comme ceci, expliquait l'homme en montrant deux aiguilles placées en croix. Un rouleau de papier, dans lequel des trous ont été perforés, a été fixé dans la machine. Si le carton est perforé, les aiguilles restent en place. Mon système soulève le crochet vertical, qui tire une corde et soulève un fil. Le tissage est donc contrôlé par le carton.

— Comment obtenez-vous ce carton, Joseph-Marie?

— Le carton est préparé par un échantillonneur sur cette matrice, répondit-il en montrant un assemblage de deux plaques perforées accompagnées d'un gros et d'un petit poinçon, à partir d'un dessin exprimant la croisure des fils. Je me suis inspiré de la technique de monsieur Bouchon.»

La plupart des présents hochèrent la tête. Apparemment, cette technique ne leur était pas inconnue, contrairement à Antonin. La démonstration dura encore une dizaine de minutes, puis les présents se dispersèrent. Antonin s'approcha du métier à tisser.

«Je peux vous aider, jeune homme?» lui demanda le tisserand en affichant un air surpris. Antonin était à la fois trop jeune pour être maître d'œuvre et sa mise trop pauvre pour qu'on eût pu songer qu'il appartenait à la classe dirigeante.

« Oui, enfin, peut-être, répondit Antonin poliment. Je cherche mademoiselle Roland.

— Quel nom dites-vous ?

— Eudora Roland, on m'a dit qu'elle habitait ici.

— Eudora Roland ? Je ne connais personne de ce nom. Je crains qu'on ne vous ait trompé. Cet endroit est dans ma famille depuis des générations. Êtes-vous sûr de votre adresse ?

— Sommes-nous bien au 17 de la rue Neuve ?

— Si fait.

— Alors, je ne comprends pas... »

Antonin était désemparé. Il ne s'était pas attendu à tomber sur une mauvaise adresse.

« Pardonnez-moi, je dois rejoindre mes hôtes. »

Antonin acquiesça distraitement, perdu dans ses pensées. Il avait du mal à croire que Juliette l'ait envoyé sur une fausse piste. Cela n'avait aucun sens. Et bien sûr, il n'avait aucun moyen de contacter la jeune fille rapidement. Il n'avait aucune idée du temps que la malle-poste mettait pour acheminer un courrier de Lyon à Paris, mais il y avait cinq cents kilomètres entre les deux villes, donc un pli mettrait au moins trois jours à arriver et le même temps pour revenir. Il décida qu'il irait d'abord à l'auberge de Nicolas Bocuse pour se présenter. Il lui fallait un endroit où dormir et la promesse de quelques émoluments pour subvenir à ses besoins. Avant de partir, son œil tomba sur le dos d'un livre où il était inscrit : *Lettres de Madame Roland – tome second 1788-1793 – publiées par Claude Perroud avec la collaboration de Joseph-Marie Jacquard*. Il feuilleta rapidement l'ouvrage. Il s'apprêtait à le refermer quand une note manuscrite sur une page retint son attention : « ... Je vous parlerai d'Eudora, que vous aimez parce qu'elle me fait enrager (...) elle a une forte tendance à dire et à faire tout le contraire de ce qu'on lui dit, parce qu'elle trouve plaisant d'agir à sa mode, et cela se pousse quelquefois très loin. » La note était adressée à Joseph-Marie Jacquard.

53

« Monsieur, veuillez conter à ce tribunal comment vous êtes parvenus à vous échapper de votre prison !

— Mais certainement, répondit le dauphin présumé. Un jour, c'était vers la fin de mai 1795, ma garde, que j'aimais à cause de sa douceur, s'approcha à pas feutrés dans l'obscurité, au moment où j'allais m'abandonner au sommeil, et me saisissant par le bras, elle m'adressa, à voix basse, le discours suivant : "mon cher enfant ! Les médecins ne vous donnent pas longtemps à vivre si vous restez dans cette prison ; des personnes qui vous aiment, et que vous ne connaissez pas, m'ont chargée de vous dire qu'on vous tirera bientôt d'ici pour vous conduire dans un endroit charmant, où vous serez libre de courir et de jouer à votre aise, avec des enfants de votre âge – à condition toutefois que promettiez de garder le silence, et surtout de les laisser faire !" »

— Aux faits, monsieur, aux faits ! commanda le juge.

— On me dit de me tenir prêt, poursuivit le dauphin présumé, car deux jours plus tard, un chariot de linge blanc serait amené dans la cour. Et dans ce chariot serait caché un enfant d'à peu près mon âge, ayant de la ressemblance avec moi. Cet enfant devait rester au Temple à ma place. Ainsi, je fus enveloppé dans un grand tas de linge, sous lequel j'eusse étouffé, s'ils n'avaient eu la précaution d'y laisser une ouverture suffisante pour que je pusse respirer. De là, j'atteignis Chaillot, puis la Loire et enfin la Vendée.

— Qui était cet enfant? interrogea le juge.

— Jean-Marie Hergavault, un pauvre hère atteint de scrofule et que son père avait vendu pour la somme de 200 000 francs, comme je l'ai appris plus tard. Il ne se passe pas un jour sans que je le remercie dans mes prières pour son sacrifice.

— J'ai cependant devant moi les résultats de l'autopsie pratiquée par ces messieurs les docteurs Pelletan, Lassus, Dumangin et Jeanroy, en date du 9 juin 1795, intervint le procureur général. Il n'y est indiqué nulle part que le corps du défunt était atteint de scrofule.

— Par ma foi, protesta le dauphin présumé, on m'aura menti pour adoucir ma culpabilité. »

La réponse du procureur se perdit dans les grognements de la foule. Puis, à la demande du juge, le dauphin présumé détailla les circonstances de son enlèvement: comment la garde, le blanchisseur du Temple et la femme du concierge, royalistes convaincus, avaient participé à sa libération et troqué l'enfant contre un autre; comment le célèbre docteur Dessault s'était rendu compte de la supercherie en venant examiner son patient et prévenu le Comité de sûreté générale; comment les soupçons s'étaient portés sur lui en raison d'une complicité en haut lieu.

« Cet homme ne put résister à une si rude épreuve, regretta le dauphin présumé. Déjà dévoré d'une fièvre ardente, il s'indigna tant des injustes accusations qu'il succomba bientôt sous le poids de ce mal insurmontable. Quant à moi, j'étais depuis quelques jours entre les mains de mes libérateurs qui me prodiguaient soins et hommages. »

Il raconta qu'il avait notamment rencontré son ancienne gouvernante accompagnée de grands chefs royalistes pendant sa convalescence, les dénommés Charette et Stofflet, qui l'entretinrent des malheurs de sa famille et lui promirent de tout faire pour la venger et de rétablir le trône de France.

« Il fallait les voir, ces grands chefs de guerre, la voix étranglée par l'émotion et les yeux remplis de larmes alors que madame de Rambault me serrait dans ses bras. Mais bien sûr, vous connaissez la suite. Je fus sacrifié aux calculs de la politique. La nouvelle de ma mort dans la prison du Temple faisait le jeu de mes ennemis. Au premier chef, mon oncle qui voyait d'un très mauvais œil le retour de ce neveu encombrant. Ma seule existence contrariait son ambition. "Que n'est-il mort en prison ?", me rapporta-t-on à son propos. Je ne crus pas ces racontars, mais quelques jours plus tard, je fus obligé de me rendre à l'évidence puisqu'il tenta de m'assassiner en faisant empoisonner mon potage par son cuisinier. »

Un murmure indigné s'éleva de la foule. Sur un regard de Fouché, qui voulait limiter les risques de trouble, le juge leva la séance. Nombreux étaient ceux qui croyaient à son histoire après cette première journée. Pierrot, lui, n'avait rien écouté. Il cherchait un visage précis parmi la foule dans laquelle il se cachait ; car la réapparition des reliques de Louis XVI et de Marie-Antoinette ne pouvait signifier qu'une seule chose. *Il* était là.

À la demande du juge, le dauphin présumé continua son récit, là où il l'avait arrêté, énumérant ses pérégrinations jusqu'en Italie, puis au Portugal, son entrevue avec la duchesse d'Orléans, qui s'était prosternée à ses genoux, son voyage en Suisse où il avait enfin revu sa sœur qui lui avait prédit que cette révolution, comme celle en Angleterre, finirait en France par la royauté constitutionnelle. Alors le parti modéré, c'est-à-dire le parti des sages, l'appellerait pour lui remettre une autorité limitée, « sans laquelle les Rois ou les Gouvernants ne sont que des despotes odieux, qui font le désespoir des peuples et le malheur de leur propre famille ». À ce doux souvenir, des larmes coulaient librement sur son visage.

Le procureur général considéra un instant le dauphin présumé et reprit d'une voix cinglante.

« Trêve d'atermoiements, monsieur. Je pense que vous nous prenez pour des crédules et des imbéciles et il est temps de mettre un terme à vos simagrées. J'appelle devant ce tribunal l'honorable juge de paix d'Hottot. »

Un homme vêtu d'un habit bleu, avec des traits dont la sévérité était rehaussée par des favoris blancs, se présenta à la barre.

« Monsieur, reconnaissez-vous cet individu ? lui demanda le procureur.

— Je le reconnais, répondit le juge de paix. Et cet homme n'est pas le fils de Louis XVI. Il s'agit de M. Jean-Marie Hergavault.

— Il ment, cria le dauphin présumé.

— Pouvez-vous nous raconter les circonstances de votre rencontre ? s'enquit le procureur général sans tenir compte de l'intervention.

— Je l'ai arrêté pour vagabondage et imposture en 1796, déclara le juge. Le drôle se faisait passer tantôt pour le fils du Prince de Monaco, tantôt pour celui du duc d'Ursel et réussissait à soutirer des louis d'or à des individus crédules. Nous l'emprisonnâmes à Bayeux, avant de le rendre à son père, tailleur de Saint-Lô, en raison de sa grande jeunesse. »

Des clameurs indignées s'élevèrent dans la salle.

« Cet homme est un imposteur, conclut le procureur d'une voix forte, balayant la salle du regard, et sera jugé comme tel. »

Pierrot observa le dauphin présumé, qui avait momentanément perdu de sa superbe avant de reprendre espoir. On criait au mensonge et au complot. Le juge de paix avait même été insulté et le juge avait dû une nouvelle fois faire évacuer la salle. Ses partisans, encore nombreux, l'encourageaient à ne pas se laisser faire. L'évêque Lafont de Savine était même intervenu en sa faveur. Cependant, on pouvait sentir que l'opinion avait changé de camp. Soudain, Pierrot se figea. *Il* était là, à moitié dissimulé derrière une colonne, un sourire ironique sur les lèvres. Quelques mètres seulement les séparaient. Pierrot sentit une bouffée de haine l'envahir. Il serra les poings, qui blanchirent aux jointures, tremblant presque. L'homme eut une expression surprise. Il dirigea son regard émeraude dans la direction de Pierrot, mais ne s'arrêta pas sur lui. Pierrot faisait partie de la masse, cette foule qui marquait son mécontentement d'avoir été abusée. Pierrot avança vers son ennemi. Sa main disparut à l'intérieur de son manteau. Il imaginait déjà ce qu'il allait ressentir quand son couteau trancherait dans la chair tendre du ventre de son ennemi. Cela faisait des années qu'il aiguisait sa lame à cette intention. À présent, sa haine était tellement puissante qu'elle menaçait de le consumer.

54

La grosse cloche de la ville venait de sonner six heures, Antonin décida qu'il ne pouvait plus attendre. À présent, les chances que le tisserand sorte de son atelier s'étaient considérablement réduites. En fait, on aurait dit que Joseph-Marie Jacquard s'était mis en tête de réaménager tout son atelier. Antonin voyait d'innombrables bras pousser les machines pour faire de la place.

Il frissonna et se mit en quête d'un fiacre pour se rendre à l'auberge Bocuse à Collonge-au-Mont-d'Or. Il n'avait pas l'habitude d'utiliser le peu qu'il gagnait pour des trajets en voiture, mais il se trouvait dans une ville inconnue, la nuit était tombée et il avait reçu une prime suite au succès de ses *extraordinaires*. Il s'inquiéta vite de ne pas trouver de cocher disponible. À Paris, on trouvait des fiacres à n'importe quelle heure du jour et de la nuit. Il remonta jusqu'à la place des Terreaux, croisant des gens affairés qui rentraient chez eux, les bras chargés de victuailles, et s'arrêta auprès d'un individu accoutré d'une tenue qui lui rappelait vaguement une gravure du carnaval qu'Aubin de Grandmaison conservait dans son bureau. Elle était constituée d'une jaquette d'étoffe bleue haut collet et boutons dorés, d'un nœud papillon jaune et d'un bicorne de cuir noir aux bords rabattus d'où dépassait une queue de cheval foncée. Il observait une charrette, les bras croisés.

«Parbleu, mais c'est le Nouvel An, le Gône, lui répondit l'original, comme si cette réponse tombait sous le sens. Tu ne trouveras personne pour t'emmener ce soir, en tout cas avant minuit. Tu vas où?

— À Collonges, répondit Antonin.

— Ah oui, c'est à chaille à pied.»

Antonin secoua la tête, perplexe.

«C'est loin, expliqua l'homme. Au moins deux heures à pied. Tu n'es pas d'ici, toi.

— Non, monsieur. J'arrive de Paris.

— Et qu'est-ce qui t'amène dans notre bonne ville de Lyon?

— Mon apprentissage. Je suis pâtissier.»

Mais l'homme avait cessé de l'écouter. Antonin sourit. Ce drôle de personnage, avec son visage rond et ses joues colorées, lui était sympathique. Surtout, ses yeux étaient largement ouverts comme s'il ne voulait rien manquer du monde extérieur.

«Rave, je ne vais pas pouvoir repartir, se lamenta le personnage en posant théâtralement les deux mains sur sa tête. Quel bécasson je fais!

— Je peux peut-être vous aider?» lui proposa Antonin, qui n'était plus à dix minutes près maintenant qu'il avait compris qu'il devrait marcher.

L'homme tourna la tête vers Antonin et sourit largement, ce qui fit apparaître deux larges fossettes de chaque côté de sa bouche.

«Ah! Tu es encore là? Ma foi, ce n'est pas de refus!»

Antonin se positionna du côté droit pendant que l'autre se plaçait du côté gauche et ensemble ils soulevèrent la lourde charrette.

«Mercure, espèce de bambane! haleta son propriétaire en criant en direction de la mule. Avance donc!»

La mule fit un pas, puis un autre et tout à coup, la roue sortit du trou.

«Merci, petit! Tu m'as rendu un fier service! Ce n'est pas tout le monde qui aiderait un forain.

— Avec plaisir, monsieur. Vous ne connaîtriez pas une auberge dans le coin? Je crains qu'il soit malheureusement trop tard pour me rendre à Collonges ce soir.

— Tu vas à Collonges, tu dis?

— Heu oui, répondit Antonin, désappointé.

— Par ma foi, quelle coïncidence! Moi aussi, j'y vais! Monte, je t'emmène. Au fait, je m'appelle Laurent. Laurent Mourguet.

— Antonin. Antonin Carême.

— Enchanté, Antonin.»

Antonin grimpa sur la charrette et les deux hommes prirent la route. Au bout d'un moment, Antonin interrogea son compagnon sur un terme qu'il n'avait pas bien compris.

«Malheureux enfant, tu ne sais pas ce qu'est un forain?

— Non, Monsieur.

— Tais-toi ou Mercure va faire éclater toutes ces bouteilles de piquette que j'ai à l'arrière de mon bazar!»

Il prit un ton de tragédien.

«Un forain, sache-le, petit ignorant, c'est un bateleur, qui ne parvient pas à dérider sa pratique, c'est un artiste, qui reste commerçant! Mort aux forains, disent-ils tous! Place aux bateleurs! Lui a tous les droits, tous les tarifs, tous les bravos, tous les noms: baladin, banquiste, charlatan, troubadour, acrobate, farceur, escroc à ses heures, paradiste, histrion, équilibriste, escamoteur, ventriloque, dentiste, dresseur, bonimenteur, camelot, clown, danseur, hercule aux biceps de coton, mangeur de feu, gobeur de sabres, diseur de bonne aventure, saltimbanque, ouvrier en soie, maître gazier, marchands de chaussons et de vin.

– Vous êtes donc une sorte de vendeur itinérant?»

Laurent lui fit un clin d'œil.

« Tout ce qui fait bouillir la marmite. La vérité est que je me destinais à être poète pour changer le monde. Mais les poètes ne changent pas le monde. À peine la couleur du ciel. »

À mesure qu'ils approchèrent de Collonges, ils entendirent de grands éclats de voix. Un grand feu de joie avait été allumé au milieu d'une clairière et, tout autour, une grande assemblée s'ébattait joyeusement. Laurent récupéra une marionnette de polichinelle et la plaça sur son bras.

« Tiens, le gône, prends les rênes !

— Laurent est arrivé ! s'écrièrent plusieurs voix.

— C'est pas trop tôt ! On meurt de faim, nous ! »

Un essaim d'enfants se pressa autour de la voiture. Laurent récupéra une marionnette de polichinelle et se mit à discuter avec elle.

« Eh quoi ! Polichinelle, ces gens sont difficiles à satisfaire, tu ne trouves pas ? Parfaitement ! On ferait mieux de faire demi-tour et de laisser tous ces affreux s'empoisonner avec la mauvaise cuisine de Nicolas !

— Laurent, vieux sacripant, on ne t'attendait plus ! » plaisanta une voix chaleureuse.

Antonin vit arriver un homme de belle stature, qui ressemblait à un personnage de Marivaux. Il y avait une sorte de noblesse dans cette allure, dans ce visage tanné par le soleil, avec ces rides d'expression très marquées, ces grandes mains puissantes, ce dos musculeux. Il donnait l'air de se trouver exactement là où il devait être.

« Tu sais combien Polichinelle aime à se faire désirer, mon ami ! s'excusa Laurent.

— Méfie-toi, petit, c'est une charipe que cet homme, rigola le paysan en prenant Antonin à témoin.

— Tu entends ça, Polichinelle ? Moi qui lui ai apporté mon meilleur vin !

— De la piquette, oui ! Pas question que je serve ça à mes invités, surtout un jour comme celui-ci ! Qui est avec toi ?

— Mon ami Antonin. Il m'a aidé à convaincre Polichinelle de venir se joindre à la fête !

— Alors il est le bienvenu ! Je suis Nicolas Bocuse ! »

Après un moment, Antonin comprit que c'était jour de noces et que Laurent n'était pas un forain sans attaches et sans le sou comme il l'avait laissé entendre. L'un de ses meilleurs amis d'enfance, qui avait eu – lui expliqua, plus tard, Laurent – « la bonne idée de faire fortune quand lui essayait toujours de changer le monde à coups de bons mots », mariait sa fille et il en était le parrain. En d'autres termes, sa présence était indispensable au lancement officiel des festivités.

« Mon vieil ami Thomas, commença Nicolas en désignant le père de la mariée, m'a bien précisé qu'il souhaitait vous traiter royalement, car on ne marie pas sa fille tous les jours. »

Quelques voix poussèrent des vivats.

« Cependant, je connais mon ami et je sais qu'un père heureux ne doit pas être en même temps un beau-père ruiné. J'ai donc prévu, pour vous mettre en bouche, un oreillon de veau vinaigrette, cuit en pot-au-feu avec carottes, pommes de terre et poireaux. C'est roboratif et je vous conseille d'en reprendre. Nous dégusterons ensuite une matelote d'anguille dont la recette remonte à si longtemps qu'on ne sait pas si la Saône coulait dans les parages à l'époque. Ce sera ensuite le canard enterré. Il a été farci de truffes et a passé quatre jours sous terre sans qu'on lui demande son avis. Vous allez juger du résultat : une merveille ! Et, comme dessert, la fricassée de fruits pas mûrs, l'orgueil de la maison. Pour les ignorants, je dirai que ce sont les fruits pas aboutis, ceux qui restent au bout des branches. Sautés au beurre, passés à la poêle, on les arrose en fin de parcours de pain de sucre. Régalez-vous, mes amis ! »

Antonin se retrouva dans la file avec les autres et bientôt muni d'une assiette dont le seul fumet lui fit tourner la tête. Il s'attabla pour déguster son pot-au-feu. Il découvrait avec émerveillement qu'il pouvait dissocier chaque goût, chaque texture, comme si le cuisinier avait réussi à extraire de chaque aliment ce qui le rendait unique, sa qualité première. Et encore, tout cela n'était rien à côté du canard farci aux truffes, dont l'arôme entêtant et le goût puissant le ramenèrent tout droit à une époque où son père était roi. Son émotion était si forte qu'il en eut les larmes aux yeux.

Quand les panses furent pleines et les verres à nouveau remplis, on réclama des discours. Toutes les têtes s'étant tournées vers Laurent et son polichinelle, le forain se leva et d'un air théâtral :

« Rave, mes amis, que me demandez-vous là ? Moi, qui suis encore tout étourdi de ce canard ! Mais puisqu'il faut parler, je le ferai et avec des vers que ce délicieux oiseau vient de m'inspirer.

Je le dénonce tout d'abord,
Mon canard est un volatile ;
Il n'a, messieurs, aucun rapport
Avec ces écrits, qu'en leur style,
De trop spirituels loustics
Dénomment des "canards publics".
Or, donc, sans ceux du journaliste,
Dont j'excepte les vérités,
Le canard compte, dans sa liste,
Quarante-deux variétés !

Détournez les yeux de la boue,
Dans laquelle il fait son festin ;
N'écoutez sans voix qui s'enroue,
À "cancaner" soir et matin ;
Et lorsque l'oiseau palmipède
Sera devenu gras et gros,
Faites-en des daubes, des rôts ;

À ses qualités, gourmet cède :
En lui, non plus, plus rien de mauvais ;
À sa forte odeur, quel remède,
Qu'une sauce aux tendres navets,
Ou, pour qui les aime, aux olives !...

Salut au fin gibier des rives,
Canard sauvage, oui, tu nous plais !
Et quelle que soit ton espèce,
Qu'on te rôtisse et te dépèce,
Pour ne manger que tes filets,
Chair savoureuse et cuite rose,
Que le jus des truffes de Nicolas t'arrose ! »

Le forain, après une révérence, se rassit sous les applaudissements. Antonin en profita pour le rejoindre et le féliciter.

« Bravo ! Je n'avais jamais rien entendu de pareil...

— Ne le répète pas, petit, mais ce poème n'est pas de moi. Je l'ai emprunté à un cuisinier, poète de ma connaissance, mon ami Rouyer, un quidam qui déclame aussi bien qu'il popote. Eh quoi ! Ne tire pas la tronche. J'avais l'estomac si plein que ma tête ne pouvait être que vide ! Allez, reprenons un verre ! »

Antonin se laissa resservir et sentit que la tête commençait à lui tourner. Non seulement il n'avait pas l'habitude de boire, mais le vin de Nicolas Bocuse était plus fort que la clairette coupée d'eau qu'on leur servait habituellement. Il finit par s'endormir sur un coin de table, au milieu des convives déchaînés.

55

Au dernier moment, Pierrot retint son geste. Était-ce parce qu'il avait vu le sourire de contentement de Saint-Régent à l'énoncé du jugement ? La condamnation du faux dauphin n'avait pas eu l'air de l'étonner. Pourquoi ? Pierrot évoluait depuis assez longtemps dans le monde des ombres pour savoir que l'homme cachait quelque chose. Avant d'asséner le coup final, il avait envie de percer son mystère. Il le suivit discrètement alors qu'il quittait la salle d'audience et crut que sa vue lui jouait des tours quand il reconnut la personne qu'il rejoignit. Cependant, il n'y avait pas d'erreur possible, la difformité que cet homme portait à la main droite le rendait aussi reconnaissable que la balafre qui défigurait le visage de Pierrot. Il s'agissait de l'espion personnel du ministre des Affaires étrangères, Charles-Maurice de Talleyrand-Périgord. Il était trop loin pour entendre leur conversation, mais Saint-Régent avait l'air troublé par les révélations de son interlocuteur. Il finit par hocher la tête et l'espion se noya dans la foule. Peu après, Saint-Régent s'éloigna à son tour, sans apercevoir l'ombre qui s'était glissée dans son sillage. Se pouvait-il que Talleyrand soit un traître royaliste ou l'espion jouait-il un double jeu comme Pierrot lui-même ? Une chose était sûre : Fouché aurait donné cher pour avoir cette information. Dommage pour le ministre que Pierrot ait eu d'autres objectifs en tête.

Les révélations de l'espion de Talleyrand étaient troublantes. Le prince avait croisé un jeune homme dont la ressemblance avec Louis XVI était frappante et lui avait demandé d'enquêter. Il s'agissait d'un apprenti pâtissier au service de Sylvain Bailly, il prétendait être fils d'ouvrier, abandonné sur les barrières de Paris à l'âge de dix ans. L'intérêt du prince rendait l'affaire sérieuse. En d'autres termes, Saint-Régent devait immédiatement se pencher sur la question avant que tout cela ne revienne aux oreilles de *Monsieur*.

Il œuvrait, depuis bien trop d'années, au rétablissement de la monarchie sous la souveraineté de Louis XVIII pour accepter qu'on lui mette des bâtons dans les roues. Il avait été l'artisan de la censure d'*Athalie* et du *Cimetière de la madeleine* par le biais de Joseph Fouché, suscitant ainsi l'intérêt des hautes sphères de la société parisienne et le retour en grâce de la monarchie ; il avait soutenu la candidature de la plupart des faux dauphins, il avait même été à l'origine de certaines d'entre elles, comme celle de Jean-Marie Hergavault ; il avait fomenté l'attentat contre le Premier Consul – raté bien sûr, mais ce n'était qu'un contretemps – et il s'était débarrassé des derniers jacobins en soumettant à Napoléon, par l'entremise de Talleyrand, la preuve que les membres du club du Manège – aussi appelé « Réunion des amis de la liberté et de l'égalité » – étaient à l'origine de la machine infernale. Il n'était donc pas question que Louis XVII revienne d'entre les morts tel un Joad ressuscité pour récolter les fruits de son labeur.

Saint-Régent entra dans la boutique de la rue Vivienne, où le Tout-Paris se pressait pour observer les magnifiques pièces montées qui avaient fait un triomphe chez Talleyrand lors de deux soirées d'exception. Saint-Régent s'approcha du comptoir où il tomba sur Bailly lui-même, en grande discussion avec un habitué, dont la forte corpulence trahissait son goût pour les plaisirs de la table.

« Comment donc, monsieur Bailly, disait le bonhomme, vous ne pouvez pas répondre à ma requête ?

— Ma foi non, monsieur le baron, comme vous le voyez, je ne suis que le dépositaire de ces pièces montées. Il faudrait vous adresser à leur créateur pour obtenir une pièce originale. Or, je l'ai envoyé à Lyon pour compléter sa formation.

— Est-il vrai ? C'est regrettable. Que ne le faites-vous revenir ! Vous êtes un malin, cher ami. Faites-moi bien savoir quand il sera de retour ! En attendant, vous me ferez une pyramide égyptienne accompagnée de quelques-uns de ces croquembouches dont vous avez le secret.

— Fort bien. »

Les deux hommes discutèrent encore un moment des détails, puis le baron s'en alla d'un pas vif. Bailly sourit à demi. Comme prévu, la renommée d'Antonin ne cessait de grandir. Cela faisait son affaire. Les commandes affluaient, chaque client espérait que Bailly les mettrait sur le haut de la pile quand Antonin serait de retour. Bien sûr, il ne fallait pas qu'Antonin s'absente trop longtemps. Il n'était pas trop inquiet à ce sujet. Il n'avait pas voulu décourager son apprenti, mais il savait de source sûre que Nicolas Bocuse ne prenait jamais d'apprenti pâtissier. Cela datait de l'époque des corporations. À l'époque, les cuisiniers et les pâtissiers faisaient partie de deux groupes totalement distincts. Les cuisiniers formaient le corps le plus important, celui de l'alimentation, avec les talemeliers, aussi connus sous le nom de boulangers, les meuniers, les marchands de vin, les poissonniers et les huiliers. La société des pâtissiers, quant à elle, n'était pas homogène, elle évoluait au gré des modes et des influences. Ainsi, elle comprenait à la fois les chirurgiens, les professions libérales ou les étuveurs. Nicolas Bocuse considérait donc qu'un cuisinier ne pouvait pas être pâtissier et vice-versa, peu importait le talent ou l'envie de l'apprenti.

« Monsieur, je dois vous féliciter pour votre boutique. Quelles merveilles que vos pastillages ! »

Bailly le remercia d'un signe de tête.

« Que puis-je pour monsieur ?

— Je crains d'avoir surpris votre conversation avec votre précédent visiteur, veuillez me pardonner ! J'étais moi-même intéressé par l'acquisition d'une pièce originale. Si j'en crois vos paroles, je devrais donc attendre le retour de l'un de vos employés ?

— Si fait, monsieur. Nous devons ces merveilles au talent de mon premier tourier, présentement occupé à parfaire sa formation en province. Cela étant, je peux vous confectionner l'une des deux œuvres que vous voyez ici, si la demande est urgente. »

Le ton était serviable, mais ferme. Pierre de Saint-Régent comprit que Bailly ne partagerait aucune information sur son apprenti.

« Ce serait parfait. Cette pyramide est véritablement stupéfiante. Puis-je vous en commander une à livrer dans une quinzaine ?

— Bien entendu. Si monsieur veut bien nous communiquer ses coordonnées ? Monsieur a-t-il des préférences quant aux parfums des croquembouches ? »

Comme Pierre de Saint-Régent finalisait les détails de la commande avec le pâtissier, le maître de cuisine de l'hôtel de Galliffet entra dans la boutique. Bailly s'excusa auprès de son visiteur et fit signe à sa femme de venir le remplacer. Pierre de Saint-Régent s'en réjouit. Il fit semblant de s'intéresser aux parfums des nougats et à la couleur des meringues, puis interrogea la bonne femme.

« Monsieur votre mari disait que son premier tourier était parti étudier à Lyon ? Chez qui est-il descendu ? »

Madame Bailly le regarda d'un air étrange, comme si elle essayait de déterminer à qui elle avait affaire. Monsieur Bailly, la sachant commère, lui avait fait croire que leurs concurrents parisiens chercheraient à leur « voler » Antonin à présent qu'il avait reçu les honneurs de Talleyrand. Il fallait donc éviter de divulguer ses errements. Mais l'homme venait de passer une grosse commande et payait d'avance. Sa mise, en outre, ne le désignait pas du tout comme un artisan. Son mari ne lui avait pas interdit de renseigner la clientèle sur les allées et venues de leur apprenti.

« Pardonnez ma curiosité, je suis moi-même originaire de cette ville. »

Cette précision acheva de la rassurer.

« Bien sûr ! Connaissez-vous l'auberge de Nicolas Bocuse à Collonges ?

— Mais fort bien ! J'y descends à chaque visite. »

56

Le lendemain, Antonin se réveilla dans une grange, sous une couverture chaude. Comment il était arrivé là, il n'en savait rien. Il se leva et s'efforça d'enlever les brins de paille qui s'étaient logés un peu partout dans son habit. Ensuite, par habitude, il chercha les cuisines. Il poussa une porte massive et entra. Ce fut un choc.

C'était là une vraie cuisine, complètement différente de ce qu'il avait eu l'occasion de voir à Paris. En comparaison des salles étriquées et enfumées qu'il connaissait, elle était immense. Un des murs était occupé par les cuivres, un autre par les faïences, un troisième par une collection époustouflante de pincettes et de pelles destinées au rôt. Au milieu, en face des fenêtres, brûlait un feu splendide dans une grande cheminée de pierre, qui diffusait des rayons en tout coin et projetait de grandes ombres au plafond où pendaient des paniers, des casseroles, des saucissons, des fleurs, des légumes, tout ce qui pouvait servir aux préparations du jour. Dans un angle, une grande horloge à gaine et à poids. Et, au centre, il y avait une armée de garçons, marmitons et servantes déjà occupés sur leurs réchauds et marmites, accomplissant des gestes mille fois répétés, sous la houlette de leur maître. Antonin remarqua que, comme Bailly, Nicolas Bocuse était au travail dès le petit matin, affairé à une casserole.

« Si ce n'est pas l'ami de Laurent ! lança-t-il en voyant débarquer Antonin. Tu es bien matinal pour un forain.

— C'est que je ne suis pas forain, répondit Antonin, légèrement honteux. Je suis pâtissier.

— Pâtissier ? Qui est ton maître ?

— Sylvain Bailly. »

Nicolas Bocuse croisa les bras et le toisa d'un air sévère.

« On se lève aussi tard que ça chez Bailly ? Les temps ont bien changé.

— Non, maître Bocuse. Habituellement, je suis en cuisine à quatre heures du matin.

— Quel poste occupais-tu chez Bailly ?

— Premier tourier.

— Qu'est-ce que tu fais à Lyon ?

— Je suis venu pour apprendre la cuisine. Auprès de vous, si vous voulez bien de moi.

— Je n'engage jamais d'apprentis qui ont commencé à apprendre un autre état. Chez moi, on fait de la cuisine et c'est tout. »

Antonin marqua un léger désappointement.

« Même si je ne restais que quelques semaines ?

— Surtout quelques semaines, précisa Nicolas Bocuse.

— Et si je vous dédommageais de votre peine ? proposa-t-il. Il me reste quelques pièces. »

Les sourcils de Nicolas Bocuse se joignirent en une ligne. Les marmites s'arrêtèrent de glousser, les fritures de glapir, les chats de chasser les souris. Antonin sut qu'il avait commis une erreur.

« Tu voudrais me payer pour que je t'enseigne mon art ? C'est ce qui se fait à Paris ?

— Non, maître, bafouilla-t-il. C'est simplement...

— Quitte ma cuisine, mon garçon ! Et garde-toi bien d'y revenir ! »

Après la chaleur des cuisines, le froid du dehors fit à Antonin l'effet d'une gifle. Bailly l'avait prévenu : Nicolas Bocuse était un cuisinier « traditionnel ». Il n'avait simplement pas imaginé à quel point. À vrai dire, il avait cru dur comme fer que Nicolas Bocuse lui ouvrirait les portes de ses cuisines. Il avait pensé que le nom de Bailly, allié à ses récents succès, suffirait à garantir son emploi. Il avait péché par excès de confiance. Arrivé au portail, il tomba sur Laurent Mourguet, qui finissait de harnacher son âne. Le forain l'interrogea sur sa mine défaite et, pour une fois, écouta l'explication jusqu'au bout.

« Sacré Nicolas ! Et tu t'es laissé congédier comme ça ? »

Antonin fronça les sourcils.

« Crois-en mon expérience, petit : celui qui veut le plus peut le plus.

— Qu'est-ce que ça veut dire ?

— Ça veut dire que tu retournes le voir demain et tous les autres jours jusqu'à ce qu'il dise oui.

— Vous croyez ?

— Pour sûr ! Mais l'important n'est pas ce que je crois, c'est ce que tu vas faire. Sur cette terre, chacun est seul responsable de lui-même. Et, dans mon cas, de cette bonne Mercure », ajouta-t-il en caressant la vieille mule.

Antonin médita longuement les paroles de Laurent Mourguet après son départ. Il avait vaguement l'impression que cela faisait écho à l'un des enseignements de son père, avant leur séparation : « Tu dois devenir l'homme que tu es. » Longtemps, Antonin avait pensé que ces mots faisaient référence à son héritage royal, mais à présent les paroles du roi suggéraient une signification différente, comme s'il avait su que son fils aurait le choix. Cela lui rappela son autre mission. Il fallait qu'il réussisse à trouver Eudora Roland. Antonin alla en sens contraire du forain, direction la rue Neuve.

57

Pour la première fois, Juliette était dans le noir. Elle ne savait pas ce qui était advenu des autres membres de la Société des citoyennes républicaines révolutionnaires dont elle faisait partie, elle ignorait le destin de son amie Eudora et des documents qu'elle détenait, elle craignait autant qu'elle espérait qu'Antonin réussisse à trouver son amie. Espérait, car cela voudrait dire qu'Eudora était sauve. Craignait, car Juliette n'avait pas été tout à fait franche avec Antonin. La besace qu'on lui avait volée ne contenait pas uniquement des preuves sur la détention abusive de Théroigne de Méricourt. Elle renfermait également des documents attestant que le ministre des Affaires étrangères, Charles-Maurice de Talleyrand Périgord, avait entretenu une correspondance secrète et félonne avec Louis XVI. Depuis 1792, tout Paris avait entendu parler de l'armoire de fer, un coffre-fort dissimulé dans les appartements de Louis XVI au palais des Tuileries. Cette armoire de fer dissimulait la correspondance échangée entre Louis XVI et de nombreuses personnalités politiques du temps, des banquiers, des généraux, des évêques, pour préparer la fin de la Révolution. Parmi les coupables, on trouvait des noms aussi célèbres que le marquis de La Fayette, héros de la révolution américaine, ou le comte de Mirabeau, député du tiers état aux États généraux de 1789. Ceux qui avaient été confondus avaient été condamnés à la guillotine, ceux qui étaient déjà morts, voués aux gémonies et à l'opprobre, comme Mirabeau dont la dépouille avait été retirée du Panthéon. On disait aussi que certains avaient réussi à escamoter des documents à leur sujet. C'était par exemple le cas du ministre Danton ou de Talleyrand. Or, qui avait révélé l'existence de l'armoire de fer? Le père d'Eudora, Jean-Marie Roland, alors ministre de l'Intérieur. Sa femme, Manon Roland, avait récupéré les documents auprès de son mari et les avait cachés. Manon Roland n'avait pas voulu utiliser les documents pour se sauver elle-même. Elle les avait confiés à sa fille – en prévision du moment où la cause des femmes serait critique. Or, dans le cas présent, elle était critique. Le Premier Consul envisageait de revenir à un modèle de société en porte-à-faux avec celui dont rêvaient les femmes révolutionnaires, une société dans laquelle les femmes, recluses dans l'espace domestique, seraient privées de liberté d'expression. La réponse de Napoléon à la question posée par la célèbre madame de Staël leur restait en travers de la gorge.

« Quelle est à vos yeux la première femme du monde ? lui avait-elle demandé.

– Celle qui fait le plus d'enfants », avait-il répondu.

Partout, on entendait les politiciens réclamer une réduction des droits durement conquis. Un certain Sylvain Maréchal, député, parlait même d'interdire l'apprentissage de la lecture aux femmes, au prétexte que ça les détournait de leur sacro-saint rôle dans la société. Pire : que l'instruction du sexe faible provoquait la ruine des moeurs, qu'elle allait de pair avec un penchant pour la tromperie, la médisance, voire avec le dédain des honnêtes hommes qui en savaient un peu moins. L'auteur allait même jusqu'à insinuer que si Catherine de Médicis n'avait pas su lire, il n'y aurait pas eu en France de Saint-Barthélemy. Sa démonstration, édifiante, s'étendait sur d'innombrables pages jusqu'à parvenir, au bout de cent dix points, à cette conclusion : « La raison veut que les femmes (filles, mariées ou veuves) ne mettent jamais le nez dans un livre, jamais la main à la plume. » En conséquence, les femmes avaient plus que jamais besoin d'alliés, prêts à se battre pour elles, de gré ou de force.

Le père Ramponneau ferma la porte du fiacre et Juliette ne put retenir un mouvement de recul en découvrant où la voiture l'avait conduite. L'hôpital de la Salpêtrière la recouvrait toute entière de son ombre sinistre. Elle jeta un regard affolé à sa mère, qui détourna la tête et s'effaça derrière la silhouette massive de son père. Juliette avait toujours admiré le couple formé par ses parents, notamment la place de sa mère au sein de ce couple. Tout le monde savait que c'était elle, la cheffe de famille. Cependant, la situation paraissait s'être inversée. D'une poigne ferme, son père la dirigea vers l'asile en lui expliquant qu'elle ne leur avait pas laissé le choix, cette fois. Que son fils ait des démêlés avec les autorités passe encore, mais sa fille, ça non alors !

« Une hystérique, voilà ce que tu es devenue !

— Mère, ne les laisse pas faire ça ! Je préfère la guillotine douce, s'écria Juliette alors que les grilles se refermaient derrière elle.

— Allons bon ! conclut son père, les yeux dirigés vers sa femme. Tu vois bien qu'elle ne sait plus ce qu'elle dit. »

58

L'atelier de Joseph-Marie Jacquard était ouvert. Cela étonna Antonin qui s'était attendu à faire, toute la journée, le pied de grue devant la boutique. L'intérieur était sens dessus dessous. La plupart des livres étaient éparpillés dans la pièce, les couvertures éventrées gisaient au sol comme des cadavres et des pages isolées planaient bizarrement dans les airs comme des oiseaux blessés peinant à prendre leur envol. *Que s'est-il passé ici?* se demanda Antonin en ramassant un ouvrage au hasard et en le replaçant sur une table. Il eut une pensée pour Aubin de Grandmaison, à qui la vision de tous ces livres malmenés aurait certainement brisé le cœur. Il resta là un moment, à prendre la mesure du désastre, mais Joseph-Marie Jacquard n'était nulle part en vue.

Et pour cause, il était quelques rues plus loin, à attendre son tour à la prison de Roanne, parmi une trentaine d'autres inculpés. Aucun ne savait pourquoi il avait été arrêté et les rumeurs allaient bon train. La plupart proclamaient leur innocence à grands cris. Le tisserand, lui, était coupable d'avoir imprimé des livres interdits, entre autres choses. Il ne se faisait donc guère d'illusions sur sa condamnation.

Le concierge s'adressa aux prisonniers d'une voix morne

« Vous attendez là. On vous introduira par deux ou trois dans le vestibule et quand il plaira aux citoyens juges, vous comparaîtrez devant le tribunal qui décidera de votre sort. On commence par Guizot, Sully et Jacquard. Avancez et prenez votre paquet ! »

Rue Neuve, Antonin avait commencé à fouiller les débris à la recherche d'indices. Les individus responsables du carnage n'avaient apparemment pas touché aux machines à tisser. Seuls la presse et les livres avaient subi le déchaînement de violence. C'était donc là qu'il fallait mener l'enquête. Il consulta d'abord les titres éventrés, mais cela ne lui apprit rien de particulier. Des auteurs connus côtoyaient des inconnus – en tout cas pour lui –, des essais étaient mélangés pêle-mêle avec des manuels de cuisine, des romans et des journaux. Cependant, quand il se mit en quête des *Lettres de Madame Roland*, il ne les trouva pas. Il eut beau tout remuer, elles avaient disparu. Alors qu'il s'apprêtait à tenter sa chance de l'autre côté, des bruits retentirent de l'extérieur.

La seule cachette envisageable était la machine à tisser ; à la fois assez proche et assez imposante pour lui permettre de se dissimuler aux yeux des nouveaux venus. Les bruyants intrus étaient deux jeunes filles, vêtues à la manière d'ouvrières lyonnaises : bonnet et tablier blanc couvrant des robes chatoyantes et de bonne facture, de couleur rouge pour l'une, bleue pour l'autre. Celle à la robe bleue portait à son bras un panier rempli de bobines de soie. Antonin crut d'abord que ce devaient être les employées de Joseph-Marie Jacquard, mais quelque chose dans leur comportement était inaccoutumé. Elles ne paraissaient s'étonner ni du capharnaüm de l'atelier ni de l'absence du maître des lieux. La robe bleue alla poser son panier et récupéra ce qui ressemblait à un pistolet pendant que la robe rouge faisait le gué de manière à guetter l'extérieur.

« Nous savons que vous êtes là, montrez-vous ! » clama la robe bleue.

Antonin tressaillit.

« Je ne me répéterai pas ! »

Antonin sortit, les mains en l'air. La jeune fille le mit en joue, ses yeux noirs braqués dans les siens. Elle lui parut singulièrement jolie, d'une beauté très différente de celle de Juliette.

Elle présentait des formes déjà pleines, un nez retroussé, des lèvres sensuelles, des yeux vifs et langoureux, encadrés de longs cils noirs et de boucles brunes indociles qui s'échappaient de son bonnet. Elle dégageait quelque chose de fascinant.

« Qui es-tu et que me veux-tu ? lança-t-elle d'une voix qui ne tremblait pas.

— Je m'appelle Antonin Carême. Es-tu Eudora Roland ? »

La jeune fille garda le silence, invitant Antonin à continuer.

« Je suis envoyé par Juliette. Elle a été attaquée par des bandits qui lui ont volé les documents qu'elle détenait et m'a demandé de te prévenir. Elle s'inquiétait pour toi.

— Quels documents ?

— Des lettres concernant Anne-Josèphe Terwagne. Je lui ai promis de les mettre en sécurité.

— As-tu une preuve de ce que tu avances ? »

Antonin resta interdit. Il n'avait rien pour étayer ses dires. Eudora plissa les yeux et actionna le chien de son pistolet.

« Attends ! » s'écria-t-il.

59

La Cour des Miracles constituait un édifice social strictement structuré.

En haut de la pyramide, il y avait le roi de Thunes ou Grand Coësre. Personnage le plus important, il était élu lors d'états généraux annuels et reconduit si ses sujets étaient satisfaits de son service. Le roi actuel, par exemple, était à la tête des argotiers depuis dix ans. Il rendait la justice et percevait taxes et impôts, que chacun devait verser au royaume. Il recevait aussi les nouveaux venus et pouvait leur attribuer une ou plusieurs missions suivant leurs compétences.

Le nain Leste-Main, quant à lui, était officier, juge, bourreau, bouffon et, depuis le procès, garde-chiourme. C'était lui que le grand Coësre avait chargé de surveiller Pierrot et il s'acquittait de cette mission avec zèle. Pierrot s'accommodait de sa présence. Leste-Main s'était toujours montré un compagnon agréable. En outre, c'était lui qui avait transmis à Pierrot tout ce qu'il y avait à savoir sur le royaume, ce que le nain appelait aussi « la plus grande comédie de Paris » : « Peu importe que tu veuilles être mendiant, voleur, bonimenteur, bateleur, kidnappeur, prostituée, assassin même, tant que tu connais ta partition, tu vois. » C'était grâce à lui que Pierrot avait appris à si bien tromper son monde. Dans cet immense vestiaire où tous se côtoyaient sans distinction, il lui avait montré comment se grimer en faux soldat, comment se fabriquer une fausse blessure, il lui avait également enseigné à se faire pèlerin qui égrène la complainte du Rosaire sans oublier la psalmodie et le nasillement, à simuler l'épilepsie grâce à un morceau de savon, à se couvrir de plaies fardées, à truquer les cartes, à délester les bourses et les maroquins, à tenir un coutelas, à simuler une haute naissance ou à devenir plus servile qu'un larbin. « Une fois habillé, il faut jouer. Notre public, ce n'est pas n'importe qui ! » s'était-il esclaffé en lui rendant sa pièce fétiche, frappée du profil de Louis XVI, que Pierrot avait toujours gardée sur lui pour payer son entrée dans les bas-fonds. Pour toutes ces raisons, Pierrot décida de lui révéler son plan. Si le nain ne le soutenait pas dans son entreprise, il s'en débarrasserait.

« Je ne peux te laisser faire ça, lui dit le nain.

— Tu es pourtant allé demander à madame Jeanne le nom de son pensionnaire », lui rétorqua Pierrot.

Après le procès, Pierrot et Leste-Main avaient suivi le meurtrier de Jacques jusqu'au bordel de madame Jeanne, aux abords du Palais-Royal. Là, Leste-Main avait découvert son nom : Pierre de Saint-Régent. Depuis, Pierrot ressassait ce nom comme une litanie. Il avait aussi découvert que l'homme avait reçu la visite de l'espion officiel de Talleyrand, le jour de l'attentat de la rue Saint-Nicaise. Et auparavant, il avait eu des entretiens avec Alexandre Lepeletier. S'il avait su que la politique de confidentialité de madame Jeanne s'arrêtait aux portes du royaume, Pierre de Saint-Régent aurait sans doute élu un autre lieu pour abriter ses rendez-vous secrets.

« C'est différent et tu le sais, dit enfin Leste-Main.

— Ne te mets pas en travers de mon chemin, le prévint Pierrot.

— Qu'est-ce que tu cherches ?

— Tu le sais très bien, répondit Pierrot avec humeur.

— Tu dis que tu veux te venger, mais tu l'avais à ta merci et tu n'as rien fait ; et maintenant, son nom ne te suffit pas.

— Il cache quelque chose. Tu l'as bien vu, non ? Je veux savoir quoi. »

Leste-Main dévisagea l'adolescent. Pierrot resta silencieux quelques instants avant de reprendre la parole. Son regard était aussi dur que son âme. Il brûlait de haine.

«Je veux qu'il sache que c'était moi. Je veux qu'il meure lentement.

— Il faut se méfier de la haine. Elle risque de te consumer.

— Qu'est-ce que ça peut faire ? Je suis déjà condamné.»

Le nain ne savait pas trop pourquoi il risquait sa peau pour Pierrot. Au fond de lui, il se disait que c'était la meilleure façon de s'acquitter de sa mission. Ce gamin était tellement obsédé par sa vengeance qu'il ne reculerait devant rien pour l'assouvir. Il avait donc besoin de quelqu'un pour endiguer ses actions. Cependant, si le roi de Thunes apprenait ce que Leste-Main avait autorisé, il ne donnait pas cher de sa vie. Pierrot disparut derrière les portes de l'hôtel du ministère de la Police.

Il n'y avait que deux types d'individus qui fréquentaient ce lieu de leur plein gré : les idiots et les fous. C'était un endroit froid, immense et redouté qui donnait toujours l'impression aux visiteurs qu'ils avaient quelque chose à se reprocher. Même les fonctionnaires chevronnés, chevilles ouvrières de l'immense réseau créé par Joseph Fouché avaient l'air de coupables en sursis. «Abandonnez toute espérance, vous qui entrez ici», semblaient chuchoter les murs inhospitaliers de ce bâtiment situé aux 11 et 13 quai Voltaire, entre la rue des Petits-Augustins et la rue des Saints-Pères.

Pierrot avança d'un pas lent et fatigué, son air hagard se fondant avec les dos voûtés et les regards vides. Pour l'occasion, il avait revêtu une tenue de fonctionnaire, qui le prémunissait de questions indiscrètes et de regards scrutateurs. Il se dirigea vers le bureau de Joseph Fouché sans suivre l'itinéraire traditionnel, c'est-à-dire un nombre incalculable de couloirs que l'on faisait emprunter aux visiteurs dans le but de les désorienter. Arrivé dans le corridor, il avisa un certain nombre de personnes qui attendaient vraisemblablement depuis des heures que l'on vienne les interroger. Il entra sans frapper. Là, dans l'antichambre, un agent à l'œil morne questionnait un individu transpirant sur ses anciennes amitiés avec certains membres du club du Manège. Était-il lui-même jacobin ? Participait-il à des réunions politiques séditieuses ? Savait-il quoi que ce soit de l'attentat de la rue Saint-Nicaise ? L'accusé pâlissait de seconde en seconde. Pierrot leur jeta un regard distant, puis s'engouffra sans un mot dans le bureau de son supérieur, en espérant que celui-ci avait bien reçu son message et l'attendait chez lui, plutôt qu'ici, à l'hôtel de police.

Joseph Fouché était assis à sa table de travail. En attendant l'arrivée de son visiteur, il feuilletait les pages d'un dossier, avec une expression de contentement. Il était prêt à asséner le coup de grâce. Pendant des semaines, les preuves d'une conspiration royaliste étaient venues s'accumuler dans ses dossiers. Il y avait notamment le reçu de l'homme qui avait cédé son cheval et sa carriole, les témoignages des commerçants qui avaient vu passer l'attelage et des courriers à destination ou en provenance de Courlande, dans lesquels le comte de Provence reprochait au général Georges Cadoudal son initiative déplorable pour éliminer Napoléon Bonaparte. Fouché se moquait éperdument d'avoir été un objet de moqueries et de médisances. Il se moquait également des gens que son rival, le prince de Talleyrand, avait fait condamner. Les jacobins appartenaient au passé et les femmes membres de la Société des citoyennes républicaines révolutionnaires troublaient l'ordre public depuis assez longtemps pour qu'on l'en débarrasse. L'important pour Fouché était qu'en définitive, tout le monde se souvienne qu'on ne pouvait pas se passer de lui. Il lui suffisait d'attendre les résultats de la campagne du Premier Consul contre le duc d'Autriche, François Ier. Si Napoléon rentrait victorieux d'Italie, il lui présenterait les résultats de son enquête et lui confirmerait qu'il avait été digne de sa confiance. Si le Premier Consul venait à mourir et que les royalistes arrivaient à se hisser à nouveau au pouvoir, il pourrait prétendre les avoir protégés en dissimulant les preuves. « Il est effarant que les gens n'aient pas encore compris que je gagne toujours », pensa Fouché en allant ranger, dans son coffre personnel, le dossier qu'il venait de consulter. La disparition récente de son espion était cependant une épine dans son pied. Il n'avait pas été en mesure de le localiser. Cela l'agaçait, lui qui se targuait de ne jamais rien laisser au hasard. Il regarda la pendule sur la cheminée et pinça les lèvres.

Pierrot eut un soupir silencieux en constatant que son plan avait fonctionné. Il n'était jamais entré dans le bureau de Fouché, pour la simple raison qu'ils se donnaient toujours rendez-vous chez le ministre. C'était une garantie du secret. C'était également une faille que Pierrot avait décidé d'utiliser. C'était risqué et il le savait. Pierrot scruta la pièce d'un œil expert et s'approcha d'un tableau qui suintait l'ennui. Il le fit pivoter et le mur révéla un coffre. C'était un coffre muni d'une combinaison, et non d'une clé. Fouché ne semblait pas craindre les cambrioleurs au sein même de l'hôtel de police. D'un geste sûr, Pierrot entreprit de l'ouvrir. Il récupéra une liasse de documents et les posa sur la table. Quand il eut trouvé le nom qu'il voulait, il emporta le dossier et quelques autres pour donner le change. Il fit aussi glisser des objets précieux dans sa poche. Dans l'antichambre, l'agent avait changé de victime. À l'extérieur, Leste-Main s'impatientait.

Quand il vit Pierrot arriver, il lui emboîta immédiatement le pas. Pierrot les conduisit sur les quais, jusqu'à une sorte de cagibi à proximité de la Seine. C'était un véritable taudis. Les planches étaient vermoulues et l'atmosphère presque irrespirable : l'odeur écœurante et vaseuse du fleuve se mêlait à celle des tanneries installées en contrebas. À l'intérieur, une pile de draps moisis, constellés de crottes de rongeurs. Leste-Main plissa le nez.

« C'est quoi, ce bouge ? »

Le visage de Pierrot s'assombrit. Le nain avait raison, c'était un bouge. Mais c'était un endroit dans lequel Jacques et lui avaient pu trouver refuge quand tout le monde leur tournait le dos. Il avait appartenu à une vieille blanchisseuse, qui s'en servait comme buanderie quand il pleuvait. Elle s'était prise d'affection pour Jacques et le laissait parfois rester avec elle quand Pierrot faisait ses errances. La vieille avait fini par mourir à force de plonger ses mains dans les bacs glacés du bateau-lavoir. L'endroit avait été récupéré par les rats et la vermine.

« T'occupe ! » maugréa Pierrot.

Il récupéra une bougie et une mèche pour éclairer la pièce sombre, s'assit sur une paillasse pourrie et attrapa le dossier qui l'intéressait. *Saint-Régent*. Pierrot savait que le ministre de la Police détenait des dossiers sur de nombreuses familles, notamment celles qui s'étaient exilées au moment de la Révolution, cible d'une surveillance redoublée. Pierrot avait eu l'intuition, à raison, que Saint-Régent faisait partie de cette catégorie. Il ouvrit le dossier et commença à lire à haute voix.

« Dossier de police secrète numéro 7952. Le sieur Alexandre de Saint-Régent, ayant été aperçu dans l'entourage du comte d'Avray, familier de Louis-Stanislas-Xavier de France, comte de Provence et frère cadet de Louis XVI, dans sa propriété de Saint-Germain-en-Laye, une enquête est effectuée sur cette famille.

— Alexandre ? le coupa Leste-Main. Je croyais qu'il s'appelait Pierre, ton bonhomme.

— Alexandre de Saint-Régent, né le 30 septembre 1766 à Lanrelas, Bretagne. Fils de Nicolas de Saint-Régent (décédé) et Astrid de Saint-Mars (décédée). Officier de marine, commandant de la région de la Trinité-Porhoët. Allégeance : chouan. Proche du général Georges Cadoudal. Adresse : inconnue. Recherché par la police. Relation : frère cadet. Pierre de Saint-Régent. Partisan. Dénonciateur de la conspiration du Châtelet. Adresse : 23, rue Mercier, Paris. C'est quoi la conspiration du Châtelet ? demanda Pierrot à Leste-Main.

— Des royalistes qui ont essayé de sauver le roi le jour de son exécution, expliqua le nain. T'as jamais entendu parler du baron de Batz ? »

Pierrot fit la moue. Il continua la lecture, mais ne découvrit que des informations à propos d'Alexandre : rapports d'activité, tentatives d'arrestation, etc. Tout ce qui concernait Pierre était, en comparaison, très ennuyeux.

« Et ?

— Et ça a raté. »

Pierrot referma le dossier d'un geste rageur.

« Il faut que j'en sache plus », finit-il par lâcher.

Leste-Main, qui avait suivi sa réflexion, le mit en garde.

« Hors de question que je te laisse y retourner. D'abord qu'est-ce que tu veux aller chercher ? Je parie que tu n'en sais rien. Tu ressembles à un chiot qui n'arriverait pas à trouver sa queue. Tu parles de vengeance, mais tu n'as même pas eu le cran de lui planter ton couteau dans le ventre à ton coquin. Tu n'as aucun plan, aucune idée, aucun courage. Rien. Voilà ce que je pense. »

Pierrot serra les poings. Il tremblait de rage.

« Tu n'es peut-être bon qu'à chanter finalement, dit Leste-Main.

— Justement, le nain, c'est mon chant, pas le tien, siffla Pierrot. Je mène ma vengeance comme je veux. Tu ferais bien de ne pas l'oublier !

— Ton chant, ton chant ! C'est quand même moi qui l'ai écrit ! »

Pierrot se jeta sur lui, mais Leste-Main s'écarta d'une pirouette. Il était étonnamment agile pour quelqu'un de sa taille et de sa corpulence. Il déséquilibra Pierrot et lui mit un couteau sur la gorge. Le garçon ne le reconnut pas. Il irradiait de violence et de danger. Même sa voix était altérée.

« Tu es un traître, Pierrot. Tu ne vis que parce que j'ai convaincu le roi que ton combat était juste. Je peux aussi décider que j'en ai assez vu et entendu. Ne l'oublie pas ! »

Il laissa Pierrot se relever. Les yeux du garçon brillaient de colère, mais il se tut. Leste-Main reprit sa bonhommie habituelle.

« Et puisqu'il faut te mettre un peu de plomb dans la cervelle, tu ferais bien de trouver un moyen d'empêcher ton bonhomme de quitter Paris. Ce serait dommage que ton chant se termine avant qu'il revienne. Tu vas commencer par tout me raconter pour qu'on puisse réfléchir à un vrai plan. »

60

« Juliette t'a peut-être parlé de moi ? J'ai été recueilli par les Ramponneau quand j'étais enfant.

— Prouve-le.

— Pose-moi des questions.

— Dis-moi quel était le titre du livre qu'elle t'avait prêté !

— C'était *La Nouvelle Héloïse* de Jean-Jacques Rousseau », répondit Antonin sans hésiter.

Elle secoua la tête, pas encore convaincue.

« Juliette m'avait dit que le garçon était différent...

— Si tu fais référence au fait que je ne parlais pas, c'était dû au choc de ce que j'avais subi. J'ai retrouvé la parole depuis.

— D'accord, Antonin. Que contient la boîte ? »

Elle faisait référence à la relique ayant appartenu à Louis XVI. Antonin se doutait que Juliette avait regardé à l'intérieur quand elle l'avait recueilli. Il se souvenait de son regard plein de pitié quand elle la lui avait rendue. Antonin la sortit de la poche de son manteau.

« Des mèches de cheveux de ma famille. »

Eudora baissa son arme.

« Viens avec nous ! »

Les deux jeunes filles le guidèrent à travers un dédale de rues, qui les éloigna du secteur des Cordeliers pour les emmener dans celui de Vaise. Eudora en profita pour lui expliquer pourquoi elle devait prendre ces précautions.

« Comment as-tu su que je te cherchais ? demanda Antonin.

— L'une des nôtres m'a prévenue. J'ai simplement attendu que tu reviennes.

— Qu'est-il arrivé au tisserand ?

— Il a été arrêté par la police.

— Pour quel motif ? »

Elle haussa les épaules.

« C'était un sympathisant.

— Je vois.

— Il connaissait les risques. »

Antonin serra les lèvres. Ça ne semblait lui poser aucun problème que d'autres se mettent en danger pour elle : Joseph-Marie Jacquard, Juliette... Elle paraissait avoir une conscience aiguë de sa propre importance.

Ils arrivèrent devant un immeuble criblé de balles. Parvenus au deuxième étage, ils entrèrent dans un appartement chichement meublé. Eudora demanda à Antonin de l'attendre dans le salon. Antonin nota que la bibliothèque contenait plusieurs livres, dont une édition fort belle de *La Nouvelle Héloïse*, quelques exemplaires de la revue *Le Courrier de Lyon* et une variété d'objets, qui ne présentaient aucun intérêt, hormis pour ceux qui en connaissaient la signification. Eudora réapparut avec un maroquin de cuir. Elle s'apprêtait à l'ouvrir pour le montrer à Antonin quand des coups de feu résonnèrent derrière la porte, suivis d'une injonction.

« Police, ouvrez cette porte ! »

Eudora écarquilla les yeux. Elle sortit son arme et visa Antonin.

« Traître ! rugit-elle.

— Non, s'écria Antonin. Je n'ai... »

Elle tira et Antonin ne dut son salut qu'au mécanisme de l'arme, qui s'était enrayé. La porte s'ouvrit avec fracas, révélant une poignée de policiers qui se jetèrent sur Eudora. Comme mû par un instinct sauvage, Antonin s'empara du maroquin, se précipita dans la chambre et ouvrit la fenêtre. Durant quelques instants, la vision du toit duquel il était tombé cinq ans auparavant se superposa à sa perception de la situation présente. Sauf qu'il n'y avait rien pour amortir sa chute. Sans hésiter, il sauta et se tordit la cheville sur les pavés.

« Ne le laissez pas partir ! » entendit-il crier Eudora à la ronde. Antonin courait, aussi vite que sa cheville le lui permettait, à l'aveugle, au gré des rues. Dans son dos, il entendit des coups de feu. Était-ce la police ou les femmes révolutionnaires ? Il l'ignorait. Il savait simplement qu'il devait s'éloigner le plus vite possible. Après un moment, il arriva sur une place remplie d'hommes jeunes, qui attendaient, rangés en file. Sans réfléchir, il se plaça dans l'une des queues et tâcha de calmer les battements de son cœur et de réguler son souffle. Avant même de s'en rendre compte, il était arrivé devant un comptoir où un homme en arme lui demanda ses nom, prénom et son âge. Il voulut reculer, mais se heurta à celui qui le suivait et attendait comme les autres de se faire recruter dans l'armée. Ses hésitations commençaient à attirer l'attention. Il avala sa salive et donna les informations requises. Le cœur au bord des lèvres, il monta dans une charrette remplie de nouvelles recrues. On l'envoyait à la guerre.

61

Depuis la petite colline sur laquelle il avait pris position avec le reste de ses compagnons, Antonin observait le septième régiment de hussards du général Moreau se mettre en ordre de bataille. Les boutons dorés, cousus sur les vestes des officiers et les harnachements reluisants de leurs chevaux brillaient dans le soleil italien comme des pièces d'or, et les plaisanteries fusaient entre les hommes. L'atmosphère était à la fête. Il se disait que l'armée française avait remporté une victoire décisive sur les Autrichiens en Forêt-Noire et que cette nouvelle offensive de l'empereur prussien était un acte désespéré.

Une foule de curieux en provenance de la ville d'Alessandria se mêlait au mélange hétéroclite des soldats vêtus de tenues bariolées et venus en renfort pour décourager l'adversaire. Les hommes étaient gais et confiants. La victoire souriait au Premier Consul, Napoléon Bonaparte. Surtout, celui-ci avait promis à chaque soldat volontaire une solde permettant l'achat de six arpents de terre au retour de campagne. Cinq ans. C'était la durée du service. Cinq ans. Une éternité. Antonin trouvait ça proprement vertigineux. « Ne t'éloigne pas trop longtemps ! » lui avait recommandé maître Bailly. Dans cinq ans, tout le monde l'aurait oublié. Et puis soldat dans les armées de la République... C'était sans doute la plus grande ironie de toutes.

Une clameur lui parvint en contrebas. Antonin essaya de repérer ce qui avait suscité ces vivats. Se faufilant entre les différents régiments comme une barque fendant les flots, un cheval avançait au pas. Sur son dos, un homme d'environ vingt ans, petit, avec de grands yeux noirs et des cheveux de jais. Toute sa personne irradiait l'air calme et résolu de ceux qui sont habitués à commander; une certaine férocité également. Antonin devina qu'il s'agissait de Bonaparte lui-même; et celui qui l'accompagnait ne pouvait être que le général Desaix, commandant en chef de l'armée. Sa mise impeccable, uniforme noir rehaussé d'une écharpe rouge, sabre au côté, l'identifiait comme le parfait courtisan, à l'image de ceux qui entouraient Louis XVI quand il était encore roi des Français. Antonin pensa que Bonaparte ne se comportait pas différemment d'un monarque et qu'il ne lui manquait que la couronne pour l'être tout à fait. En passant devant les hussards rangés en ordre de bataille, Bonaparte eut un petit signe approbateur à l'adresse du général Moreau. L'homme mit la main à l'épée et un joyeux cri de guerre jaillit du bataillon. Moreau était apprécié par ses hommes. Son heureuse humeur, son dévouement, sa générosité et sa capacité à désamorcer les conflits en faisaient un chef avisé. Napoléon passa devant le groupe d'Antonin en faisant la moue. Il est vrai que l'étoffe des uniformes étaient tellement fine qu'on y voyait à travers, les bottes étaient trouées aux orteils et les couleurs étaient passées à tel point qu'on ne savait plus si les vestes étaient bleues ou grises. Antonin avait eu très froid pendant l'hiver, mais l'arrivée du printemps rendait les choses plus supportables.

Pendant ces longs mois d'hivernage et de désœuvrement, il avait eu tout le temps de repenser à ce qui s'était passé depuis l'attentat de la rue Saint-Nicaise. Surtout, il s'était rendu compte que Juliette ne lui avait pas dit toute la vérité quand elle l'avait envoyé à la rencontre d'Eudora Roland. Elle lui avait seulement raconté que la jeune femme détenait les originaux des documents attestant le caractère abusif de l'enfermement de la féministe Théroigne de Méricourt à l'hôpital de la Salpêtrière. Elle l'avait supplié d'aller les récupérer pour permettre la libération de celle qu'on appelait «la belle Liégeoise», à l'époque où elle montait à la tribune de l'Assemblée. Juliette avait simplement omis de lui révéler que la fille de la célèbre Manon Roland détenait également toutes les lettres que le ministre des Affaires étrangères, Charles Maurice de Talleyrand-Périgord, avait échangées avec Louis XVI à l'époque où Antonin s'appelait encore Louis; des lettres qui s'étaient trouvées dans l'armoire de fer du cabinet du roi, au palais des Tuileries, mais que le père d'Eudora, Jean-Marie Roland, alors ministre de l'Intérieur, avait subtilisées. On apprenait, notamment, qu'envoyé en mission à Londres, Talleyrand avait tenté un accord pour faire libérer Louis XVI et instaurer une alliance entre la France et l'Angleterre, comme en témoignait cette lettre secrète au roi:

«J'ai parlé philosophiquement avec la délégation anglaise et j'ai trouvé Milord D. infiniment plus proche de nos idées que je n'aurais osé l'espérer. (...) ils auront beau faire, les politiques routiniers, ils auront beau s'évertuer dans leurs agitations subalternes, il n'y a qu'un grand plan, qu'une idée lumineuse, qu'un projet assez vaste pour tout embrasser, pour tout concilier, pour tout terminer. C'est le nôtre. Sans doute, elle paraît romanesque, cette idée; mais est-ce notre faute à nous si tout ce qui est simple est devenu romanesque? N'est-ce donc pas la distance la plus reculée du possible qui distingue les hommes? Je ne veux que vous encourager à montrer la possibilité, presque la facilité, d'asseoir sur l'éternelle base de l'intérêt commun l'alliance de deux pays qui doivent et peuvent commander la paix au monde. La question de votre libération et le retour de la monarchie sont évidemment au cœur de nos discussions. Seul vous représentez dans une juste proportion les éléments de grandeur qui ont toujours fait de la France une puissance parfaite: le savoir et la richesse. Restent les hommes, enfants capricieux armés de leurs fusils: l'Histoire se chargera de les remettre dans le droit chemin.»

Dans une autre, Talleyrand prenait acte d'une somme en provenance de la cassette royale pour favoriser la libération de la famille royale. Dans une troisième, il faisait état d'une visite au comte de Provence, frère du roi, alors exilé au château de

Courlande ; il décrivait les tractations engagées par *Monsieur* pour hâter cette libération. En découvrant cette lettre, Antonin avait été profondément bouleversé. La conversation que son libérateur, Toulan, avait eue avec son agresseur, cette fameuse nuit où on l'avait fait évader de la prison du Temple était restée gravée dans sa mémoire d'enfant. « Ne soyez pas naïf, avait dit l'homme sur un ton méprisant. Vous croyiez vraiment que Monsieur allait accueillir son neveu à bras ouverts, lui que l'on n'appelle déjà plus que Louis XVIII dans l'intimité ? Je vous croyais proche de feu notre chère reine – paix à son âme –, vous ne pouvez ignorer qu'elle soupçonnait son beau-frère d'œuvrer secrètement au maintien de leur captivité. » Se pouvait-il qu'il se soit fourvoyé tout ce temps ? Antonin avait passé l'hiver à se poser la question et aujourd'hui, il n'avait toujours pas de réponse.

Antonin avait compris que Juliette et ses amies avaient dans l'idée de faire chanter Talleyrand. Puisqu'il était désormais en possession des lettres, il se retrouvait de facto en plein cœur de la conspiration. En voulait-il à Juliette ? Ses sentiments étaient mitigés. Il était à la fois meurtri qu'elle lui ait dissimulé la vérité et admiratif. L'idée même de faire chanter Talleyrand semblait complètement aberrante. C'était sans conteste l'homme le plus puissant de Paris, à égalité avec Joseph Fouché, le ministre de la Police. Les deux hommes avaient survécu à pas moins de trois régimes politiques. Fallait-il qu'elle soit vouée corps et âme à leur cause pour avoir même imaginé la possibilité de faire pression sur lui de la sorte ?

En découvrant le pot aux roses, Antonin s'était interrogé sur sa propre situation, lui qui avait tourné le dos à son destin le jour où sa doublure était morte à la prison du Temple. Ce n'était pas seulement la peur qui l'avait fait disparaître ce jour-là, c'était d'imaginer un futur dans lequel il aurait été forcé de se préoccuper du bonheur de ceux qui les avaient laissés croupir en prison, sa famille et lui-même. L'une des phrases prononcées par son père avant de mourir, juste après l'avoir enjoint à pardonner, était : « Je vous recommande, mon fils, si vous aviez le malheur de devenir roi, de songer que vous vous devez tout entier au bonheur de vos concitoyens. » Aujourd'hui qu'il côtoyait de pauvres gens, des individus qui avaient presque autant souffert de la Révolution que sa famille, il voyait le bien qu'il pourrait faire en reprenant la couronne. Mais n'était-ce pas aussi irréaliste que la cause de Juliette et de ses amies ?

Une grande clameur résonna depuis la plaine, arrachant Antonin à ses pensées. Le Premier Consul lançait l'attaque.

62

« Ça va, petit? »
Les mains d'Antonin étaient agrippées à sa baïonnette et son front ruisselait de transpiration. Au début, et malgré son horreur de la guerre, il s'était senti galvanisé par les cris, la vision des dragons unis à leurs chevaux, avec ces longues crinières qui pendaient de leur casque, véritables centaures qui se lançaient dans la bataille, sabre au poing, les fantassins les suivant de près, marée bleu et gris comme une mer en colère. C'était beau, tous ces hommes unis dans un même but, ce « noble et commun élan d'âmes amantes de la gloire », comme avait dit le général avant l'assaut. Mais, bientôt, il y avait eu le feu, l'odeur soufrée de la poudre portée par le vent, la mitraille et les boulets, les corps, autour de lui, qui explosaient et retombaient en morceaux sanguinolents, la débandade des Français ployant sous le nombre, les officiers en fuite vers la forêt. Il avait même vu un général mettre bas l'un de ses hommes pour lui prendre son destrier. Le pauvre lui avait couru après en hurlant jusqu'à ce qu'une balle le fauche en plein vol, comme un lapin. Après ça, Antonin s'était réfugié derrière un gros rocher et n'avait plus bougé. Il essayait de convoquer les images de son père, de Juliette, de Bailly et de tous ceux qui pourraient lui donner le courage de se relever, mais elles se confondaient avec celle de ses camarades et de ceux qui avaient fui le combat.

L'homme répéta sa question. Antonin hocha la tête, notant au passage le timbre éraillé de celui qui lui avait adressé la parole. Il arqua les sourcils en le voyant allumer une pipe grâce à un briquet à mèches. Il lui paraissait parfaitement incongru qu'un homme puisse fumer en pareil moment. L'homme tira avec satisfaction des bouffées dont les volutes se mélangeaient à la poudre des fusils.

« Il n'y a pas de meilleure façon de lutter contre la peur, foi de Germain. Vas-y, essaie ! »

Il tendit la pipe à Antonin. Sa main était petite et ses doigts calleux. Une barbe blanche lui mangeait le visage. La trace d'une ancienne cicatrice était visible derrière le collier clairsemé. Antonin pensa qu'il se trouvait sans doute en face du doyen des soldats. Le goût du tabac le rendit encore plus malade. Il rendit la pipe à son propriétaire, qui éclata de rire.

« C'est ta première fois ? »

Antonin considéra son interlocuteur sans comprendre, les yeux toujours hallucinés.

« Moi, c'est la troisième fois que je rempile. Ça fait plus de dix ans que j'attends de mourir, dit-il en relâchant de la fumée. Je sens que cette fois, c'est la bonne », ajouta-t-il en clignant de l'œil.

Antonin lui répondit par un sourire contrit et les deux hommes restèrent silencieux, à écouter les bruits de la bataille leur parvenir comme en rêve. Germain sortit une flasque de son habit.

« Merci, sans façon, refusa le garçon qui avait encore le goût du tabac dans la bouche.

— Te fais pas prier ! Ça donne du courage. »

Antonin attrapa le goulot et descendit une bonne rasade d'un liquide aigre. Il eut une pensée pour la piquette à deux sols que le père Ramponneau servait à *La Grande Pinte*. Germain termina le flacon, en laissant quelques gouttes jaunâtres couler sur son menton.

« Une sacrée tisane, t'es pas d'accord ? »

Antonin acquiesça. L'eau-de-vie lui avait réchauffé les entrailles et il se sentait un peu mieux. Germain rangea la flasque.

« Alors, écoute-moi ! J'ai besoin de toi pour sauver ces hommes. Peu importe que tout le monde se fasse la malle. »

Il faisait référence aux cris qui retentissaient confusément depuis la tente de commandement : « Revenez ! revenez au nom de Dieu ! » Le soldat reprit :

« On a tiré sur mon camarade et j'ai besoin de quelqu'un de fort pour sortir ces gars de là. Tu m'as l'air d'avoir des muscles. Je peux compter sur toi ? »

Antonin remarqua une croix blanche sur l'uniforme de Germain. Un brancardier. Le jeune homme n'arrivait toujours pas à bouger. Il était paralysé par la peur. Germain le prit par les épaules et, l'espace d'un instant, Antonin crut voir dans les traits du vieux militaire le visage amène de son père. *Tu vas y arriver.*

Germain fit un signe de tête et se mit à courir, dos courbé. Antonin l'imita. Ils se faufilaient rapidement à travers le champ de bataille, à l'affût de la moindre preuve de vie parmi les cadavres entremêlés des deux camps. Germain indiqua à Antonin un homme à terre. C'était un soldat à peine plus vieux que lui, blessé par un sabre. Antonin le chargea sur son dos et se mit à courir vers les bois. Il sentait le râle du malheureux dans son cou. Peu avant la lisière des arbres, un bruit sourd faillit les faire basculer. Antonin se rattrapa de justesse et atteignit l'ombre protectrice de la forêt. Il adossa le soldat contre un tronc et recula vivement. Une balle était rentrée du côté du nez et sortie par la tempe opposée, défigurant affreusement le visage du soldat. Un seul œil restait et il était ouvert comme un reproche silencieux. Une tache rouge se déployait sur son uniforme. Antonin remarqua que sa propre chemise était maculée de sang. Autour de lui, les soldats français continuaient à fuir. Dans sa hâte, l'un d'entre eux renversa Antonin et lui montra les dents. C'était plus qu'il ne pouvait supporter. Il n'avait à présent qu'une envie : fuir cet enfer ! Cependant, sur le champ de bataille, Germain triait toujours les blessés, indifférent à toute cette agitation.

63

L'hôpital de la Salpêtrière était encore pire que Juliette l'avait imaginé. Le bâtiment dans lequel elle avait été conduite, baptisé « bâtiment des incurables », était situé dans l'ancienne prison de la Force et accueillait pêle-mêle des cancéreuses, des galeuses, des écrouellées, des teigneuses et des épileptiques.

Une partie de l'annexe avait été réaménagée par l'architecte en chef des hôpitaux de Paris, Charles-François Viel, mais les aliénées n'en profitaient pas. On leur réservait les anciens locaux, particulièrement vétustes et malsains pour ce que leur folie les avait exclues du genre humain : on jugeait superflu de se préoccuper de leur bien-être.

Le bâtiment comprenait quatre cours intérieures d'aspect résolument sordide. Des pierres grises habillées de longues coulées de pluie, qui faisaient penser à des larmes, d'innombrables fenêtres comme autant de cellules et de prisonnières, un jardinet austère pour la promenade.

Juliette s'horrifia à la vue de femmes enchaînées à des bancs ou corsetées d'étranges camisoles qui entravaient leurs mouvements. Certaines avaient le regard complètement éteint et la bave aux lèvres, d'autres hurlaient comme des démons. La porte donnant sur l'aile dédiée aux aliénées s'ouvrait avec une clé d'une grandeur effroyable, comme pour dissuader les résidentes d'une éventuelle évasion. Les murs étaient tellement rongés de salpêtre que l'architecte avait été obligé de revêtir le plafond d'un parement de bois pour éviter des éboulements de pierres sur les *malades*, dans leurs lits. Juliette pénétra dans son dortoir. Elle y trouva trois autres femmes réunies autour d'une cheminée, qui lâchait des volutes de fumée dans la pièce et rendait l'atmosphère quasi irrespirable. Pour Juliette, cependant, qui avait étudié le fonctionnement de l'hôpital, cela signifiait que son père avait payé pour que ses conditions de détention soient un peu meilleures que pour la plupart de ses compagnes d'infortune. Elle n'éprouva aucune reconnaissance à son égard.

La jeune fille s'installa immédiatement sur le lit laissé vacant et se mit à réfléchir. La première des choses serait de trouver Anne-Josèphe Terwagne et de s'assurer de sa bonne santé. Juliette avait également l'espoir que celle-ci puisse l'aider à identifier quelques sympathisantes de la Société des citoyennes républicaines révolutionnaires, actives dans l'enceinte de l'hôpital ; s'il en restait, car la liste de Fouché avait dû en dissuader de nombreuses. Des centaines d'anonymes croyaient en l'égalité des droits entre hommes et femmes, mais il y avait encore beaucoup de chemin à faire pour qu'elles trouvent en elles le courage d'entrer dans la lumière. En attendant, elle ne comptait pas sur ces femmes pour la faire évader – sinon Anne-Josèphe serait depuis longtemps sortie de cet enfer –, mais peut-être pourraient-elles faire passer des messages à l'extérieur ? Cela la conduisait à sa deuxième priorité : envoyer un message à Antonin afin de savoir s'il avait pu récupérer les documents auprès d'Eudora. Le jeune homme lui avait indiqué qu'il espérait trouver un emploi chez le cuisinier Nicolas Bocuse, à Collonges. Le contacter était risqué, mais elle n'avait pas le choix. Elle ne pouvait plus écrire à Eudora, maintenant que la jeune femme était recherchée par la police.

Pour l'heure, elle était épuisée. Sa blessure la faisait toujours souffrir et l'enchaînement des derniers jours pesait fort sur son moral. Elle n'aurait jamais imaginé qu'à quinze ans, elle se retrouverait internée en tant qu'ennemie de la République. En posant la tête sur la couchette dure, elle se demanda si elle n'aurait pas mieux fait de se fondre dans le moule que l'on avait façonné pour elle. Non ! Elle était encore trop jeune pour ne pas puiser en elle la force de rendre possible ce qui ne l'était pas. Elle s'endormit à cette pensée. Quand elle se réveilla, elle surprit un regard écarquillé juste au-dessus de sa tête. Elle eut un mouvement de recul et poussa un petit cri.

« Louise, recule, tu veux ? » prononça une voix en provenance de la cheminée.

L'intruse rejoignit docilement ses compagnes. Juliette se releva à demi, tentant de calmer les battements de son cœur.

« Elle voulait vérifier que tu n'étais pas morte », expliqua la même voix qui appartenait à une femme d'un certain âge, très mince, les cheveux blancs. Ses mains gantées étaient posées sur ses genoux et son visage blafard contemplait les flammes. Les ombres dansaient sur ses traits décharnés, lui donnant un aspect légèrement effrayant. La prénommée Louise était retournée sur son lit et jouait avec les fils de son oreiller en dévisageant ostensiblement la nouvelle venue. Elle ressemblait à une petite souris. La vingtaine, le regard clair, néanmoins troublé, un teint de mauvaise porcelaine. La troisième occupante de la chambre était une matrone, qui lui faisait un peu penser à sa mère, sauf que ses yeux ne reflétaient rien, hormis le vide. Elle berçait dans ses bras forts un oreiller d'une saleté repoussante. Juliette frissonna malgré elle. Elle se leva, accompagnée par Louise à chacun de ses mouvements, et s'approcha de la cheminée.

« Je m'appelle Juliette. Et vous ? »

Le regard de la vieille dame restait braqué sur les flammes, si bien que Juliette douta qu'elle l'ait entendue.

« Connaissez-vous Anne-Josèphe Terwagne ? Théroigne de Méricourt ? »

Elle n'obtint pas plus de réaction. Elle interrogea alors la matrone, puis Louise, mais les deux femmes ne prirent pas davantage la peine de lui répondre. Juliette finit par retourner sur son lit, troublée. Une heure plus tard, une infirmière vint la chercher pour un entretien avec l'un des médecins en charge de l'hôpital. Avisée sur le sujet, elle savait que le résultat de l'expertise ne comptait pas. Tant que son père décidait de la garder enfermée, tout ce qu'elle pourrait dire ne changerait rien à la situation. Elle serra les poings à s'en faire blanchir les jointures.

Elle fut surprise, en pénétrant dans la salle d'auscultation, de découvrir en lieu et place d'un médecin, un jeune homme bien habillé, qui lui souriait gentiment. Elle lui donna une vingtaine d'années. Sa beauté et sa mise le rendaient complètement inadapté à ce lieu : il était blond à l'autrichienne et très soigneusement vêtu d'une redingote, d'une cravate bouffante et de bottes en cuir. Juliette s'aperçut que la main de l'inconnu comportait une légère déformation. L'homme suivit le regard de la jeune femme et remit coquettement ses gants sans cesser de sourire.

«Je m'appelle Timothée de Neuville. Je suis envoyé par son Excellence, le prince de Talleyrand», se présenta l'inconnu en se levant.

Le visage de Juliette s'assombrit.

«Ma chère, nous n'avons pas beaucoup de temps. Moi, du moins. Ainsi, j'irai droit au but. Je crois savoir que vous détenez des documents concernant le prince de Talleyrand.

— Eh bien ? répondit Juliette prudente.

— Son excellence souhaiterait les récupérer. Les originaux, précisa-t-il, puisque vous avez été assez subtile pour ne porter sur vous que des copies.

— Le prince serait-il disposé à écouter nos doléances ? demanda bravement Juliette.

— Je crains que vous ne soyez guère en position de négocier, ma chère enfant. Voyez-vous, votre père a fait une erreur en vous amenant ici. Votre internement intervenant après l'accusation dont vous faites l'objet, vous devriez être, dès à présent, remise aux autorités. Nous ne saurions quand même laisser toutes les agitatrices se faire passer pour folles afin d'éviter l'échafaud ou les colonies. Cela dit, le prince pourrait se montrer magnanime si vous vous disposiez à coopérer.

— Et si je refuse ?»

L'espion de Talleyrand eut un sourire carnassier. Il se planta devant Juliette et passa un doigt sur la joue de la jeune fille. Elle tressaillit.

«Je vous laisse réfléchir à ma proposition.»

Une fois sorti, il fut supplanté par deux infirmières qui emmenèrent Juliette dans une salle terrifiante. Les deux femmes la déshabillèrent et la plongèrent nue dans un baquet d'eau glacée. Elle hurla.

64

Antonin avait vite perdu la notion du temps. Tous ses muscles étaient tétanisés par la peur et par le poids des blessés qu'il transportait inlassablement sous le couvert des arbres afin de les protéger des tirs ennemis. À chaque voyage, il se disait qu'il n'aurait pas la force d'y retourner ; pourtant, il y revenait toujours ; les balles sifflaient à ses oreilles comme des oiseaux de mort et le sang dégoulinait dans la boue au moindre de ses pas, formant comme un tapis rougeâtre. Les ennemis semblaient se rapprocher à chaque seconde. Les troupes françaises étaient désormais prises en tenaille. Ne restait aux uniformes bleu et gris que le boqueteau et ce village perché sur une petite colline, où était stationné le gros des troupes. Si les impériaux réussissaient à percer le centre de l'armée, la bataille serait perdue. Antonin ne savait même pas comment s'appelait cet endroit. Il allait mourir en soldat inconnu dans un lieu inconnu. C'était une pensée étrange, mais contrairement à d'autres qu'il avait pu avoir par le passé, pas du tout réconfortante. Il réalisa qu'il n'avait absolument pas envie de mourir. À ce moment, une grande clameur lui parvint du flanc ouest. Il tourna la tête, des centaines de hussards fendaient les rangs ennemis avec, à leur tête, un homme à l'allure extraordinaire comme sorti d'un conte des mille et une nuits. Accompagnés par des boulets à mitraille, les cavaliers chargeaient les habits rouges. Le sabre au poing, la bouche ouverte en un seul cri funèbre. « C'est Murat qui charge ! entendit très distinctement Antonin, nous sommes sauvés ! » Autour d'eux, la terre volait en miettes noires et en pluie de sang. Les ennemis tombaient en nombre, transpercés par les dragons ou piétinés par leurs coursiers lancés au grand galop. Les blessés étaient impitoyablement achevés. Antonin eut un haut-le-cœur. Même s'il s'agissait d'ennemis, la vision de ces hommes réduits en bouillie l'écœurait.

« Petit, cours vite te mettre à l'abri ! » cria Germain en le secouant.

Antonin regarda le brancardier sans le voir. Son œil venait de capter l'image d'un cheval blessé qui essayait de se relever, mais la pauvre monture glissait sur le sol boueux et s'empêtrait dans ses propres entrailles. Le bruit de la bataille lui faisait mal aux oreilles. Les canons surtout, un vacarme terrible, les coups se succédant les uns après les autres, comme un chapelet. Germain le gifla à toute volée. « Bouge-toi. Tu vas nous faire, tu... » Le reste de la phrase se perdit dans le vent. Germain écarquilla les yeux, sa bouche forma un rond silencieux. Ses doigts s'agrippèrent au bras d'Antonin et sa tête ploya sur son abdomen. « Qu'est-ce que... » Il s'effondra dans les bras du garçon. Antonin voyait la vie s'échapper rapidement du corps du vieux soldat, muet d'horreur. Que devait-il faire ? Germain émit un hoquet de douleur et réclama sa flasque. Puis il ordonna à Antonin de s'en aller. Curieusement, ce fut cet objet qui permit à Antonin de retrouver ses esprits. « Ça donne du courage, avait dit Germain, j'ai besoin de toi pour sauver ces hommes. » Antonin se releva, considéra la croix blanche, teintée de rouge, avant d'attraper le brancardier par le bras et de le hisser sur son dos. Il ploya sous son poids.

« Mais qu'est-ce que tu fais ? lui demanda Germain.

— Je vous emmène dans la forêt, répondit Antonin avec effort.

— Arrête, tu vas nous faire tuer tous les deux. Sauve ta peau, espèce d'idiot !

— Je ne vous laisserai pas mourir ici », dit Antonin en détachant chaque syllabe.

Chaque pas était une victoire. Chaque foulée les rapprochait des arbres.

« Par ici, l'encouragèrent des voix. Par ici ! »

Des uniformes bleus leur faisaient signe. L'ordre semblait avoir été donné de se mettre à l'abri, le temps que les hussards remplissent leur office de destruction. Les officiers dragons et leurs chevaux piétinaient tout le monde. Mieux valait ne pas se trouver sur leur route. Quelques fantassins sortirent pour couvrir leurs arrières. Antonin redoubla d'efforts. Ils étaient presque arrivés. « Tenez bon, Germain ! nous y sommes presque. » À cet instant, le jeune homme sentit une douleur intense lui transpercer le mollet. Il s'effondra la tête dans la boue, le corps de Germain l'empêchant de retrouver de l'air.

65

Pierrot raconta à Leste-Main ce qu'il savait. Il commença par lui parler de la découverte du testament du révolutionnaire Pierre-Gaspard Chaumette et du billet signé de la main de Louis XVI, dénichés dans le coffre d'Alexandre Lepeletier, l'amant de Joséphine de Beauharnais.

« Il avait été dénoncé par une lettre anonyme. Fouché m'avait demandé de l'avoir à l'œil, expliqua Pierrot. Connaissant le ministre, ce n'était qu'une question de temps avant qu'il me demande d'aller visiter ses appartements.

— Donc tu es allé vider son coffre avant que ton patron te le demande. C'est bien.

— Si fait. J'ai découvert que le drôle était un traître qui conspirait avec les royalistes. Le testament de Chaumette disait que lui et Hébert avaient caché l'évasion du petit Mitron. C'était le jour où le gardien était censé quitter la prison. Le billet, lui, disait que le roi avait donné à un certain Toulan son bracelet de montre et son alliance pour qu'il les confie à son fils.

— Et alors ?

— Un soir, Jacques et moi, on était tombés sur un petit moineau qui avait l'air encore plus mal en point que nous. On aurait dit qu'il s'était roulé dans la merde. Ça se voyait qu'il n'était pas dans la rue depuis longtemps. Il ne connaissait pas les codes. L'idiot n'avait même pas eu l'idée de cacher ce qu'il possédait. Jacques n'allait pas tenir l'hiver, donc j'ai fait comme j'aurais fait avec n'importe qui dans ces cas-là : je l'ai rançonné. Il allait crever de toute façon. Et tu vois, ce qu'il avait dans ses mains, ce moineau, c'était un bracelet de montre et une alliance.

— Pas possible, commenta Leste-Main.

— Je suis allé les fourguer au vieux Juif du quartier des Innocents. J'en ai tiré cinquante pièces d'or et cinquante d'argent...

— Bougre d'idiot, grommela le nain.

— Avec l'argent, j'ai pu nous payer une bonne planque à Jacques et à moi, mais j'avais été stupide de demander de l'or. Je suis parti l'écouler chez un receleur que je connaissais. Quand je suis revenu, Saint-Régent était là, avec le bracelet de montre et l'alliance. Il voulait savoir à qui on les avait pris. Il menaçait Jacques, donc j'ai craché le morceau. Tout de suite après, il tuait mon frère.

— Tu crois qu'il en voulait au gamin ?

— Je ne sais pas s'il le cherchait pour le sauver ou pour le crever. En tout cas, il voulait se débarrasser de ceux qui l'avaient vu. Il allait me crever aussi quand Sylvain Thénar est intervenu. Je me suis sauvé et je suis venu dans le royaume et depuis, je cherche Saint-Régent.

— Dis-moi une chose : ton Saint-Régent, au procès de Vitry, il a réagi comment quand la véritable identité du drôle a été révélée ? »

Pierrot dévisagea Leste-Main. À cet instant, il n'était plus le bouffon qu'il donnait habituellement à voir, mais un personnage d'une intelligence acérée et subtile. Pierrot pouvait voir que son esprit tournait à toute vitesse. Il comprenait pourquoi le roi de Thunes ne pouvait se passer de lui.

« Quand l'imposteur s'est fait reconnaître par ce vieux juge ? Saint-Régent n'avait pas l'air plus surpris que ça. Au contraire.

— J'en étais sûr. Si je ne me trompe pas, ce n'est pas n'importe qui ton coquin, finit-il par lâcher. S'il est ce que je crois, ça peut tout changer.

— Comment ça?

— Je te fiche mon billet, éluda Leste-Main, que c'est lui qui a envoyé la lettre anonyme à Fouché pour accuser Lepeletier et lui encore qui a caché le testament et le billet dans son coffre. Il voulait qu'on croie que le petit était vivant, mais pas qu'on le retrouve pour autant.

— Pourquoi?

— Tu connais rien à la politique, petit. Alors je vais te poser une question: qui aurait intérêt à ce qu'on croie que le dauphin s'est évadé?

— Les royalistes.

— Maintenant, qui aurait intérêt à ce qu'il ne revienne jamais?

— Les révolutionnaires.»

Leste-Main lui donna une petite gifle.

«Réfléchis, gamin! Qui doit accéder au trône si la monarchie revient?

— Le frère du roi, celui qui est en exil... dit Pierrot.

— Bon, tu es moins bête que je le pensais. Maintenant, écoute-moi bien! Je pense que ton Saint-Régent n'est pas plus partisan que toi et moi. Je pense que c'est un homme du comte de Provence. Il a d'abord été envoyé pour s'assurer que le gros Louis rencontrerait son destin.»

Leste-Main expliqua à Pierrot que les relations entre Louis XVI et son cadet avaient toujours été tendues, notamment à l'aube de la Révolution. Le roi soupçonnait son frère de vouloir s'emparer du trône à la faveur des événements. Pierrot était impressionné par les connaissances du nain.

«Le père écarté, restait le fils. En prison, il ne gênait pas les ambitions de son oncle. Mieux, il pouvait se cacher derrière lui pour gouverner à sa place, comme régent. Mais quand des royalistes eurent l'idée de faire évader le neveu, ça compromettait tout. Saint-Régent devait avoir pour mission de se tenir dans l'ombre pour s'assurer que le petit en ressortirait plus mort que vif, tu vois?

— Et le procès? Pourquoi il lui a donné la montre et la bague?

— C'est évident non? Il est derrière les faux dauphins.

— Comment ça, les faux?

— Tu ne sais pas ça, toi, monsieur l'espion ? Il y en a eu au moins des dizaines de coquins prétendant être le petit roi, se pavanant dans les châteaux des nobles exilés et faisant bombance à l'œil. J'ai entendu dire qu'il y avait même eu un moricaud. Franchement, j'ai même failli y aller moi-même.

— Je ne suis pas sûr de comprendre en quoi ça fait l'affaire des royalistes.

— Évadé, caché, Louis XVII est à la fois partout…

— …donc nulle part, compléta Pierrot. Et plus il y en a, mieux c'est pour l'oncle.

— Tu as compris. J'ai entendu dire que la sœur refuse de rencontrer les prétendants, à présent. »

Pierrot hochait lentement la tête. Tout commençait à prendre forme dans son esprit.

« Quand le frère est mort, continua Leste-Main, on s'est dépêché de l'échanger contre des prisonniers. On dit qu'elle vit avec son oncle maintenant. Pour en revenir à notre affaire, jusqu'ici, nous autres, on pensait que les histoires d'évasion, de faux dauphins, de roi revenu d'entre les morts, c'était une mascarade comme on en joue parfois pour s'arranger avec l'Histoire.

— Qu'est-ce que tu veux dire ?

— Personne n'est dupe, mais ça permet de se racheter une conscience. Déjà qu'il y avait eu la mort du roi sur le billot, alors le rejeton en prime… Il valait mieux pour tout le monde qu'on croie qu'il avait échappé à son sort, tu saisis ? Je te parie qu'on va en parler pendant des siècles de ce coup-là. Mais si le petit était vivant… »

Il laissa passer un silence.

« Tu sais, je crois que cette histoire commence à devenir intéressante pour nous. »

Et Leste-Main dévisagea Pierrot, l'invitant à continuer. L'ex-espion de Fouché prit le temps de mettre en place ses idées.

« Le but de Saint-Régent, c'est que le frère du roi monte sur le trône si la monarchie revient.

— On peut le penser.

— Tu m'as dit qu'il s'intéressait à un apprenti pâtissier. Ça veut dire qu'il n'est pas sûr que le vrai dauphin est mort... »

Leste-Main sourit malicieusement en se frottant le pouce avec son index et son majeur.

« On peut le faire chanter... traduisit Pierrot.

— Bien, approuva le nain. Pour l'instant, il pense que le garçon est à Lyon.

— Il faut donc commencer par le convaincre qu'il est à Paris.

— Et ?

— Et puisque Saint Régent veut retrouver le gamin, on va le retrouver avant lui. Ensuite, je le tuerai », ajouta le jeune homme férocement.

Leste-Main était satisfait. Simplement, il ne fallait pas oublier que Pierrot était condamné. Chaque minute comptait à présent.

« Il faut qu'on ait une discussion avec le roi. Suis-moi ! »

66

Le remue-ménage permanent des infirmiers qui se relayaient au chevet des malades et les cris des blessés que les chirurgiens étaient obligés d'amputer avec un peu d'alcool pour seule anesthésie empêchaient Antonin de dormir. Il en était presque reconnaissant, car dès qu'il fermait l'œil, les images de la bataille revenaient le tourmenter.

Le jeune homme était allongé sur une couverture crasseuse. Il n'osait pas bouger de peur de raviver la douleur qu'il ressentait dans la cage thoracique. Quelques jours plus tôt, le chirurgien en chef de l'armée était venu l'examiner en personne. Antonin avait été frappé par l'apparence du médecin. Ses sourcils fournis se rejoignaient en une ligne droite sur le front, le visage était strié de rides comme celui d'un marin exposé à la brise saline, les os saillants, le regard orageux, dur. On lui avait dit que François-Joseph Broussais ne décolérait pas. Germain n'avait pas été n'importe quel soldat. Ce n'était pas un brancardier. C'était un soigneur. Le meilleur après Broussais. Il n'aurait jamais dû se trouver sur le champ de bataille. Le fait qu'Antonin ait pu le ramener dans l'état où il était avait fait le tour du camp. Tout le monde voulait voir celui qui avait réussi à porter un camarade avec trois côtes cassées et une jambe presque hors d'usage.

Antonin lui-même se posait la question. Il ignorait comment il avait repris conscience, comment il s'était relevé, comment il avait hissé Germain sur son dos et comment il avait couru jusqu'à la forêt. Il l'avait fait, c'est tout. Et il ne désirait pas qu'on le félicite. C'était sa faute si Germain avait été touché par cette balle meurtrière. Le vieux soldat n'avait pas survécu à ses blessures. Il avait expiré peu après avoir atteint les arbres, comme s'il avait attendu de savoir Antonin en sécurité avant de mourir. Cette prise de conscience bouleversa le jeune homme. Germain lui avait sauvé la vie. Il lui avait sauvé la vie en lui donnant un but pendant la bataille. Il lui avait sauvé la vie en le forçant à bouger. Il lui avait sauvé la vie en le protégeant de son corps, en lui servant de rempart contre l'ennemi. Pourquoi?

« Alors, c'est lui ? »

La voix appartenait à un bel homme vêtu d'une tenue d'officier resplendissante, chargée de pierreries, qui tranchait avec la saleté et le gris ambiants. Un sabre flamboyant pendait à sa ceinture et un panache blanc flottait sur son chapeau. Il se dégageait de sa personne une espèce de nonchalance teintée d'insouciance. Antonin reconnut le général qui avait chargé l'arme au poing, sur le champ de bataille. Encore maintenant, il donnait l'impression de se rire de la mort, la sienne comme celle des autres. Les autres soldats le regardaient à la dérobée.

« Quel âge a-t-il ? Dix-huit ans ? »

François-Joseph Broussais secoua la tête.

« C'est le bout du monde s'il en a dix-sept.

— Comme quoi, il n'y a pas d'âge pour le courage, s'écria-t-il, admiratif. D'où vient-il ?

— Personne ne le sait. Le choc l'aura rendu muet.

— Tu nous entends, petit ? »

Le général Murat se pencha sur Antonin, ses longs cheveux noirs cascadant sur son visage. Antonin hocha imperceptiblement la tête. Le mouvement déclencha cependant une quinte de toux et son drap se colora de rouge. L'officier posa sa main sur son avant-bras.

« Du calme, du calme. Il va s'en sortir, Broussais ?

— Il lui faut du repos, mon général.

— Vous le déplacerez dans nos quartiers. Envoyez-le-moi quand vous l'aurez remis sur pied !

— Entendu, monsieur ! »

L'officier embrassa la salle du regard.

« Eh bien ! Messieurs, réjouissez-vous ! Nous avons gagné ! »

Il n'y avait guère de différence entre le quartier des officiers et celui des soldats, sinon que les corps blessés reposaient sur des lits de fortune et qu'on leur fournissait un peu de lecture. Le voisin de droite d'Antonin était un jeune hussard de dix-neuf ans qui avait eu les jambes écrasées par son cheval. Les chirurgiens avaient pu sauver la gauche, mais la droite était amputée jusqu'à la cuisse où on lui avait posé des sangsues pour éliminer le mauvais sang. Le garçon était complètement exsangue, ce qui faisait douter Antonin de l'efficacité du traitement. La plupart du temps, il délirait et appelait sa mère dans une langue inconnue. Son voisin de gauche était un lieutenant breton, originaire de Saint-Malo, hospitalisé pour dysenterie. Il raconta à Antonin qu'il avait participé en 1792 à la lutte contre l'insurrection vendéenne. En représailles, ses parents avaient été massacrés par les chouans le soir de Noël, sa mère hachée à coups de sabre et son père décapité. Il éprouvait donc une haine tenace et inextinguible contre les royalistes. Il rêvait du jour où toute cette race de brigands serait exterminée. Le jeune hussard finit par mourir et sa paillasse resta vide. Le lieutenant fut déplacé à la demande générale, moins pour ses paroles que pour l'odeur nauséabonde de sa couche. Il fut remplacé par un caporal victime d'une intoxication au charbon et dont la peau du bras cloquait intensément, comme s'il s'était brûlé à un four incandescent. Une coloration noire s'ajoutait aux taches rouges déjà présentes sur l'épiderme en lambeaux. On avait appliqué sur ses plaies des tissus humidifiés d'eau et d'huile de lavande qu'on changeait régulièrement, en plus de quelques sangsues pour les humeurs, mais l'homme semblait toujours souffrir le martyre. « Un cuisinier, disait son maître Bailly, voit plus souvent la mort en face qu'un soldat. Les jours de bataille sont les seuls où il risque sa vie. Celle d'un cuisinier est à chaque instant exposée. Le charbon est plus meurtrier que les fusils, les canons et les bombes.» Antonin en avait l'exemple vivant sous les yeux.

«Il faut de la carotte, dit-il un jour que la lavande vint à manquer.

— Plait-il? répondit le médecin-chef, en le regardant curieusement.

— Il faut lui mettre de l'huile de carotte sur la plaie pour calmer la douleur.

— Ainsi, vous parlez. Eh bien, la carotte?

— Mon maître avait coutume de nous en appliquer quand nous nous brûlions à la cuisine. C'est plus économique que la lavande, mais tout aussi efficace.

— Votre maître?

— Sylvain Bailly de la pâtisserie Bailly, à Paris.»

Quelques jours plus tard, Antonin avait été emmené dans une pièce éclairée d'une simple bougie. Malgré ses bandages, il souffrait toujours et craignait que son boitement ne s'installe de manière permanente. Le général Murat entra dans la pièce et lança son couvre-chef sur la table, de manière désinvolte. Un infirmier lui avait dit de ne pas s'inquiéter. Murat allait sûrement le démobiliser avec une jolie pension.

«Je suis le général Murat, dit-il simplement. Comment t'appelles-tu?

— Antonin Carême, mon général.»

Il se rendit compte que ce nom lui était à présent plus familier que celui que lui avaient donné ses parents.

«Antonin Carême! s'esclaffa Murat. Drôle de nom pour un apprenti cuisinier! Eh bien! Antonin Carême, tu as fait montre d'une grande bravoure pendant la bataille. J'avais prévu de te recruter parmi mes dragons, mais Broussais me dit que tu serais désormais incapable de monter à cheval, même si ta vie en dépendait. Bien sûr, il n'a pas vu ce que j'ai vu! C'était magnifique!»

Antonin resta silencieux. Il ne partageait pas les mêmes souvenirs de bataille. Lui se rappelait des corps brisés, des chevaux piétinés, Germain...

« Tu mérites les honneurs pour ce que tu as fait.

— Je vous remercie, monsieur, mais je ne mérite pas vos éloges. Si monsieur Dunant n'avait pas été là, je serais probablement mort aujourd'hui. »

Antonin avait appris que le nom complet de Germain était Germain Dunant. Il avait été officier de santé sous trois régimes différents : la monarchie, la révolution et le directoire. Et il s'était rendu compte que, peu importait le régime, le sang avait toujours la même couleur et les hommes n'en finissaient jamais de se battre.

« Dis-moi, qu'est-ce qu'un apprenti pâtissier encore mineur peut-il bien faire dans l'armée française ? »

Antonin n'avait pas assez de force pour mentir. Il opta pour la vérité.

« Je me suis enrôlé par hasard.

— Par hasard ? répéta Murat avant d'éclater de rire. Par hasard ! Décidément, tu me plais, Antonin Carême. Attends-moi là ! »

Murat sortit de la pièce à grandes enjambées. Cet ancien fils d'aubergiste était connu pour sa fougue et ses décisions rapides. On disait de lui qu'il avait l'art de jauger les gens au premier regard. C'était pareil à la guerre. Son flair suffisait à tout. Il ne calculait pas, il fonçait. Et réussissait.

67

Antonin pensait que Murat l'avait oublié. Cela faisait des heures que le général lui avait ordonné de l'attendre sans lui donner la moindre explication. Il avait bien essayé de questionner l'ordonnance qui lui tenait compagnie, mais l'homme était aussi causant que la porte qu'il gardait.

Pour s'occuper, Antonin s'efforça de se figurer le déroulement de sa journée s'il était resté à la pâtisserie Bailly. À cette heure-ci, Jeannot serait certainement en train de préparer quelques biscuits à la pistache pendant que lui s'échinerait à briser de gros pains de glace au marteau. Il n'était pas plus fort que Jeannot, mais son ami avait quelques années d'avance sur lui. La révolution avait peut-être aboli les corporations, Bailly restait de la vieille école. Pour prétendre au titre de pâtissier, un apprenti devait se former auprès d'un maître durant trois ans, à l'issue desquels il passait l'épreuve du chef-d'œuvre. En cas de succès, il était autorisé à s'installer à son compte. Chaque apprenti décidait lui-même du thème de son chef-d'œuvre. Le seul impératif était de présenter une création originale et inédite. Jeannot avait fait goûter la sienne à Antonin. C'était un petit gâteau court et dodu dont l'aspect rappelait la forme d'une barque bretonne et qu'il avait appelé *madeleine*.

Pour son propre chef-d'œuvre, Antonin avait pensé soumettre un *extraordinaire*, mais cette idée était devenue caduque le jour où il avait livré la pièce montée à l'hôtel de Galliffet. Il ne le regrettait pas, il n'avait pas voulu passer à côté de sa chance quand son maître lui avait confié la commande de Talleyrand. Il se mit en tête de décortiquer sa première création pour voir ce qu'il aurait pu améliorer : la pièce principale composée de gros nougats pour figurer les pierres d'un temple et de croquantes meringues à base d'amandes et de miel pour les ruines ; le socle assemblé de macarons à la pistache et à la cerise pour séduire les papilles des convives ; les pastillages délicats utilisés pour former les décorations, mais qui s'étaient effondrés pendant le transport. Jeannot lui avait recommandé d'utiliser du sucre comme collant naturel, mais il avait toujours eu l'intuition que le miel se montrerait plus sûr que le sucre, comme le ciment s'avérait plus efficace que la chaux ou l'argile pour ériger des bâtiments. Il avait passé assez de temps au cabinet des Estampes à consulter des traités d'architecture pour comprendre les rudiments de la construction.

Antonin se leva vivement en entendant l'ordonnance saluer le général. Il était tellement absorbé par ses rêves qu'il ne l'avait pas entendu revenir. Murat était accompagné d'un homme imposant, rasé de frais, le front haut et un regard franc. Ce n'était pas un officier, mais son attitude avait quelque chose de militaire. L'homme avait l'habitude qu'on lui obéisse. Il portait une tenue qu'Antonin connaissait bien : veste blanche, bonnet, tablier de même couleur et couteau au côté.

« Alors ?

— Mon général, je vous rappelle qu'un cuisinier n'est ni un cocher ni un valet de chambre. Vous me permettrez donc d'interroger ce garçon avant de prendre la moindre décision. »

Murat eut un sourire en coin. Personne n'osait plus lui parler sur ce ton depuis que le Premier Consul Napoléon Bonaparte l'avait nommé Maréchal de France et lui avait donné sa sœur, Caroline, en mariage. Il leva les bras en guise d'excuse.

« Mais faites, mon bon Laguipière, faites ! »

Antonin cilla. Il connaissait ce nom. Laguipière était célèbre dans la profession. Rares étaient les apprentis qui réussissaient à produire un chef-d'œuvre sous sa houlette. Il était tellement dur que la plupart abandonnaient avant la fin de leur apprentissage. Antonin ne l'avait pas reconnu, car il était réputé ne jamais se montrer sans sa perruque poudrée.

« Ainsi, mon garçon, tu es apprenti chez Sylvain Bailly.

— Oui, monsieur.

— Un pâtissier... Je connais Bailly, c'est un bon maître. À quoi t'occupe-t-il ?

— Je suis tourier, monsieur. Je m'occupe également de l'entretien des fours et de l'approvisionnement en glace pour conserver les aliments.

— Un tourier, répéta Laguipière. Sais-tu faire autre chose que fabriquer du feuilletage ? Que connais-tu de la cuisine ?

— Peu, mais je suis très désireux d'apprendre. »

Le cuisinier lui tendit une timbale.

« Parle-moi de ce bouillon ! »

Antonin ouvrit le couvercle. Une forte odeur de clou de girofle lui parvint aux narines, secondée par des effluves de carotte, navet, céleri et volaille.

« C'est un potage de santé », dit Antonin sans hésiter.

Laguipière reprit le récipient sans s'émouvoir outre mesure. Murat, lui, était impressionné. Il voulut savoir comment Antonin avait pu reconnaître le breuvage aussi vite. Le jeune homme lui expliqua que la pâtisserie Bailly se trouvait non loin du cabaret du père Ramponneau et, qu'à *La Grande Pinte*, le potage au clou de girofle était presque aussi célèbre que la pinte de vin à deux sols. L'officier éclata d'un rire sonore. Laguipière eut un regard sévère.

« Tu sais lire ?

— Oui, monsieur. »

Laguipière lui tendit un petit ouvrage pas plus grand que sa paume, qu'il conservait dans sa veste. Antonin l'ouvrit à la première page et leva les yeux sur les deux hommes. Puis il commença à lire d'une voix claire.

« Sur le devant d'un cabinet, dont toutes les tablettes sont garnies des comestibles les plus recherchés, et du plafond duquel pend toute espèce de gibier à poil ou à plumes, tel que lièvres, sangliers, daims, outardes, bartavelles, des pains de sucre, des ballots de café, etc. on voit assis à son bureau un gourmand occupé à donner audience à plusieurs personnes chargées de victuailles, et qui viennent se faire reconnaître en se légitimant de lui...

— Ça ira, dit le cuisinier en reprenant son livre. Mon apprenti a dû rentrer chez lui et le soldat qui l'a remplacé n'avait aucune expérience de la cuisine. Son zèle et son inconscience lui ont coûté la vie, dit-il. Je t'offre sa place, le temps de ton service. »

Antonin pensa au soldat qu'il avait vu allongé à côté de lui, à ses atroces souffrances. Il hocha la tête. « Alors, c'est décidé ! » Laguipière tournait déjà les talons, s'attendant à voir Antonin lui emboîter le pas. Mais le jeune homme ne bougeait pas. Il avait quand même espéré être démobilisé pour rentrer à Paris.

« Qu'est-ce que tu attends ? Qu'on sonne le tocsin ? »

68

Depuis la carriole, Antonin entendait les chevaux harnachés caracoler dans l'air froid du matin. L'armée victorieuse s'apprêtait à quitter le petit village de Marengo. L'apprenti cuisinier s'était levé à l'aube pour préparer le petit-déjeuner du Premier Consul avant que celui-ci ne reprenne la route de Paris. Napoléon Bonaparte, lui avait expliqué Laguipière, aimait les plats simples aux goûts francs : côtelettes d'agneau, charcuteries, timbales de macaronis, poulets en sauce. Les premiers jours, Antonin s'était étonné que son maître Laguipière n'utilise pas ou peu de beurre pour cuisiner. Pour un pâtissier, c'était presque une hérésie. Jusqu'à ce qu'il goûte les préparations, il s'était même dit que le Premier Consul devait souffrir d'une condition médicale pour s'obliger à faire maigre. « Quelle pitié, s'était-il dit en voyant Laguipière verser de l'huile d'olive dans une poêle chaude pour faire revenir l'ail et les écrevisses. Gâcher de si bons ingrédients ! » Laguipière l'avait regardé du coin de l'œil en souriant par-devers lui. Il avait ajouté une rasade de vin blanc et quelques tomates fraîches. « Goûte au lieu de faire cette tête d'enterrement ! » Antonin avait pris une cuillère et cette succulence inédite lui avait causé un véritable choc. Loin d'affadir le plat, l'huile d'olive avait sublimé la saveur délicate de l'écrevisse, révélant même un léger goût iodé. Laguipière avait ensuite pris un pilon de poulet, qu'il avait fait cuire avec le reste. «Ce que tu goûtes est la base du nouveau plat préféré du Premier Consul. Et ce fripon de Melas qui croyait que voler mes chariots allait me mettre en difficulté! Tel est pris qui croyait prendre, hein?» Laguipière faisait référence à un épisode récent de guerre, que l'on ne résumait plus autrement que par «l'étonnante histoire du poulet Marengo». Le général autrichien, le baron Michael Friedrich Benedikt von Melas, avait fait intercepter les chariots de vivres de l'armée française. Laguipière et l'un de ses commis précédents avaient ratissé les environs afin de pouvoir contenter Napoléon Bonaparte. Mais, après de longues heures d'errance, les deux cuisiniers n'étaient parvenus à mettre la main que sur quelques poulets déplumés. Laguipière avait donc forcé son commis à traverser le champ de bataille pour récupérer au village de Marengo quelques produits de première nécessité: un gallon de vin, une bouteille d'huile d'olive, une douzaine d'œufs à frire et quelques tomates. De son côté, Laguipière avait été pêcher, dans une rivière bordée de soldats des deux camps, une douzaine d'écrevisses afin d'accompagner les volatiles trop malingres. Le commis avait été mis aux arrêts, car on l'avait attrapé à noyer sa frayeur dans le gallon de vin. Antonin était impressionné par le caractère de son maître, si différent du portrait qu'on lui en avait brossé. À tout imprévu, il savait faire face avec calme et lucidité. Rien n'aurait su l'éloigner de sa mission sacrée. Pour Laguipière, c'était bien la cuisine qui expliquait la supériorité de la France sur les autres pays. Le cuisinier se voulait le promoteur d'un art culinaire français qu'il plaçait au-dessus de tous les autres. Les militaires, disait-il, gagnent peut-être des guerres, mais ce sont les cuisiniers qui emportent les cœurs. Il se référait sans cesse à l'ouvrage d'un célèbre cuisinier, François Massialot: *Le cuisinier royal et bourgeois*, où l'auteur assénait que: «Ce n'est qu'en Europe où règnent la propreté, le bon goût, et l'adresse dans l'assaisonnement des viandes et des aliments... et l'on peut se vanter, principalement en France, de l'emporter en cela sur toutes les autres nations comme on le fait en politesse, et en mille autres avantages assez connus.»

Voilà pourquoi il était nécessaire de tout mettre en œuvre pour servir des mets exquis, en toute circonstance, voilà pourquoi Laguipière était aussi dur avec ses apprentis. Par acquit de conscience, Antonin vérifia une dernière fois sa préparation de croûtons à l'ail. Grâce à l'huile d'olive, le pain avait pris une jolie couleur dorée. Ce serait délicieux avec de la volaille. Il referma la timbale.

Le gros de l'armée repartait en France, mais Murat avait obtenu de son beau-frère qu'il lui laissât Laguipière. Murat devait aller jusqu'à Naples et pacifier les zones rebelles sur son chemin. Antonin était à la fois très enthousiaste à l'idée de découvrir l'Italie et inquiet de ne pas être à même de remplir la mission que Juliette lui avait confiée. Il avait bien pensé remettre les documents à l'un des soldats qui retournaient à Paris, mais leur contenu était beaucoup trop sensible pour qu'il puisse se résoudre à s'en séparer. Il espéra simplement que Juliette pourrait attendre une éventuelle permission qu'on lui accorderait. Cela lui donnait encore plus de cœur à l'ouvrage.

Il était heureux de cette vie en plein air, d'autant plus que l'hiver et ses rigueurs étaient désormais derrière eux. L'existence d'un apprenti était rude et difficile, même chez un bon maître comme Sylvain Bailly. Les cuisines parisiennes étaient souvent exiguës et mal aérées ; y descendre était un combat quotidien. En plus des longues heures qu'on y passait debout, il y régnait constamment une chaleur étouffante, et ce désagrément nuisait à la bonne conservation des aliments. Antonin ne se contentait pas de cuisiner, il lui fallait aussi éradiquer insectes et nuisibles attirés par les sucres, les sirops, les crèmes pâtissières et les amuse-bouche salés à base de viande ou de poisson, que Bailly aimait proposer à ses clients. Un jour, il avait eu l'idée de déployer une solution de sucre dans un pot de confiture et il y compta près de mille deux cents mouches en vingt-quatre heures. *Autant d'ennemis abattus comme des soldats allant au feu*, pensait-il maintenant qu'il avait connu le champ de bataille.

Antonin se montrait particulièrement intéressé par les recettes à base de pâtes, qu'on leur servait quotidiennement comme rations. Les Français occupaient peut-être la première place de la cuisine mondiale, mais les Italiens restaient les maîtres incontestés de cette discipline. N'importe quelle *mama* italienne rencontrée sur la route et réquisitionnée pour préparer le repas des soldats était capable de sublimer, mieux que le meilleur des chefs français, une assiette de « taillarines », une soupe de vermicelles, un potage de ravioles, un plat de lasagnes ou une timbale de macaronis, agrémentée de ce fromage râpé qu'on appelait parmesan. Antonin notait les recettes dans un carnet afin de pouvoir les améliorer à son retour à Paris. Il consignait aussi dans les moindres détails la recette des sauces qu'il goûtait. Il était persuadé qu'une alliance entre cuisine italienne et savoir-faire français pourrait être un succès aussi fulgurant que celui de ses *extraordinaires*.

« Antonin, viens par ici ! l'appela Laguipière. J'ai réussi à mettre la main sur du beurre. Nous ferons des tartes ce soir. »

Antonin hocha la tête. Il n'avait pas besoin que le cuisinier précise ce qu'il attendait de lui. Il récupéra le beurre et commença à l'aplatir du plat de sa main. Comme il ne pouvait pas le mettre au frais, il le laissa de côté et commença la détrempe. Il s'agissait de rassembler la farine sur le plan de travail en un tas homogène, creuser un trou en son centre pour y verser du sel ajouté à de l'eau et progressivement former une boule. Il incisa ensuite le dessus sous forme de croix et laissa reposer. Après une trentaine de minutes, il procéda au tourage grâce à un rouleau en buis qu'il avait récupéré auprès de Laguipière. Il n'était pas aussi simple à utiliser que son rouleau d'acacia, mais cela ne l'empêchait pas de travailler d'une main experte.

« Pourquoi la frappes-tu tant et tant ? demanda Laguipière qui observait son apprenti du coin de l'œil.

— Si elle est trop ferme, expliqua Antonin sans s'arrêter, elle est très pénible à dresser et elle se fend à la cuisson. Pareil si elle est trop molle.

— C'est Bailly qui t'a appris ça ?

— Oui et non. Je l'ai découvert par moi-même, mais maître Bailly nous laissait beaucoup expérimenter. »

Le résultat était une pâte aérée et fine, bien maîtrisée. En vérité, elle avait même levé si haut qu'elle donnait l'impression de voler au vent. Les deux cuisiniers la séparèrent en trois fonds de tarte à dresser dans des moules à bords élevés d'environ vingt centimètres, puis les garnirent des ingrédients dénichés dans la journée : du poulet bien sûr, mais aussi des morilles, de la viande bovine, des escargots et des testicules de coqs. Ils lièrent chaque tourte par une sauce adaptée : financière pour le poulet, béchamel pour les rognons, champignon pour les morilles, beurre d'ail et crème pour les escargots. Laguipière s'apprêtait à les enfourner quand Antonin fut parcouru d'un frisson. La soirée allait être fraîche. Il serait donc difficile de garder les préparations chaudes.

« Maître, l'arrêta Antonin après une hésitation, il reste du feuilletage. Pourquoi ne pas fermer les tourtes ? Cela permettrait à la fois de garder les préparations chaudes et de surprendre les convives. »

Laguipière lui répétait toujours que pour flatter la tête et l'odorat des mangeurs – le propre de leur profession – il ne suffisait pas d'être bon cuisinier. Il fallait aussi se montrer audacieux et avoir un aplomb à toute épreuve. En d'autres termes, aller jusqu'au bout de ses idées si elles vous paraissaient bonnes.

« Je ne suis guère adepte des tourtes en croûte qui me font penser à ces détestables gâteaux de plomb : trop riches, à tel point qu'on pourrait s'étouffer. Cela étant dit, ta pâte est légère.

Vas-y ! »

Un peu plus tard, Antonin se fit appeler par Laguipière pour se présenter devant le général Murat. Le jeune homme ressentait une légère appréhension, même s'il savait que le cuisinier endosserait toutes les critiques. Laguipière ne se voyait pas autrement qu'un chef. À ce titre, il avait à charge le succès, mais aussi l'échec de ses troupes – même si sa troupe actuelle n'était constituée que d'Antonin et lui. Il s'arrêta devant la table de Murat et retira son couvre-chef. En plus des tourtes, il y avait eu, au menu du soir, huîtres servies au naturel, bouillon de vermicelles aux pointes d'asperge et timbale de macaronis. Les macaronis avaient été couchés à l'horizontale sur un lit de pâte feuilletée, revenus dans une sauce au bœuf et au fromage et accompagnés d'une garniture de morilles.

«Mes compliments, jeune homme. Ce bon Laguipière me dit que c'est à toi que nous devons ces excellentes bouchées.»

Antonin jeta un coup d'œil à Laguipière qui hocha la tête.

«Si fait, mon général!
— Eh bien! eh bien! Laguipière, n'ai-je pas eu raison de vous présenter ce garçon?»

Le cuisinier resta silencieux. À ce moment-là, l'ordonnance du général arriva avec un dossier sous le bras. Il se mit au garde-à-vous. Murat leva la main pour le mettre au repos.

«Combien de temps lui reste-t-il de service?
— Cinq ans, mon général, répondit l'ordonnance après avoir consulté le dossier.
— Ça n'ira pas. Rappelez-moi où il a été enrôlé!
— À Lyon, mon général.
— Encore! Il faudra les rappeler à l'ordre. Donnez-moi ses papiers d'enrôlement!»

L'ordonnance lui fit passer le dossier et Murat déchira le passeport militaire d'Antonin sous les yeux médusés de l'assemblée.

«J'ai déjà dit que je ne voulais pas de mineur dans l'armée. Allez!»

Laguipière saisit Antonin par les épaules et le conduisit dans l'espèce de pièce qu'ils utilisaient comme garde-manger. Antonin était secoué.

«Le général m'a fait savoir qu'il souhaitait te garder à son service. Je ne m'y suis pas opposé. Alors? Que décides-tu? Rentreras-tu tout de suite en France ou resteras-tu à mes côtés le temps de la campagne?»

69

Juliette tremblait de froid sur un banc de pierre. Quand on l'avait plongée dans le bain glacé, elle avait cru que son cœur ne se remettrait jamais à battre ; rien, avait-elle pensé, ne pourrait être pire que cette sensation de suffocation, le sentiment que la vie s'échappait sans qu'on puisse la retenir. Elle s'était trompée. Les deux femmes de service, qui s'étaient chargées de l'immerger dans le baquet, l'avaient ensuite entraînée dans la cour de l'hôpital où elle était supposée méditer sur son hystérie, au milieu d'autres aliénées. Ainsi, elles se trouvaient là, exposées aux intempéries et aux regards des curieux, qui faisaient la promenade à la Salpêtrière comme on musarde dans les jardins du Palais Royal. Elle voyait les promeneurs rire de leurs haillons et de leurs chaînes, leur tendre des bâtons pour voir si certaines allaient mordre ou grogner. Au bout d'un temps dont elle n'aurait su estimer la durée, Juliette fut ramenée dans sa chambre. Elle n'avait plus la force de marcher, si bien que l'un des gardiens dut la porter. Quand elle perdit son soutien, elle s'affala sur le sol dur. Elle sentit bientôt le souffle de Louise dans son cou.

« Aidez-moi, je vous en prie ! » murmura-t-elle.

Il y avait des sanglots dans sa voix. Perplexe, Louise se replia jusqu'à son lit et se mit à jouer avec les fils de son drap. Les larmes des autres la décontenançaient toujours. Elle ne savait pas comment réagir à la détresse d'autrui. Juliette implora la matrone du regard, mais celle-ci ne s'était pas rendu compte de son arrivée. Elle se balançait d'avant en arrière en chantonnant et en berçant son oreiller. Quant à la femme sans âge, son périmètre vital semblait se borner à l'espace entre la chaise et la cheminée. Juliette sentit des larmes mouiller son visage et couler sur la pierre. Au moment où elle fut persuadée de finir ses jours ici, dans l'indifférence générale, un bras l'attrapa par les épaules et la souleva.

« Aide-moi, petite, je ne vais pas y arriver toute seule », haleta une voix inconnue.

La voix avait un timbre particulier, à la fois puissant et las. Dans un ultime sursaut, Juliette réussit à se traîner jusqu'à la cheminée. À la chaleur du feu, elle eut l'impression que des milliers d'aiguilles lui perçaient la peau. Elle voulut reculer, mais sa sauveuse l'en empêcha tout en lui frictionnant le dos. Elle gémit.

« Ça va aller, bois ça ! »

Juliette sentit qu'on lui versait le liquide directement dans la bouche. Elle but et recracha immédiatement. L'alcool lui donnait l'impression de brûler à l'intérieur et à l'extérieur. Elle se sentit basculer lentement sur le côté.

« Reste avec moi ! » lui ordonna la voix en lui donnant de petites claques.

Juliette leva la tête et distingua une silhouette floue.

« Comment t'appelles-tu ? lui demanda la voix.
— Juliette.
— Juliette comment ?
— Ramponneau.

— Tu as quel âge ?
— Dix-sept ans.
— Qu'est-ce que tu fais ici ? »

Juliette ouvrit la bouche, mais les mots restèrent coincés dans sa gorge. Qu'est-ce qu'elle faisait ici ? Elle n'en savait rien. Elle ne savait plus. Elle recommença à pleurer. La femme se mit à lui caresser doucement les cheveux, de haut en bas, et à lui parler tout bas. Juliette reconnut les mots liberté et égalité, mais ici, ils n'avaient pas plus de substance que l'air, alors elle ne les comprit pas. Quand la femme fit mine de lui enlever ses haillons pour lui enfiler une robe plus décente, Juliette finit par remarquer que l'autre était nue et s'écarta précipitamment. La femme eut une expression indéchiffrable. Elle sourit à demi, se leva et quitta la pièce.

Juliette passa le reste de la journée et la nuit, prostrée à côté de la cheminée. Le lendemain, quand les infirmières de service firent irruption, elle essaya d'abord de leur échapper. Mais les gardiennes la coincèrent dans un coin. Elle eut beau se débattre, taper des pieds, griffer, hurler, appeler à l'aide, elle n'était pas de taille à lutter contre les grosses femmes qui la tiraient par le bras, d'autant qu'elle n'avait rien avalé depuis son arrivée. Pour la calmer, on lui passa une veste fermée dans le dos, qui entravait ses mouvements, avant de la conduire à son supplice. Cependant, il était question cette fois d'un autre type de torture. Les infirmières la menèrent dans une pièce qui semblait faire office de réfectoire. Elles l'assirent rudement sur un banc et lui servirent un gruau dont l'aspect suffit à lui retourner le cœur. Quand elle comprit qu'elle n'aurait droit qu'à ça, elle se résolut à manger. Elle se détourna pour prier les infirmières de lui retirer la camisole, mais les femmes secouèrent cruellement la tête. Elle s'effraya en voyant les autres femmes s'empresser de terminer leur bol. Elles mangeaient comme des animaux, sans grâce ni retenue, à même le bol, lapant, léchant jusqu'à la dernière goutte. Elle finit par plonger sa tête dedans pour avaler ne serait-ce qu'une gorgée. Dans son dos, elle entendit les rires des infirmières qui se moquaient de la voir s'étouffer. Elle passa le reste de la journée assise sur son lit, dans un état second, ses larmes dessinant des sillons transparents sur son visage couvert de gruau. Une infirmière vint l'informer qu'on la conduirait dans la salle de bain le lendemain pour la laver. À cette pensée, Juliette ne put fermer l'œil de la nuit.

Quand on vint la chercher, Juliette tremblait si fort que ses dents menaçaient de se briser. Elle ne savait pas si elle pourrait survivre à une autre séance d'immersion. Elle découvrait qu'elle n'avait pas la force de caractère de ses héroïnes. Devant la salle de bain, elle se mit à supplier comme un animal blessé.

« Voyons, ma chère, ce n'est pas la peine de vous mettre dans des états pareils ! » s'écria une voix masculine dans son dos.

Juliette se retourna et découvrit le visage souriant de Timothée de Neuville, qui lui faisait face.

« Alors, avez-vous eu le temps de réfléchir à ma proposition ? Je gage que ces derniers jours vous ont donné matière à réflexion... » reprit-il.

Juliette cligna des yeux. Son cœur battait la chamade. Elle pouvait déjà sentir la morsure de l'eau gelée sur sa peau, sur ses cheveux, dans sa bouche.

« Oui...
— Alors ?
— Je ne sais pas où se trouvent les originaux. »

Les traits de Timothée de Neuville s'assombrirent.

« Peut-être que quelques jours supplémentaires suffiraient à vous rafraîchir la mémoire ? »

Et il claqua une fois des doigts.

« Puis-je savoir ce qui se passe ici ? » intervint une voix masculine.

Timothée de Neuville dévisagea le nouveau venu. Il portait une veste croisée à boutons, de couleur noire, tout à fait classique, sur une chemise blanche nouée haut. Plus âgé que lui, avec un front dégagé, le cheveu court, un regard perçant, mais sous lequel Neuville crut deviner un caractère timide. Il n'y avait guère là de quoi effaroucher l'espion.

« Cela ne vous regarde pas, non, répondit Neuville en se détournant.

— Je crains que si, insista l'homme. Je suis le docteur Pinel, médecin-chef de l'hôpital. Mademoiselle, je vous prierai de conduire cette jeune femme dans mon bureau. Immédiatement ! Quant à vous, monsieur, veuillez quitter l'enceinte du bâtiment avant que je fasse prévenir les autorités ! »

70

Le bureau du docteur Pinel était situé dans la partie réaménagée de l'hôpital. Les murs étaient blanchis à la chaux et un feu fourni brûlait dans la cheminée de pierre. Pour le mobilier, on y trouvait un bureau en chêne massif, une table basse et deux fauteuils tendus de damas en soie grise. Sur le rebord de la cheminée, le docteur avait installé une pendule portative à cadran d'émail qui résonnait d'un tic-tac et qui jouxtait un squelette à taille humaine dont les yeux vides firent une forte impression sur Juliette. Un coffre de bonne facture et une commode complétaient le tableau. Le médecin désigna l'un des fauteuils à Juliette. Elle le regarda, d'un air fébrile, fouiller dans la commode à la recherche d'un dossier. Quand il eut récupéré ce qu'il cherchait, il s'assit derrière sa table de travail et le parcourut rapidement.

« Juliette Ramponneau, âge dix-sept ans, fille de Jean et de Marie Ramponneau. Raison d'internement : Hystérie. Je vois que vous avez été admise ici il y a tout juste trois jours. »

Juliette hocha la tête, incertaine.

« Vous n'êtes pas passée devant moi à votre arrivée, ce qui est hautement irrégulier. »

Il avait dit ça sur un ton de reproche, comme si Juliette était responsable de la situation.

« Les femmes admises ici doivent passer un examen avec moi pour mesurer la gravité de leur état, c'est obligatoire, vous comprenez ? reprit-il en lui parlant comme à une enfant. Je crains que les traitements dont vous avez déjà fait l'objet ne viennent fausser les résultats ; même si je vous aurais certainement prescrit une séance aux bains pour vous permettre d'évacuer vos tensions nerveuses. Je lis, en effet, ici que vous vous êtes déjà montrée très agressive avec le personnel et qu'il a fallu vous restreindre, ce qui semble confirmer le diagnostic d'hystérie. »

À la pensée d'être plongée dans l'eau glacée, Juliette fut saisie de tremblements irrépressibles, qui ressemblaient à des spasmes. Ses yeux marquaient une terreur immense.

« Ne vous en faites pas, ma chère, dit le médecin d'un air bonhomme en voyant sa réaction, nous allons vous soigner. Pour l'instant, retournez dans votre chambre ! Je vous ferai appeler. »

Il sonna une cloche et de nouvelles infirmières vinrent raccompagner Juliette dans le dortoir. Ils l'abandonnèrent sur le lit, faible comme une poupée de chiffon. Elle avait cru un moment que l'apparition du médecin-chef était un miracle. C'était tout au plus un répit. Elle devait absolument trouver Anne-Josèphe. Du temps où elle gravitait autour des clubs de femmes avec Eudora, Juliette avait eu l'occasion de rencontrer « la belle Liégeoise ». À l'époque, elle avait été impressionnée par sa fougue et son audace. C'était une femme passionnée qui poussait ses convictions jusqu'à un point que beaucoup d'autres femmes tremblaient même de vaguement approcher. Elle montait sans peur à la tribune de l'Assemblée, haranguant les députés, coiffée d'un bonnet phrygien écarlate, dont s'échappaient toujours quelques mèches indomptables qui flottaient sur sa nuque, et vêtue scandaleusement d'une redingote masculine pour signifier son égalité avec les hommes. Et quand elle ne parlait pas, on ne la voyait jamais sans un pistolet à la main et une épée au côté, toujours prête à se battre.

Elle chercha dans les visages des traits qui lui rappelleraient un tel personnage, mais il n'y avait rien de tout cela ici. Partout où se posait son regard, elle ne voyait que des figures désespérées ou tristes. Elle essaya bien d'interroger quelques pensionnaires, mais ses questions se perdaient dans les clapotis dégoûtants du gruau quotidien.

Quand elle retourna à sa chambre, le cœur au bord des lèvres à la pensée qu'elle était seule dans cet océan de folie et de misère, elle distingua une silhouette familière par la fenêtre, celle de la femme entièrement nue qui lui était venue en aide le premier jour. Elle s'adonnait à un rituel étrange : elle versait des seaux d'eau sur le sol et dansait au milieu de l'inondation, utilisant le drap de son lit comme accessoire, devant un parterre de voyeurs qui l'observait comme une bête de foire. Juliette fit une grimace. Elle la plaignait sincèrement. Ceci étant dit, c'était la seule qui lui avait témoigné un peu de compassion. Elle se rappela son attitude envers elle et prit la résolution d'aller s'excuser.

Un peu plus tard, elle fit tourner la poignée de son dortoir et se mit en tête d'aller trouver *la démente*. Elle avait honte de la qualifier ainsi, mais n'arrivait pas à trouver d'autres mots pour désigner une femme qui s'offrait ainsi aux regards. Elle glissa sa tête dans plusieurs entrebâillements de portes, avant de parvenir à une cellule individuelle. Elle remarqua que les dalles étaient inondées et la paille du lit mouillée. Dans un coin, la démente recouvrait systématiquement les pierres du mur de gribouillages à l'aide d'une craie blanche. À intervalles réguliers, elle récupérait la poussière qui se déposait sur le sol et la répandait sur ses cheveux courts. Puis elle effaçait.

« Excusez-moi », l'interrompit Juliette d'une petite voix.

La femme se retourna, sans faire mine de cacher sa nudité. La jeune fille détourna les yeux.

«Je voulais vous remercier de m'avoir sauvée.
— Eh bien ?
— Je vous remercie... »

La femme haussa les épaules et reprit son activité. Sans le vouloir, Juliette fut attirée par les écritures. Elle se rapprocha et lut : « Femmes, montrons aux hommes que nous ne leur sommes inférieures ni en vertu ni en courage : montrons à l'Europe que les Françaises connaissent leurs droits, et sont à la hauteur des lumières du dix-huitième siècle, en méprisant les préjugés. Que notre faiblesse ne soit pas un obstacle : le courage et l'intrépidité y suppléeront. »

«Je... bredouilla Juliette. Vous êtes... ? Vous êtes Anne-Josèphe Terwagne ? »

71

Un condamné n'avait plus le droit d'entrer dans le royaume. Leste-Main devrait donc conférer avec le roi sans Pierrot. Évidemment, il n'avait pas partagé cette information avec le garçon. Le nain ne faisait pas assez confiance à Pierrot et il avait raison. Pierrot était donc persuadé que le nain le conduisait dans un endroit neutre pour rencontrer le souverain des argotiers. Ce ne fut qu'en arrivant à la planque, une espèce de cave mal isolée et suintante d'humidité, qu'il commença à se douter que quelque chose clochait. Mais Leste-Main l'avait déjà poussé à l'intérieur.

« Tu restes là, expliqua Leste-Main à Pierrot après avoir refermé la porte.

— Quoi ? rugit Pierrot. Ouvre-moi tout de suite ! »

Mais Leste-Main était déjà parti. Il marcha jusqu'à l'entrée la plus proche de la Cour des Miracles, qu'ils étaient seulement une poignée à connaître. Elle se trouvait non loin de celle où Pierrot avait ses habitudes, au croisement de la rue Rambuteau et de la rue Pirouette, et que le roi avait fait condamner à la suite de son jugement. Leste-Main caressa du regard le blason ornant la façade du bâtiment et entra dans la boutique de livres anciens. Un courant d'air fit voler des nuages de poussière dans la pièce minuscule.

« Qu'est-ce que c'est ? » demanda une voix nasillarde.

Elle appartenait à un personnage disgracieux et antipathique. Des poils lui sortaient du nez et des oreilles, ses rares cheveux étaient filasses, sa peau était parsemée de taches noirâtres et ses doigts tous tordus. De plus, il se tenait tellement courbé que son gros nez touchait presque le sol. Leste-Main le salua d'un mouvement du menton. Le gnome le jaugea quelques secondes, puis lui fit signe de passer dans l'arrière-boutique. Leste-Main ouvrit une porte dérobée et s'engouffra à l'intérieur. Il descendit une à une les marches glissantes jusqu'à un corridor long et étroit, seulement éclairé par un flambeau tourmenté. À son extrémité se trouvait une salle circulaire dont on avait dû se servir comme cellier ou garde-manger. L'homme s'approcha d'un anneau enfoncé dans la pierre, le fit tourner sur ses gonds et disparut derrière un autre mur.

À cette heure-ci, la Cour des Miracles était déserte. Les sujets du royaume étaient à l'œuvre dans le monde d'en haut. Leste-Main traversa la vaste place et alla attendre à proximité du *dais royal* que le message transmis par canal sécurisé parvienne au roi. Une heure plus tard, le grand Coësre était là. Leste-Main se rendit immédiatement compte qu'il n'était pas content d'avoir été dérangé. Ce jour-là, il avait revêtu son déguisement fétiche, celui de pesteux affublé d'une jambe de dieu. Il préparait lui-même sa décoction d'éclair et de sang de bœuf, qui donnait l'impression aux chalands que sa jambe était malade et purulente. À cet instant, il marchait d'un pas vif, le bandeau qui le désignait comme aveugle relevé sur son front.

« Parle, Leste-Main ! Fais vite !

— Pierrot veut se venger d'un agent royaliste du nom de Pierre de Saint-Régent.

— Eh bien ? Quelle importance ! Qu'il le fasse et qu'on en finisse, s'exclama le roi avec humeur.

— Saint-Régent n'est pas n'importe quel agent. Il était impliqué dans l'évasion réussie de Louis XVII. »

Il insista sur le mot « réussie » et le roi de Thunes leva un sourcil. Le nain avait toute son attention.

« Explique-toi !

— Pierrot a rencontré le gamin le soir de l'évasion. Il s'était perdu et était très mal en point. Pierrot pensait qu'il ne passerait pas la nuit. Comment s'était-il retrouvé là ? Je soupçonne Saint-Régent d'avoir été chargé de s'assurer que Louis XVII ne se dresserait jamais sur le chemin de son oncle, le moment venu. À l'époque, cela signifiait faire en sorte qu'il ne réchappe pas à une tentative d'évasion... Mais pour une raison que je ne connais pas, le petit a réussi à lui filer entre les doigts et s'est retrouvé dans la rue. Saint-Régent le cherchait pour le liquider. C'est pour ça qu'il a tué le frère de Pierrot. Il voulait se débarrasser des témoins.

— Et ?

— Je pense que Saint-Régent n'a pas réussi à retrouver le gamin. Mais le drôle a dû dire à l'oncle que la mission était accomplie, sinon ils n'auraient jamais encouragé des prétendants à se présenter. »

Le royaume des bas-fonds avait suivi de loin la pitoyable tentative des royalistes pour se convaincre de n'avoir pas laissé le fils de leur roi, un petit garçon de dix ans, mourir en prison, dans des conditions qu'aucun adulte n'aurait supportées plus de quelques semaines. Le pauvre enfant avait dû tenir dix-huit mois livré à lui-même dans une pièce à la porte et aux fenêtres toujours closes, sans aucune distraction, aucune sortie, aucune voix pour meubler le silence abyssal des heures, et avec des lésions terribles. Le rapport du médecin qui avait pratiqué son autopsie avait décrit des tumeurs blanches présentes sur le genou droit et l'extrémité inférieure du radius gauche, signe d'une arthrite tuberculeuse chronique.

L'ouverture du corps avait en outre révélé une infection abdominale aiguë, et l'écoulement d'un pus abondant évoquant une péritonite. En d'autres termes, il avait quitté cette terre dans d'atroces souffrances. Il n'y avait bien que des représentants d'un autre temps pour croire qu'il suffirait d'un cadavre trop âgé et d'un mauvais roman pour faire croire que le courage ou le sens du devoir ne s'étaient pas perdus sur les routes de l'exil chez les hommes du roi après la Révolution. Lors, jusqu'ici, *Le cimetière de la Madeleine* avait joué son rôle, puisque des dizaines de faux dauphins s'étaient appuyés sur des détails du livre pour soutenir leur candidature et que des milliers de royalistes s'étaient pris à rêver d'un miracle. De son côté, le comte de Provence appelait même son neveu à lui revenir au plus vite.

« Il a quelqu'un en tête, comprit le roi de Thunes.

— Si fait, confirma Leste-Main. Un apprenti pâtissier, qui a disparu de la circulation juste après le commencement du procès de Vitry.

— Pourquoi lui ?

— Ce n'est pas clair. Mais Saint-Régent doit vouloir vérifier.

— On sait où est parti le gamin ?

— À Lyon. J'ai entendu dire que l'évêque s'intéresserait aussi à lui. Et si Fouché n'est pas encore de la partie, c'est juste parce qu'il a "perdu" Pierrot. »

L'évêque. Talleyrand. Le roi hocha la tête et claqua des doigts. Un gros bras sortit de l'ombre.

« Tu lui diras ce que tu sais. Ne perds pas Pierrot de vue ! Je m'occupe de Saint-Régent. »

72

Madame Jeanne était anxieuse. Pourtant, son bordel était plein, si plein qu'on avait du mal à circuler. Depuis chaque alcôve, chaque rideau, chaque porte se faisait entendre un concert ininterrompu de grognements sourds, de soupirs feints, de rires bruyants et de bouteilles que l'on débouche. Tout cela présageait de l'argent, beaucoup d'argent. Ce qui la rendait anxieuse n'était donc pas une baisse de fréquentation, c'était ce qu'elle tenait entre ses doigts.

Madame Jeanne faisait partie du royaume. Son métier n'en faisait pas une exception à la règle, comme on aurait pu le croire – les argotiers, rappelons-le, n'acceptaient pas les proxénètes et les maquerelles. Ses filles gardaient pour elles la quasi-totalité de leurs passes. À la Cour des Miracles, on pouvait vendre son corps pour de l'argent tant que l'argent restait dans votre poche. Ainsi, les filles ne donnaient à leur patronne qu'un léger pourcentage destiné à faire tourner la boutique et à s'assurer qu'elle puisse vivre de la manière qui seyait à une tenancière de bordel à la mode. Le bordel était sans doute la meilleure couverture dont disposaient le roi de Thunes et ses sbires pour se tenir informés des derniers ragots, scandales, chantages, soubresauts politiques ou descentes de police. Madame Jeanne frappa à la porte de Pierre de Saint-Régent. Ce client était une énigme. La plupart des filles qu'il demandait n'étaient pas pour lui, mais pour les amis qu'il recevait, tous bords confondus. Parmi eux, le comte de Neuville, dont tout le monde savait qu'il était l'espion de Talleyrand; Alexandre Lepeletier, jacobin notoire, qui avait été l'amant de Joséphine de Beauharnais avant d'être arrêté par Fouché pour son rôle dans l'attentat de la rue Saint-Nicaise; le juge de paix d'Hottot, qui avait confondu le faux dauphin, Jean-Marie Hergavault, lors du procès de Vitry.

Madame Jeanne craignait que la mission dont le roi de Thunes lui avait demandé de s'acquitter ne porte atteinte à tout ce qu'elle avait mis longtemps à construire; mais, dans les bas-fonds de Paris, on ne discutait pas les ordres du roi.

Pierre de Saint-Régent haussa un sourcil en découvrant la tenancière.

«J'ai un message pour vous», dit-elle d'une voix neutre.

Pierre de Saint-Régent récupéra le pli et referma la porte derrière lui. Il s'installa près de la cheminée pour l'ouvrir. Il pâlit, mélange de stupéfaction et de colère. Le message disait: «À monsieur Pierre de Saint-Régent. Je crains que vous ne soyez plus le seul sur les traces du roi perdu. Bien sûr, contrairement à vous, je dispose d'une armée pour le retrouver – qu'il se cache à Paris ou à Lyon – et je n'ai pas à craindre qu'on informe mon maître que je lui ai caché la vérité pendant des années; précisément depuis le 19 janvier 1794, si vous aviez encore des doutes quant à la fiabilité de mes informations. Cela me donne donc deux avantages non négligeables sur vous. Commençons dès à présent à discuter des conditions de mon silence. Nous aurons bien le temps d'évoquer ensuite le sort du garçon, si celui-ci est bien celui qu'il prétend être. Laissez votre réponse à Madame Jeanne, qui fera office d'intermédiaire dans notre affaire. Ne songez pas à prévenir qui que ce soit, nous vous surveillons. Je vous prie de croire, monsieur, en l'expression de mes sentiments les plus profonds.»

Le message était signé du sceau personnel du roi de Thunes.

Une multitude de questions se bousculaient dans la tête de Saint-Régent, auxquelles il entreprit de répondre de manière méthodique. La première d'entre elles, et non la moindre, était de savoir comment le roi des voleurs avait eu connaissance des événements du 19 janvier 1794, et plus spécifiquement du rôle qu'il avait personnellement joué dans l'évasion de Louis XVII. À sa connaissance, il n'y avait que deux personnes qui connaissaient sa véritable mission : le comte de Provence et lui-même. Quant à l'incertitude concernant le sort du petit roi, il n'avait partagé ses doutes avec personne. Cependant, le roi de Thunes ne bluffait pas. Il en était convaincu.

La deuxième question, qui découlait de la première, renvoyait à l'apprenti pâtissier. Cela faisait sept ans qu'il vivait avec ce doute qui le rongeait comme un acide. Il s'était persuadé que le garçon était mort ce soir-là, mais pas plus qu'il ne pouvait empêcher son cœur de s'emballer à chaque nouvelle piste qu'on lui rapportait, il ne pouvait s'abstenir d'inspecter méticuleusement chacune d'entre elles ; et elles étaient innombrables depuis la sortie du *Cimetière de la Madeleine*.

Dans le cas présent, l'implication du royaume était plus qu'intrigante. Cela voulait-il dire que l'apprenti pâtissier était l'enfant qu'il cherchait ? Cela renvoyait à une troisième question, tout aussi importante : celle de savoir pourquoi le royaume avait décidé de s'impliquer dans cette affaire, si l'on mettait de côté un aspect strictement pécuniaire. Les argotiers n'avaient pas l'habitude de se mêler de politique. Il leur importait peu de savoir qui était au pouvoir puisque le point commun de tous les régimes était la promesse de débarrasser la France de ceux qui hantaient ses bas-fonds. Louis XIV avait bien failli réussir. En 1667, son ministre de la Police avait réussi à identifier de nombreux foyers de voleurs. Les Cours de la rue Saint-Honoré et de la rue Saint-Roch, de la rue Saint-Denis et de la rue Sainte-Catherine, celle de la rue de Reuilly et celle du faubourg Saint-Marcel et bien d'autres encore avaient été simultanément prises d'assaut et les voleurs systématiquement arrêtés. À la fin, 60 000 truands avaient été envoyés aux galères.

Et il y avait bien sûr l'épisode de 1784 quand la police avait investi la Grande Cour des Miracles située rue d'Alby. Alors pourquoi ? Et pourquoi maintenant ? Là non plus, Saint-Régent ne trouva pas de réponse satisfaisante.

La quatrième question, plus pragmatique, était celle de l'endroit. L'avait-on suivi jusqu'ici ou avait-il été trahi dès le départ par la tenancière du bordel ? Quel rôle jouait-elle dans tout ça ? Faisait-elle partie du peuple des bas-fonds ? Si oui, cela signifiait que les brigands savaient déjà tout de ses fréquentations. Bien vite, il écarta cette possibilité. Comme beaucoup d'hommes, il considérait les femmes comme des êtres physiquement et moralement incompétents. C'était la raison pour laquelle il avait choisi de se cacher dans un bordel.

Pierre de Saint-Régent observa les flammes de la cheminée à travers ses yeux reptiliens. Pour la première fois, il n'avait pas l'avantage, et il n'aimait pas du tout ce sentiment. Il avait cependant encore une carte dans sa manche. Le roi de Thunes laissait entendre que la traque n'avait pas véritablement commencé. Cela signifiait qu'il ignorait que Saint-Régent avait envoyé un homme de confiance à l'auberge de Nicolas Bocuse à Collonges avec pour mission de ramener le garçon par n'importe quel moyen.

73

Juliette essayait vainement de faire coïncider l'image de l'amazone lancée à la conquête de la tribune, vêtue comme un homme, avec cette créature blême et nue qui se tenait sous ses yeux. Anne-Josèphe Terwagne continuait à écrire sans se préoccuper de la jeune fille. Il y avait comme une sorte d'urgence dans ses gestes, dans sa façon de marteler la pierre avec sa craie, de se pencher pour mieux recueillir la poussière sur son visage et ses cheveux, autant de signes que Juliette lisait comme des preuves supplémentaires de sa folie. Elle sentit une larme couler sur sa joue. Pourquoi ne lui avait-on rien dit? Elle se sentait vidée, trahie. Elle se laissa glisser le long du mur, indifférente à l'eau qui s'infiltrait dans ses vêtements.

« Tu devrais te lever, lui lança Anne-Josèphe sans se retourner. Tu ne vois pas que le sol est trempé? »

Juliette fronça les sourcils, perplexe. Elle n'était pas sûre d'avoir bien entendu. Finalement, Anne-Josèphe effaça ses écrits de la paume de la main. Puis elle se retourna.

« Remets-toi! reprit l'aliénée. On dirait une pucelle. »

Face à Juliette, interloquée, qui tardait à répondre, la femme nue s'impatientait.

« Vous faites semblant? réussit à articuler Juliette.

— Semblant de quoi ? D'être folle ? Les femmes sont incapables de faire semblant, c'est bien connu.

— Mais pourquoi ? Je ne comprends pas...

— Pourquoi es-tu là, Juliette Ramponneau ? »

Plusieurs réponses se bousculaient dans sa tête. Elle était là parce qu'elle avait voulu la sauver de cet endroit horrible. Elle était là parce qu'elle avait voulu faire chanter un ministre. Elle était là parce qu'un homme – son père – avait décidé qu'une fille mêlée à des actions politiques ne devait plus être considérée comme saine d'esprit. Elle finit par éluder.

« Nous voulions vous faire sortir d'ici.

— Me libérer ? Quelle drôle d'idée ! Ne suis-je pas aussi libre qu'on peut l'être ? »

Et elle tournoya sur elle-même en ouvrant les bras, sa nudité offerte aux regards. Juliette se mordit les lèvres. À cet instant, elle n'aurait pas su dire si la révolutionnaire jouait la comédie ou si elle était authentiquement folle.

« On a besoin de moi, ici, reprit-elle en arrêtant sa danse aussi subitement qu'elle l'avait commencée. Nous sommes des centaines, enfermées, martyrisées, des femmes qui pourraient faire avancer les choses, des esprits rebelles ou indépendants. Qui les aidera sinon moi ? Qui leur donnera du courage sinon une vieille démente ? Mais, je suis curieuse, comment comptiez-vous vous y prendre ? »

Juliette résuma succinctement les événements. Anne-Josèphe s'esclaffa.

« Ah ah ah, alors vous comptiez faire chanter le diable boiteux ?

— Oui, répondit Juliette, incertaine.

— Où sont les documents ? Le vieux bouc les a-t-il récupérés ?

— Je l'ignore... J'avais envoyé un ami pour les mettre en sécurité quand je me suis rendu compte que nous étions en danger.

— Un ami ? s'étonna la féministe. Savait-il dans quoi il s'embarquait ?

— Pas totalement, avoua Juliette. Il pensait qu'on l'envoyait simplement chercher des preuves pour vous libérer.

— Et ?

— Il n'est pas revenu.
— Pourquoi n'as-tu pas envoyé l'une de tes sœurs ?
— Nous avions été trahies, je ne savais pas à qui me fier.
— Alors tu as choisi de faire confiance à un homme ?
— Ce n'était pas n'importe qui !
— Mais il n'est pas revenu.
— Non.
— Alors il t'a trahie. Comme tous les hommes.
— Ce n'est pas certain.
— Où est-il alors ?
— Je ne sais pas. »

La voix de Juliette se brisa. En vérité, elle cherchait la réponse à cette question depuis son arrivée ici. Antonin avait eu des mois pour revenir. Il l'avait abandonnée.

74

Un grand soleil brillait dans le ciel de Naples. La température était douce pour le mois de mai et Antonin déambulait au gré des senteurs, à travers le marché ouvert de Pignasecca sans se douter le moins du monde des événements en cours à des milliers de kilomètres, tant à la Salpêtrière que dans un bordel du Palais Royal. Antonin n'avait jamais vraiment eu l'occasion de faire les marchés quand il était chez Bailly. Sans pouvoir estimer rigoureusement la spécificité de cette foire napolitaine, il lui semblait toutefois que l'enthousiasme énergique des vendeurs napolitains, leur gestuelle exubérante ponctuée d'exclamations théâtrales lancées dans le dialecte local donnait à ce lieu le cachet de l'originalité italienne.

La foire napolitaine vibrait d'une vie prodigieuse. Le garçon s'arrêtait au moindre étalage, enthousiasmé par la variété de l'offre. Les stalles des vendeurs débordaient de poissons, de légumes multicolores, mais aussi de pâtes extraordinaires qui faisaient penser à des rubans et qu'on appelait *lasagnes*. Certains vendeurs proposaient des spécialités à déguster sur place et il suffisait qu'ils déclament leurs noms de leur voix chantante pour faire saliver Antonin : *anguilla arrosista, Alici nella tielle, baccala all'antica*, fricots de pommes de terre et d'artichauts à la sauge, anchois marinés au persil, arancinis de riz, aubergines confites, grillées, en boulettes ou frites.

Il y avait également des luthiers qui faisaient jouer leurs instruments pour la plus grande joie des enfants, des bergers qui proposaient des créations surprenantes faites d'argile, des orfèvres dont les trésors dardaient leur splendeur sur la face des curieux. Antonin avait l'impression de ne pas avoir assez d'yeux pour voir toutes ces denrées inimaginables, cette profusion qui s'étalait en tous coins. Laguipière observait le garçon, avec satisfaction. Il avait appris à apprécier ce garçon volontaire et curieux de tout. Il lui restait bien sûr beaucoup à apprendre. À commencer par la posture.

« Antonin, viens par là ! »

Il tendit à son apprenti une espèce de cône en papier rempli de toutes sortes de fritures.

« Goûte ça !

— C'est délicieux. Qu'est-ce que c'est ?

— Des cuoppi fritti. Ce sont principalement des fritures de poisson et de légumes. Une spécialité locale.

— Ce n'est donc pas la première fois que vous venez à Naples, maître ?

— Ma foi, j'ai voyagé en Europe pendant ma jeunesse pour me familiariser avec d'autres cuisines.

— Vous ? laissa échapper Antonin.

— Oui, moi ! C'est si difficile à croire que ça ? grommela Laguipière sur un ton bourru.

Antonin se retint de répondre qu'il n'avait jamais rencontré quelqu'un de plus chauvin que son maître. Laguipière était intimement convaincu de la supériorité de la France sur le reste du monde. Il éprouvait en outre une admiration sans bornes pour Napoléon Bonaparte, qu'il ne se lassait pas de communiquer auprès d'Antonin. Il était pour lui le héros dont la France avait besoin après toute cette période troublée. De fait, Napoléon était un personnage résolument différent de ce qu'Antonin connaissait du pouvoir, pour peu que ses souvenirs soient fiables et sachant qu'il n'avait jamais été en campagne quand il était prince. Mais le jeune homme s'étonnait de la proximité du Premier Consul avec le commun des mortels. Par exemple, Napoléon Bonaparte mangeait peu et ne gaspillait pas. Alors que les repas constituaient un temps non négligeable de la vie à la Cour, Napoléon économisait souvent le temps de manger au profit de la rapidité des marches. Ensuite, il partageait très souvent ce que Laguipière et Antonin lui préparaient – généralement du pain, du vin et un poulet rôti au bivouac – avec ses compagnons. Le roi, lui, mangeait d'abord et les courtisans passaient ensuite. Son uniforme était sobre, sans ostentation. Vert ou bleu, sans or, avec un gilet blanc, une culotte blanche ou de nankin, un petit chapeau à cornes orné d'une cocarde tricolore. Les habits royaux étaient connus pour être surchargés et hautement inconfortables. Le roi était en représentation, pas dans l'action.

Toute la sainte journée, Laguipière louait l'énergie du Premier Consul, sa jeunesse, sa vision et surtout sa rigueur, qu'il partageait. Depuis trois mois qu'il était à ses côtés, Antonin avait essuyé les foudres du cuisinier plus souvent qu'il ne voulait l'admettre. Un jour, c'étaient ses mains qui n'étaient pas assez propres, alors qu'il n'y avait pas d'eau à proximité pour les laver. « Un cuisinier trouve des solutions », avait dit Laguipière en lui tendant une flasque d'alcool. Un autre, c'était sa posture qui manquait de dignité. Une fois, c'était parce qu'il était arrivé à l'heure à son poste et « qu'un bon cuisinier n'est jamais à l'heure, il est toujours en avance ». Une autre fois, c'était parce qu'il n'avait pas pu répondre à une question d'un officier sur les préparations en cours à la rôtisserie – ou quelque chose d'approchant, car en campagne il fallait bien faire preuve d'une certaine flexibilité – quand il était occupé sur une recette de pâtisserie. Or, « un bon cuisinier sait toujours ce qui se passe dans sa cuisine ».

« Et ça ? demanda Antonin, en guise de diversion, après avoir aperçu, sur un étal, une sorte de gâteau rond et blanc aux allures de meringue. Qu'est-ce que c'est ?

— Un "Biancomangiare", une meringue qu'ils produisent ici. Maintenant, viens. Achetons ce dont nous avons besoin pour le repas de ce soir ! »

Laguipière choisit plusieurs citrouilles jaunes et rondes, du parmesan, des pommes de terre, des artichauts, des épices et des rougets pour concocter à l'attention de Murat deux de ses recettes préférées. Antonin remplit son panier de beurre, d'œufs frais. Il avait prévu de réaliser un *extraordinaire* pour impressionner les invités que le général recevait le lendemain. Arrivé au palais, Laguipière enseigna à Antonin une recette de soupe, relativement simple, dont l'apprenti s'acquitterait pendant que son maître préparerait le poisson aux saveurs typiquement méditerranéennes. Il confectionnerait aussi un boudin à la Richelieu, c'est-à-dire aux pommes aromatisées de cannelle, pour faire honneur à Napoléon. Laguipière, qui n'était pas homme à être pris de court, avait pour habitude de toujours prévoir un plat affectionné par le Premier Consul en cas de visite inopinée dont Napoléon Bonaparte était coutumier.

« Tu coupes le dessus de la citrouille pour y ménager une grande ouverture, expliqua Laguipière. Ensuite, tu retires les graines et les filandres. Tu ajoutes successivement une couche de tranches de pain, une couche de gruyère ou de parmesan, une couche de beurre fin, une couche de muscade, une pincée de sel et du poivre. Tu poursuis tes couches en alternance jusqu'au bord et tu remets le couvercle. Pour la cuisson, il faut compter une heure. En bouillon léger, la chair de la citrouille va s'amalgamer avec la garniture. »

Antonin gravait toutes ces informations dans sa mémoire. Non seulement pour pouvoir reproduire la soupe selon les standards du cuisinier, mais aussi parce qu'il avait pris l'habitude de consigner, dans un petit carnet, les enseignements du jour, qu'il s'agisse de nouvelles recettes, de simples impressions, d'inspirations diverses ou des améliorations apportées à telle préparation, sans oublier les raisons qui avaient motivé l'expérimentation de nouvelles techniques. C'est Aubin de Grandmaison, dont il avait remarqué la mémoire prodigieuse, qui lui avait inspiré cette habitude. Le conservateur de la Bibliothèque Nationale, en effet, tenait un registre très précis des livres qu'il avait lus, avec un commentaire pour chaque ouvrage: «Il n'y a que Dieu qui puisse tout se rappeler, aimait à répéter Aubin. Pour nous, les hommes, il y a les écrits. Bien sûr, cela ne t'empêche pas d'exercer ton esprit. Ton registre est juste un appui, pas un prétexte à la paresse. L'écriture est "Pharmakon", écrivait Platon dans le *Phèdre*. Remède et poison réunis. Remède, si tu t'en sers pour accroître ta science et enrichir ta mémoire. Poison, si tu l'utilises pour ne plus avoir à conserver les informations apprises et inscrites en toi.»

«Pour la soupe, ajouta le cuisinier, ne ménage pas le beurre, car il est là pour remplacer l'eau! À toi!»

Quand il eut terminé la soupe, il s'attela à la préparation de son *extraordinaire*. Il avait décidé de rendre hommage à la campagne d'Égypte, où Murat s'était distingué, et de se lancer dans l'élaboration d'un obélisque. Il s'agissait d'un monument quadrangulaire en forme d'aiguille, surmonté d'une pointe pyramidale. Pour le socle, Antonin avait décidé d'utiliser du saindoux plutôt que de la pâte d'amande. On obtenait du saindoux en faisant fondre de la graisse de porc sans la viande. Laguipière l'utilisait essentiellement pour remplacer le beurre quand on en manquait ou pour accentuer le goût de certaines préparations. Mais l'apprenti pâtissier avait remarqué que le saindoux, en sus de présenter une belle couleur blanche et brillante, était également très malléable et ne noircissait pas à la cuisson. Il pressentait qu'il se prêterait très bien à l'édification de la base et des bas-reliefs sur lesquels se grefferaient ensuite les ornements.

«L'obélisque se composera d'un biscuit de couleur jaune citron, expliqua Antonin à Laguipière qui se montrait intrigué, et il sera posé sur un rocher de la même couleur. Le biscuit et le rocher seront au lait et chocolat blanc. Les ornements qui figurent les inscriptions ainsi que la pyramide, de teinte rose pâle, seront réalisés en pastillage. Je compte ajouter quelques macarons à la base pour la gourmandise.»

Laguipière hocha la tête.

« De combien de temps as-tu besoin pour créer cette pièce ?
— C'est une pièce assez simple, répondit le pâtissier. Je ne devrais pas mettre plus de vingt heures. »

Cela signifiait qu'il n'allait pas dormir de la nuit. Le lendemain, tout était en place pour le dîner de réception. Sous la houlette de Laguipière, les cuisines du palais avaient confectionné une croustade de grives au gratin, une béchamel vol-au-vent et un sauté de perdreaux rouges aux truffes. En accompagnement, le cuisinier avait prévu des effilés de pommes de terre trempés dans du beurre brûlant et mêlés à des truffes découpées. Au second service, Laguipière avait servi un chapon et un coq de bruyère, des aubergines au parmesan, des artichauts à la napolitaine, un chateaubriand et quelques soufflés au fromage. Le clou du spectacle était sans conteste l'obélisque. Sans doute, l'*extraordinaire* n'était pas aussi impressionnant que le temple en ruine créé pour l'hôtel de Galliffet, mais pour un œil nouveau, il ne laissait pas de produire une forte impression. Il s'élevait sur une hauteur de presque un mètre cinquante et brillait comme de l'or à la lumière des candélabres. Il avait été apporté un peu avant le dessert afin que les convives puissent l'observer à loisir avant de le déguster. Pourtant, ils ne semblaient pas l'avoir remarqué, tant ils étaient absorbés par leur conversation.

Il était question de l'attentat de la rue Saint-Nicaise. Quatre mois après les tragiques événements, Fouché venait de fournir la preuve indiscutable que les chouans bretons, menés par le général Cadoudal, avaient fomenté la machine infernale qui avait failli coûter la vie au Premier Consul. Bien sûr, les jacobins faussement accusés n'avaient pas été graciés pour autant. Ceux à qui on épargna la guillotine étaient en route pour les Seychelles et la Guyane et il n'était pas question qu'ils en reviennent un jour.

« C'est un coup de maître, commenta Murat. Ainsi, nous voilà débarrassés des jacobins et des royalistes.

— On prétend que Fouché connaissait la vérité depuis le début, enchérit un militaire fraîchement arrivé de Paris. Figurez-vous qu'on le soupçonne même d'avoir agi de concert avec Talleyrand pour incriminer les jacobins ! Cela faisait des mois que Bonaparte leur demandait de lui trouver une excuse pour sévir contre les républicains.

— Deux esprits brillants, à n'en pas douter... dit Murat. Et pourtant, les derniers que je choisirais pour monter à l'assaut à mes côtés. Je n'ai jamais rencontré deux hommes aussi prêts à tout pour rester au pouvoir, y compris à piétiner leurs anciennes fidélités.

— Naïveté toute militaire, répondit en souriant un autre convive. C'est le jeu de la politique.

— Qu'en est-il des femmes qui figuraient sur la liste des cent trente ? intervint Caroline Murat.

— Eh bien ?

— Qui sont-elles ?

— Ma foi, des agitatrices mal élevées et ridicules que votre frère s'est chargé de remettre à leur place.

— Quel était leur dessein ?

— Elles revendiquaient le partage des responsabilités politiques avec les hommes. Une franche hérésie. Le timon de l'État ne convient pas à des mains douces et délicates.

— Si fait, approuva Murat, les femmes n'ont pas plus leur place dans la sphère publique qu'à la guerre.

— Cependant, je crois qu'il serait beaucoup moins difficile de faire d'une femme un législateur éclairé qu'un fort de la halle, rétorqua subtilement Caroline Murat.

— Que voilà un drôle de propos, ma chère, la tança son mari. Et qu'auriez-vous besoin de représentation politique quand vous régnez déjà sur nos cœurs ? »

Caroline Murat eut un sourire contrit et détourna habilement la conversation vers l'*extraordinaire* d'Antonin. De son côté, le pâtissier sentait son cœur cogner dans sa poitrine. Était-il possible que Juliette se soit trouvée sur cette liste ? Il lui fallait absolument la consulter.

«Quelle merveille! s'exclama l'épouse du militaire avec une sincère admiration. Ne serait-ce pas une pièce montée? On ne parle que de ça à Paris. Toutes mes amies désespèrent d'en commander une depuis des mois et voilà que nous en trouvons une ici!»

Caroline Murat eut une expression blasée, comme si elle avait voulu suggérer que cette création n'avait rien d'exceptionnel, qu'elle faisait partie de son quotidien. Pourtant, ses yeux brillaient d'une lueur de profonde satisfaction, qui n'échappa pas à son mari. La sœur de Napoléon Bonaparte avait presque autant d'ambition que son frère et tenait absolument à ce que sa représentation sociale soit à la hauteur de cette ambition. Joachim Murat n'était pas moins content de la réaction de ses convives. Quand ceux-ci prirent congé, il fit appeler Laguipière pour le féliciter et lui remit une tabatière en argent.

«Ceci est un témoignage de notre satisfaction et doit vous rester, comme le souvenir du talent que vous avez montré chez nous, mon cher Laguipière, dit Murat avec un regard appuyé sur les restes de l'obélisque.

— Je vous remercie, mon général, et je veillerai à transmettre vos éloges à qui de droit.

— Que voulez-vous dire? Vous n'êtes pas à l'origine de cette chose? s'étonna Murat.

— Non, mon général, c'est Antonin Carême.

— Le garçon soldat?

— Lui-même.

— Époustouflant. Vous lui ferez nos compliments.»

De retour en cuisine, Laguipière trouva Antonin en proie à une profonde inquiétude.

«Eh bien, quel mal t'agite-là, mon garçon? Le dîner est un triomphe.

— Maître, quelle est donc cette liste des cent trente?

— Par la corbleu, il s'agit de ce ramassis de lâches et de traîtres qui ont été arrêtés dans l'attentat contre le Premier Consul, évidemment.

— Mais, il y avait des femmes parmi eux?

— Il semblerait. En quoi cela te préoccupe-t-il ? »

Le jeune homme ne savait que répondre. Il opta pour une partie de la vérité. Il raconta à Laguipière les détails de sa rencontre avec Juliette, elle l'avait sauvé d'une mort certaine dans sa jeunesse, puis ils s'étaient perdus de vue pendant cinq ans avant que leurs chemins ne se croisent à nouveau, le jour même de l'attentat, elle était prise au piège par deux bandits qui en voulaient à sa vie. Il lui parla de l'admiration de la jeune fille pour Olympe de Gouges et Théroigne de Méricourt et lui avoua qu'il craignait qu'elle ne figure sur la liste. Antonin parlait d'une voix pressante, les émotions qu'il ressentait pour Juliette transparaissant dans le récit. Laguipière écoutait très attentivement son apprenti.

« Je vois... Attends-moi là ! »

Laguipière s'absenta quelques instants avant de revenir avec un document entre les mains. Antonin crut qu'il allait défaillir et dut se retenir à une table. Juliette Ramponneau était l'avant-dernier nom de la liste.

« Je dois retourner à Paris, maître », déclara Antonin d'une voix forte, les yeux brillants.

Laguipière secoua imperceptiblement la tête. L'une des plus grandes erreurs de la jeunesse était de ne pas savoir reconnaître l'évidence, même quand elle était sous ses yeux : la jeune fille était certainement morte à l'heure qu'il était ; et même si, miraculeusement, elle était saine et sauve, qu'est-ce qui poussait Antonin à vouloir aller à Paris ? Hormis une autre erreur communément répandue : mésestimer ses propres limites. En l'occurrence, Antonin était apprenti cuisinier, il ne faisait pas le poids contre le ministre de la Police et sa présence à Paris ne changerait rien à la situation. Tout ce qu'il réussirait à faire serait de se faire arrêter, lui aussi. Cependant – et c'était la dernière erreur – Laguipière savait que son apprenti se montrerait sourd et aveugle à toute forme de raison.

« Comment vas-tu t'y prendre ? lui demanda Laguipière. Ne sais-tu pas que les routes sont bloquées pour les civils ?

— Eh bien, dans ce cas, je peux me joindre à un convoi militaire en partance pour Paris.

— Tu n'es plus soldat, remarqua Laguipière.

— Je marcherai.

— Depuis Naples ? Il y a plus de deux mille kilomètres jusqu'à Paris. Tu mettrais des mois. Et qu'en est-il du général Murat ?

— Le général m'a libéré. Ne suis-je donc pas libre de partir quand je le souhaite ?

— Il t'a donné une place. Partir comme ça serait considéré au mieux comme de l'ingratitude, au pire comme un affront. Tu pourras dire adieu à ta carrière. Tu y as pensé ?

— Je m'en moque.

— Ne dis pas n'importe quoi, mon garçon, le tança sévèrement Laguipière. Je ne te forme pas depuis des mois pour entendre de pareilles bêtises. Et si tu n'es pas respectueux des gens qui perdent leur temps avec toi, sois-le au moins de notre profession. »

Antonin serra les poings. Il était en colère contre Laguipière qui paraissait adverse à ses projets. Il était surtout en colère contre lui-même. Il avait eu l'occasion de rentrer à Paris, mais avait préféré suivre Murat et son cuisinier en Italie, motivé, en partie, par son ressentiment à l'égard de Juliette qui s'était servie de lui et ne lui avait pas fait totalement confiance au sujet de Talleyrand et de l'armoire de fer. Ou bien avait-elle craint qu'il n'aille pas à Lyon si elle lui avait dit toute la vérité ? À raison ? Sans doute. Faire libérer Théroigne de Méricourt, soit ; mais faire chanter un ministre pour l'égalité politique des femmes... à l'époque, il n'avait même pas de position tranchée sur la question. Sans doute, les femmes avaient-elles davantage leur place dans l'enceinte du foyer qu'à la tribune. Cela étant, était-il vrai de penser qu'elles étaient inférieures aux hommes ? C'était à une femme de grand caractère et de grande intelligence qu'il devait sa survie : la mère Ramponneau. Ce n'était un secret pour personne que c'était elle qui gérait les affaires de son mari.

De toute façon, il avait fait une promesse à Juliette. Contrairement à ce que pensait Laguipière, il n'était pas complètement aveuglé par la situation ; mais s'il n'y avait qu'une seule chance de sauver la jeune fille, il devait la tenter. Sinon, il pourrait terminer la mission qu'elle lui avait confiée et délivrer Théroigne.

Dans un cas comme dans l'autre, son expérience italienne se terminait ici.

« Maître, je suis très reconnaissant de ce que le général Murat et vous avez fait pour moi. Mais je dois partir.

— Tu es sûr de toi ? »

Antonin hocha fermement la tête.

« Il le faut.

— Fort bien. Je vais parler au général Murat.

— Aujourd'hui ?

— Quand la situation se présentera. »

Antonin fronça les sourcils. Cela pouvait vouloir dire n'importe quand. Laguipière tentait-il de le décourager subtilement ?

« Tu ne me fais pas confiance ?

— Si, maître. »

L'occasion se présenta la semaine suivante, à la suite d'une réception organisée par Murat et son épouse. Les festivités terminées, Murat avait fait appeler Laguipière pour le féliciter et le cuisinier en profita pour lui glisser un mot au sujet d'Antonin.

« Croyez-vous ? Il ne me plaît guère de me passer de ses services.

— Il doit absolument obtenir des connaissances en cuisine française.

— Eh bien, n'est-ce pas ce qu'il fait auprès de vous ?

— ... en se formant dans une cuisine française avec des produits français. Pas n'importe quels produits, attention ! Des produits de qualité, issus du terroir de notre pays. Ensuite, où qu'il aille, ce sera cette soumission aux lieux et à l'âme française qui le transportera. Ce garçon est prometteur et j'ai peur qu'il ne prenne de mauvaises habitudes, ici. Il est à un âge où l'on absorbe tout, le mauvais comme le meilleur. Il faut lui faire un cœur français avant qu'il ne soit trop tard.

— Que recommandez-vous ? répondit Murat qui voyait la justesse de ce raisonnement, en militaire qu'il était et en gastronome.

— Les Tuileries. Je recommande de le placer temporairement au service du Premier Consul, qui ne pourra que se réjouir de ce garçon sans pour autant s'y attacher de trop. Ainsi, vous pourrez le récupérer à votre retour en France.

— Je vais y réfléchir. Vous pouvez disposer. »

75

Pierrot en voulait encore à Leste-Main du méchant tour qu'il lui avait joué. C'était d'autant plus rageant que le nain n'avait pas voulu lui rapporter la teneur exacte de ses échanges avec le roi de Thunes. Il savait simplement que le monarque avait trouvé un moyen de clouer Saint-Régent à Paris. De fait, depuis qu'il avait reçu le message du royaume, le gentilhomme n'avait pas quitté le bordel. Il ne semblait plus être question d'un départ pour Lyon. Il se tenait tranquille, trompant son désœuvrement dans les livres ou les flacons de vin de Bourgogne.

« La balle est dans son camp, pour l'instant. On attend », répétait Leste-Main à un Pierrot de plus en plus ombrageux.

De fait, Leste-Main ignorait encore que l'homme que Saint-Régent avait envoyé à l'auberge de Collonges pour trouver Antonin avait fait chou blanc. Ce jour-là, presque simultanément, le roi de Thunes et Pierre de Saint-Régent furent avisés par leurs émissaires des résultats de cette équipée. Le billet, que Saint-Régent avait reçu, avait aussitôt été intercepté par madame Jeanne. Il lui apprenait qu'Antonin s'était bien présenté, sans succès, à Nicolas Bocuse, trois ou quatre mois plus tôt. Depuis, on avait perdu sa trace. La nouvelle de la disparition du garçon primait moins, pour le royaume, que la révélation des manœuvres de Saint-Régent pour retrouver le dauphin. Pour Pierre de Saint-Régent, au contraire, elle était catastrophique : il allait devoir négocier.

Leste-Main sourit en découvrant le message. Enfin, les choses sérieuses pouvaient commencer ! Pierrot ne décolérait toujours pas et Leste-Main le taquina en rangeant le billet dans son gilet :

« Allez, arrête de faire la tête ! Les choses avancent dans la bonne direction. »

Pierrot lui lança un regard noir, rageur et brutal. Il regrettait presque de ne pas avoir tué Saint-Régent quand il en avait eu l'occasion. Maintenant, il était tributaire de la bonne volonté d'autrui. Il détestait ça. Cela faisait des années qu'il évoluait dans l'ombre, qu'il conspirait, volait, trompait, il avait même été prêt à assassiner. Et voilà qu'on le traitait comme un enfant.

« Tu veux savoir ou pas ? »

Pierrot haussa les épaules.

« À ton aise, répondit Leste-Main.

— Dis-moi, finit par lâcher Pierrot du bout des lèvres.

— L'affaire est lancée. On va le saigner, ton coquin. »

Dans le parler des argotiers, cela signifiait qu'on allait le faire chanter. Pierrot comprit immédiatement qu'il n'était pas inclus dans cette partie du plan.

« Je veux en être ! »

Leste-Main secoua la tête. Pierrot, dans un cri de rage, fracassa un verre contre le mur.

« Patience, petit ! C'est la vertu des mendiants, tu ne l'as quand même pas oublié ? »

Et il abandonna Pierrot dans la chambre pour gagner le quartier du Palais Royal.

76

En découvrant le personnage grotesque qui lui faisait face, Saint-Régent crut que le roi de Thunes se moquait de lui. C'était une erreur de la nature, une monstruosité. Sa tête était démesurément grande comparée à son corps, il n'avait ni cou ni taille, des jambes courtes et arquées, il avait de surcroît l'allure d'un bouffon de cour. Son visage glabre reflétait une expression malicieuse, presque diabolique. Leste-Main fit une révérence théâtrale à Saint-Régent et s'engouffra sans plus de façon dans la pièce chaude pour tendre une lettre à son hôte. Il s'enfonça ensuite dans le fauteuil le plus accueillant de la pièce, ses pieds dépassant à peine du rebord du siège. Pendant ce temps, Saint-Régent parcourut la missive, avec sur le visage un air de dégoût causé par l'apparition monstrueuse.

« C'est une plaisanterie !

— Ça en ferait plutôt deux.

— Plaît-il ?

— Deux plaisanteries. Vous oubliez ma présence. Mais je suis un émissaire tout ce qu'il y a de plus sérieux. Alors j'imagine qu'il en va de même pour le contenu de cette lettre.

— Votre maître est déraisonnable. Où vais-je bien pouvoir trouver cette somme ?

— Pas dans mes poches en tout cas, répondit joyeusement Leste-Main, elles sont encore plus vides que ma caboche.

— Comment puis-je avoir l'assurance que vous tiendrez parole?

— Moi? Ma foi, je n'ai aucune parole, une vraie passoire.»

Et Leste-Main attrapa de sa main potelée une grappe de raisins, qu'il se mit copieusement à égrener. Saint-Régent s'empourpra de colère. Ce nain lui faisait perdre son temps.

«Je veux voir le roi.

— Vous connaissez le mot de passe?» demanda malicieusement Leste-Main qui s'amusait beaucoup.

Saint-Régent serra les poings à s'en faire blanchir les jointures. Ses yeux verts lançaient des éclairs.

«Vous ne le connaissez pas? C'est fâcheux! Je crains alors de ne rien pouvoir faire pour vous!

— Sale monstre! cracha le gentilhomme. Je vais t'embrocher à la pointe de mon épée pour t'apprendre le respect!

— Pfiiiou! siffla Leste-Main, qui n'était pas le moins du monde impressionné. Ce ne serait pas très gentil ni bien malin, mon seigneur. Une fois le meurtre commis, il vous faudrait déplacer mon corps et vous pouvez croire que je pèse mon pesant d'or! Laissez plutôt cette basse besogne à votre chien de garde, dehors. Bien sûr, si quelque chose devait m'arriver, je ne pourrais pas porter votre réponse à mon maître. Or, il interprétera mon absence comme un refus de votre part et ira trouver le vôtre.»

Leste-Main fit une moue ridicule comme s'il était confronté à un problème insoluble et branla pensivement du chef. Saint-Régent n'avait aucune issue, il l'avait bien compris.

«Il va me falloir quelques jours pour rassembler les fonds», finit-il par lâcher les dents serrées.

Leste-Main s'extirpa du fauteuil avec une souplesse insoupçonnable.

«Vous savez comment nous contacter. En attendant, si vous voulez bien rappeler votre assassin. Je suis peut-être laid, mais je n'ai que cette peau et j'y tiens!»

77

Le trajet de retour, interminable, donna à Antonin le loisir d'élaborer une stratégie. La priorité était de mettre le maroquin en sécurité. Ainsi, dès son retour à Paris, il rendrait sans hésiter sa première visite à Aubin de Grandmaison.

Le bibliothécaire l'accueillit avec effusion, d'autant plus quand il découvrit le secret qu'Antonin devait protéger. Aubin le conduisit immédiatement dans le sanctuaire des livres interdits et rangea le maroquin sur une étagère, juste à côté du *Cimetière de la Madeleine*, sans l'ouvrir. Antonin savait que le gardien des livres censurés résisterait à la tentation. Aubin leur servit un verre d'eau-de-vie et ils s'installèrent dans un fauteuil pour qu'Antonin lui fasse le récit de ses aventures.

« Comme vous le savez, j'ai rejoint Lyon avec l'idée de me faire embaucher par Nicolas Bocuse dans son auberge de Collonges. En réalité, j'y allais surtout pour récupérer ceci, dit Antonin en désignant le rayonnage où était posé le maroquin. Malheureusement, tout ne s'est pas passé comme prévu. D'abord, maître Bocuse n'a pas voulu de moi...

— Pourquoi donc ? s'étonna Aubin de Grandmaison.

— Je lui ai proposé de le payer pour me former, avoua Antonin. J'avais quelques économies et j'ai pensé que ça pourrait le convaincre de me prendre à l'essai.

— Hum, grommela le bibliothécaire avec une moue éloquente.

— Il ne me restait qu'à débusquer la personne qui détenait le maroquin ; et sinon rentrer, bredouille, à Paris ... J'allais l'attendre à l'adresse qu'on m'avait donnée. Sans trop d'espoirs, car je m'étais rendu compte que c'était l'adresse d'un tisserand. Mais comme c'était ma seule piste... En définitive, la personne que je cherchais me trouva et me conduisit chez elle. Elle venait de me confier les documents quand la police vint l'arrêter.

— Diable !

— Je sautai par la fenêtre et réussis à m'enfuir avec le maroquin. Je courus sans savoir où j'allais, la cheville tordue, et débarquai sur une place remplie d'hommes très jeunes, qui faisaient la queue. Sans réfléchir, je me glissai parmi eux. C'est ainsi que je me suis retrouvé, à mon insu, dans un convoi en partance pour le front des Alpes.

— Comment ? s'écria Aubin. On t'a laissé rejoindre l'armée ? À ton âge ?

— Je crois qu'ils n'étaient pas très regardants... Comme l'armée manquait de volontaires, les recruteurs ne faisaient pas la fine bouche quand un jeune comme moi se présentait. J'ai passé l'hiver parmi les troupes du général Moreau, près du village de Marengo en Italie. Finalement, le Premier Consul ordonna un assaut contre l'empereur... »

Antonin ferma les yeux. Il revoyait toujours les hommes laissés pour morts sous la carcasse de leur cheval, mais qui continuaient d'appeler à l'aide, et les blessés se traîner dans les flaques de leur sang, pour rejoindre un abri improbable.

« J'étais mort de peur. Les soldats criaient et mouraient tout autour de moi. Il y avait du sang partout ou pire. Je pensais mourir, moi aussi, écrasé par des sabots ou percé par une balle. Mais un brancardier du nom de Dunant sollicita mon aide pour transporter les blessés du champ de bataille jusqu'à la forêt. Cet acte de bravoure me valut la visite du général Murat. Quand il sut que j'étais pâtissier, il me présenta à son cuisinier, monsieur Laguipière. Laguipière me prit à son service et je me retrouvai à les suivre, Murat et lui, jusqu'à Naples.

— Par la corbleu, quelle histoire trépidante ! Mais comment es-tu ici ? Je croyais que les soldats de l'armée régulière devaient cinq ans de service.

— Le général Murat m'a libéré avant notre départ en Italie. Au motif que les jeunes gens comme moi n'ont rien à faire dans ses régiments !

— Ainsi, tu les as quittés. Pourquoi ?

— J'ai appris que la jeune fille qui m'avait demandé de récupérer ces documents était peut-être en difficulté. Elle a été accusée d'avoir participé à l'attentat contre le Premier Consul.

— Elle n'était quand même pas sur la liste des cent trente ?

— Si...

— Alors, il y a peu d'espoirs, commenta Aubin à voix haute. Tous ceux qui figuraient sur cette liste ont été déportés dans les colonies en moins de temps que les révolutionnaires n'ont mis à prendre la Bastille. Aucun n'est revenu, même après que Fouché a remis à Napoléon des preuves attestant que les coupables étaient les royalistes bretons. »

Antonin s'était décomposé. Aubin maudit son manque de tact.

« Mais pourquoi figurait-elle sur la liste ? Est-elle jacobine ?

— Elle fait partie d'un groupe de femmes qui lutte contre l'idée qu'il existe un sexe fort et un sexe faible. Elles revendiquent le droit de s'affirmer comme citoyennes à part entière et veulent s'extirper de la condition dans laquelle "l'ignorance, l'orgueil et l'injustice des hommes les tiennent asservies".

— On dirait du Théroigne de Méricourt ?

— Vous connaissez ?

— Je conserve ici quelques ouvrages écrits par des auteurs de sexe féminin, même si je suis un peu sceptique quant à leurs revendications.

— Maître ?

— Je ne souscris pas forcément aux thèses rousseauistes selon lesquelles les femmes seraient inférieures aux hommes par nature. Il n'y a bien que Rousseau pour penser que les *Lettres portugaises* ont été écrites par un homme. À mon sens, c'est le bon fonctionnement de l'ordre social, et non le déterminisme naturel, qui justifie l'accès inégal des hommes et des femmes à l'instruction. Chacun doit accomplir ce que son état exige.

— Si c'était vrai, pourquoi m'avez-vous introduit au sein du sanctuaire des livres interdits ?

— Tu n'es pas une femme, mon garçon.

— Mon état naturel ne me destinait pourtant pas à lire.

— C'est très différent.

— Pourquoi ?

— Eh bien, parce que ton état naturel est de vouloir t'élever au-dessus de ta condition. C'est même le propre de l'homme.

— Mais pas de la femme…

— La femme se préoccupe de considérations plus matérielles. Par définition, elle ne se préoccupe guère du monde des idées. Sais-tu pourquoi Théroigne de Méricourt est montée à la tribune, la première fois ? Pourquoi les femmes sont allées à Versailles en octobre 1789 ?

— Elles réclamaient du pain, se rappela Antonin, troublé.

— Précisément. Les femmes n'avaient que faire de la révolution et de l'égalité. Si le roi et la reine leur avaient donné du pain, si la famine avait disparu, ils auraient bien pu rester sur le trône, elles n'en avaient que faire ! En définitive, les femmes préféreront toujours le calme et la douceur d'un foyer plutôt que l'agitation et la violence de la vie publique, conclut Aubin.

— Je vois », dit Antonin.

Pour autant, il n'était pas entièrement convaincu par la démonstration du bibliothécaire. Son argumentation comportait un biais important : la liberté de choix. Aux hommes, on donnait toujours le choix.

Antonin remercia le bibliothécaire et se rendit aux Tuileries pour se présenter à son nouveau maître. Il aurait été préférable de rendre visite à la mère Ramponneau, mais il craignait sa réponse.

La dernière fois qu'Antonin était entré au palais des Tuileries, il était escorté par les clameurs et les injures de la foule. Tout n'était que chaos autour du carrosse flanqué d'une sorte de géant à longue barbe blanche, hissant sur sa pique la tête d'un garde. L'antique palais n'avait pas été utilisé depuis la Fronde et les appartements étaient sens dessus dessous. Le nécessaire manquait, les salles étaient mal éclairées, tristes à mourir. À présent, les décors, le mobilier, les dorures, tout respirait le faste et la richesse ; même la grosse horloge du pavillon central avait changé. « Comme tout était laid ici, se dit-il, et comme tout est beau aujourd'hui ! »

Antonin rejoignit le maître de bouche aux cuisines.

Aussitôt, il fut assailli par une sensation proche de l'étouffement, une oppression telle qu'il n'en avait pas ressentie depuis son baptême du feu à Marengo et qui lui donna envie de repartir. Les croisées avaient été fermées afin que l'air ne refroidisse pas le service et on pouvait à peine respirer. En sus, une vingtaine de cuisiniers, tous aussi affairés les uns que les autres, allaient et venaient dans l'espace surchauffé, sans faire attention à lui.

Il recula, pris de panique, quand il aperçut deux adolescents préposés à la cuisson des rots et qui transpiraient abondamment sous leur bonnet. Ils n'avaient pas du tout l'air à leur affaire. Ils ne cessaient de s'éponger le front et de souffler. Et, pendant ce temps, le rôt brûlait.

« Tournez la broche, enfin ! » s'écria Antonin en désignant la pièce de bœuf d'au moins quarante-cinq livres.

Comme les garçons ne bougeaient pas, Antonin s'empara de la viande et la fit pivoter dans le brasier d'enfer. « À quoi pensiez-vous ? » leur reprocha Antonin en chuchotant pour ne pas attirer sur eux l'attention du chef. Personne dans la cuisine n'avait le droit de se faire entendre, sauf le maître de bouche. C'était la règle suprême des cuisines.

Bien sûr, c'était trop tard. Le maître de bouche regardait dans leur direction d'un air furieux. « Tu vas nous faire renvoyer ! » souffla l'un des deux. Antonin eut un geste d'excuse. En plus de respecter les règles, il s'agissait d'économiser son souffle. À côté des broches rougeoyantes, on avait posé une voie de charbon embrasée sur la paillasse pour la cuisson des entrées, une autre sur les fourneaux pour les potages, les sauces, les ragoûts et les fritures et une dernière sur le poêle pour le bain-marie.

Le maître de bouche s'approcha d'eux pour inspecter leur travail. Avec sa fourche au bout de son bras, il aurait pu passer pour le diable organisant un banquet. Au contact de l'ustensile, la chair tendre de l'aloyau crépita dans le feu. Le cuisinier hocha la tête.

« Qui es-tu, toi ?

— Antonin Carême, monsieur. Je suis envoyé par monsieur Laguipière.

— Carême ? Ah oui, Carême ! Je ne t'attendais que demain. Jérôme, viens par ici ! Je te présente ton nouveau compagnon de chambrée. Tu l'emmènes et tu reviens. »

Le dénommé Jérôme guida Antonin jusqu'au quartier des domestiques, situé dans l'aile nord. Il l'installa dans une chambre similaire à celle qu'il avait longtemps occupée quand il était chez Bailly, sauf que le matelas en paille avait été remplacé par un lit légèrement plus confortable. Son compagnon de chambre était déjà reparti, si bien qu'il se retrouva livré à lui-même.

Il rejoignit, presque à son insu, les jardins. Il se souvint du petit lopin de terre qu'on lui avait attribué quand il était destiné à jouer un rôle éminent dans l'Histoire. Il était situé de l'autre côté, à l'extrémité de la terrasse du bord de l'eau, qui surplombait la Seine. Il marcha sans se presser et prenant bien garde de ne croiser personne d'important. Le petit jardin existait toujours, mais on l'avait entouré de grilles. Il appartenait à un autre, désormais. Il fit demi-tour et quitta le palais en direction du logis de la mère Ramponneau.

78

Pour la première fois de sa vie, Antonin foula les cuisines de *La Grande Pinte*. Le cabaret était en effervescence. C'était les quatre-vingts ans de l'établissement et la fête n'allait pas tarder à commencer. Tout le monde débordait de joie et d'énergie. Ce n'était pas tous les jours qu'on célébrait un anniversaire pareil. Le patron n'avait pas regardé à la dépense et les garde-manger regorgeaient de nourriture. Il y en aurait pour tout le monde.

Le père Ramponneau présidait à l'élaboration des chapons au gros sel, des tourtes à la viande ou des fromages à la crème, mets simples proposés à toute heure du jour et de la nuit. Antonin décida de ne pas le déranger. De toute façon, ce n'était pas pour lui qu'il était venu. Au milieu de tout ce remue-ménage, posée à même le plan de travail trônait l'énorme pâtisserie préparée par la pâtisserie Bailly. Antonin aurait reconnu le style de son maître n'importe où. Surtout, il connaissait le garçon qui attendait, planté juste à côté du dessert, de recevoir la seconde partie du paiement. Il avait fière allure dans sa tenue d'apprenti.

« Petit Pierre ? C'est bien toi ?

— Antonin ! s'écria l'ancien garçon d'écurie en lui donnant l'accolade.

— Alors tu es apprenti à présent ?

— J'allume les fours, répondit malicieusement Pierre. Je crois que maître Bailly savait que je te remplaçais parfois. Et je m'occupe des livraisons.
— Et les bêtes ?
— Étienne ! Il sait y faire avec elles !
— Étienne ?
— Le moineau que tu nous avais envoyé. Tu te rappelles ?»

Antonin marqua un moment de surprise. Cela lui paraissait déjà si loin.

« Alors il est venu... commenta-t-il.
— Brindille l'a tout de suite adopté, alors maître Bailly a accepté qu'on le garde.»

Antonin se rappela que le moineau était accompagné de deux autres enfants. Une fille et un garçon dans un état aussi déplorable que le sien.

« Il était seul ?
— Oui. Pourquoi ?
— Pour rien. Dis-lui que je passerai le voir à l'occasion, d'accord ?»

Il traversa la salle principale et frappa à la porte du boudoir de la mère Ramponneau. La dernière fois qu'il était venu, il était accompagné de Juliette blessée à mort. La mère Ramponneau ouvrit et sa réaction mortifia Antonin. C'était un mélange de tristesse et de culpabilité. Il pénétra, le cœur au bord des lèvres, dans le boudoir identique à lui-même. Seule la cheminée éteinte témoignait du changement de saison. Il resta planté entre la malle ancienne et le fauteuil, implorant du regard la mère Ramponneau.

« Elle est à la Salpêtrière.»

Antonin s'aperçut qu'il avait retenu sa respiration. Il relâcha son souffle. Elle était vivante. Elle respirait. Elle était à Paris. Cependant, quelque chose dans l'expression de la matrone le troublait. Soudain, il comprit. Tout cela n'avait rien à voir avec la liste des cent trente. Sinon, elle serait sortie de l'asile au moment où Fouché avait remis à Napoléon le nom des véritables coupables de l'attentat. Ses traits se durcirent.

« Pourquoi est-elle à la Salpêtrière ? demanda-t-il lentement.

— Parce qu'elle est folle.

— Elle n'est pas folle.

— Tu ne peux pas comprendre, Antonin. Tu es trop jeune.

— Je comprends très bien, au contraire. Pourquoi avez-vous laissé faire ça ? Vous ?

— On en reparlera quand tu auras une fille, dit la mère Ramponneau avec humeur.

— Si j'avais une fille, je serais fier qu'elle soit comme Juliette.

— Hystérique ? Hors de contrôle ?

— Libre. Vous m'auriez laissé mourir si j'avais été une fille ?

— Je... »

Antonin désigna la trousse de médecin que la mère Ramponneau gardait sur l'étagère, comme objet de décoration.

« Gardez vos excuses pour vous ! Mieux, enfermez-les avec vos soi-disant rêves dans ce sac ! Adieu, la mère ! »

79

Plus les jours passaient, plus Juliette sentait qu'elle perdait pied. Le médecin-chef Pinel lui avait prescrit de nouvelles séances de bains glacés, qui la laissaient toujours plus exsangue et affaiblie, d'autant qu'elle avait mis du temps à accepter de ne plus regimber. Plus elle résistait, plus les séances duraient longtemps. Pour les médecins, ses réactions vis-à-vis de ce qu'on infligeait à son corps et à son esprit n'étaient rien d'autre que des manifestations d'hystérie, qu'il fallait traiter avec vigueur. Théroigne – elle lui avait dit qu'elle préférait être appelée ainsi en ces lieux – lui avait bien dit qu'embrasser la folie était le meilleur moyen d'obtenir la liberté, mais Juliette était terrifiée à l'idée de ne jamais pouvoir revenir en arrière si elle se laissait aller.

Sur les conseils de l'ex-révolutionnaire, elle exerçait son esprit afin de ne pas en perdre la maîtrise. Elle se récitait ses passages préférés des discours d'Olympe de Gouges, elle révisait les poèmes qu'elle connaissait, elle faisait même semblant de préparer, étape par étape, le fameux bouillon de santé, qui avait fait la célébrité de ses parents. La femme du médecin-chef avait fini par leur apprendre qu'Eudora et les autres membres de leur groupe avaient été arrêtés. Seule Eudora n'avait pas été déportée, mais on ignorait où elle se trouvait. *Sans doute a-t-elle réussi à acheter sa liberté grâce aux nombreux secrets qu'elle possédait*, pensait amèrement Juliette.

À présent qu'elle se trouvait ici, la jeune femme voyait d'un œil différent la fille de la célèbre Manon Roland. Contrairement à sa mère, Eudora se tenait toujours dans l'ombre, laissant les autres se mouiller à sa place. Elle ne contribuait pas activement à la cause, sinon à travers la possession de tous les documents hérités de ses parents. Juliette se laissa emmener pour la promenade dominicale. En réalité, il s'agissait moins d'une promenade que d'une foire monstrueuse où les hystériques de la Salpêtrière étaient mises à la disposition des Parisiens pour leur amusement. Arrivée en bas, elle ressentit un choc. Ce n'était pas parce qu'elle avait croisé le regard glaçant du comte de Neuville. Il revenait chaque dimanche pour la hanter et lui rappeler qu'il savait se montrer patient ; il n'avait pas compris que sa présence, au contraire, permettait à Juliette de tenir le coup. Il lui rappelait ce pour quoi elle se battait. Cette forte émotion, elle la devait plutôt au visage soucieux d'Antonin entraperçu parmi la foule. Juliette battit des paupières pour s'assurer qu'elle ne rêvait pas. Il était là. Il était revenu. Elle manqua de fondre en larmes et de se jeter à son cou quand elle se rappela la présence de l'espion de Talleyrand dans son dos. Elle mobilisa alors, face à son ami, tout son courage et son aversion pour la gent masculine.

« Qu'est-ce que tu fais là ? lui lança-t-elle agressivement.

— Juliette, je...

— Je ne veux pas te voir. Va-t'en ! »

Et avant qu'il ait pu répondre, elle le dépassa et continua son chemin. Antonin resta figé au milieu de l'allée, entendant à peine les rires provoqués par cette scène. Elle marcha jusqu'à l'endroit où, chaque dimanche, un attroupement se formait autour de Théroigne. Ce jour-là, elle se roulait dans la boue comme un cochon après la pluie. Le public, des hommes majoritairement, s'esclaffaient bruyamment et la pointaient du doigt. Certains lui faisaient même des propositions obscènes. Juliette savait bien que Théroigne ne cherchait qu'à détourner l'attention des visiteurs et favoriser une paix relative aux autres aliénées, mais cette scène la remplissait d'un profond malaise. Comment pouvait-on tolérer un tel spectacle ? Comment pouvait-on accepter que certains êtres humains soient traités comme des animaux ? Elle ferma les yeux et sentit des larmes couler librement sur ses joues. C'est alors que se produisit un événement extraordinaire. Quelqu'un brisa le cercle et posa un manteau sur le dos de la démente. Il se tenait accroupi et murmurait des paroles douces à l'oreille de Théroigne. Celle-ci avait le regard vide et faisait semblant de ne rien comprendre. Elle repoussait sans cesse le morceau de tissu. Il finit par se relever. Juliette s'aperçut alors que c'était Antonin. Les deux adolescents se dévisagèrent un instant, puis Juliette tourna les talons.

La vision de Théroigne en train de se baigner nue dans la boue avait fortement impressionné Antonin. Mais cela n'était rien en comparaison du dégoût qu'il ressentait pour l'assemblée de badauds. Que cette femme fût une hystérique était une chose, que certains prennent plaisir à sa démence en était une autre. Il avait cherché des yeux les infirmières ou les médecins chargés de surveiller les malades, en vain, cette pauvre âme était complètement livrée à elle-même. Alors, comme si Dunant était venu l'enhardir, il s'était vu enlever son manteau et en revêtir cette créature, défiant quiconque de l'arrêter. Son geste n'avait pas paru émouvoir la démente, le tissu semblait même la gêner, mais au moins la foule s'était dispersée. Au moment où lui-même décida de prendre congé, encore meurtri par l'attitude de Juliette, il sentit les doigts maigres d'une infirmière autour de son poignet.

80

Antonin fit exactement ce que la femme lui avait murmuré. Il se présenta à l'accueil pour solliciter, en tant que son cousin, une visite auprès de mademoiselle Anne-Josèphe Terwagne. Quand il avait entendu ce nom, Antonin avait réprimé un mouvement de surprise. C'était le nom de la révolutionnaire que Juliette voulait libérer.

Une infirmière musclée comme un taureau le conduisit dans un minuscule réduit, suintant d'humidité. Il y avait un banc sur lequel se trouvait déjà un homme véritablement repoussant. Il était sale, avec une respiration haletante et serrait son couvre-chef entre ses doigts gras. Son membre, remarqua Antonin effaré, tressaillait d'excitation. Derrière une porte, on percevait des grognements rauques. L'infirmière se retourna vers Antonin et attendit. Voyant qu'il ne réagissait pas, elle frotta son pouce contre son index. Antonin lui remit une pièce. Elle le laissa en compagnie du goret.

« C'est ta première fois ? finit par dire l'homme en se passant la langue sur la bouche. Tu vas voir, c'est une vraie petite chatte. Je peux laisser la porte ouverte si tu veux. »

Antonin le dévisagea avec horreur. Que voulait-il dire ? Et où était-il au juste ? La porte du réduit s'ouvrit et un individu en sortit qui finissait de rajuster ses chausses. Contrairement au goret, il avait une mise simple, mais propre. Rien dans son vêtement et dans sa mine ne le distinguait d'un bon père de famille. Il partit sans un regard pour les deux hommes. Le goret se leva et se rendit dans l'autre pièce. Antonin distingua une silhouette étendue sur une paillasse. Elle portait une robe relevée jusqu'à la taille. À la lumière, il reconnut la femme qu'il avait secourue un peu plus tôt. Il s'agissait de Théroigne de Méricourt.

« Lève-toi, lui dit le goret, et enlève ça ! »

Théroigne s'exécuta avec lassitude. Elle fit mine de prendre de l'eau pour se laver, mais l'homme l'arrêta d'un geste. « Je te conseille de faire pareil, sinon elle est sèche comme un coup de trique », dit-il à destination d'Antonin, qui bien qu'en retrait, ne pouvait détourner son regard, comme hypnotisé.

« Bonne fille, continua le goret en commençant à caresser les fesses de la fille. Va, je sais que tu aimes ça. Ça ne te dérange pas que mon ami regarde, hein ? Non, ça ne te dérange pas. Allez, retourne-toi donc ! »

Et il lui frappa les fesses. Il se tenait derrière elle, son sexe dans une main, l'autre sur la toison où il entreprenait de glisser ses doigts. Antonin l'entendait murmurer des obscénités à l'oreille de sa victime. On aurait dit que le fait d'être observé décuplait son excitation. Quand il força la femme à prendre ses doigts poisseux dans sa bouche, Antonin recula et vomit. Le goret se mit à rire et pénétra la femme avec force. Il s'épongea le front quand il eut fini.

« À ton tour ! »

Et il lui fit un clin d'œil lascif. Antonin resta bloqué jusqu'à ce qu'il entende la voix de Théroigne l'appeler depuis l'intérieur. Il marcha comme un automate, résistant à l'envie de partir en courant. Théroigne était en train de se laver à grandes eaux. Antonin sentit de l'eau glacée s'infiltrer dans ses chaussures.

« Qu'est-ce que tu attends ? Viens !

— Je... Non... Ce n'est pas pour ça que je suis là.

— Tu veux dire pour me baiser ? Commence déjà par fermer la bouche ! »

L'attitude de Théroigne de Méricourt le mettait affreusement mal à l'aise. En outre, il s'aperçut qu'elle saignait le long de la jambe. Une longue traînée sanguinolente coulait le long de ses cuisses. Elle ne fit pas mine de l'essuyer.

«Je... vous allez bien?

— Comment le saurais-je? Je suis une hystérique.

— Mais...

— L'amour fait partie du traitement. C'est connu. Les femmes ont été mises sur terre pour donner du plaisir aux hommes. Il paraît que je l'ai oublié, alors on se charge de me le rappeler. Je n'ai pas beaucoup de temps, je ne vais donc pas y aller par quatre chemins. C'est toi Antonin?

— Oui.

— As-tu pu récupérer les documents?

— Oui.

— Tu les as lus?»

Il hésita. Théroigne lui jeta un regard incisif.

«Oui», confirma-t-il.

L'expression de Théroigne s'adoucit légèrement. Un mélange de surprise et d'admiration brilla fugacement dans son œil.

«Qu'en as-tu fait?

— Je les ai mis en sécurité.»

Il s'était lancé dans des explications quand elle le stoppa net.

«Garde ça pour Juliette! Quand tu l'auras fait sortir d'ici.

— Mais, elle n'a pas voulu me parler.

— C'est qu'elle est surveillée, imbécile!

— Surveillée? Par qui?

— Ah les hommes... Par qui à ton avis? Par celui qui veut récupérer le maroquin, évidemment!

— Talleyrand?

— Corbleu, j'espère vraiment que tu es plus intelligent que tu en as l'air. Tout repose sur toi.

— Qu'est-ce que je dois faire?

— Sois ici dans une semaine à onze heures précises. Apporte des habits d'hommes et prépare-toi à filer dès que vous aurez passé la porte donnant sur le boulevard Saint-Marcel. Il vous faudra quitter Paris sur le champ. Attention, si vous êtes arrêtés, c'en est peut-être fait d'elle pour toujours. Et de toi aussi.»

Le cœur d'Antonin battait la chamade. Mais après ce qu'il venait de voir, il n'était pas question de reculer.

« Et l'espion ?
— Je me charge de lui. Je peux compter sur toi ?
— Oui, madame. Je serai là. »

81

Juliette était retournée dans sa chambre, en proie à des émotions contradictoires. Que penser de l'apparition inattendue d'Antonin ? Maintenant qu'il était là, elle lui en voulait d'avoir attendu aussi longtemps avant de venir la voir. Elle lui en voulait de ne pas être revenu plus tôt pour la tenir informée du succès ou de l'échec de sa mission. Elle lui en voulait d'être homme et de marcher en liberté, alors qu'elle était coincée ici, dans cette prison sordide, peut-être à vie. Elle attrapa un broc sur la table et le jeta par terre avec un grand cri de rage. Des infirmières entrèrent immédiatement et secouèrent la tête. L'une d'entre elles tenta de ceinturer Juliette, mais elle hurlait et se débattait tant qu'elle finit par casser le nez de la gardienne. Celle-ci lui asséna une grande gifle en plein visage pendant que sa collègue préparait un calmant. Juliette sombra dans le néant.

Elle se réveilla dans un lieu privé de lumière. À tâtons, elle tenta de faire le tour de la pièce. Elle avait à peine la place de faire quatre pas dans une direction et quatre pas dans l'autre. Le plafond était juste un peu plus haut que sa tête. Autour d'elle, elle entendait les cris d'aliénées soumises au même traitement ou pire. De certaines cellules s'échappaient des sons dont Juliette n'osait même pas imaginer l'origine. Elle commença à respirer bruyamment, recroquevillée sur elle-même. Ses exercices mentaux ne lui étaient d'aucun secours. Elle eut bientôt envie de se soulager. Mais elle eut beau explorer le moindre recoin de sa prison, rien dans la pièce n'était destiné aux commodités. Elle dut se résoudre à uriner sur le sol et bientôt l'odeur aigre de la pisse remplit tout l'espace. Elle commença à rire de manière incontrôlée et hystérique jusqu'à s'endormir d'épuisement. Beaucoup plus tard, un bruit la fit sursauter. Quelqu'un avait ouvert une lucarne pour y glisser de la nourriture. Elle attrapa ce qui semblait être un bol, essaya de reconnaître les aliments au toucher, mais abandonna rapidement. Elle décida de se rendormir en espérant ne plus jamais se réveiller.

« Une semaine d'isolement ? s'exclama Théroigne.

— Elle a cassé le nez d'une infirmière », répondit la femme du médecin-chef.

Théroigne marchait à grands pas dans sa chambre. Il restait des traces de sang à l'intérieur de ses cuisses.

« Comment te sens-tu ?

— Comme quelqu'un qui se fait violer toutes les semaines par des porcs.

— Pourquoi t'infliges-tu ça ?

— Tu sais très bien pourquoi.

— Tu aurais pu sortir depuis longtemps.

— Combien d'entre nous avons-nous pu sauver grâce au réduit ? »

La femme du médecin-chef garda le silence. Son amie disait vrai, elles avaient sauvé des dizaines de jeunes femmes grâce aux *rencontres thérapeutiques* de Théroigne. La révolutionnaire convenait d'un plan avec ses *visiteurs* et madame Pinel s'assurait que le personnel était occupé ailleurs le jour de l'évasion. Mais combien de temps Théroigne pourrait-elle encore survivre à ce traitement ? Même si elle était dotée de la plus grande force de caractère que madame Pinel ait encore jamais vue, son corps supportait de moins en moins les assauts qu'on lui imposait.

« Tu peux la faire sortir ? reprit la révolutionnaire.

— Je vais essayer.

— Réussis ! Ça doit avoir lieu dimanche. On ne peut pas prendre le risque que Neuville remarque le garçon. »

82

Timothée de Neuville attendait derrière un mur dérobé que son Excellence le prince de Talleyrand ait fini de dicter à son secrétaire un projet d'alliance avec le peuple anglais, que son court exil londonien lui avait appris à apprécier. Le prince était attablé à son petit-déjeuner, composé d'un œuf, d'un fruit, d'une tartine et d'un verre d'eau. Jamais de café ou de thé. Une fois ses diverses activités achevées, il congédia ses gens et se leva pour faire toilette. Talleyrand avait coutume de s'habiller lui-même, autant pour faire usage de ses mains qui compensaient l'immobilité de ses jambes, que pour recevoir ses espions en toute tranquillité: ses domestiques avaient interdiction de le déranger tout le temps que durait son ajustement. Talleyrand accordait une grande importance à sa mise, qui rappelait chez lui l'homme d'Ancien Régime. Neuville s'engagea dans le cabinet d'un pas nonchalant, au moment où son maître finissait de nouer sa cravate.

«Eh bien, Neuville, votre rapport?

— La fille résiste toujours. J'en serais presque admiratif s'il s'agissait d'un homme.

— Votre mépris à l'égard des femmes vous perdra, mon cher.

— Si vous le dites, Excellence.

— Qu'avez-vous à m'apprendre?

— Comme nous le pressentions, la proie est venue à nous.

— Continuez !

— Elle a reçu un visiteur, dimanche. Je gage qu'il s'agit du garçon dont Eudora Roland nous a parlé. Celui qui a récupéré les documents.

— Que ne l'avez-vous appréhendé ?

— J'ai pensé qu'il pourrait nous mener directement au maroquin et ainsi nous serions débarrassés de tous ceux ayant eu vent de cette affaire.

— C'est fort bien pensé. Veillez à ne pas le perdre de vue. Et l'apprenti de Sylvain Bailly ?

— Toujours aux abonnés absents. Il n'a jamais pris son poste à Lyon.

— Étrange. Poursuivez vos recherches !

— Ce sera fait, Excellence. »

Neuville prit congé. Sa fidélité à Talleyrand s'arrêtait là où il se sentait obligé envers son demi-frère, Pierre de Saint-Régent. Ainsi, il n'était pas question d'avouer au ministre des Affaires étrangères qu'il avait reconnu dans le garçon de la Salpêtrière celui que Talleyrand lui avait demandé de suivre après le dîner à l'hôtel de Galliffet. Le dénommé Antonin Carême, qui officiait présentement aux Tuileries, chez Robert Chambertin, après un passage remarqué chez le général Murat. Décidément, ce garçon est plein de surprises ! se dit Neuville en se dirigeant vers le bordel du Palais-Royal.

83

Pierre de Saint-Régent enrageait. Ce maudit nain le tenait. Il avait bien pensé écrire au comte de Provence pour lui avouer la vérité – il avait suffisamment pratiqué le chantage lui-même pour savoir que ces forbans ne s'arrêteraient qu'une fois son dernier écu déboursé – mais il ne se résolvait pas à mettre en péril tout ce qu'il avait si patiemment construit pour une issue aussi hasardeuse. Primo, il n'était pas sûr que le royaume ait mis la main sur le garçon. Secundo, ce garçon n'était peut-être que ce qu'il prétendait être : le fils d'un ouvrier abandonné aux barrières à l'âge de dix ans par un père misérable.

Saint-Régent avait donc fait parvenir un message à Leste-Main par l'intermédiaire de madame Jeanne tout en espérant un miracle. On frappa à la porte de sa chambre. Persuadé que c'était l'émissaire du roi de Thunes, ce nain puant et désagréable, il ne se donna pas la peine de répondre. La poignée tourna et une silhouette familière se découpa dans la lumière.

« Eh bien ! Que me vaut cette tête d'enterrement ? » lança joyeusement Timothée de Neuville.

L'espion de Talleyrand était aussi exubérant et excessif que son demi-frère était réfléchi et discret. Ce qui n'empêchait pas Neuville d'être considéré comme l'un des meilleurs espions de sa génération. Il aimait simplement se dissimuler dans la lumière, quand son frère s'épanouissait en créature de la nuit. Quand on les voyait côte à côte, leur ressemblance était frappante. Ils partageaient le même regard émeraude et une physionomie agréable, qui ne reflétait pas du tout leur âme corrompue. Pierre de Saint-Régent résuma rapidement la situation à son demi-frère : comment le royaume avait eu vent de ce qu'il appelait l'affaire Louis XVII et comment ils le faisaient chanter.

« Morbleu ! C'est sans doute une bonne chose que je l'aie retrouvé, commenta négligemment Neuville en attrapant une carafe.

— Qu'est-ce que tu dis ?

— Ton pâtissier n'est autre que mon voleur. Il a rendu visite à Juliette Ramponneau, ce dimanche. Je l'ai tout de suite identifié. La fille est plus maligne que lui : elle a fait semblant de ne pas le reconnaître. »

C'était inespéré.

« Était-il seul ? demanda Saint-Régent

— À ce que j'ai pu en voir, oui. Il officie comme cuisinier aux Tuileries.

— Tu ne l'as pas arrêté ?

— N'oublie pas, j'ai besoin qu'il me révèle la cachette des documents. Or, je suis persuadé qu'il va tenter de faire évader la fille. Il nous suffira de les cueillir à la sortie. Je gage qu'avec les bons arguments, ils nous diront tout ce qu'on veut savoir. »

Pierre de Saint-Régent hocha lentement la tête. Ce plan était judicieux, mais ne réglait pas son problème actuel : il allait être obligé de céder la moitié de ses biens au royaume. Il pouvait bien aller aux Tuileries pour observer le garçon, mais il attirerait ainsi l'attention du roi de Thunes. Et même s'il réussissait à se débarrasser du garçon, il aurait toujours une épée de Damoclès au-dessus de la tête. Il allait devoir gagner du temps.

« Quand crois-tu qu'il va agir ?

— Je parierais sur dimanche. C'est le seul jour où il peut la voir.

— Fais en sorte que rien ne puisse entraver ses plans ! »

Neuville eut une moue méprisante, comme si cette réflexion était en dessous de lui.

« Et toi ?

— Je te rejoindrai dimanche matin. Peux-tu me faire envoyer un fiacre à six heures précises ?

— Tu comptes doubler le roi des voleurs ? C'est risqué.

— Même les rats doivent dormir.

— Et la tenancière ?

— Elle est terrifiée. Un peu d'or ou la menace de la guillotine pour elle et ses filles se chargera de lui lier la langue. »

84

L'esprit d'Antonin était préoccupé par la manière de faire évader Juliette. Il lui fallait se soustraire au service de midi, ce dimanche. Il lui fallait aussi trouver une personne de confiance pour conduire la jeune fille en sécurité. Deux jours plus tard, il n'entrevoyait toujours aucune solution à ses problèmes et la panique le gagnait progressivement. Il n'envisageait plus qu'une seule issue : déserter. Il avait pris cette décision radicale quand la providence vint à son secours en la personne de Robert Chambertin.

« Lasgneau ! Carême ! appela le maître de bouche des Tuileries. Je vous envoie à l'Hôtel de Ville pour un extra. Prenez vos affaires ! Lasgneau, tu te présenteras à monsieur Lasne en rôtisserie. Et toi Carême, tu iras voir monsieur Bailly à la pâtisserie !

— Bien monsieur, répondit Antonin.

— Que se passe-t-il ? demanda Jérôme.

— Le Premier Consul veut célébrer le retour des troupes avec un grand banquet ce dimanche. On nous a demandé de prêter main forte.

— Dimanche ? » répéta Antonin, abasourdi.

La coïncidence était presque trop belle pour être vraie. Tout à sa surprise, il ne remarqua pas que Chambertin avait le visage étrangement fermé.

« C'est ce que j'ai dit. Débarrassez-moi le plancher maintenant ! »

Jérôme haussa les épaules et quitta les cuisines, suivi de près par Antonin. Le garçon n'en croyait pas sa chance. Au milieu de tous les cuisiniers présents ce jour-là, il lui serait certainement possible de s'esquiver. C'était d'autant plus vrai qu'à la pâtisserie, les préparations se devaient d'être prêtes bien en amont de l'événement. Il ne remarqua pas que Jérôme, bizarrement silencieux, le dévisageait d'un drôle d'air.

« Tu sais, lui dit son compagnon de chambre au bout d'un moment, je suis étonné que Chambertin t'ait désigné.

— Pourquoi ? s'étonna Antonin.

— Tu viens littéralement d'arriver. Et hormis ta brillante prestation avec le rôt d'hier, il ne sait pas comment tu travailles. Un extra comme celui-là, ça se mérite ! »

Il avait dit ça sur un ton légèrement suspicieux, en insistant sur la *brillante* prestation. Antonin comprit qu'il se méfiait de lui.

« Je suis l'ancien apprenti de Sylvain Bailly, lâcha-t-il avec un sourire qui se voulait rassurant. Peut-être a-t-il demandé à ce que je sois présent ? »

Mais ce disant, Antonin savait qu'il mentait. Pour la simple raison que Bailly n'était pas au courant de son retour à Paris. Les choses s'étaient tellement précipitées qu'il n'avait pas eu le temps d'aller voir son ancien maître.

« Peut-être, mais rien n'obligeait le vieux à accepter. D'ailleurs, je crois qu'il n'était pas très content que tu en sois, vu la façon dont il te regardait. Je ne sais pas ce que tu caches, le nouveau, mais je te préviens, je t'ai à l'œil. »

85

Antonin avait apporté du linge et des bas pour Juliette. Sous son manteau, il avait enfilé un surtout qu'il se réservait après qu'il aurait remis le pardessus à la jeune fille. Théroigne prétendait que personne ne se méfierait de voir deux hommes partir ensemble.

La femme qui l'avait envoyé dans le réduit auprès de Théroigne s'approcha pour passer en revue l'intérieur de son sac.

« Où est la culotte ? »

Antonin sentit son cœur s'arrêter de battre. Il n'en avait pas apporté. La femme dut lire la panique sur son visage.

« Suivez-moi, dit-elle. Vous allez enlever la vôtre. Là-bas ! Portez-vous un surtout sous votre pardessus ?

— Oui, madame.

— Il faudra que ça suffise. Prenez ça ! dit-elle en lui tendant des épingles et tâchez de vous rendre décent. Ensuite, attendez-nous à la porte et tenez-vous prêt à partir ! Le pardessus ! Maintenant la culotte... »

Antonin enleva rapidement son pantalon qu'il tendit à la femme. Le surtout était à peine assez long pour dissimuler son manque de décence et il avait l'impression que tout le monde le regardait. C'était sans compter le spectacle que donnait Théroigne de Méricourt aux visiteurs. Elle remplissait inlassablement des seaux à la fontaine pour s'en asperger, comme si elle s'était mise en tête de prendre une douche. Sauf que l'eau était d'un brun douteux et que des dizaines de curieux observaient son manège. Antonin se mit en position, non sans avoir jeté un regard à Étienne pour s'assurer qu'il était toujours là.

Le moineau n'avait pas hésité une seconde quand il lui avait demandé son aide. Il avait accepté de les conduire en sécurité, puis de ramener Antonin à l'Hôtel de Ville. Officiellement, l'apprenti avait été envoyé rue Vivienne par Sylvain Bailly pour récupérer des ingrédients manquants. Après une attente relativement brève, mais qui leur parut une éternité, madame Pinel revint accompagnée de son chargement. Si elle n'avait pas été avec la femme du médecin-chef, Antonin n'aurait pas reconnu Juliette. Ses yeux étaient largement cernés et mangeaient son visage maigre et sans couleurs. On aurait dit une poupée de porcelaine prête à se casser. Madame Pinel lui remit la jeune fille et soudain, tétanisé, il ne savait plus ce qu'il devait faire.

« Qu'est-ce que vous attendez ? Partez ! »

Antonin sentit le poids de Juliette peser sur son bras, comme la fois où il l'avait arrachée aux griffes des brigands. Étienne l'aida à la hisser dans la charrette et l'allonger sur une couverture. Antonin était censé s'asseoir à côté du conducteur, mais étant donné l'état de la jeune fille, il demeura auprès d'elle pour lui prodiguer un peu de chaleur. Il la tenait si étroitement serrée qu'il pouvait sentir son odeur. Elle empestait un mélange d'excréments, d'urine et de peur. Il combattit la nausée qui menaçait de le submerger pour ne pas risquer de la brusquer. Au contraire, il lui murmurait des paroles réconfortantes à l'oreille, mais Juliette ne réagissait pas. Elle aurait pu tout aussi bien être morte.

« Qu'est-ce qu'elle a ? demanda Étienne.

— Je ne sais pas. Tout va bien ?

— Oui, je crois que personne ne nous a vus.

— Bien. Tu sais où aller ? »

L'ancien moineau hocha la tête. L'auberge du cheval noir était suffisamment loin de Paris pour leur garantir leur sécurité et suffisamment proche pour lui permettre de retourner à l'Hôtel de Ville. Le trio arriva aux alentours de midi. Étienne se rendit directement à l'écurie pendant qu'Antonin conduisait Juliette à l'intérieur. Les clients leur jetèrent un coup d'œil distrait. Théroigne avait eu raison. Il était presque impossible de passer inaperçu lorsqu'on voyageait en compagnie d'une femme, alors que deux hommes retenaient à peine l'attention. Le propriétaire, une réplique plus âgée de Jeannot, les accueillit.

«Bonjour monsieur. Je m'appelle Antonin. Je suis un ami de Jean Avice.

— Ce bon Jeannot! Comment va-t-il?

— Bien, très bien. Il m'a remis ce pli pour vous.»

L'aubergiste consulta la lettre rapidement.

«Je vois. Suivez-moi!»

Il les conduisit dans une chambre située au premier étage. Antonin installa Juliette sur un fauteuil et passa en revue leur situation. Dans son état, il était hors de question de laisser Juliette seule ici, même quelques heures. Cependant, il ne pouvait pas non plus ne pas retourner à l'Hôtel de Ville. La confier à Étienne? C'était beaucoup trop lui demander. Des coups contre la porte interrompirent brutalement ses réflexions. Le cousin de Jeannot apportait une grosse bassine d'eau fumante.

«Pour votre ami», lui dit l'aubergiste.

Antonin lui savait gré de ne pas avoir insisté sur la mine de Juliette. Il était clair qu'il avait reconnu dans cet étrange garçon l'air de la jeune fille, mais Jeannot lui avait sans doute demandé de ne pas poser de questions. En outre, on était habitué dans les auberges à voir des femmes accoutrées avec originalité.

Antonin envisagea un instant d'appeler une servante pour la toilette, mais cela aurait fait voler sa couverture en éclat. Il n'avait d'autre choix que de s'en acquitter lui-même, ne serait-ce que les cheveux. Il guida Juliette dans la salle d'eau et la déshabilla doucement pour l'envelopper d'une serviette. Il s'efforçait de ne pas regarder son corps, mais ne put manquer de constater à quel point elle semblait fragile et amaigrie. Il entreprit alors de lui laver les cheveux, comme sa mère le faisait quand il était petit. La reine ne cessait de complimenter son fils sur sa longue chevelure longue et bouclée et insistait, son emploi du temps le permît-il, pour s'occuper elle-même de ses soins. Antonin ne pouvait se remémorer ces moments partagés, lointains et définitivement révolus, sans un pincement au cœur. C'était un souvenir presque aussi vivace que celui des choux qu'ils engloutissaient ensemble à toute heure du jour et de la nuit. Le garçon attrapa un pain de savon et le fit mousser entre ses mains avant de l'appliquer en cercles sur la chevelure emmêlée et sale. Antonin avait des gestes lents et doux qui firent pourtant trembler la jeune fille. Des larmes coulaient librement sur ses joues, se mélangeant à l'eau chaude. Il prit un gant pour nettoyer les épaules, les bras, les jambes de la jeune fille comme on aurait fait avec un enfant. Il fit glisser la serviette le long du dos pour enlever la crasse qui s'y était accumulée, prenant bien garde à ne pas avoir de regard déplacé. Une fois cette première opération de nettoyage achevée, il hésita. Il avait déjà eu l'impression d'aller beaucoup plus loin que la décence le permettait. Juliette n'était ni sa sœur, ni sa fiancée, ni son amie. Il ignorait totalement ce qu'elle ressentait pour lui.

Il se mordit les lèvres et passa le tissu humide sur sa poitrine et sur son ventre, avec autant de délicatesse et de retenue que possible, se maudissant d'éprouver du désir en cet instant. Il espérait que Juliette n'en était pas consciente. Qui sait ce qu'elle avait vécu dans la prison ? Qui sait si elle n'avait pas subi le même sort que Théroigne ? Rien que d'y penser, il en frémissait d'horreur. Quand il fut satisfait de la toilette, il rinça le corps de Juliette avec plusieurs louches d'eau chaude et l'enveloppa dans une autre serviette propre. Puis il la coucha dans le lit, tira un fauteuil et s'endormit, terrassé par la préparation de l'*extraordinaire* et les émotions de la matinée.

Il se réveilla en sursaut lorsque la cloche sonna deux heures. Juliette le fixait, une expression indéchiffrable dans le regard. Il lui prit la main qu'elle retira aussitôt. Antonin n'insista pas.

« Tu es en sécurité, finit-il par lui dire à défaut de trouver autre chose. Nous nous trouvons à Boulogne dans une auberge de ma connaissance. Le Cheval Noir. Je vais bientôt devoir retourner à Paris. Ne t'inquiète pas, le cousin de mon ami Jeannot, qui est aussi le propriétaire de l'auberge, veillera sur toi en attendant que je revienne. Je vais prendre soin de toi, je te le promets, tu ne retourneras plus jamais là-bas.

Il ne savait pas ce que Juliette comprenait de ce discours décousu, mais il l'avait débité autant pour elle que pour lui. Parler le rassurait. Aussi loin que remontait sa mémoire, il avait toujours eu peur du silence.

«Jeannot et moi avons travaillé à un nouvel *extraordinaire* pour le grand événement que le Premier Consul donne aujourd'hui à l'Hôtel de Ville. C'est une pyramide d'au moins deux mètres de haut, composée de choux et de popelins de tous les goûts. Tu sais, Jeannot est un maître de la pâte à choux. On vient de tout Paris s'approvisionner chez lui. J'ai accompagné la pyramide d'un casque de hussard pour symboliser la victoire des troupes en Égypte. Bien sûr, il s'agit d'un casque entièrement comestible. J'ai trouvé le moyen de donner l'impression qu'il était entièrement recouvert d'or par l'utilisation du sucre filé et caramélisé qui donne cet effet doré. Je crois que je n'ai jamais rien fait d'aussi beau jusqu'ici...

— Alors tu as su ce qu'il y avait dans le maroquin, l'interrompit Juliette.

— Oui, répondit Antonin gravement.

— Et tu es quand même venu...

— J'ai hésité, puis je me suis dit que ça ne changeait rien pour moi.»

Juliette sentit qu'il voulait ajouter quelque chose, mais qu'il se retenait. Elle détourna le regard.

«Je ne peux rien te donner, dit-elle alors d'un ton sec. Je n'ai pas besoin qu'un homme s'occupe de moi. Je n'en veux pas dans ma vie et n'en voudrai jamais.»

Antonin sentit son cœur se briser et dut se faire violence pour répondre d'une voix assurée.

«Je comprends. Permets-moi simplement de t'aider à trouver un abri sûr! Je veux juste te remercier de ce que tu as fait pour moi à l'époque. Ensuite, je m'en irai.»

La jeune fille haussa les épaules, les yeux toujours obstinément tournés dans l'autre direction. Antonin sentit qu'il était au bord des larmes et prétexta qu'il allait à la charrette pour quitter la pièce. Quand elle fut seule, Juliette se sentit étrangement vide.

Elle comprenait d'autant moins pourquoi elle repoussait Antonin qu'elle avait des sentiments pour lui, et qu'il ne lui demandait rien. «Du moins pour l'instant, se morigéna-t-elle. C'est un homme et comme tous les hommes, il y aura bien un jour où sa tolérance pour tes idées atteindra sa limite, un jour où il te demandera de rentrer dans le rang, comme les autres.» Jamais elle ne se laisserait dicter sa conduite par un homme, pas après ce qu'elle avait enduré. Antonin revint pour la prévenir qu'il partait et essaierait de revenir à la nuit tombée.

«Je ne sais pas quoi faire pour le maroquin. Je peux te le rapporter, mais je crains que ce ne soit pas sûr tant que tu n'es pas en sécurité. Qu'est-ce que tu préfères?»

Elle voyait qu'il était réellement dans l'expectative et en fut surprise.

«Où est-il?

— Dans un endroit secret. Il ne m'appartient pas de te révéler où il se trouve, mais je peux te donner le nom de la personne qui pourra te le remettre quand tu le désireras.»

Elle hocha la tête. Antonin se leva et fit mine de partir. Sans réfléchir, elle le retint et ils restèrent un moment sans savoir quoi faire. L'image de Théroigne s'imposa alors à la jeune fille. Elle avait la sensation d'enfin comprendre pourquoi la révolutionnaire ne s'embarrassait plus de porter des vêtements. Quand elles s'étaient rencontrées, Théroigne avait parlé de résistance, de liberté, de courage, elle avait évoqué la nécessité de se libérer des carcans qu'on imposait aux femmes. Juliette avait entendu folie, déchéance, indignité, parce que tout le reste n'était encore pour elle qu'une notion abstraite. La preuve, elle venait de repousser Antonin en pensant à ce qu'il pourrait lui demander demain, quand ils seraient mariés et établis. Mais, pourquoi se préoccuper du lendemain, alors qu'elle pouvait vivre ici et maintenant?

Elle attira Antonin jusqu'à elle et l'embrassa avec passion.

Antonin se crispa, pris au dépourvu par l'initiative de la jeune femme, qui lui semblait contraire à toutes les conventions, mais il finit par refermer ses bras autour d'elle avec la même urgence maladroite. Il rougit en se rendant compte que la serviette qui entourait son corps jusqu'ici était tombée et qu'il n'y avait plus entre eux que le fin tissu de sa chemise. Toujours à l'initiative, Juliette se dégagea doucement et de ses longs doigts, elle entreprit de déboutonner un à un les boutons de sa chemise. Antonin sentait son cœur palpiter comme un oiseau. Une fois la chemise retirée, Juliette caressa de son index le torse d'Antonin, s'arrêtant sur le grain de beauté à la naissance de sa clavicule et celui sous son nombril, elle glissa le long des veines de ses bras et une fois parvenue à ses poignets, elle saisit les mains d'Antonin pour en couvrir ses seins. Le jeune homme osait à peine respirer. Juliette le fixa avec une lueur de défi, mêlée d'appréhension dans les yeux. Elle avait une respiration haletante. Le jeune homme comprenait vaguement qu'elle n'était pas plus avisée que lui. Il se mordit les lèvres et se pencha pour l'embrasser dans le cou avant de descendre jusqu'à sa poitrine pour serrer délicatement son téton entre ses dents. Juliette eut un soupir de plaisir. Elle lui prit la tête entre les mains et lui baisa le front, les paupières, le cou avant de s'emparer de ses lèvres à nouveau, pressant son corps contre le sien comme si elle voulait se fondre en lui. On n'entendait plus dans la chambre que le bruit de leurs respirations accélérées et mélangées. Pendant qu'ils s'embrassaient, Juliette enjoignait Antonin de continuer à la caresser, se délectant de toutes les sensations nouvelles que les mains du garçon faisaient naître dans son corps. À la fin, elle baissa son pantalon, s'attardant sur le sexe dressé. Elle le toucha d'abord, comme étonnée de cette apparition. Antonin avait le regard brûlant et légèrement embarrassé d'être mis à nu de la sorte. Puis sans crier gare, Juliette décida de l'embrasser, ce qui provoqua chez Antonin un hoquet de stupeur incrédule. Sentant son impatience, elle le guida en elle, tremblante devant la force de ce désir inconnu. Elle l'entendait gémir doucement alors que leurs deux corps bougeaient de concert. Elle avait ressenti une légère douleur quand il l'avait pénétrée, mais celle-ci avait bien vite été remplacée par des vagues ininterrompues de jouissance. Elle finit par crier en s'agrippant à ses cheveux blonds, ses jambes repliées autour de lui, l'empêchant de se retirer. Les deux amants s'endormirent presque aussitôt.

Quand il reprit conscience, Antonin sentit le poids de Juliette sur son épaule et son souffle sur sa nuque. Sa cage thoracique se soulevait en une respiration régulière. Cependant, il gardait les yeux clos, persuadé que tout cela n'était qu'un effet de son imagination. Il lui suffirait de soulever les paupières pour s'apercevoir que ce n'était qu'un rêve et il n'était pas décidé à le laisser s'envoler. Un bruit de carafe vint rompre la perfection de l'instant. Il ouvrit les yeux et se releva vivement en voyant qu'un individu les observait depuis le fauteuil. Il sirotait un verre de liqueur. Un pistolet était posé sur la table, à portée de main. Juliette, réveillée par le mouvement d'Antonin, se redressa à son tour et poussa un cri en relevant sur elle la couverture. Le comte de Neuville lui sourit d'un air féroce.

86

La cloche du Palais Royal sonna cinq coups. Pierre de Saint-Régent se leva de sa couchette, laissant dans le lit la jeune personne avec qui il avait partagé le début de sa nuit, et attrapa une carafe pour se rincer la bouche. Le vin rouge lui fit venir le rouge aux joues. Ensuite, il fit sa toilette, avec soin, repensant à la petite fortune que lui avait coûtée cette opération. Comme il l'avait prévu, la tenancière du bordel s'était montrée très accommodante. En échange d'une bourse bien pleine et de menaces savamment placées, elle avait accepté de tenir sa langue le temps de l'escapade de son hôte.

Pierre de Saint-Régent se masqua d'un loup qui ne laissait apparaître que ses yeux verts et revêtit une cape sombre. Il se faufila par la porte de derrière, en prenant garde de ne pas déranger les clients, dont certains boiraient jusqu'aux petites heures du matin, et monta dans un fiacre à destination de Maffliers. Le domaine appartenait à une aristocrate en disgrâce qui avait dû s'exiler en Suisse le temps de se faire oublier du Premier Consul. Selon Neuville, qui avait suivi cette affaire de près, le ministre des Affaires étrangères ayant été l'amant de ladite femme, cette propriété leur garantirait une discrétion absolue.

Saint-Régent arriva peu après huit heures et poussa les grandes portes de la bâtisse. C'était ce qu'on appelait, naguère, une belle demeure, mais elle avait mal résisté aux outrages du temps et à la rage révolutionnaire. Les murs suintaient d'humidité, d'ennui et de tristesse. L'immense bibliothèque, qui avait renfermé jusqu'à trois mille livres du temps de sa splendeur, n'abritait plus que des rayonnages dépouillés et des fauteuils poussiéreux. Quant à la salle de musique, elle ne résonnait plus que d'un silence assourdissant. De la salle à manger, on voyait la porte et le grand chemin. Saint-Régent monta à l'étage où il trouva trois chambres uniquement meublées de lits. Il redescendit au rez-de-chaussée, saisit indifféremment un ouvrage abandonné sur un rayonnage et s'assit pour attendre ses invités.

Quelques heures plus tard, le bruit d'un équipage l'arracha à son oisiveté. Il consulta sa montre et se glissa souplement vers la fenêtre. Son demi-frère descendait du carrosse et tendait gracieusement la main à l'intérieur, mais la femme ignora superbement son aide. Pierre de Saint-Régent s'étonna de sa beauté élancée, d'une grâce presque féline. Ses cheveux blonds se répandaient en cascade dans le dos, retenus par un simple nœud, ils encadraient une peau laiteuse et des yeux magnifiques. La lassitude qu'il lisait sur ses traits ne la rendait que plus désirable.

Derrière elle, un garçon, grand pour son âge, la couvait du regard. Il portait une tenue d'office. Saint-Régent plissa les yeux, pour essayer de distinguer dans sa physionomie des traits de Louis XVI et de Marie-Antoinette. Sans doute y avait-il la taille haute du roi et l'éclat du teint de la reine, sans doute la bouche était vermeille, les cheveux dorés et il présentait une fossette au menton, mais n'avait-ce pas été le cas chez de nombreux prétendants ? Le comte de Neuville les poussa à l'intérieur, en direction de la bibliothèque.

« Êtes-vous enfin décidés à nous dire pourquoi vous nous avez conduits ici ? » lança Antonin, d'une voix qu'il voulait assurée.

Pierre de Saint-Régent apparut dans la lumière, masqué. Il s'approcha d'Antonin et tourna autour de lui comme un vautour.

« Monsieur, je crains d'être contraint de procéder à quelques vérifications, dit-il au bout d'un moment d'une voix étouffée. Veuillez vous déshabiller ! »

Dans un sursaut d'orgueil, Antonin fit mine de refuser, mais Neuville le mit en joue. Antonin retira sa chemise et sa culotte sous le regard médusé de Juliette. Il resta en sous-vêtement avec un médaillon autour du cou. Saint-Régent cligna des yeux en découvrant la cicatrice en forme de triangle sur la cuisse.

« Tournez-vous à présent ! »

Saint-Régent souleva la chevelure et découvrit la cicatrice derrière l'oreille, due à un abcès dans sa jeunesse. Il secoua la tête. Il ne pouvait pas y croire. Pas après tout ce temps. D'un geste, il indiqua à Antonin qu'il pouvait se rhabiller.

« Alors ? s'enquit Neuville.

— C'est à peine croyable, mais c'est lui.

— Tu en es sûr ?

— Aussi sûr qu'on peut l'être.

— Antonin, qui est cet homme ? intervint Juliette.

— Je l'ignore... bredouilla Antonin.

— Qu'est-ce que ça veut dire ? Qui êtes-vous ? demanda Juliette.

— Je crains, ma chère, que vous vous trouviez associée à une histoire qui vous dépasse. »

Il la dévisagea, parut se souvenir de quelque chose d'important et éclata d'un rire sonore.

« Ramponneau... s'exclama Saint-Régent, toujours en direction de Juliette. Comment ai-je pu oublier ? »

Juliette fronça les sourcils.

« C'est toi qui m'as laissé à la porte ce jour-là, n'est-ce pas petite garce ?

— Monsieur, veuillez changer de ton ! le menaça Antonin.

— Je t'avais dit que je cherchais mon neveu. Ta mère et toi vous êtes bien payé ma tête ! »

Il retira son masque. Juliette reconnut immédiatement l'homme qui s'était fait passer pour l'oncle d'Antonin cinq ans auparavant. Quelque chose lui échappait, mais quoi ? Antonin avait pâli d'un seul coup. Il dut se retenir à une chaise pour ne pas tomber. Le regard froid de l'homme qui avait tué Toulan, l'injonction de fuir, la chute depuis le toit de la mansarde, la voix cajolante, la peur, tout lui revint en mémoire.

« Votre majesté, je crains que votre fuite ne s'arrête ici, dit Saint-Régent d'un air cruel.

— Majesté ? répéta Juliette interloquée.

— Ma chère, je vous présente Louis-Charles de France, fils du roi Louis XVI et de la reine Marie-Antoinette, héritier du trône de France et de Navarre.

— Antonin, qu'est-ce qu'il raconte ? »

Antonin était blême, tétanisé.

« Que lui voulez-vous ? s'écria Juliette.

— Je veux le tuer, évidemment, comme j'aurais dû le faire il y a des années. »

Elle porta la main à sa bouche.

« Mais pourquoi ? Qu'est-ce qu'il vous a fait ?

— Il est vivant. Le trône de France n'est pas assez large pour deux paires de fesses royales, surtout quand on connaît la taille de celles qui y prétendent », répondit une voix enjouée dans leur dos.

Dans une volte-face simultanée, Saint-Régent et Neuville découvrirent Leste-Main dans l'encadrement de la porte. Derrière lui se trouvaient le roi de Thunes et une dizaine de sbires armés jusqu'aux dents.

« Veuillez lâcher vos armes, messieurs ! ordonna le roi des voleurs. Je ne le répéterai pas. »

Les deux hommes posèrent leur pistolet sur un guéridon. Leste-Main alla s'asseoir dans un fauteuil et laissa comiquement ses jambes pendre dans le vide.

« Venons-en tout de suite à nos affaires ! Va chercher le banquier ! » ordonna le roi à l'un des sbires légèrement en retrait.

L'homme revint accompagné d'un individu d'une trentaine d'années qui portait les cheveux courts et sans poudre, un gilet rouge sous une redingote, une canne avec un pommeau nacré, des bottes en beau cuir et une chemise de la même matière. Il affichait une indifférence étudiée et professionnelle. Il ouvrit la chemise et posa un document devant Pierre de Saint-Régent. Celui-ci le consulta et réagit vivement. Il prévoyait la vente de toutes les propriétés et actifs du dénommé Pierre de Saint-Régent, fils de

Nicolas de Saint-Régent et d'Astrid de Saint-Mars, en paiement de ses dettes envers la banque Hunot & Fils, représentée ici par monsieur Georges Hunot.

Officiellement, la banque réclamait le recouvrement des créances contractées auprès d'elle par la famille Saint-Régent lors de ses opérations avec La Compagnie de Guinée entre 1684 et 1794. Officieusement, Saint-Régent obtenait le serment de ne jamais voir révéler à quiconque la vérité sur les journées du 19 et 20 janvier 1794 et la remise en mains propres du garçon « qu'il recherchait à cette époque ». La formulation était vague à dessein.

« Qu'est ceci ? Notre accord prévoyait que je vous cède la moitié de mes biens, pas la totalité.

— C'était avant que vous n'essayiez de me doubler. Je suis certain que votre maître saura vous récompenser de ce maigre sacrifice. »

Pierre de Saint-Régent serra les poings.

« Je refuse que ma famille et moi passions pour des négriers, protesta le gentilhomme.

— Vous préférez passer pour des régicides ?

— Ai-je votre parole que vous respecterez notre accord ?

— Un marché est un marché. »

Saint-Régent eut un regard pour Leste-Main.

« Et vos hommes ? »

Leste-Main se fit un devoir de répondre en fermant les yeux et la bouche, puis en se bouchant les oreilles. Saint-Régent grimaça et se pencha pour signer. Le banquier versa de la poudre sur la signature et fit ensuite passer le document au roi pour qu'il signe à son tour. Ensuite, il quitta la bibliothèque et monta dans un attelage pour se rendre à Paris. Timothée de Neuville, silencieux pendant tout cet échange, tâchait de se faire oublier. Il avait sous-estimé le souverain des bas-fonds ; ou alors quelque chose lui échappait, mais quoi ? Le roi de Thunes ne voulait pas simplement voler son frère, il voulait le compromettre durablement. Et il serait, de fait, très difficile à son frère d'en réchapper. *La Compagnie de Guinée*, si elle avait favorisé l'enrichissement de nombreuses familles à l'époque de Louis XIV, en acheminant des esclaves d'Afrique vers Saint-Domingue pour travailler dans les plantations de tabac et de café, était maintenant très décriée. Toutes les familles qui avaient versé dans les trafics s'efforçaient de faire disparaître les preuves.

« Monsieur de Saint-Régent, ce fut un plaisir de faire affaire avec vous, dit le roi en se découvrant.

— Je ne peux malheureusement pas en dire de même de mon côté.

— Leste-Main, amène le garçon ! » dit alors le roi en direction du nain.

Leste-Main se leva et passa droit devant Antonin sans s'arrêter. Il revint en se dandinant, accompagné d'un adolescent au visage balafré et au regard sombre. Antonin le reconnut immédiatement. C'était le garçon qui lui avait volé ses reliques.

« Que signifie ?

— Voilà votre homme ! lâcha le roi de Thunes comme un couperet.

— Vous plaisantez ?

— Ma foi non. Relisez notre contrat ! Il est fait mention d'un garçon "que vous recherchiez à cette époque". »

La scène était si absurde qu'elle en paraissait presque irréelle.

« Que me chantez-vous là ? s'étrangla Saint-Régent.

— Vous ne le reconnaissez pas ? Pierrot, peut-être voudrais-tu éclairer la lanterne de monsieur ?

— Je suis le frère du petit garçon que vous avez tué après avoir récupéré ceci, dit Pierrot en brandissant la montre et l'anneau qu'il avait volés dans le coffre-fort de Fouché. Vous vous souvenez ? L'imbécile qui vous montrait religieusement ce qu'il gardait dans cette bourse avant que vous ne le poignardiez dans le dos. Il s'appelait Jacques. Il avait sept ans. »

Pierrot avait vidé la petite poche par terre et un mélange de cailloux et de plumes était tombé sur le parquet. Antonin regardait la scène avec horreur. Il s'étonnait de l'acuité avec laquelle il se souvenait du petit garçon. Il se rappelait son visage de lune, son regard illuminé, ses cheveux épars comme s'ils avaient été arrachés par poignées, et le petit sac noir qu'il gardait entre ses doigts serrés.

« C'est l'heure de la vengeance, Saint-Régent ! »

Pierrot dégaina un couteau aiguisé. Pierre de Saint-Régent jeta un regard vers son frère, mais celui-ci était tenu en joue par Leste-Main. D'un geste rageur, Saint-Régent se fendit et alla s'emparer d'un tisonnier dans la cheminée. Il fit semblant de s'élancer sur Pierrot, mais se rua sur Antonin. Surpris, le garçon se protégea la tête de ses mains. Un bruit sourd résonna dans la pièce vide, celui de deux corps s'écrasant au sol, aussitôt suivi par un coup de pistolet. Une seconde après son frère, Neuville s'effondrait. Juliette se jeta sur Antonin, mais celui-ci la repoussa doucement pour ramper auprès de Pierrot. Le garçon, le tisonnier enfoncé dans le ventre, se vidait de son sang. Saint-Régent, lui, avait été touché au cœur et ne respirait plus. Le roi de Thunes et Leste-Main les rejoignirent.

« Pourquoi ? » cria Antonin. Des larmes coulaient sur ses joues, tous ses traits étaient marqués par la douleur.

« Pas pour toi, haleta Pierrot. Pour Jacques. »

Dans un ultime sursaut, il tira Antonin jusqu'à lui et lui murmura quelque chose à l'oreille. Puis, sa main s'entrouvrit sur les reliques. Il cessa de respirer.

Pour la première fois, le visage de Pierrot affichait de la sérénité.

Juliette serra Antonin dans ses bras. Leste-Main avait du mal à masquer son émotion. Seul le roi de Thunes gardait une expression indéchiffrable.

« Ainsi a retenti, dit-il, la dernière note du chant du condamné. Pierrot, nous te pardonnons, murmura-t-il en se baissant pour lui fermer les yeux. Repose en paix ! »

Puis il s'adressa à Antonin, toute son autorité revenue :

« Mon garçon, te voilà débarrassé de ton ennemi ! Par respect pour notre frère et sa vengeance, nous tiendrons notre parole de ne jamais révéler la vérité à ton sujet. Cependant, notre complaisance s'arrête ici. Tu es seul désormais. Veille à ne jamais croiser notre route ni à te mêler de nos affaires ! »

Avant qu'Antonin ait pu répondre, le roi de Thunes prit Pierrot dans ses bras et se retira.

87

Antonin caressait l'anneau de mariage de son père et le cadran de montre de sa mère, rougis par le sang de Pierrot. Il n'avait pas revu ces objets depuis le jour où le gardien Toulan l'avait fait sortir du Temple. Ces reliques lui semblaient à la fois familières et complètement étrangères. Il enfila la bague et fut surpris de la trouver si bien ajustée. Pourtant, il la retira presque aussitôt, car ce n'était pas juste une bague, n'est-ce pas ? C'était un héritage transmis par Louis XVI à son héritier légitime, Louis-Charles de France, duc de Normandie et fils de France. Rien à voir avec Antonin Carême, pâtissier, cuisinier, fils d'ouvrier abandonné sur les barrières de Paris à l'âge de dix ans.

Juliette gardait le silence, elle ne voulait se permettre aucune incursion dans l'intimité d'Antonin. Elle-même essayait de mettre en ordre le flot d'informations nouvelles qui venait de la submerger. Antonin était le véritable héritier du trône de France. Un dénommé Pierre de Saint-Régent avait essayé de l'assassiner, des années auparavant, pour le compte de son propre oncle, le comte de Provence. L'échec de ce projet meurtrier – que Juliette avait contribué à déjouer ! – n'avait pas empêché Saint-Régent de poursuivre les recherches afin de débusquer le dauphin. Tout ce temps, Antonin s'était caché. Pourquoi ? Elle savait qu'une partie de la famille royale avait émigré loin de la France, sa sœur notamment. Pourquoi n'avait-il pas essayé de les rejoindre?

En outre, Juliette venait d'apprendre qu'ils devaient leur sauvetage au peuple des bas-fonds. Plus justement, ils devaient moins leur sauvetage aux brigands qu'ils n'avaient profité de la vendetta d'un certain Pierrot contre Pierre de Saint-Régent, l'assassin de son frère, le petit Jacques, qui avait eu le malheur de croiser la route de l'enfant royal. L'ultime geste de Pierrot suggérait que les deux frères avaient sans doute dérobé les reliques royales, vraisemblablement le jour où elle-même avait trouvé l'enfant-roi agonisant, et que la possession de ces objets avait signé l'arrêt de mort de Jacques. C'était la raison pour laquelle Saint-Régent était venu chez elle. Pierrot ou Jacques avaient dû révéler l'endroit où ils les avaient trouvées. Comment Pierrot avait-il échappé à Saint-Régent? L'homme avait sans doute voulu le supprimer lui aussi. Elle ne le saurait jamais. Mais une chose était sûre, Antonin était sauf et elle-même avait gagné un répit. Elle n'était pas assez stupide pour croire que la disparition de Timothée de Neuville mettait fin à tous ses déboires ni à ceux d'Antonin, d'ailleurs. Neuville ayant été l'espion de Talleyrand, on pouvait légitimement se demander ce que le ministre savait de la situation de son ami. Antonin retira le médaillon qu'il portait autour de son cou et l'ouvrit.

« Celui qui m'a fait sortir de prison, commença-t-il en regardant Juliette, s'appelait Toulan. C'était l'un de nos gardiens. Je le craignais, car il faisait partie des geôliers les plus durs avec ma famille. Il répétait, en chœur avec les autres gardes, qu'on ferait mieux de nous saigner comme « les cochons que nous étions, plutôt que de nous engraisser aux frais du bon peuple ». En fait, Toulan était un royaliste, un fidèle de mon père. Quand il vint me chercher, ce soir-là, il me remit trois objets : l'anneau de mariage de mon père, le cadran de montre de ma mère et une boîte renfermant une mèche de cheveux de ma mère, de ma tante, de ma sœur et la mienne. Il me fit aussi la promesse qu'il allait me conduire auprès de ma mère. C'était un mensonge, vois-tu, parce que la reine avait déjà été décapitée. Je pense qu'il craignait que je ne le suive pas. Toulan me conduisit dans une chambre où nous fûmes rejoints par un gentilhomme que je n'avais jamais vu, mais dont je savais qu'il avait essayé de faire évader ma mère et ma sœur lors d'une promenade. C'était lui qui était censé me mettre à l'abri. Mais, les deux hommes ont été trahis.

— Par Saint-Régent.

— Oui, confirma Antonin. Saint-Régent était un homme à la solde de mon oncle.

— Je ne comprends pas.

— J'étais une gêne pour mon oncle. Tant que j'étais en prison, il pouvait régner en mon nom. Apparemment, ma mère soupçonnait son beau-frère de ne pas faire tout ce qui était en son pouvoir pour nous faire sortir… Mais quand Toulan et le baron décidèrent de passer à l'action… Je me rappelle la phrase qu'il a dite : "Louis XVII n'est pas encore roi qu'il appartient déjà au passé. L'avenir, c'est Louis XVIII."

— C'est horrible.

— Je me suis longtemps demandé si mon oncle savait ce que Saint-Régent avait en tête. Je ne pouvais pas croire qu'il ait voulu ma mort. Pas lui.

— Alors pourquoi tu n'as pas essayé de les retrouver ?

— Tu ne comprends pas que j'étais en colère ? Je ne voulais rien avoir à faire avec tout ça. Je ne voulais pas de cette couronne maudite et d'un destin où j'aurais été amené à régner sur des hommes qui avaient tué ou abandonné mes parents. Tu sais ce que mon père n'arrêtait pas de me répéter ? "Un roi se doit tout entier au bonheur de ses sujets." Tu vois où ça l'a mené ? J'ai embrassé le destin d'Antonin Carême et je n'ai jamais regretté ce choix. »

Antonin avait serré les poings. Juliette voyait bien qu'il n'était pas totalement en paix avec ce choix, qu'il ne l'avait jamais été.

« Et maintenant ?

— Maintenant quoi ?

— Tu pourrais changer les choses, toi. Tu vois comment vit le peuple. Tu vois comment on traite les femmes. »

Antonin la considéra, troublé. Troublée, elle l'était également. L'évocation de son retour était en contradiction avec tout ce qu'elle défendait pour ses sœurs, c'est-à-dire le libre arbitre, la possibilité de choisir son destin, d'être son propre maître. Cependant, on ne parlait quand même pas de n'importe qui. Antonin était l'héritier légitime du trône de France, celui qui présiderait au destin du pays si la monarchie revenait au pouvoir. Avait-il même le droit de se détourner de son devoir ? Surtout, qui était-elle pour lui demander de tout remettre en cause ?

« Qu'est-ce qu'il t'a dit ? demanda soudain Juliette.

— Errancis, répondit-il surpris par le brusque changement de sujet.

— Le cimetière... »

La visite de la fosse commune, en compagnie de sa mère, s'imposa d'un coup à son souvenir. Elle se remémorait indistinctement la présence d'une troisième personne, un garçon au visage balafré qui se tenait légèrement en retrait ce jour-là.

« Je pense qu'on devrait aller là-bas !

— Pourquoi ?

— Une intuition. »

88

Il régnait au cimetière des Errancis une atmosphère oppressante qui tranchait avec l'agitation rayonnante du reste de la ville. Depuis le quartier Monceau, on distinguait le cours sinueux de la Seine, ses barques pressées, les blanchisseuses au bateau-lavoir, les cris des vendeurs de journaux, qui interpelaient des individus débouchant sur les Champs-Élysées, le hennissement des chevaux, les éclats de rire des jeunes filles face à de jeunes hommes charmeurs, les lamentations des mendiants. C'était comme si Paris s'était réveillée d'un très long sommeil, mais qu'on n'avait pas jugé bon de prévenir le cimetière. À peine passé les portes, le mouvement s'arrêtait, le bruit s'étouffait, ce n'était plus qu'un silence mortuaire. Heureusement, il faisait encore clair, car même sans avoir à déplorer la perte d'un défunt, le manque de lumière, ajouté à la tristesse des lieux, auraient suffi à en décourager plus d'un.

Antonin suivait Juliette dans le dédale des allées qui conduisaient à ces nombreux gouffres où la Révolution avait entassé ses victimes. Ils atteignirent finalement un petit carré fermé, où se dressaient quelques tombes éparses. Leur présence dans ce lieu anonyme était presque dérangeante. Même le vent semblait réprouver leur existence, il soufflait plus fort ici que dans n'importe quelle autre parcelle du cimetière, comme s'il voulait faire tomber les stèles qui offraient à quelques privilégiés la grâce d'une éternité individuelle. Juliette obliqua à droite et Antonin s'enfonça dans l'allée gauche. La plupart des tombes étaient grossièrement marquées.

«J'ai trouvé quelque chose!» s'écria Juliette.

Antonin fit demi-tour pour la rejoindre. Là, sous ses yeux, une pierre dressée désignait un certain *Jacques - 1787-1795*. Antonin était mal à l'aise à l'idée de déranger un mort, mais Juliette l'avait convaincu que si Pierrot avait caché quelque chose, c'était sans doute là. D'autant que, devant la tombe, la terre semblait meuble. Il prit son courage à deux mains et se pencha pour creuser. Comme il n'avait pas de pelle, il fourrageait le sol avec les doigts. Il espérait qu'il n'aurait pas à aller jusqu'au linceul. Comme si ses prières avaient été entendues, il tomba bientôt sur une sorte de coffret. Il leva la tête vers Juliette, puis le dégagea doucement. Les deux adolescents le regardèrent. C'était une simple boîte de bois fermée par une serrure.

«Il faut qu'on voie ce qu'il y a à l'intérieur», affirma Juliette d'un ton catégorique.

Antonin soupira, mais acquiesça. Il s'empara d'une pierre pour frapper de toutes ses forces sur l'ouverture. Au bout de quelques coups, le coffret révéla ses secrets: essentiellement des papiers et quelques babioles sans valeur. Pourtant, la vision des objets, dont il n'était pas difficile de comprendre pourquoi Pierrot les avait entreposés ici, serra le cœur d'Antonin. Juliette saisit l'un des papiers pour le déchiffrer à voix haute. Antonin s'empara d'un autre parchemin qui n'était autre que le testament de Chaumette. Antonin s'était toujours demandé pourquoi personne ne s'était interrogé sur l'identité du petit prisonnier du Temple. Il avait désormais la réponse sous les yeux. Jacques-René Hébert et Pierre-Gaspard Chaumette, deux figures éminentes de la Révolution, avaient tenté de sauver leur peau en dissimulant la vérité. Chaumette expliquait comment Hébert avait suggéré à l'économe du Temple, un certain Coru, d'isoler le dauphin dans une chambre fermée sous prétexte de faire des économies, mais en réalité pour empêcher une trop grande promiscuité avec ses geôliers. La doublure avait donc été emmurée vivante et laissée à l'abandon jusqu'à sa mort, le 7 juin 1795. Antonin se rappela alors qu'on avait accusé Hébert d'être un royaliste déguisé. Il s'en souvenait, car c'était la seule fois où il avait assisté à une exécution. Il cligna des yeux. Cette condamnation pour ce motif improbable – il était connu que les tribunes violentes et haineuses de Hébert dans le Père Duchesne avaient précipité la fin de Louis XVI et de Marie-Antoinette – signifiait sans doute que la machination avait été percée à jour, et qu'on avait décidé de laisser les choses en l'état. C'était abominable, inhumain. Il ressentit un vif dégoût pour le genre humain.

« Tu devrais lire ça », lui indiqua alors Juliette en lui tendant son papier.

Antonin eut un mouvement de surprise en reconnaissant l'écriture de son père.

« Impliqué dans un procès dont il m'est désormais possible de prévoir l'issue à cause des passions des hommes, moi, Louis XVI du nom, roi de France, je recommande mon fils, Louis-Charles de France, duc de Normandie et dauphin de France, au baron de Batz et à monsieur Toulan afin qu'il échappe au destin funeste qui l'attend s'il devait rester en prison. Je vous implore de tout mettre en œuvre pour sauver mon enfant, qui n'a pas à payer pour les manquements de ses parents. Je lui confie la garde du cadran de montre que j'avais offert à ma femme et mon anneau de mariage, comme gage de ma confiance en lui. Qu'il les remette à mon précieux trésor le jour de sa délivrance. »

Le roi avait encore tracé ces mots, à la suite de la missive :

« À mon fils, Louis-Charles de France. Mon fils, je vous renouvelle ma prière d'oublier toute haine ou tout ressentiment, nommément tout ce qui a rapport aux malheurs et aux chagrins que j'éprouve. Ne cherchez jamais à venger ma mort. Pensez plutôt que celle-ci vous offre aujourd'hui la liberté, que je n'ai moi-même jamais eue, d'inventer votre propre destin. Si votre mère et moi étions trop jeunes pour régner, du moins étions-nous deux et entourés. Mon fils, je crains pour votre vie qui a tout juste commencé. Ainsi, ai-je prévu que l'on vous croie mort.

Seule une poignée d'hommes de confiance, parmi lesquels mon fidèle Toulan, connaît la vérité. Sachez qu'ils n'ont pas pour mission de vous élever comme un prince, mais comme un homme du peuple, orfèvre, libraire, horloger, que sais-je ? Le temps que vous décidiez ce que vous voulez faire de votre vie. Sachez que si vous décidiez de ne pas coiffer la couronne d'un roi pour en endosser une autre, je serais tout autant fier de vous. Simplement, promettez-moi de toujours donner le meilleur de vous-même, quoi que vous choisissiez, et de veiller à votre bonheur. Rappelez-vous aussi qu'on jouit doublement de sa fortune quand on peut la partager avec un ami. Entourez-vous et vivez pleinement. C'est le meilleur conseil que je puisse vous donner. Votre père qui vous aime. »

Antonin était bouleversé. Ses larmes dessinaient de grandes coulées noires sur la dernière lettre de son père. Peut-être était-ce dû au lieu, mais il avait l'impression de sentir sa présence tout contre lui, sa main ferme et chaude sur son épaule. Il leva la tête, mû par l'espoir absurde de cette présence ; et il le vit. Tel qu'il l'avait toujours connu avec son air bonhomme, son regard doux et serein. Il tenait par la main un petit garçon au visage de lune, qui lui souriait. Les deux fantômes lui firent signe et se détournèrent. Alors Pierrot apparut et les deux garçons se toisèrent. Antonin eut un mouvement de tête reconnaissant. « Merci », murmura-t-il. Pierrot le dévisagea quelques secondes, hocha la tête et disparut dans la brume.

89

Antonin replia la lettre de son père pour la ranger dans le coffret, accompagnée du testament de Chaumette, et il l'enterra à nouveau.

«Tu n'as pas peur que quelqu'un le trouve?»

Antonin haussa les épaules. Tous les protagonistes de l'affaire étaient morts, hormis lui. Il n'y aurait personne pour faire le lien, même si quelqu'un finissait par tomber dessus. D'ici là, il serait redevenu Louis XVII ou aurait coiffé le traditionnel bonnet plat des cuisiniers. À cette pensée, il sourit. S'il décidait de demeurer Antonin Carême, il faudrait qu'il se dote d'un couvre-chef plus adapté aux ambitions que son père avait eues pour lui. Ce bonnet leur donnait le même air souffreteux qu'Argan dans *Le Malade imaginaire*.

«Qu'est-ce qui te fait rire?

— Je pensais à cette phrase de mon père: si je décidais "de ne pas coiffer la couronne d'un roi pour en endosser une autre".»

Antonin sortit son bonnet blanc pour le mettre sur sa tête. Juliette éclata de rire et tout à coup le cimetière résonna de leur joie partagée. Antonin s'imaginait bien un chapeau en hauteur dressé telle une couronne sur la tête, et dans un style corinthien, en forme de colonne, pour enfin se faire pardonner auprès de maître Vignole d'avoir bavé sur la page dédiée à cette mouvance architecturale si singulière. Il se prit à rêver. Il avait largement eu le temps d'y penser, notamment pendant les mois d'hivernage de l'armée et cet épisode d'apparence insignifiante avait sans doute été le point de départ de toute cette aventure. Pourquoi? Parce que c'était ce jour-là précisément que maître Aubin avait décidé de l'inviter dans le sanctuaire des livres interdits. Comme il avait passé trop de temps dans le sanctuaire, il était arrivé en retard à la pâtisserie et Jeannot avait dû le couvrir. Pour le punir, son ami l'avait fait écoper des livraisons le 24 décembre 1801, ce jour où Napoléon Bonaparte avait été ciblé par la machine infernale et où Juliette avait fait sa réapparition.

Juliette le ramena à la réalité.

«Tout le monde n'est pas mort, non...» lui rappela-t-elle.

Il fronça les sourcils.

«On pensait que Neuville n'était là que pour moi, mais je crois qu'il savait pour toi aussi.

— Qu'est-ce que tu veux dire?

— Tu n'as pas remarqué quand il a dit: “Alors? C'est lui?”»

Antonin secoua la tête, incrédule. «Neuville était l'espion de Talleyrand. Tu l'avais rencontré, non? Et s'il t'avait reconnu?

— Non, c'est impossible...»

Pourtant, Antonin avait un doute. Le prince ne lui avait-il pas dit qu'il suivrait sa progression avec intérêt? Qui avait pu savoir qu'il était rentré à Paris, sinon un diplomate comme le ministre des Affaires étrangères? Sans doute s'était-il renseigné sur la personne qui voyageait avec l'aide de camp de Murat. Savoir était son métier. Cela pouvait expliquer pourquoi il avait été envoyé à l'Hôtel de Ville. Qui avait pu convaincre Chambertin de l'envoyer là-bas, sinon Talleyrand? C'était vertigineux.

«Je pense qu'il n'est pas sûr, tempéra Juliette. C'est pour ça qu'il avait envoyé Neuville. Heureusement pour nous, son espion l'a trahi.

— Tu as sans doute raison.

— Notre meilleure chance est sans doute de les confronter, déclara alors Juliette. *Tous les deux.*»

Antonin retint sa respiration. L'aplomb de la jeune fille était incroyable. Il arriva cependant très vite à la conclusion que cette solution ne manquait pas de pertinence.

« Comment ?

— Je n'en sais rien », reconnut la jeune fille.

Ils avaient utilisé le peu de moyens qu'ils avaient pour revenir à Paris et Juliette était sans doute recherchée par la police. Ils avaient besoin de vêtements, d'argent et d'un logement pour Juliette en attendant.

« Il faut que je retourne dans ma chambre pour récupérer quelques affaires, décida Antonin. En attendant, je vais te conduire à l'endroit où j'ai caché le maroquin.

— Je croyais que c'était un secret.

— Oui, mais on n'a pas vraiment le choix...

— D'accord. »

La bibliothèque n'était pas loin du cimetière des Errancis, mais les deux adolescents arrivèrent à la tombée de la nuit. Juliette restait très fatiguée et ils avaient dû se cacher plusieurs heures pour éviter le regard parfois inquisiteur des passants. Antonin se rendit à l'endroit où maître Aubin avait réceptionné *Le cimetière de la Madeleine* cette fameuse nuit. Il entendit la clochette retentir et le bruit d'une chaise sur le sol. Un guichet s'ouvrit dans le bois massif.

« Qui va là ?

— Maître Aubin ! C'est moi ! Antonin.

— Antonin ? Pour l'amour de Dieu, que fais-tu là ? Et dans cet état ?

— Je vous en prie, laissez-nous entrer ! »

Maître Aubin entrouvrit la porte et laissa passer ses visiteurs. Son air sévère en disait long sur ce qu'il pensait de la situation. Antonin s'efforça de lui en livrer un résumé le plus exhaustif possible sans se compromettre.

« Tu veux que je la garde ? Ici ? s'étrangla le bibliothécaire.

— Je sais que c'est beaucoup vous demander, mais je suis désespéré.

— Enfin, Antonin ! Tu n'y penses pas !
— Je vous en supplie, juste pour une nuit.
— Je ne saurais...
— Maître Aubin, c'est une question de vie ou de mort. S'il vous plaît. En échange, elle vous dira ce qui se trouve dans le maroquin. »

Juliette étouffa un hoquet de stupeur. Les yeux du bibliothécaire brillèrent de curiosité.

« Ah, mon garçon, tu es un fieffé coquin ! J'accepte ! Attendez-moi là, je vais le chercher. »

Il sortit de la pièce et Juliette croisa les bras. Ses yeux lançaient des éclairs. Antonin ouvrit les mains en guise d'excuse.

« Je lui fais entièrement confiance. Tu sais qu'il aurait pu le lire en mon absence. Sa réaction prouve qu'il ne l'a pas fait.
— Mais ensuite ? S'il décidait de l'utiliser à son avantage ?
— Il ne le fera pas.
— Ce n'était pas à toi d'en décider.
— Pardonne-moi ! »

Aubin fut bientôt de retour et Antonin les abandonna tous les deux, le temps d'un passage aux Tuileries. Il avait eu envie d'embrasser Juliette au cas où il ne la reverrait plus, mais il n'avait pas osé. Elle lui avait paru tellement froide, tellement distante. Sans doute, reconnut-il pour lui-même, s'était-il comporté comme l'un de ces hommes qu'elle exécrait... mais avait-il eu seulement le choix ?

Arrivé aux Tuileries, il s'efforça de ne croiser personne, mais c'était sans compter son compagnon de chambre. On aurait dit qu'il l'avait attendu, ce qui s'avéra exact :

« Chambertin m'a chargé de t'attendre. Il veut te voir. Immédiatement. »

Antonin avala sa salive.

« Je dois d'abord me changer.
— Rejoins-moi dehors ! »

Antonin, après de rapides ablutions, passa une tenue adaptée à son état. Il fourra dans sa poche les quelques économies qu'il avait, puis suivit l'autre à travers les couloirs jusqu'aux cuisines. Quand il les vit, Robert Chambertin leur fit signe de gagner son bureau.

« Je ne veux pas savoir pourquoi tu as déserté ton poste. Tu as déshonoré ta place et le métier. Je ne veux pas de toi dans mes cuisines ni nulle part ailleurs. Sache que j'ai déjà fait part de ma décision à qui de droit ! »

Par là, il entendait celui qui l'avait placé ici, à savoir Laguipière. Antonin était livide.

« Y a-t-il eu un problème avec la pièce montée ? s'entendit-il demander. Ou avec le casque français ?

— Ah ! Parce que ça t'importe à présent !

— Je... c'était... Je ne comprends pas.

— Nous en avons fini. »

Antonin était sidéré. Le choc n'aurait pas pu être plus grand si on avait percé à jour sa véritable identité. La pyramide s'était-elle effondrée ? Le casque français avait-il été détruit ? Il courut à perdre haleine jusqu'à la pâtisserie de Jean Avice.

« Antonin ! Mais où étais-tu passé ?

— Jeannot, que s'est-il passé ?

— Qu'est-ce que tu veux dire ?

— Avec les *extraordinaires* ! Que s'est-il passé ?

— Mais rien ! Ce fut un triomphe ! Tout le monde ne parle que de toi ! Enfin de nous !

— Mais alors... »

Il lui raconta qu'il avait été renvoyé par le maître de cuisine des Tuileries.

« Ah le maudit ! Pour expliquer ton absence, j'ai dû inventer que tu avais développé une forte fièvre. Ton compagnon de chambre a dû vendre la mèche. Néanmoins, je ne suis pas désolé pour toi. »

Antonin eut une expression peinée. Ce n'était pas dans les manières de Jeannot de se montrer cruel.

« Plus que ça ! Bailly et moi avons reçu les félicitations du Premier Consul et du ministre des Affaires étrangères. Quant à toi, Talleyrand a demandé à Bailly si la pièce était de ta main. Il semblait même déçu de ne pas pouvoir te congratuler en personne. Je ne serais pas surpris qu'il souhaite t'offrir une position.

— Vraiment ?

— Quand je pense qu'il m'a fallu des années pour qu'il me remarque. Mais il faut dire que tes *extraordinaires* sont vraiment… eh bien… extraordinaires ! rigola Jeannot. Qu'est-ce qu'il y a ? Tu es tout pâle ! »

Antonin lui fit un résumé succinct de ses dernières aventures.

« Qu'est-ce que tu vas faire ?

— Je n'en sais rien, dit Antonin, mais un plan se formait déjà dans son esprit. Merci encore pour ton aide, Jeannot. J'espère que ton cousin n'a pas eu d'embêtements à cause de moi. »

Antonin retourna à la bibliothèque où Aubin de Grandmaison finissait de consulter les documents de Juliette. Juliette répondait patiemment aux questions qu'il lui posait. Il avait peine à croire qu'un groupe de femmes ait été en possession d'un tel trésor et surtout, comptait l'utiliser à des fins politiques. Antonin vint à la rescousse de la jeune fille.

« J'ai une idée », déclara-t-il quand ils furent seuls.

Il lui relata la discussion qu'il avait eue avec Jeannot. Son objectif était de se faire embaucher par Boucher, le maître de bouche de Talleyrand, maintenant qu'il se trouvait sans emploi. Une fois qu'il le saurait dans ses cuisines, Talleyrand ne manquerait pas de le convoquer.

« Tu vas te jeter dans la gueule du loup, dit Juliette.

— Peut-être, mais c'est le meilleur moyen de l'approcher.

— Et moi ?

— Tu attendras que je te fasse appeler.

— Comment puis-je savoir que tu le feras ?

— Tu penses vraiment ce que tu dis ? »

Juliette se mordit les lèvres.

« D'accord. Mais fais vite ! Je ne sais pas combien de temps je vais pouvoir supporter ton ami. »

90

Boucher remplissait les fonctions d'intendant, de contrôleur et de chef des services de bouche de Talleyrand. Avant ça, il avait débuté comme cuisinier de la princesse de Lamballe, amie de Marie-Antoinette, puis était passé chez le prince de Condé. À ce titre, il avait côtoyé la famille royale à de nombreuses reprises. Pourtant, il n'avait aucune raison de soupçonner Antonin. Pour lui, comme pour le reste du monde, Louis XVII était mort en prison ou caché dans un château, attendant son heure. Il n'imaginait pas un seul instant que l'héritier du trône se trouvait dans ses cuisines. En outre, il connaissait Antonin en tant qu'apprenti de Sylvain Bailly. De même qu'il portait l'habit et l'épée pendant le service, le cuisinier était très attaché aux traditions. Il savait très bien qu'il manquait à Antonin au moins une année d'apprentissage auprès de Bailly avant de pouvoir voler de ses propres ailes.

« Maître Bailly m'a autorisé à combiner la fin de mon apprentissage avec une initiation à la haute cuisine, à la condition de trouver un maître qui permette cet arrangement. »

Ce n'était pas tout à fait la vérité, mais Antonin n'avait pas le choix.

« Ce n'est pas la façon, commença Boucher.

— Je continuerai à développer mes talents de pâtissier chez maître Bailly pendant un an en même temps que j'apprendrai les subtilités des métiers de bouche auprès d'un autre, insista Antonin. Par la suite, je vous proposerai de me tenir entièrement à votre service.

— Tu es doué pour la pâtisserie, mon garçon. Pourquoi veux-tu faire de la cuisine ?

— Je pense que ces deux mondes sont liés par des techniques et des savoirs complémentaires. En outre, je désire asseoir ma réputation. Maître Laguipière me disait que le meilleur cuisinier du monde n'était rien sans réputation.

— Laguipière a été ton maître ?

— J'ai été à ses côtés pendant la campagne d'Italie et l'ai suivi à Naples chez le général Murat. Il m'a renvoyé à Paris sous prétexte qu'un cuisinier français ne peut apprendre son métier qu'en France.

— Le connaissant, il a dû t'envoyer quelque part... »

Antonin hésita.

« Oui, maître. Chez Robert Chambertin, aux Tuileries.

— Eh bien ?

— J'ai été renvoyé...

— Pourquoi donc ? lui demanda Boucher d'un air sévère.

— Je n'étais pas présent lors de la présentation de mes *extraordinaires* à l'Hôtel de Ville ce dimanche.

— C'est très grave.

— Je sais, maître. Je n'ai aucune excuse.

— Je ne saurais tolérer un tel comportement ici. »

Boucher croisa les bras.

« Je dois discuter avec maître Bailly et proposer ta candidature au prince de Talleyrand. Son Excellence trouvera peut-être à redire en apprenant que nous employons un garçon congédié d'une autre cuisine.

— Je comprends, maître.

— Reviens me voir demain à la première heure. »

Le lendemain, à six heures, Antonin se tenait dans les portes de l'Hôtel de Galliffet. Boucher ne lui ayant pas précisé d'horaire précis, il avait considéré « la première heure » comme celle du départ pour les Halles. Boucher eut un mouvement de tête appréciateur et proposa au garçon de l'accompagner. Le cuisinier y allait personnellement pour discuter avec les fournisseurs et sélectionner les meilleurs produits pour son Excellence. Antonin n'en était pas surpris. Laguipière lui avait assez répété qu'un cuisinier ne pouvait pas faire de miracles. Même avec tout le savoir-faire du monde, un seul mauvais ingrédient suffisait à gâter un plat.

Antonin se rendit compte qu'il n'avait jamais eu l'occasion de visiter les Halles de Paris. Boucher lui expliqua qu'elles étaient divisées en trois espaces principaux : le marché des Innocents, un enclos situé entre les rues Saint-Denis, de la Lingerie, de la Ferronnerie et la rue aux Fers, qui abritait fleurs, fruits et légumes, la halle à la viande et celle au blé. Boucher commençait toujours par les Innocents, car il avait ses producteurs attitrés aux viandes et poissons, qui lui gardaient leurs meilleurs morceaux. Immédiatement, Antonin compara le marché parisien avec celui de Naples. Bien sûr, cette comparaison ne pouvait que défavoriser Paris, puisqu'Antonin avait découvert le marché napolitain sous un soleil d'aplomb. À cette heure-ci, il n'y avait que le ballet ininterrompu et fatigué des voitures de maraîchers, avec les cahots rythmés de leurs roues sur les pavés et les ronflements de leurs enfants qui n'avaient pas d'autre lit que les cageots de choux, pois, carottes, céleris et navets. Tous allaient en procession, des becs de gaz éclairant ici une manche bleue, là le bout d'une casquette ou d'un soulier en attendant que le soleil se lève. Parfois, les voitures s'arrêtaient après avoir buté contre quelque ivrogne cuvant son vin sur la chaussée. Des exclamations impatientes et des exhortations à écraser les gêneurs jaillissaient alors des chariots.

Sans se préoccuper de tout cela, Boucher conduisait Antonin au cœur battant du marché, à l'endroit où les meilleurs producteurs avaient déjà dressé leurs produits sur le carreau, sous des tentes gigantesques et merveilleuses, et servaient leurs premiers clients. Antonin fut émerveillé de voir à quel point tout cela était méthodique. Quelle différence avec la désorganisation joyeuse de Naples ! Les légumes étaient disposés botte par botte, sur des lits de paille. Les fanes de carottes étaient posées de façon à entourer la verdure et le persil, et les navets formaient comme des couronnes blanches sur les étals. On aurait dit des tapisseries aux couleurs symétriques. Les négociations allaient bon train. Certains producteurs s'énervaient même : « un sou pour ma botte de carottes ? Les gens croient vraiment que ça pousse tout seul ! » Boucher, lui, ne discutait pas les prix ; il acceptait tout au prix coûtant, mais se contentait de donner au producteur une reconnaissance de dettes. Antonin se demanda pourquoi les producteurs acceptaient, sachant la réputation de mauvais payeur de Talleyrand.

Après les légumes, Boucher le conduisit aux viandes pour choisir les charcuteries et les rôts. Antonin s'étonna de ne pas voir le cuisinier s'arrêter devant les terrines ou les foies pour aller directement aux grosses pièces. Il le lui dit.

« Ce n'est pas la saison, répondit Boucher. Son Excellence insiste pour que nous suivions le rythme de la nature, elle est très regardante sur la provenance de ses produits. Foie d'oie de Strasbourg, foie de canard de Toulouse, terrine de Nérac, rosette de Lyon, saucisson d'Arles, etc. Tu apprendras, avec le temps. Rentrons maintenant ! Tu rencontres son Excellence à deux heures. »

91

À deux heures, Talleyrand prenait sa deuxième collation quotidienne, à savoir un verre de lait. Son premier vrai repas de la journée n'aurait lieu qu'à six heures, au moment du grand dîner qu'il faisait servir par son maître de bouche. Comme chaque jour, il y aurait trois services que Boucher ordonnancerait dans la grande galerie aux colonnes du premier étage de l'hôtel. Le prince recevrait une centaine de convives, qui se régaleraient d'entremets dissimulés sous des cloches d'argent, de timbales à la truffe, de blanquettes de poulardes ou de ragoûts. Il finit son verre de lait et fit entrer Antonin.

L'adolescent avait pris la décision de ne parler que de Juliette dont la position lui paraissait bien plus précaire que la sienne. C'était sans compter sur Talleyrand, dont le génie pour l'art de la conversation n'avait rien à envier à celui de Napoléon pour l'art de la guerre.

« Antonin Carême ! l'accueillit Talleyrand avec une ombre de sourire. Le plus mystérieux des pâtissiers de Paris.

— Excellence ?

— Savez-vous ce que je répète souvent à votre maître Bailly ?

— Non, Excellence.

— Il y a trois sortes de savoirs : le savoir proprement dit, le savoir-faire et le savoir-vivre, les deux derniers dispensant assez bien du premier. Vous comprendrez donc pourquoi votre disparition inopinée me causa le plus profond chagrin. Et voilà que vous réapparaissez à l'Hôtel de Ville et chez moi. Reconnaissez que cela ne laisse pas d'être intrigant. »

Voyant qu'Antonin ne réagissait pas, Talleyrand continua comme pour lui-même.

« Savez-vous, mon enfant, qu'il existe un quatrième savoir ? Il s'agit du savoir-mourir. Cela se sait chez nous à la naissance. Antonin Carême... Vous tenez ce nom de votre père ?

— Oui, Excellence.

— Comment s'appelait-il, votre père ?

— Louis Carême.

— Vraiment ? »

Talleyrand saisit un maroquin qu'il consulta distraitement.

« Cher Antonin, je dois vous confesser quelque chose d'important. Je fais mener des enquêtes sur les gens qui ont réussi à susciter mon intérêt. Il est fâcheux que je n'aie rien trouvé vous concernant.

— Mes parents n'avaient pas assez d'argent pour me déclarer, improvisa Antonin.

— Les malheureux... sans doute avaient-ils déjà utilisé toutes leurs ressources pour vos nombreux frères et sœurs. Comment se nommaient-ils ces chers anges ?

— Je... Je ne m'en souviens plus...

— C'est embêtant. Et votre mère ?

— Marie. »

Talleyrand referma la pochette avec un sourire et la reposa. Un silence éloquent s'installa entre les deux hommes.

« Vous a-t-on déjà dit que vous ressemblez beaucoup à votre père, mon garçon ?

— Ne me parlez pas de mon père, Excellence. Vous l'avez trahi.

— Mon cher, je ne m'incrimine aucunement d'avoir servi tous les régimes depuis celui de votre père. Une fois sorti des horreurs de la Révolution, tout ce qui conduisait d'une manière quelconque à l'ordre et à la sûreté était nécessaire. Voyez-vous, passer de l'état dans lequel était la France au régime royal était impossible. Il fallait des régimes intermédiaires. Il en fallait même plusieurs.

— Ce n'est pas ce que vous lui avez écrit dans vos lettres.»

Antonin sortit un papier à en-tête de sa poche. Talleyrand eut un moment d'hésitation. Puis, il rit doucement.

«Quelle magnifique coïncidence! Racontez-moi comment le destin a voulu que ce soit vous qui récupériez mes lettres.»

Antonin lui raconta tout. Comment il avait rencontré Juliette, comment il était allé à Lyon pour récupérer ce qui avait été caché dans l'armoire de fer, comment il avait appris le sort de Juliette, comment il l'avait fait sortir de la Salpêtrière. Puis il évoqua la tentative d'assassinat de son espion, le comte de Neuville, à laquelle Juliette et lui avaient échappé de peu, l'association de Neuville avec les partisans du comte de Provence. Il passa sous silence l'intervention du royaume et la dernière lettre de Louis XVI.

«Neuville? Un traître royaliste? Eh bien, il a eu le sort qu'il méritait. Mais parlons de vous. Que désirez-vous?

— Avant tout que mon amie soit en sécurité.

— Ah l'amour naissant! Eh bien, considérez-le comme acquis! Et pour vous?»

Antonin hésita.

«Je ne peux remédier ni à ce que je suis ni à quoi je ressemble. Sans doute mon destin est-il de retourner auprès des miens.»

Talleyrand dévisagea le roi perdu. Il voyait son intérêt à préserver l'identité secrète d'Antonin, et pas seulement parce que celui-ci possédait des documents compromettants à son sujet. Le temps venu, l'existence d'Antonin pourrait être une carte majeure à opposer aux royalistes. Le ministre avait connu assez de régimes pour savoir que les Français rappelleraient un jour ou l'autre les Bourbons sur le trône, et que cela signerait pour lui soit un nouveau triomphe soit sa perte.

«Le savoir-mourir, votre Majesté. Je peux vous aider à élaborer votre légende si tel était votre choix.»

Antonin fronça les sourcils.

« Votre père avait pressenti que le temps de la monarchie était révolu en France et que vous ne régneriez sans doute jamais. Moi-même, avant de vous rencontrer et de voir quel homme vous étiez devenu, j'aurais eu tendance à privilégier la candidature de votre oncle. Aujourd'hui, j'ai le pouvoir de vous soutenir ou de faire de vous un autre homme. Antonin Carême, le roi des cuisiniers, que décidez-vous ?

— Qu'avez-vous à y gagner ?

— J'ai dit que le savoir-faire et le savoir-vivre dispensaient généralement du savoir. Ce n'est pas toujours le cas. Ne comprenez-vous pas ?

— Qu'est-ce qui vous empêchera de me trahir le moment venu ?

— Les lettres. Comme vous dites, j'ai trahi votre père. »

Antonin réfléchit. Il percevait la pertinence des réflexions de Talleyrand. Grâce à lui, plus personne ne s'interrogerait sur son identité.

« Cela étant, je dois insister pour que vous restiez auprès de moi.

— Pourquoi ?

— Eh bien, premièrement pour que nos noms soient étroitement associés. Personne ne s'interrogera sur l'identité d'Antonin Carême si je me porte garant de vous. Ensuite, parce que vous ne trouverez pas de meilleur maître que Boucher et votre serviteur pour vous aider à devenir le roi incontesté de votre domaine. N'était-ce pas ce que votre père aurait voulu pour vous ? »

Antonin cilla. Que savait Talleyrand en définitive ? Les implications de cette dernière phrase étaient vertigineuses.

« J'accepte. Et pour Juliette ?

— Amenez-la moi ! »

92

Le lendemain, Juliette passait les portes de l'hôtel de Galliffet. Elle suivit le cheminement d'Antonin la première fois qu'il avait rendu visite à Talleyrand. On l'introduisit dans le boudoir. Talleyrand et Antonin se faisaient face. Antonin avait raconté à Juliette l'accord auquel il était parvenu avec le ministre. La jeune fille était bien décidée à ne pas se laisser manœuvrer aussi facilement.

« Ma chère, nous n'attendions plus que vous. Venons-en aux faits ! Vous avez quelque chose qui m'intéresse. »

Juliette hocha la tête.

« Que désirez-vous en échange ?

— L'égalité des droits pour les femmes.

— Je crains que vous ne fassiez pas chanter la bonne personne pour cela. Ah ! Ma chère, si vous saviez à quel point je déplore déjà le traitement réservé au beau sexe. Cela fait longtemps que j'ai fait des femmes les instruments de ma politique.

— …

— Ma chère, si je vous disais que je suis disposé à vous offrir la liberté et les moyens de mener votre combat par vous-même.

— C'est-à-dire ?

— Une somme d'argent pour repartir de zéro et une nouvelle identité compatible avec vos ambitions.

— Qui serait ?

— Dans ce monde, continua Talleyrand, il faut faire preuve de charme et de subtilité. C'est la clé de la réussite. Je me charge de vous enseigner les deux. Bien sûr, cela vous demandera quelques sacrifices. L'exil dans un premier temps. »

Antonin ouvrit des yeux grands comme des soucoupes. Ce n'était pas du tout ce qu'il avait convenu avec Talleyrand. En y réfléchissant, il n'avait rien convenu du tout. Le ministre lui avait simplement dit qu'il garantirait sa sécurité. L'impression d'avoir été joué lui laissait un goût amer dans la bouche.

« Votre cas est plus délicat que celui de votre ami. Vous êtes toujours recherchée pour votre implication dans l'attentat de la rue Saint-Nicaise, et ne parlons pas de votre récente évasion de l'hôpital de la Salpêtrière !

– Je suis innocente et vous le savez puisque c'est vous qui avez inscrit mon nom sur la liste, protesta Juliette.

— Ma chère, quand on essaie de faire chanter un homme tel que moi, on doit être prête à en subir les conséquences. »

Juliette serra les poings.

« Je m'offre de vous envoyer en Inde pour votre formation. C'est assez loin de la France pour vous protéger et la société y est assez civilisée pour compenser vos lacunes. Après un temps raisonnable, vous reviendrez auprès de moi et vous ferez passer pour ma maîtresse. Je vous garantis que le Tout-Paris se pressera dans votre salon. Bien sûr, les documents resteront ici, pour ma sécurité et pour la vôtre. »

La jeune fille eut un regard pour Antonin. Son cœur était déchiré.

« Combien de temps ?

— Deux ans au minimum, répondit le diplomate. Cependant, il est de mon devoir de vous prévenir. Si le monde entier vous croit ma maîtresse, il est hors de question que l'on vous envisage avec ma domesticité. Reconnaissez que ce serait d'un mauvais goût consommé !

— Antonin est...

— Monsieur Carême est mon cuisinier, la coupa Talleyrand. Quant à son autre identité, je crains qu'elle ne vous soit pas plus accessible en l'état... »

Antonin bouillonnait intérieurement. Le prix à payer pour la liberté était élevé. Très élevé. Il s'apprêtait à envoyer Talleyrand au diable, mais l'expression sur les traits de Juliette suffit à lui faire ravaler sa salive. La jeune fille était sur le point d'accepter la proposition du diplomate, il le pressentait. Juliette, en effet, avait déjà pris sa décision. Avait-elle même le choix ? En restant à Paris, elle était condamnée à la clandestinité ; surtout, elle se retrouvait dépendante. Elle voyait bien qu'Antonin ne lui demanderait jamais quoi que ce soit en échange de son aide, qu'il prendrait ce qu'elle voudrait bien lui donner, mais elle avait peur de finir par le détester de l'avoir mise dans cette situation. Quand elle hocha la tête, Antonin en eut le cœur brisé.

À cet instant, le nouveau cuisinier de Talleyrand prit deux résolutions. La première était de ne jamais oublier ce sentiment mêlé d'impuissance et d'humiliation qu'il éprouvait afin de ne plus jamais le ressentir, jamais. La deuxième était de rendre à Talleyrand la monnaie de sa pièce. Il se promit de se forger un nom si extraordinaire que les puissants se bousculeraient pour venir lui manger dans la main. Il se promit que viendrait le jour où l'Histoire le coifferait à nouveau d'une couronne.

Epilogue

Si Antonin avait été impressionné par l'extérieur du château de Valençay, ce n'était rien à côté de ce qu'il avait ressenti en découvrant les cuisines. Une grande cheminée en pierre gravée aux armes de la maison Talleyrand-Périgord avait été aménagée pour accueillir les nombreuses casseroles et fourneaux dont la brigade avait quotidiennement besoin pour répondre aux demandes de la maisonnée. De part et d'autre des fenêtres qui diffusaient généreusement la lumière du jour, de grandes tables en bois accompagnées de consoles et d'étagères remplies d'épices venues du monde entier avaient été astucieusement dressées afin de rendre plus efficace le labeur des cuisiniers. En sus, deux garde-manger permettaient d'assurer la fraîcheur des denrées qui arrivaient quotidiennement du marché voisin et de l'immense potager qui avait été installé dans l'aile sud. Pour les viandes, on utilisait une large broche et des feux disposés dans une pièce attenante et ouverte afin que les odeurs de graisse ne viennent souiller le reste des préparations. Il y avait surtout cette pièce ouverte sur la cuisine, néanmoins cachée, inondée de soleil, dans laquelle étaient installés un gigantesque plan de travail et un emplacement dédié aux livres. Le bureau du *chef*. Antonin s'y sentait chez lui. On ne faisait pas que de la cuisine ici. On avait vocation à réaliser des merveilles.

Aujourd'hui était un jour spécial pour celui dont le Tout-Paris s'arracherait bientôt les services. Talleyrand, dont les invitations à Valençay étaient accueillies comme autant de faveurs et de récompenses, cherchait un nouveau cuisinier. Pour le trouver, il avait lancé un défi étonnant : imaginer un menu différent pour chaque jour de la semaine, pendant toute une année, en n'utilisant que des produits de saison et en faisant « aussi beau que bon ». Compte tenu des trois services par repas, à tout le moins, proposés à la table de Talleyrand, ce défi relevait presque de l'impossible. Dans le salon de la rue Galliffet, on avait suivi pendant des mois les progrès et surtout les échecs des candidats avec le plus vif intérêt ; et on s'était demandé qui était cet Antonin Carême qui réussissait là où les meilleurs s'avouaient vaincus.

Le prince entra dans la cuisine. Antonin se leva pour l'accueillir. La toque blanche qu'il portait sur la tête lui conférait un air royal.

« Je vous félicite, Antonin. Je dois reconnaître que vous m'avez surpris.

— Merci, Excellence. »

Les deux hommes avaient une relation de respect, mêlée de défiance. Antonin devait reconnaître qu'il éprouvait une certaine admiration pour le génie politique de Talleyrand, mais il lui reprochait toujours le méchant tour qu'il lui avait joué avec Juliette. Talleyrand, lui, était impressionné par l'indéniable talent et la ténacité de son « protégé ». Ce qui n'était qu'un moyen de le faire connaître s'était révélé hautement instructif. Antonin avait bel et bien réussi à venir à bout de cette épreuve. Talleyrand savait qu'il n'aurait aucune difficulté à soutenir le nom d'Antonin Carême et accompagner son ascension, qu'il devinait fulgurante.

« Dans quelques mois, prédit Talleyrand, ce n'est plus pour moi que l'on se pressera à Valençay, mais pour assister à un dîner orchestré par le grand Carême, mon cher. »

Remerciements

J'ai commencé ce roman le 18 mars 2021 à Singapour et l'ai terminé le 29 mars 2023 dans l'un des deux cafés où j'avais pris l'habitude d'écrire, le café de Chloé, au cœur du sixième arrondissement à Lyon. Je me revois lever la tête, à moitié sidérée par ce premier point final que je venais d'apposer à mon récit. Je me revois embrasser la salle du regard, me retenant de verser une larme devant ces quelques inconnus qui buvaient leur café sans se douter que je venais de terminer l'ascension d'une montagne.

Merci à Françoise Chandernagor d'avoir posé la question de «Et l'enfant?» dans son magnifique et très émouvant roman, *La chambre*, et d'avoir fait germer dans mon esprit la graine de toute de cette aventure. Merci aussi à ma sœur Bénédicte de se montrer aussi passionnée par son métier de chef et de m'avoir parlé d'Antonin Carême et du dictionnaire de la cuisine d'Alexandre Dumas quand je lui parlais du destin tragique de Louis XVII.

Merci à mes premiers lecteurs, particulièrement maman et Bénédicte, d'avoir accepté de suivre les aventures d'Antonin, chapitre par chapitre, comme un roman-feuilleton, en sachant que je n'étais pas toujours en mesure de respecter mes échéances.

Merci de ne pas m'avoir tenu rigueur de mes faux départs, de mes relectures et de mes retards. C'est grâce à vous et à vos encouragements que j'ai pu aller au bout de cette histoire.

Merci à mes parents, au 3B et à mes amis de n'avoir jamais cessé de me voir comme un écrivain.

Merci à mes éditeurs d'avoir cru à cette histoire avant que j'aie fini de l'écrire.

Merci à Édouard de m'avoir encouragée à vivre de ma passion de l'écriture et de m'offrir tous les jours ce qu'il y a de plus précieux pour un écrivain : du temps et de l'admiration.

Merci enfin à mes enfants, Augustin, Olivia et Hélie pour le bonheur qu'ils me procurent au quotidien, mais aussi pour la promesse dont ils sont porteurs : celle d'être fiers de leur maman.

Bibliographie indicative

ANOUILH Jean, *Le boulanger, la boulangère et le petit mitron*, Éditions de la table ronde, 1968

BERCE Yves-Marie, *Le roi caché : sauveurs et imposteurs, mythes politiques populaires dans l'Europe moderne*, Fayard, 1990

BOUILLY, *Contes offerts aux enfants de France*, Janet, 1820

BRILLAT-SAVARIN Jean-Anthelme, *Physiologie du goût*, Champs Flammarion, 1993

CARBONNIERES Philippe de, *Paris sous la Révolution et l'Empire*, Parigramme, 2015

CARÊME Antonin, *L'art de la Cuisine Française aux XIXe siècle*, L'auteur, 1833

CARÊME Antonin, *Le Pâtissier royal parisien (1815)*, J.G. Dentu, 1815

CARÊME Antonin, *Le Pâtissier pittoresque (1815)*, J. Renouard, 1842

CARÊME Antonin, *Souvenirs écrits par lui-même*, 1845

CHANDERNAGOR Françoise, *La chambre*, Gallimard, 2004

DELORME Philippe, *Louis XVII, la Biographie*, Via Romana, 2015

DELORME Philippe, *Louis XVII La Vérité*, Pygmalion, 2008

DONNER Christophe, Un roi sans lendemain, Grasset, 2007

DUMAS Alexandre, *Mon dictionnaire de la cuisine*

FRANGIN Bernard, *Guignol, le roman d'un saltimbanque*, Le Progrès, 1997

GRIMOD DE LA REYNIERE Alexandre, *L'Almanach des gourmands (1803-1812)*, Menu Fretin, 2012

GREY Marina, *Hébert : le « Père Duchesne » agent royaliste*, Librairie Académique Perrin, 1983

JOFFRIN Laurent, *L'énigme de la rue Saint-Nicaise*, Robert Laffont, 2010
L'AULNOIT (de) Béatrix et ALEXANDRE Philippe, *Des Fourchettes dans les étoiles*, Fayard, 2010
LENOTRE Gaston, *La vie à Paris pendant la Révolution*, Calmann-Lévy, 1936
MORIN-ROTUREAU Evelyne (sous la direction de), *1789 – 1799: Combat de femmes*, Autrement, 2003
REGNAULT-WARIN Jean-Joseph, *Le Cimetière de La Madeleine*, tome 1, Chez Lepetit Jeune, 1801
REY Marie-Pierre, *Le Premier des chefs*, Flammarion, 2021
RIGAUD Lucien, *Dictionnaire du jargon parisien*, Ollendorff, 1878
VIENNOT Éliane (sous la direction de), *Revisiter la querelle des femmes, discours sur l'égalité /inégalité des sexes, de 1750 aux lendemain de la Révolution*, Publications de l'Université de Saint-Étienne, 2008
WALTER Gérard, *Hébert et le «Père Duchesne»*, J.B. Janin, 1946
WARESQUIEL Emmanuel de, Talleyrand, le prince immobile, Fayard, 2006
ZWEIG Stefan, *Fouché*, Le livre de poche, 2000
– *L'esprit d'un siècle, Lyon 1800 – 1914*, Fage Éditions, 2007

Articles (Sélection)

Testament de Sa Majesté Louis XVI, roi de France et de Navarre, mort martyr le 21 janvier 1793. Testament de S. M. Marie-Antoinette d'Autriche, reine de France et de Navarre...
Hébert le père Duchesne Agent Royaliste
Le roi Louis XVII et l'énigme du Temple par G. Lenotr, Perrin & Cie, 1927
Les conspirations et la fin de Jean, Baron de Batz
L'énigme Louis XVII relancée par l'ADN, Le Figaro 29 mars 2014 par Delphine de Mallevouë.

CET OUVRAGE EST PUBLIÉ PAR ISTYA/SLATKINE & CIE
LE TEXTE EST COMPOSÉ EN CARACTÈRE SLATKINE,
DESSINÉ PAR MATTHIEU CORTAT À LYON
IL A ÉTÉ ACHEVÉ D'IMPRIMER EN JANVIER 2024
SUR PAPIER MUNKEN PRINT 80 GRAMMES MAIN DE 1.8
ISSU DE LA GESTION DURABLE DES FORÊTS
SUR LES PRESSES DE L'IMPRIMERIE LABALLERY
IMPRIMEUR NUMÉRO 312184
IMPRIMÉ EN FRANCE

IMPRIM'VERT®